HET WEESHUIS

Lizzie Page

Het weeshuis

HET WEESHUIS 1

Vertaald door Louise Koopman

oceaan

Het weeshuis is deel 1 van de serie Het weeshuis

Oorspronkelijke titel *The Orphanage*. Bookouture, imprint of Storyfire Ltd., Londen

Omslagontwerp Debbie Clement Design
Omslagbewerking bij Barbara
Omslagbeeld © Trevillion
NUR 302
ISBN 978 90 468 3025 3
www.oceaanboeken.nl

MIX
Papier van verantwoorde herkomst
FSC® C004472

Voor Ernie
Die me altijd aan het lachen maakt

'Opdat we kinderen zien als individuele menselijke wezens met gezamenlijke maar ook persoonlijke behoeften, in plaats van als een ongedifferentieerde groep.'

De Kinderwet, 1948

Gemeente Suffolk
1 september 1948

Beste juffrouw Newton,

Naar aanleiding van uw sollicitatiegesprek vandaag, melden we dat we graag gebruik willen maken van uw diensten als huismoeder in het kindertehuis Shilling Grange in Lavenham. Het salaris bij aanvang bedraagt 12 shilling en 6 pence per week.
U zult elke dag werken, uitgezonderd zondag van 10 uur 's morgens tot 6 uur 's avonds, mits er vervanging is. De kinderen hebben twee weken vakantie in augustus – deze weken zijn eveneens uw jaarlijkse vakantie (betaald).
Schaft u zich alstublieft zelf een enkele reis vanuit Londen aan, de kosten zullen later vergoed worden. We zouden het op prijs stellen als u uw taken zou oppakken vanaf het ontbijt op donderdag 9 september 1948.
We hopen dat u uw functie lang en naar genoegen bij ons zult vervullen.

Vriendelijke groet,

P.P. Sommersby

1

September 1948
Suffolk

Clara Newton belde aan. Na ongeveer twintig seconden ging de deur op een kiertje open en verscheen er een non. Tot voor kort hadden nonnen de scepter gezwaaid in het kindertehuis van Shilling Grange, dat wist Clara, maar ze had niet verwacht hier nog steeds een non aan te treffen. Ze had gehoopt dat de dame van het sollicitatiegesprek, met de vriendelijke ogen en het stijve kapsel, er zou zijn om haar welkom te heten.

De non liet haar niet binnen maar hield de deur op een kier, keek haar aan met tot spleetjes geknepen ogen. Haar gezicht was wit en het leek alsof er poeder op zat. Ze had kleine zwarte ogen, als kiezels in de sneeuw.

'Jij zit zeker in de problemen.'

'Neem me niet kwalijk?'

'Doe je jas even open. Laat me zien. Twaalf weken, zou ik zeggen, op zijn hoogst.'

'Ik ben hier voor de baan,' mompelde de Clara. Ze had spijt van het broodje dat ze in de trein had gegeten. 'Ik ben de nieuwe huismoeder.'

De hendel kraakte toen de non hem van de deur af haalde.

Clara volgde haar naar de grote keuken, achter in het huis.

'Ik ben juffrouw Newton – Clara.'

Stilte.

'Hoe heet u?'

'Zeg maar zuster Eunice.'

'Had de gemeente u niet verteld dat ik zou komen?'

Zuster Eunice snoof. 'Ik had een ouder iemand verwacht.'

Clara besloot dit op te vatten als een compliment.

'En... en... de kinderen?'

'School.'

Natuurlijk, ze zaten op school nu.

'Hoe laat komen ze terug?'

'Na twaalven,' zei zuster Eunice. 'Voor de lunch.'

'En daarna weer naar school?'

'Waar anders naartoe?'

Het was nog maar half tien 's ochtends. Clara was om half zeven weggeslopen uit Judy's huis, voorzichtig om niemand wakker te maken. Ze had de trein van kwart over acht genomen en in Chelmsford een half uur gewacht op haar aansluiting. Ze had het gevoel dat de middag nog eindeloos ver weg was.

'Ik begrijp het. Maar... kan ik misschien onder het wachten alvast wat documentatie bekijken? Een beetje achtergrondinformatie is altijd nuttig.'

Zo maakte Clara zich een situatie altijd eigen. Had ze Harris & Sons niet op orde gebracht met haar systemen? Rekeningen. Uitgaven. Overige posten. Alles op zijn eigen plek. Tien jaar lang was ze de rots in de branding geweest van het bedrijf en toen was ze ineens niet meer nodig. Ontslagen. Ze kreeg een klein bedrag mee, zeker, maar was wel botweg ontslagen. Ze hoopte maar dat haar vervanger, mevrouw Barber, het zwaar te verduren had in de draaistoel van Clara, aan Clara's geliefde typemachine, maar ze betwijfelde of dat het geval zou zijn. Helaas had Clara haar systemen zo ingericht dat zelfs die dommerik ermee kon werken.

Zuster Eunice staarde voor zich uit.

'Documentatie, over dit tehuis en de kinderen, bedoel ik.'

'Daar was nooit behoefte aan.' Zuster Eunice sprak tegen de lucht. 'We kénnen de kinderen.'

'Nou ja, er moet toch wel iets op schrift staan... dan kan ik daarmee beginnen.'

'Begin maar met de was.'

~

Er lagen vier beddenlakens in de mand, een paar handdoeken en een knuffelbeest. Het was een warme dag met veel muggen, de zomer wist nog van geen wijken en Clara kreeg het warm tijdens het mangelen. Toen ze klaar was met de was, sjouwde ze alles naar buiten. De tuin was een heerlijk groen paradijsje, met bomen langs de omheining en een tuinhutje als een sprookjeshuisje helemaal achterin. Heel wat anders dan de speelplekken vol rommel en glasscherven in Londen. Clara hing de lakens uit en keek goedkeurend hoe ze zachtjes wiegden in de wind. 'Doen wat vrouwen het best kunnen: zorg verlenen' – zo luidde de kop van de advertentie waarop ze gereageerd had, omdat het de enige was in de *Evening Standard* waarop ze kón reageren.

Ze was geen voormalig onderhoudsman met een voorbeeldige rijvaardigheid of kok voor een chic restaurant in Mayfair. Ze was ook niet op zoek naar nieuwe en opwindende commerciële uitdaging.

Ze was een vrouw, tussen de twintig en veertig (zesentwintig), verantwoordelijk en verstandig (best wel) en ze was inderdaad op zoek naar een baan, waarbij een aantrekkelijke locatie om te wonen was inbegrepen en waarvoor ervaring niet vereist was.

Dat ze voor een gesprek uitgenodigd zou worden, had ze niet verwacht – maar toen dat gebeurde, had ze gedacht dat het een goede oefening zou zijn voor een échte baan. Ze leende de mooie schoenen van Judy en de kleding die Judy altijd droeg als er ouders van haar leerlingen naar school kwamen. Ze was niet nerveus geweest, misschien omdat ze dacht dat ze geen kans maakte op de baan. Ze had er vrolijk op los gepraat tegen de sollicitatiecommissie van twee mannen en de vrouw met de vriendelijke ogen en het stijve kapsel, alsof ze niets te verliezen had.

En ze was verbaasd geweest over alles wat uit haar mond kwam. Niet dat ze dingen verzon, maar misschien had ze haar vaardigheden en interesses wel een beetje overdreven. Of niet echt overdreven, het was meer alsof ze ze een beetje had uitvergroot. Daardoor leek het alsof haar ervaring enorm was, terwijl die in werkelijkheid nogal… onbeduidend was. Zo was haar eigen verblijf op een kostschool 'geweldig oefenmateriaal voor het werk in een kindertehuis' geworden, haar baan bij Harris & Sons 'essentieel voor een soepel verloop van werkprocessen', en 'kinderen beschermen tegen slechte invloeden zou altijd haar eerste prioriteit zijn', enzovoort.

Hoewel gemeenteambtenaren van Suffolk het gesprek met haar gevoerd hadden, had Clara er verder niet over nagedacht waar die 'aantrekkelijke locatie' zou zijn. Het gesprek vond tenslotte plaats in een schaars verlichte kamer boven een groentezaak in Islington. Maar toen ze hoorde dat de baan in een tehuis in Lavenham was, had dat haar over de streep getrokken.

Bibberig had ze de brief steeds opnieuw bekeken en hem ook aan Judy laten lezen. Clara was meestal niet bijgelovig, met brutale bravoure klapte ze een paraplu uit in huis of ze liep gewoon vlak langs – maar niet echt onder – een ladder, maar nu was het allemaal wel een beetje te toevallig.

Lavenham? Die baan was voorbestemd.

Zuster Eunice was in geen velden of wegen te bekennen. Er stonden aardappels op het vuur en er lag een stuk vlees op het aanrecht: lunch was in de maak. De was hing aan de lijn, het huis was schoon, de kinderen waren op school.

Op haar kamer pakte Clara haar spullen uit. Ze aarzelde even bij haar fotolijstjes: maar waarom zou ze ze niet gewoon neerzetten? Ze woonde nu hier. Als ze net deed alsof ze zich op haar gemak voelde, dan zou dat gevoel hopelijk vanzelf komen.

Het eerste lijstje bevatte een vervaagde foto van Michael als baby, met een wollen mutsje, met een touwtje onder zijn kin vastgemaakt, in een kinderwagen met grote wielen. Trots liet hij een rammelaar zien aan iemand buiten beeld – de fotograaf misschien. Deze had ze van zijn moeder gekregen, nadat Michael haar geschreven had in die zorgeloze maanden voorafgaand aan hun huwelijk.

Er was een foto van haar samen met Michael in een danszaal in Clapham. Was het de Roxy? (Ze waren op zoveel plekken geweest.) Het was de avond dat Michael haar ten huwelijk had gevraagd, en nog buiten adem van de lindy hop had ze meteen ja gezegd – bang dat hij zich zou bedenken. Ze hadden grootste plannen. Ze zouden niet alleen trouwen, maar ze zou ook met hem mee gaan naar Amerika. De toekomst van hen samen lag als een groot avontuur in het verschiet. Wat zag ze er gelukkig uit, met haar zwart-witte kleding en haar glanzende lippenstift. Ze leek heel iemand anders.

De derde foto was haar het liefst: Michael in zijn uniform, leunend tegen een vliegtuig. Het vliegtuig was zo groot dat hij daarbij vergeleken maar een klein mannetje leek, en hij was helemaal niet klein maar breedgebouwd. Hij droeg een bruin leren jack, daar op het RAF vliegveld Cockfield, of RAF Lavenham zoals het ook wel genoemd werd. Clara verdroeg de aanblik van de foto soms niet, maar het moest, ze moest wel. Vandaag keek ze er met liefde naar. Michael zou trots op haar zijn, dat wist ze zeker.

Clara pakte papier, pen en inkt uit haar handtas en zette het op haar bureau. Genoeg gedroomd. Ze was hier in het Shilling Grange Kindertehuis om te werken. Ze pakte de zaken altijd zorgvuldig aan en dus begon ze aan haar eerste verslag:

SHILLING GRANGE, LAVENHAM HIGH ROAD 3, OP 9 SEPTEMBER 1948

door juffrouw Clara Newton, de nieuwe huismoeder

Eerste indruk

Shilling Grange is een pittoresk middeleeuws gebouw met balken en schoorstenen. Het is oud en het voelt ook oud – je vraagt je af wat de muren je zouden vertellen als ze konden spreken.

Het staat aangegeven met een enorm bord langs de weg, het lijkt wel reclame, je kunt het niet missen. Het kindertehuis de Grange bestaat al vanaf begin 1900. Nonnen zwaaien er de scepter, de meeste van hen zijn dit jaar vertrokken. Zuster Eunice lijkt een vrouw die weet waar ze mee bezig is en die de teugels strak houdt. Ik streef ernaar zo veel mogelijk van haar te leren.

De keuken is ruim, uitgerust met een fornuis en een afkoelkast. De voorraadkast lijkt afdoende gevuld. Er is veel meel en er zijn niet veel conserveblikjes. Ik denk dat zuster Eunice zelf wel het een en ander bakt.

Ik heb een kamer van behoorlijk formaat op de eerste verdieping. Eenvoudig, maar meer heb ik niet nodig. Ernaast is een badkamer, die ik denk ik moet delen met zuster Eunice. Hij is schoon.

Ik denk dat de salon beneden niet vaak gebruikt wordt, want de stoelen zijn bedekt met plastic. Maar het is niet stoffig. Degene die de boel hier schoonmaakt levert een geweldige prestatie. Tot mijn vreugde zag ik dat er ook een radio staat!

Er is een slaapzaal op de eerste verdieping en nog een op de begane grond. In elk van beide staan vier bedden, maar ik betwijfel of er op dit moment acht kinderen zijn. De badkamer van de kinderen is in het souterrain en het is donker, klam en je kunt je wel voorstellen hoe het er ruikt. Er liggen grote plassen rond de wc van de jongens (misschien lekkage?) maar die van de meisjes lijkt in orde.

Er zijn vier wasbakken en vier badhokjes. Niet slecht. De spullen van de kinderen zijn allemaal genummerd. Ik weet niet waarom er geen namen op staan. Met 'spullen' bedoel ik hun bekers, hun tandenborstels, hun pyjama's, handdoeken en kammen. Ze zijn allemaal nogal oud... er is één spiegel met een barst erin. Misschien moet ik met zuster Eunice overleggen over vervanging.

Er is ook een buiten-wc met overal op de grond gescheurde stukken krant. Deze lijkt alleen maar gebruikt te worden door de spinnen.

Ik vraag me af of het mogelijk is om wat te doen aan de indeling van de kamers zodat de oudere kinderen wat privacy hebben en er ruimte is om te spelen. Het schuurtje in de tuin is misschien geschikt voor spelletjes.

Ik realiseer me eigenlijk nu pas dat ik helemaal geen schilderijtjes heb gezien, speelgoed of spelletjes, nergens. Ik moet zeggen dat het allemaal nogal flets aandoet. Moet ik zo snel mogelijk over praten met zuster Eunice en/of de betreffende contactpersoon bij de gemeente.

~

Ruim drie uur na Clara's aankomst, kwamen de kinderen de keuken van Shilling Grange binnenlopen. Ze droegen jurken of korte broeken. Sokken tot de knie of tot de enkel. Schoenpoets kon de gaten in hun schoenen niet verhullen. Ze droegen allemaal dezelfde zwarte capes waardoor ze eruitzagen als vleermuizen. Sommigen staarden haar aan. Anderen negeerden haar.

Opeens realiseerde Clara zich dat het lang geleden was dat ze kinderen om zich heen had gehad. De laatste keer was eigenlijk toen ze zelf nog kind was. Judy kon heel goed met kleintjes omgaan. Clara had zich altijd meer op haar gemak gevoeld bij grafieken en schema's.

De kleinste drentelde naar haar toe en legde haar hand in die van Clara. Clara verstijfde.

'Weet u waar mama is?'

'Nee, dat weet ik niet, sorry.'

Het meisje trok snel haar hand terug.

Zuster Eunice was weer verdwenen. Ze had de neiging zich telkens in een andere kamer op te houden dan Clara. Clara had gehoopt dat ze had kunnen zien hoe ze met de kinderen omging. Ze moesten de komende dagen een keer de koppen bij elkaar steken voor een informatieoverdracht.

'Wie bent u?' vroeg een van de jongens.

'Ik ben jullie nieuwe huismoeder.' Clara probeerde op de toon van een klein kind te praten. Het was voor het eerst dat ze dat deed. 'Weet je wat dat is?' vroeg ze langzaam, alsof hij gebrekkig Engels sprak. De kinderen schudden hun hoofd.

'Waarom praat u zo?' zei de jongen, hij deed haar na.

Clara begon sneller te praten. 'Een huismoeder is een mevrouw die aangesteld is door de gemeente en die erop moet letten dat elke kind, jij dus ook, de best mogelijke zorg krijgt.'

'Gaat u mama zoeken?' hield het kleinste kind aan.

Clara wist dat ze geen beloftes moest maken waar ze zich misschien niet aan zou kunnen houden, maar ze flapte het eruit: 'Ik kan het proberen.'

Het meisje sprong opgewonden op en neer.

'Mama zoeken! Mama zoeken!'

Een slechte start. Clara keek naar de anderen: groot en klein, kinderen bij wie het haar voor de ogen hing. Kinderen wier haar in de war zat, of wier haar glansde, twee jongetjes die wel een tweeling leken.

'Bent u een non?' vroeg een jongen met een kaalgeschoren hoofd en roze flaporen die zo ver uitstaken dat Clara vreesde dat ze een gevaar vormden voor de borden op het dressoir.

'Niet echt.'

Niet echt?

'Wat bent u dan?'

'Zeg maar...' Clara wilde 'tante Clara' zeggen, maar bedacht zich dat dat misschien te informeel zou zijn. 'Juffrouw Newton.'

'Ik ben Alex.' Hij stak een vuil klauwtje uit. Clara rilde bij de gedachte waar hij allemaal met zijn handen aan had gezeten, maar ze moest hem aanpakken. 'Dat is Rita,' zei hij, en wees naar het meisje dat nog steeds op en neer aan het springen was.

'Mama, mama!'

'En dit is Peter.' Hij gebaarde naar de jongen naast hem.

'Leuk u te ontmoeten,' zei Peter met een verlegen lachje. Peter was langer dan Clara, hij zat tussen volwassen en kind in. Hij had zo veel sproeten dat ze de huid eronder bijna niet kon zien.

Peter, herhaalde ze in zichzelf. Ze moest zich de namen zo snel mogelijk inprenten. *Alex van de oren, Peter met de sproeten, Rita van de mama.*

Nog een kind drong zich naar voren.

'En ik ben Terry!'

'Dag, jongeman.'

Een van de tweeling begon te lachen.

'Dat is geen jongeman, dat is een meisje.'

'O, dan heet je Teresa, denk ik?'

'Nee, Terry.' Terry's onderlip pruilde en ze drukte haar vuist tegen haar kin.

'Ik vroeg me af waar die bijnaam van afgeleid was.'

'Afgeleid?'

'Afgeleid, eh, dat betekent... waar die vandaan komt.'
'Ik kom uit Londen.'
'Ach, zo. Uitstekend.'
De tweeling sprong naar voren alsof ze zich aanboden ter inspectie. Naast elkaar, wit haar, rode wangen. Ze salueerden.
'Wij zijn een tweeling.'
'Dat dacht ik al.'
'Ik ben Billy.'
'Ik ben Barry.'
'Wat zijn jullie echte namen?' vroeg Clara met iets meer zelfvertrouwen. Maar de uitdrukking op hun gezicht sprak boekdelen. 'Oké... Billy en Barry dus.'
De kinderen verdwenen om hun handen te wassen. Clara slaakte een zucht van opluchting, maar net toen ze weer in haar eentje was ging de achterdeur open en kwam er een man de keuken binnen lopen met een klein kind op zijn schouders. Hij zong een liedje over schalen en garnalen en de voetjes van het kind tikten het ritme mee op zijn borst. Hij had pikzwart haar en een ferme kaaklijn. Hij was niet overdreven groot, maar behoorlijk aan de maat. Zijn stem was niet geweldig, maar zeker niet slecht, en hij zong met groot enthousiasme.
'Als het schip binnenvaaaaart!' zong hij het refrein, het kind roeide ondertussen met de armen.
Hij hield meteen op toen hij Clara zag. 'Ik wist niet dat er bezoek was. Excuus dat ik zomaar binnenloop.'
'Ik ben de nieuwe huismoeder.' Clara was van haar stuk gebracht. 'Ik vond het best een mooi liedje.'
Ze veegde haar handen af aan haar rok. Ze zou niet van de kaart moeten zijn door de aanwezigheid van een knappe man, ze was tenslotte al lang en breed volwassen, maar het was wel degelijk het geval. Judy zou haar wenkbrauwen gefronst hebben bij zijn aanblik.
'En wie ben jij, lieverd?'
'Ivor Delaney,' zei de man ijskoud.
Clara bloosde. 'Ik had het tegen het meisje. Meisje, hoe heet jij?'
Het meisje zette grote ogen op en daarna verborg ze haar gezicht in de schouder van de man. Met een 'hopla, dit is Peg,' zette hij haar op de grond.
'Hallo, Peg,' zei Clara met de vrolijkste stem die ze op kon brengen. Pegs steile haar zwierde tegen haar snotneus. Waarom hadden kleine kinderen nooit een zakdoek? Clara zou er onmiddellijk werk van maken.

Ivor stak zijn hand uit. 'Ik woon aan de overkant en daar vond ik Peg. Zeg maar Ivor.'

'Clara. Clara Newton.'

Onder het handen schudden werd Clara's blik getrokken naar zijn andere arm, die eindigde in een bij de elleboog dichtgenaaide mouw. Ze huiverde. Niet omdat het lelijk was – ze had het gewoon niet verwacht. Toen hij zag dat ze keek, zwaaide hij de mouw achter zijn rug, hij beet op zijn lip. Ze wilde hem zeggen dat ze het niet weerzinwekkend vond, dat het uit nieuwsgierigheid was, maar hoe zeg je dat?

'Ik vroeg me al af waar ze was,' loog Clara. 'Hoe gaat het, juffrouw Peg?'

'Peg praat niet,' zei Ivor kalm.

'Ik weet zeker van wel.'

'Nee, ze praat niet.'

'Waarom niet dan?'

Ivor schudde zijn hoofd en mompelde wat binnensmonds – een vloek misschien.

'Wat een schattige...' Clara tastte naar een compliment dat ze Peg kon geven, '...blouse. Is blauw je favoriete kleur?'

Het meisje verschool zich achter Ivors been. Ze was nog kleiner dan Rita.

'Mijn favoriete kleur is rood,' babbelde Clara verder. 'Voor kleren tenminste; voor andere dingen, zoals ogen, denk ik dat ik bruin het mooist vind en ik houd ook van een lucht die blauw is, en gras kan het best groen zijn...' Ze lachte zenuwachtig. 'En jij Peg?'

Het meisje schudde heftig haar hoofd.

'Ze praat niet, wat begrijp je daar niet aan?' Ivor klonk geïrriteerd. Het kleine meisje rende de keuken uit. Op hetzelfde moment kwam er een wat ouder meisje, van een jaar of dertien, door de achterdeur naar binnen lopen. Opgelucht verwelkomde Clara haar.

'Hallo en welkom!'

Welkom? Wie dacht ze wel niet dat ze was om iemand welkom te heten?

'Dus u bent de nieuwe non?'

Clara schonk het meisje haar breedste lach, want hier was een bondgenoot. Het meisje was bijna volwassen!

'Ik ben geen non, ik ben juffrouw Newton.' Het meisje had een grote bos lichtbruin haar en je kon zien dat onder de chagrijnige uitdrukking een pientere geest verborgen zat. 'Jij bent wat ouder, dus jij mag Clara zeggen.'

'Er zit iets tussen uw tanden, *juffrouw Newton*.'

'Maureen,' zei Ivor op lage toon. 'Probeer juffrouw Newton zich een beetje welkom te laten voelen, alsjeblieft.'

'Welkom,' pagegaaide Maureen.

Ivor liep naar de deur. 'Veel succes.'

'Dank dat u Peg hebt teruggebracht.' Clara wilde er nog aan toevoegen: 'En dat u Maureen corrigeerde', maar dat wilde ze niet onder haar ogen zeggen.

'Graag gedaan.' Ivor bleef even met zijn hand op de deurklink staan. 'Dat u maar weet dat ik het niet eens ben met de veranderingen.'

'De veranderingen?'

'Alle veranderingen hier. Sinds de Kinderwet in werking is getreden. Het ging daarvoor prima. Nu,' hij wierp een blik de keuken in, 'zijn alle nonnen vertrokken.'

'Zuster Eunice is er nog.'

'En het is gewoon... kinderen worden lukraak verdeeld, ze worden volkomen willekeurig naar andere plekken gebracht en...' Hij zweeg, keek naar de vloer. 'De gemeente stelt een hoop onervaren pennenlikkers aan.'

Onervaren pennenlikkers? Clara bloosde. *Daar bedoelde hij haar mee.*

'Die geen idee hebben waar ze aan begonnen zijn. Met alleen maar waardeloze ideeën,' voegde hij eraan toe, om nog maar eens zijn punt te maken. Als Clara aan één soort mensen een hekel had was het wel aan mensen die overduidelijk hun punt wilden maken.

'Nou, bedankt voor uw mening.'

'Als ik zie dat er iets mis is, dan zeg ik het ook.'

'Een interessante eigenschap.'

Clara zag tot haar schrik dat zijn ogen bruin waren. Hij dacht misschien wel dat ze eerder naar zijn ogen verwezen had. Moest ze nog even zeggen dat ze blauwe ogen net zo mooi vond?

'Vooral als het om kinderen gaat.'

'Inderdaad.'

'Het spijt me als u dat misschien liever niet gehoord had. Goeiedag.'

Clara bedacht dat ze al wel een heel verhaal over Ivor kon schrijven, met als titel: buurman met een slecht humeur. Maureen zat te grijnzen terwijl de andere kinderen weer binnen kwamen rennen, ieder ging zitten op een plekje op de bank. Geen geruzie over wie waar moest zitten, maar het werd al snel duidelijk dat er geen plekje over was voor Clara. Er was al nauwelijks genoeg plaats voor de kinderen. Zuster Eunice kwam de kamer binnen, ging aan het hoofd van de tafel zitten en keek afkeurend om zich heen. Maureen zette de aardappels op de tafel. Billy of Barry diende het vlees op. De kinderen staarden naar hun bestek. Het duurde lang voordat Clara zich ertoe kon zetten om wat te zeggen. 'O, er is geloof ik geen plekje meer voor mij.'

Niemand bewoog, maar toen schoof de sproetenjongen – was het Peter? – zijn stoel naar achteren. 'Ik vind wel iets,' fluisterde hij, alsof hij iets fout gedaan had.

Zuster Eunice had niet eens opgekeken.

Peter kwam terug met een krukje en zette dat neer aan het andere eind van de tafel. Jammer genoeg was het zo laag dat Clara nauwelijks boven de rand van de tafel uit kon kijken. De anderen torenden boven haar uit. Ze hoopte maar dat iemand zou aanbieden van plaats te ruilen, maar dat deed niemand. Integendeel, een paar kinderen – de tweeling bijvoorbeeld – grinnikten en zelfs de zwijgende Peg moest lachen. Alsof Clara als domme leerling in de hoek was gezet.

Zuster Eunice bad voor. Geluidloos vormde Clara's mond de woorden, met een half oog kijkend zoals ze als kind altijd deed. Acht kinderen! Acht afzonderlijke kinderen. Acht mensen, elk met hun eigen verlangens en behoeften. Toen ze zich een voorstelling van acht gemaakt had, leken het er niet zo veel als ze nu voor zich had.

Maar ze zou het vast wel kunnen oppakken. Zuster Eunice zou haar helpen en Clara liet zich erop voorstaan dat ze snel leerde. Toen ze bij Harris & Sons moesten overschakelen van de productie van apparaten voor in huis naar munitie, had Clara dat voortvarend ter hand genomen. Ze had zich toen aangepast, en dat zou ze nu ook kunnen.

'Nou, ik ben dolblij om hier te zijn!' zei Clara, toen het amen was uitgesproken. 'Wat heerlijk om jullie te ont...'

'We eten in stilte!' Zuster Eunice hield haar vork in de lucht, en bracht hem toen naar haar mond.

'Wat? De hele maaltijd?'

Zuster Eunice boog haar hoofd.

'Ik had niet verwacht...'

Zuster Eunice kauwde en slikte langzaam door.

'Ik begrijp het.'

Toen ze weer terug naar school gingen, deden de kinderen hun identieke vleermuiscapes weer aan over hun kleren.

'Waarom dragen jullie die dingen?'

Ze negeerden haar.

'Ik vroeg iets,' sprak Clara streng, en eindelijk leken ze haar te horen, de kleinsten keken elkaar aarzelend aan. Terry trilde en de oren van Alex werden vuurrood. 'Waarom we deze aanhebben?' Het oudste meisje, Maureen, pulkte met weerzin aan de hare. 'Zodat iedereen weet dat we op Shilling Grange wonen. Anders zien we eruit als gewone kinderen, en dat kan toch niet?'

Wat moest ze nu doen? Zuster Eunice was weer verdwenen. Clara was vrij tot de kinderen om vier uur weer terugkwamen. Ze besloot dat ze net zo goed even op pad kon gaan om de omgeving een beetje te verkennen.

Ze was eerder te verdiept geweest in haar plattegrond om op de omgeving te letten, maar ze zag nu dat de Lavenham High Road de aanblik bood van een prachtige rij winkels en woonhuizen. Witte gevels met daaraan potten met bloemen, een stoep van keistenen, zelfs een paar rieten daken. Het was als een reis terug in de tijd en het was net zo prachtig als Michael haar voorgehouden had. Ze had gedacht dat hij overdreef – hij was gek op alles wat Engels was. Maar het raakte haar nu ze naar alle winkels keek die Michael moest hebben gezien, het gemeenschapshuis Het Witte Paard, waar ze 's avonds naartoe zouden kunnen zijn gegaan voor een borrel (ze wist niet zeker of hij het erover gehad had. Ze kon het niet uitstaan dat ze dat niet meer wist).

Maar andere dingen herinnerde ze zich nog wel. 'Lavenham lijkt net een filmset,' had hij gezegd. En dat was ook zo, heel anders dan Londen, dat zeker, en dat was precies wat ze nodig had. Nu ze op het platteland was, verlangde Clara naar bossen, vossen, eekhoorns, varens en romantische hekjes. Of nee, geen romantische hekjes, daar was ze nog niet klaar voor. En ook geen koeien. Ze had weleens gelezen over een incident waarbij koeien iets vertrapten met fatale afloop. Ze leken wel net zo gevaarlijk als de nazi's.

Terwijl ze rondliep door het dorp en alles in zich opnam, liep er een modieus geklede dame op haar af, verrassend snel voor iemand die met hoge hakken over hobbelige keien liep.

'Dag mevrouw, u ziet eruit alsof u verdwaald bent.'

In Londen, met al z'n vreemdelingen, bemoeide niemand zich met elkaar, daar zou iemand niet zomaar op een ander afstappen, maar Clara was opgetogen.

'Dat ben ik ook, maar op een goede manier. Ik ben wat aan het rondkijken.'

'Blijft u hier lang?'

'Ik hoop het wel.'

'Prachtig.' Ze greep Clara's handen. 'Dit stadje kan wel wat nieuw bloed gebruiken. Door u is de gemiddelde leeftijd van de bewoners meteen gehalveerd.'

Ze lachte om haar eigen opmerking, en liep met Clara op alsof ze elkaar goed kenden. Ze leek ongeveer van Clara's leeftijd. Ze droeg een getailleerd jasje en een kokerrok, alles hemels blauw. Trouwring om haar vinger, natuurlijk – de meeste vrouwen van haar leeftijd waren getrouwd – maar ze zou natuurlijk ook een oorlogsweduwe kunnen zijn. Haar haar was witblond gebleekt, als van een Hollywood-filmster. Clara was dol op die mode van beroemdheden – als ze er het lef voor had, had ze hetzelfde gedaan. Ze had al jaren niet met stijl geëxperimenteerd. Aan de andere kant was het wel een heel gedoe om bij te houden als je je haar verfde. En Clara wist niet of ze dat wel zou volhouden. Eerlijk gezegd kostte het haar tegenwoordig al moeite genoeg om haar neus te poederen.

Wat een geluk om meteen iemand te ontmoeten met wie ze bevriend zou kunnen raken.

'Ik dacht net bij mezelf wat een prachtig plaatsje dit is.'

'En we vormen zó'n gemeenschap hier, ik kan je er veel over vertellen. Ik ben Dotty, mevrouw Garrard – verdorie, ik zeg dat zo graag. Ik ben pas zes maanden getrouwd. Mijn echtgenoot – ook zo heerlijk om te zeggen – Larry is daar.' Ze wees naar een man met een vilten hoedje die de aankondigingen in de etalage van het postkantoor stond te bestuderen. 'LARRY. Kom even kennismaken met...'

'Juffrouw Newton. Clara.'

'Juffrouw?'

Daar was-ie al, 'die blik'. Mevrouw Garrards mond trok zich medelevend samen, waardoor er lippenstift op haar tanden kwam te zitten. 'Maakt niet uit. Ik ben dol op nieuwe dingen en ik weet zeker dat we vrienden zullen worden. Waar verblijft u? Hotel The Lavender Arms is een droom. Ik heb gehoord dat ze een fantastisch ontbijt serveren. Larry heeft beloofd voor onze verjaardag daar een nachtje te boeken. Een houten jubileum,' voegde ze toe. 'Of lood, ik vergeet dat altijd.'

'Ik woon op Shilling Grange.'

Mevrouw Garrard viel meteen stil.

'De Grange? Maar dat is geen hotel.'

'Nee, dat klopt.'

Haar stem klonk hees nu. 'Het weeshuis, de Grange?'

'Inderdaad.'

De houding van mevrouw Garrard draaide meteen helemaal om. Met haar handen op haar heupen vroeg ze op autoritaire toon: 'Waarom blijft u daar in hemelsnaam wonen?'

'Ik ben de nieuwe huismoeder daar.'

Clara hield wel van het woord 'huismoeder'. Er klonk uit dat haar belangrijkste taak was om zich om het 'huis' te bekommeren. Daar was ze goed in. Bij Harris & Sons zeiden ze altijd dat efficiëntie haar in het bloed zat.

'O? Is dat het?'

'Ja?'

'Die instelling hoort hier niet. Ze zou moeten verhuizen. Dit is een respectabel stadje. Jane Taylor komt hiervandaan.'

'Wie?'

Mevrouw Garrard schudde het hoofd in wanhoop. 'De dichteres. En Constable. En u kent toch wel Sir Munnings, de schilder? En zijn paarden?'

'Sir Munnings en zijn paardenschilderijen?' Geamuseerd zag Clara een man voor zich met zijn paardenschilderijen op ezels naast zich.

De echtgenoot had zich bij zijn vrouw gevoegd. Hij had een kleine bruine hond onder zijn arm die goed paste bij zijn borstelige snor. Hij zag er opgewekt uit. Judy zou gezegd hebben dat hij 'tevreden leek met zichzelf'.

Mevrouw Garrard gaf hem een por.

'Dit… ze is hier gekomen om te werken. Bij het weeshuis, nota bene.'

'O, ja, dat willen we hier weg hebben!' kraaide hij. Hij had zo'n onverwacht hoge stem, dat Clara bijna ondanks haar verwarring begon te giechelen. 'Niets persoonlijks hoor, gewoon fatsoen. En de waarde van onze huizen.'

'En de rest,' snufte zijn vrouw.

'We denken dat ze beter op hun plek zijn in Ipswich,' piepte hij. De hond legde beschermend zijn poot op de arm van zijn baasje. *Hij is niet degene die bescherming nodig heeft*, dacht Clara.

'Of Clacton? Clacton zou een heel goede plaats zijn voor een weeshuis.'

Het tweetal slenterde weg.

'Het is een papieren jubileum!' riep Clara. 'Het is zeker weten papier, een eenjarig jubileum. Niet hout.'

Clara was net weer thuis, de woorden van mevrouw Garrard klonken nog na in haar oren, toen zuster Eunice verscheen. Ze had een overjas aan en een grote, stevige tas in haar hand.

'Ik ga ervandoor, mijn beste,' zei ze, vriendelijker dan Clara verwacht had.

'Wat zegt u?'

'Ik ben weg. Voorgoed.'

'Nu al? Maar het kan toch... wat? Wie gaat... wie gaat me dan vertellen wat ik moet doen?'

Zuster Eunice kon haar vreugde nauwelijks bedwingen. 'Je redt het wel, meisje.'

'Wilt u niet...' Clara reikte naar een strohalm. 'Wilt u de kinderen geen gedag zeggen?'

'Ik wil liever geen gedoe veroorzaken.'

'En... en...' Er waren zo veel dingen die Clara wilde zeggen, ze wist niet waar te beginnen. 'Kunt u me nog wat laatste adviezen geven?'

'Geef ze ervan langs.' Het gezicht van zuster Eunice bevond zich vlak bij dat van Clara. 'Hard. Als ze in bed plassen. Goedendag.'

Er stond een telefoonnummer van de gemeente op een van de papieren die in het dressoir lagen, maar er stond bij dat het alleen voor noodgevallen was. Was dit een noodgeval? Moeilijk te zeggen. Clara had eigenlijk ook nog helemaal geen telefoon gezien in het huis. Ze had geen telefoon, geen plan, geen strategie, geen schema, geen informatie, niets.

Het voelde echt wel noodgevalachtig.

Een lekker kopje thee, dacht ze. Dat hadden Judy en zij altijd gedaan tijdens de Blitz als de bommen neersuisden, en het hielp altijd. En er was nu niet eens sprake van bommen, of kinderen die twee aan twee in rijen liepen met gasmaskers op, en er lagen geen lichaamsdelen tussen het afval.

Diep ademhalen. Ze kon dit best.

Zodra de kinderen thuis kwamen van school, ging sproeten Peter – die een kruk had gehaald voor Clara – de oven schrobben, zijn hele hoofd verdween erin, en dekte Alex de tafel voor het ontbijt. De tweeling sneed groente voor de groentetaart van de volgende dag. De meisjes veegden en dweilden de vloeren. Overal rook het naar boenwas.

Alle kinderen wasten hun enkelsokjes en hingen ze te drogen over de warmwaterbuizen in de badkamer. Daarna poetsten ze de hele berg schoenen. Clara had zich afgevraagd of ze met zijn allen zouden luisteren naar het *Kinderuurtje* op de radio, maar ze hadden het daar duidelijk veel te druk voor.

Om zes uur zei Alex dat de oudsten crackers met kaas en paté gingen eten als avondeten. De jongsten kregen droge crackers, maar iedereen zorgde voor zichzelf, Clara hoefde verder niets te doen.

Ze aten in stilte en efficiënt, ruimden hun borden op en daarna lazen ze allemaal nog wat in de Bijbel (of ze deden alsof).

Clara had eerst gedacht dat half acht te vroeg was om al naar bed te gaan – *de kinderen hadden toch ook wat vrije tijd nodig?* – maar tegen de tijd dat de grote wijzer het halve uur aanwees, verlangde ze er wanhopig naar om niet omringd te zijn door de kinderen. Ze waren dan wel stil, maar hun voortdurende aanwezigheid drukte op haar.

'Goedenacht, allemaal,' zei ze toen ze afmarcheerden naar hun kamer, als plichtsgetrouwe soldaten.

De keuken was schoon en klaar voor de volgende dag. De groentetaart voor morgen moest de oven in, dat was het enige wat ze moest doen.

Voor een eerste dag was het niet al te verschrikkelijk geweest, ondanks het plotselinge vertrek van zuster Eunice. Het tehuis liep als een goedgeoliede machine. De bewoners waren het grootste deel van de dag weg, ze maakten schoon, ruimden op en nu sliepen ze. Ze waren een beetje als dieren in een dierentuin: het was niet bovenmatig triest, ze waren zo gewend aan hun gevangenschap dat ze zich er zonder klagen in schikten. Haar eerste dag bij Harris & Sons was ook niet echt een pretje geweest, dacht Clara. Iemand had het 'on' van haar naambordje gekrast, zodat ze eventjes, waanzinnig grappig, 'Clara Newt' heette, een newt was een kleine salamander. Pas toen Judy erbij kwam, ongeveer drie jaar later, begon Clara echt plezier in haar werk te krijgen. Judy was de nieuwe cheffin, zij zwaaide de scepter over alle nieuwe meiden die in de fabriek gingen werken toen de oorlog uitbrak. Ze was vijf jaar ouder dan Clara en leek eindeloos veel volwassener, maar op een of andere manier klikte het tussen hen. Ze lagen altijd naast elkaar in de schuilkelder en bespraken fluisterend hun plannen voor na de oorlog. Judy wilde op een school gaan werken – en dat was gelukt – en Clara wilde op kantoor blijven, maar dan in Amerika, met haar Michael.

Een kreet van boven. Clara aarzelde, heel even, daarna rende ze de trap op, haar hart klopte in haar keel. Haar eerste probleem.

Rita stond in het midden van de kamer, handen voor haar gezicht geslagen. Maureen, Peg en Terry stonden om haar heen. Het leek even alsof ze een spelletje speelden, tot Clara de ongelovige uitdrukking op hun gezichten zag.

‘Wat is er aan de hand?’

‘Dit!’ Rita hield een kleine grijze wollen muis omhoog, als een trofee. ‘U heeft Molly de Muis in de was gedaan!’

Maureen keek Clara aan alsof ze net getuige was geweest van een moord.

‘Ik wist niet dat dat niet mocht,’ begon Clara. ‘Hij lag in de wasmand, hoe kon ik...’

‘Mama!’ riep het huilende meisje. ‘Hij rook naar mama. MAMA!’

‘Het spijt me.’

Daarop begon Rita nog harder te huilen, met lange, wanhopige uithalen.

Clara had ook wel zin om een potje te huilen. Was het opzet geweest van zuster Eunice, of had ze gewoon niet nagedacht?

‘Ik heb het niet met opzet gedaan, Rita, echt niet.’

Maar Rita wilde haar niet aankijken. Ze stond met haar gezicht naar de muur en huilde zo hard dat alle vier de jongens de trap op kwamen stormen. Billy – of was het Barry? – greep Rita vast en streelde haar haar.

‘Wat heeft ze gedaan?’

‘Niets!’ sputterde Clara tegen. ‘Ik wist niet...’

Alle kinderen staarden Clara aan alsof bang waren dat ze ook van hén kostbare dingen zou afpakken. Terry wiegde zachtjes heen en weer en Peg bedekte haar oren met een kussen. Rita bleef maar huilen.

‘Rook naar mama.’

‘Alsjeblieft, Rita,’ smeekte Clara. ‘Stil maar.’

‘Ik hou haar wel even bij me.’ Maureen wierp Clara een vernietigende blik toe. ‘Míj mag ze graag.’

Bij het verlaten van de kamer, trapte Clara op Terry’s tenen, waarop ook Terry begon te huilen. En toen ze uitgleed op de versgedweilde vloer van de badkamer en Peg wilde waarschuwen dat het glad was, barstte ook Peg in huilen uit. Dus nu waren er drie kinderen aan het huilen, terwijl Maureens blik steeds vernietigender werd.

Barry – of was het Billy? – vroeg om een shilling en toen ze dat weigerde, vroeg hij er twee. Daarna zei hij dat het een grap was.

‘Hoezo is dat een grap?’ vroeg Clara. Ze had de zinsnede ‘aan het eind van mijn Latijn’ heel vaak gehoord, maar ze had hem nooit helemaal begrepen. Tot nu. ‘Een grap moet grappig zijn.’

‘Nou, een grap kan voor de een grappig zijn en voor de ander niet,’ zei Alex met de flaporen. Clara prentte zichzelf in haar gezicht in de plooi te houden.

'Hebt u pijn, juffrouw Newton?' vervolgde Alex. 'Het lijkt net zo.'

De andere helft van de tweeling kwam uit de jongensslaapzaal. 'Slecht nieuws,' zei hij. 'Ik heb weer visite gekregen.'

Clara wachtte op de volgende tegenvaller. Hij stak haar een grijze zakdoek toe. Clara deinsde achteruit. 'Kijk, kijk!' zei hij.

Kleine zwarte stipjes. Kleine bewegende zwarte stipjes. Het was walgelijk.

Clara sprong bij hem weg.

'Wat is dat in hemelsnaam?'

'Luizen.'

'Nee!'

'Hebt u ze nooit eerder gezien?' Alex klonk geamuseerd.

Ze snapte zijn kaalgeschoren hoofd nu.

'Nee, ja, nee. O, mijn god.'

Tegen de tijd dat Clara uiteindelijk weer terug was in de keuken, stond die vol rook. Ze was even weg geweest en de groentetaart was verbrand. Normaal gesproken zou ze hem misschien oneetbaar hebben verklaard, maar dit waren buitengewone tijden. Morgen stond er verkoolde korst op het menu, of anders niks.

Het was zo rond kwart over acht toen Clara weer naar haar kamer ging, nadat ze ontdekt had dat de radio het niet deed. Nog geen paar minuten later werd er op haar deur geklopt. Dat was vast Alex, die haar van alles had uitgelegd en haar het gevoel had gegeven dat ze een peuter was. Ze had waarschijnlijk weer iets fout gedaan.

Maar het was de huilerige Rita, met nog steeds Molly de Muis in haar hand.

'Ik kan niet slapen.'

'Ga gewoon liggen en probeer het.'

Rita zag er bedrukt uit.

'Wat is er?'

'Maureen doet stom.'

'Zeg maar dat ze daarmee op moet houden.'

'Heb ik gedaan.'

'Zeg maar dat ik gezegd heb dat ze moet ophouden.'

'Ze luistert niet.'

Clara probeerde niet wrevelig te reageren, maar ze kon er niks aan doen. Een vrouw had ook tijd voor zichzelf nodig. Hoe hard ze ook gewerkt had bij Harris & Sons, de avonden waren tenminste voor haarzelf.

Hoe kon je het volhouden zonder? Ze had het gevoel dat ze vanavond zelfs bij het ademhalen gestoord werd.

Toen ze de kamer van de meisjes weer in kwam, hing Maureen uit het raam dat uitkeek op de straat, in een grijze flanellen nachthemd dat veel te kort was. Misschien had ze voor Clara's binnenkomst wel staan roken, Clara had het niet kunnen zien. De kamer rook in ieder geval wél naar sigaretten, maar ja, door het hele huis hing nu ook de geur van verbrande groentetaart.

'Doe dat raam dicht, nu.' Clara probeerde kalm te blijven. Had Maureen haar geen dienst bewezen door Rita te kalmeren? 'Je vat kou zo.'

Maureen riep iets naar iemand buiten. 'Zie je morgen. Hou je taai!'

Ze schudde haar hoofd en mompelde wat naar Clara. 'Waarom laat u ons niet met rust?'

Clara probeerde Maureen een strenge blik toe te werpen, maar dat was moeilijk met Terry die aan haar arm hing.

'Wat is er nú weer?'

Clara keek naar beneden en gaf een gil. Bloed. Druppels helder bloed – op de vloer én op het gezicht van Terry.

'O, in godsnaam!' siste Maureen. 'Ze heeft een bloedneus, het is geen slachting!'

Tegen negenen was Clara uitgeput. Ze lag in haar kamer die rook naar rook en schoonmaakmiddel en dacht aan de plotselinge ongewenste terugkeer van haar vader uit Zuid-Afrika, en het korrelige laagje zand dat hij over het hele huis had verspreid, het huis waar ze ooit zo van gehouden had.

Ze herinnerde zich de patronen van het tapijt in de woonkamer in het huis van Judy en Arthur, waar ze haar intrek had genomen, op de divan voor hun elektrische haard. En de verslagen uitdrukking op Arthurs gezicht toen Clara had gezegd: 'Maar een paar dagen, Arthur. Judy dacht dat het wel zou kunnen.'

Het was vreemd om hier te zijn, alleen met acht kinderen. Ze zouden van alles kunnen uitspoken, ze zouden haar te lijf kunnen gaan met machetes en haar hoofd eraf hakken in haar slaap, wist zij veel.

Niet zo denken, het zijn goede kinderen. Denk in plaats daarvan aan Michael. De manier waarop hij glimlachte als ze elkaar weer zagen na een lange tijd uit elkaar, of zijn gewoonte om zich in de ogen te wrijven als hij 's ochtends wakker werd, en 'goeiemorgen, schat' mompelde.

En precies op dat moment gebeurde er iets verbazingwekkends.

Terwijl Clara daar in het donker lag, bewoog het bureautje onder het raam. *Maar dat kon niet. Onbezielde voorwerpen bewegen niet.*

Maar het bewoog wel.

Eerst een paar centimeter, niet meer, met wiebelende poten. Het bewoog zelf. Een heel klein beetje maar, maar het was wel degelijk beweging.

'Michael?'

Al lang had ze iets van een signaal verwacht. Dat was in feite wat haar er in eerste instantie doorheen geholpen had, uitkijken naar dat signaal. Iedereen kreeg signalen. Verloofden kregen roodborstjes die tegen hun keukenraam tikten, vrouwen kregen veren op hun tuinpad en moeders kregen regenbogen in de lucht op hun verjaardag.

Maar zij had nooit een signaal gekregen. Geen enkel. En haar conclusie was geweest dat geesten of signalen van de doden niet bestonden, want als íémand een manier zou kunnen vinden om met haar te communiceren, dan zou dat Michael wel geweest zijn.

Op dit moment van de nacht was hij waarschijnlijk gestorven. Het kon geen toeval zijn.

'Michael?'

Het bureautje bleef schommelen, als een soort antwoord, eerst een beetje, en daarna steeds heftiger. Ja, het schommelde echt heviger nu – het schudde zelfs helemaal.

Uiteindelijk een poging tot communicatie van hem. Wat probeerde hij haar duidelijk te maken?

Haar papieren schoven naar de zijkant van het bureau en vielen toen op de grond. Als dat geen duidelijk signaal was. Het was belachelijk. Het was niet belachelijk. Hij had beloofd altijd bij haar te blijven en... hier was hij dan.

'Ben je daar? O, mijn schat! Michael?'

De deur van de slaapkamer ging open, uit zichzelf. Clara staarde ernaar, in trance. Ze kon niet bewegen. Opeens stond daar tegen het licht van de deuropening een spookachtige figuur die plotseling begon te jammeren. Clara schreeuwde zo luid als ze kon, en vloog daarna naar het schuddende bureautje. Ze schoot eronder en klampte haar knieën tegen haar borst, begroef haar hoofd van angst tegen haar knieën.

Toen ze durfde op te kijken, zag ze een laken fladderen in de lucht, er kwamen twee jongens onder vandaan. Ze zagen er net zo bang uit als zijzelf. Het waren Billy en Barry, de tweeling.

'HOE DURVEN JULLIE!' schreeuwde Clara ze toe.

'Niet slaan!'
'Mijn kamer uit!' Clara was nog nooit zo boos geweest.
'Gaat ze ons slaan met de schoen?'
'Niet de schoen!'
'Wegwezen. WEGWEZEN. WEG!'
Ze smeten de deur dicht, en Clara stond op. Die doerakken. Het was niet Michael. Geesten bestonden niet, hoezeer je er ook op hoopte.
En ze zag nu, in het licht van de deur die weer ze weer open had gedaan, dat een dun draadje zwart katoen de veroorzaker was geweest van het bewegende bureau, niet haar lieve schat. Het was alsof er ook iemand met een katoenen draadje aan háár zat te trekken.
Goed, het is mooi geweest nu.
Ze trok haar kleren aan, maar wachtte tot ze de holle klik had gehoord van het lichtknopje in de meidenkamer, voordat ze in stilte haar koffer weer inpakte, al haar papieren en haar foto's.
Wat verlangde ze naar de voorspelbaarheid van Harris & Sons – nette rijen en heerlijke kolommen met cijfers, theepauze met een krentenbol, de flirtende jongens in de fabrieken. Deze nieuw baan was een belachelijke onderneming.
Dit paste niet bij haar. Kinderen pasten niet bij haar. Ze had het bij hen allemaal verpest – de muis, de sigaretten, de... alles.
Hoe had ze kunnen denken dat ze hier zomaar in een schoon onderkomen op een aantrekkelijke locatie haar draai zou kunnen vinden? Ze had het kunnen weten. Alles heeft zijn prijs.
Ze wachtte totdat ze zeker wist dat de kinderen sliepen. Ondertussen gingen haar gedachten automatisch naar de afgelopen tien jaar – nee, naar haar hele leven. Ze had veel meegemaakt, niet alleen de oorlog en de dood van Michael, maar één ding hield ze altijd in haar hoofd: ze moest zien te overleven. In haar eentje.
Eén zware last was al erg genoeg, maar acht? De verantwoordelijkheid vrat je helemaal op, zodat er helemaal geen ruimte meer was voor iets anders! Soms lukte het haar zelf al nauwelijks om de dag door te komen, met haar eigen verdriet en haar eenzaamheid. De gedachte om ook nog eens al deze wezen mee te moeten nemen was gewoon te veel. Het was te veel om dat van iemand te vragen.
Ze zouden haar hinderen, ze zouden haar te gronde richten, dat wist ze zeker.
Het was niet eens een echt dilemma.
Er waren zat andere banen.

Lieve kinderen,

Ik vrees dat het allemaal een afschuwelijke vergissing is geweest. Ik ben niet de juiste persoon voor jullie. Ik weet niet wat ik me had voorgesteld, maar dit in ieder geval niet. Het ligt niet aan jullie persoonlijk, jullie zijn allemaal geweldig – het ligt aan mij. Sinds de oorlog en… al die dingen… voel ik me een lege huls. Ik weet niet hoe ik voor mensen moet zorgen, in emotioneel opzicht bedoel ik. Ik kan het op papier, maar niet in het echte leven.
Maureen of Peter, zodra jullie opstaan, ga alsjeblieft op zoek naar een telefooncel en bel alsjeblieft de gemeente op dit nummer (ik heb een shilling neergelegd). Vraag naar juffrouw Bridges of iemand anders van de dienst Kinder- en Jeugdzaken (sorry, ik weet verder geen namen).
Wat andere dingen betreft, de man met het zwarte haar en de bruine ogen aan de overkant van de weg kan jullie vast wel helpen.
Sorry dat ik jullie in de steek laat, jullie verdienen beter.
Ik wens jullie allemaal veel geluk in de toekomst.

Hartelijke groet,

Juffrouw Newton, Clara

2

Clara's koffer maakte zo veel lawaai toen ze hem over straat sleepte, dat ze bang was dat ze het hele stadje wakker zou maken, maar ze zag helemaal niemand op haar tocht naar het station, en de donkere vensters die getuige waren van haar wandeling lichtten niet op om haar te schande te maken.

Opeens voelde ze zich bevrijd. De zware last die ze gevoeld had vanaf het moment dat ze aangekomen was op Shilling Grange was weg. Niet iedereen was geschikt om met kinderen te werken. Daar hoefde ze zich niet voor te schamen. Ze had zichzelf wijsgemaakt dat het werk vooral veel administratie zou inhouden. Of dat het feit dat het in Lavenham was al genoeg was. Of dat ze geen andere mogelijkheid had.

Nou, daar had ze ongelijk in gehad.

Ze probeerde niet aan Billy's (of was het Barry's?) betraande wangen te denken en zijn klaaglijke gejammer: 'Niet slaan!' Of de bittere toon in Maureens stem: 'anders zien we eruit als gewone kinderen.' Of hoe Rita die belachelijke muis vastpakte. 'Mama!'

Ze zou niet te lang stilstaan bij de laatste woorden van zuster Eunice: *Geef ze ervan langs.* Meende ze dat nou? Wat hadden die kinderen wel niet allemaal meegemaakt?

Het was niet langer Clara's zorg.

Maar toen ze aankwam bij het station gingen er geen treinen naar Londen. De laatste was vijfenvijftig minuten eerder vertrokken. *Die verdomde treinen ook en dat verdomde getreuzel van mij! Wat een ongelofelijk onbezonnen aftocht.* Clara bedwong haar tranen. Wat moest ze nu? Naar dat hotel op stand, de Lavender Arms, dat mevrouw Garrard had aanbevolen, en daar een onverantwoordelijke hoeveelheid geld over de balk gooien voor één nachtje? Of het plan van vanavond opschuiven naar morgen?

Ze draaide zich om en begon aan de terugtocht naar Shilling Grange.

Zenuwachtig werd ze zich ervan bewust dat iemand haar tegemoet liep, aan dezelfde kant van de weg en ze realiseerde zich, eerst met opluchting daarna teleurgesteld, dat het de norse buurman was. Het laatste wat ze nu nodig had was nog meer afkeuring van die man met die halve arm.

Ze stampte langs hem, toen hij haar een 'goedenavond' toewenste. Een snik smoorde in haar keel toen ze probeerde te antwoorden. Hij vatte de hint niet, maar liep naar haar toe. Hij was gekleed in een overjas en had een hoed op. Hij zag er nog knapper uit dan eerst. Hoe kwam het toch dat een mooie hoed haar de kriebels bezorgde? Zijn blik was bijna dezelfde als die waarmee hij naar Peg had gekeken toen Clara die tenenkrommende pogingen had gedaan om het meisje tot spreken te brengen.

'Waar kan ik in godsnaam de vertrektijden van de trein vinden? Het lukt me niet eens om normaal op de trein te stappen!' riep Clara.

'Ik denk dat er niet een goeie of een foute manier is om op de trein te stappen, toch?'

Clara snikte weer en zijn gezicht kreeg een bezorgde uitdrukking.

'O, juffrouw Newton, arme ziel!'

Het was het ergste wat hij had kunnen zeggen. Vriendelijkheid kon ze niet aan nu. En tot haar schande had ze ook geen zakdoek. Ze had de laatste aan Terry gegeven. Hij plukte er een uit zijn zak en ze zag hoe zijn lege mouw heen en weer wuifde.

Waarom werd haar blik steeds naar zijn arm getrokken?

'De eerstvolgende trein gaat morgenmiddag, denk ik. Kunt u tot die tijd wachten?'

'Dat zal wel moeten.'

'Geef mij die koffer maar, juffrouw Newton.'

Ze huilde nog steeds. Ze was al net zo erg als Rita. Een eenzame traan rolde langs haar neus en ze schaamde zich dat ze een man, een man met verdorie maar één hand, haar koffer liet dragen terwijl ze zelf twee perfecte handen had. Hij bleef haar bezorgd aankijken, dat was vervelend want ze kon er niks aan doen dat zijn ogen precíés de kleur hadden die ze het mooist vond.

'Wat zit hier in? Het ding is loodzwaar.'

'Brieven, documenten, foto's, dat soort dingen. O, en nog wat kleren.'

'Geen lijk?'

'Ha, ha.'

Clara moest zich blijven concentreren. Ze kon niet toestaan dat zijn door die hoed veroorzaakte aantrekkelijkheid of zijn plotselinge metamorfose tot charmante prins haar zou afleiden van haar missie om hier weg te komen, hoe dankbaar ze er ook voor was. Toen ze een telefooncel zag, greep ze de gelegenheid met beide handen aan.

'Ik zal even… een telefoontje plegen. Wilt u op mijn koffer letten?'

Hij stond ernaast, een zachte en trieste uitdrukking op zijn gezicht. 'Ik zal hem met mijn leven bewaken.'

Judy nam na de vijfde keer overgaan op. Clara had geweten dat ze op zou nemen. Niemand was betrouwbaarder dan Judy. Maar ze klonk wel slaperig.

'Ik ben het, Clara. Ik neem een taxi terug. Nu.'

Judy zou haar redden. Net zoals ze tijdens de Blitz had gedaan. Zoals ze na Michael had gedaan.

'Wat? Maar dat is peperduur, Clara!'

Dat zou het zeker zijn.

'Goed, ik kom morgenochtend terug dan.'

'Maar Clara, waarom?'

'Omdat er geen treinen gaan vannacht.'

'Ik bedoel, waarom... waarom ga je zo snel weer weg?'

Clara fluisterde. 'Het is hier een zootje. Ík ben een zootje. Ik kan dit niet.'

Judy sprak op gedempte toon. 'Natuurlijk wel. Ze zouden je niet aangenomen hebben als ze dachten dat je het niet zou kunnen.'

Fout.

'Maar waar ga je naartoe dan? Wat ga je doen?'

Dit beloofde niet veel goeds.

'Ik dacht... dat ik naar jou zou kunnen gaan, tot ik weer iets anders gevonden heb.'

Judy zuchtte. 'Je bent altijd welkom, maar Clara...' – *daar was ze met haar 'maar Clara'* – 'we hebben geen plek.'

Clara zweeg. Als ze lang genoeg zweeg, zou Judy zich ongemakkelijk gaan voelen en zwichten. Niet voor niks wilden alle kinderen op de Honeywell School het liefst haar als hun lerares: Judy stond bekend om haar toegeeflijkheid.

'En trouwens, ik denk dat het niet eerlijk is tegenover Arthur.'

Omdat Arthur het moeilijk had gehad in het Verre Oosten, hoefden zij daar toch niet de dupe van te zijn?

'Dus Arthur wil me er niet bij hebben?'

'Nee, dat is het niet. Dat moet je niet zeggen.'

'Als ik eenmaal weer een normaal loon heb, dan vind ik wel een ander onderkomen.' Clara had het akelige gevoel dat ze deze slag aan het verliezen was.

'Hoelang zal dat dit keer duren?'

Judy was normaal gesproken niet zo onredelijk. Clara vermoedde dat Arthur achter haar stond, en haar koortsachtig in haar oor fluisterde: Laat haar niet weer hier komen.

Judy had een keer opgebiecht dat het niet altijd koek en ei was tussen hen. Arthur had nachtmerries, zweetaanvallen en allerlei andere verschijnselen, maar dat hadden veel ex-soldaten. Het maakte hem niet bepaald geliefder bij Clara.

'Als je dan zo nodig terug moet naar Londen, heb je er dan aan gedacht om naar je vader terug te gaan?'

Clara ramde de hoorn op de haak en huilde.

'Wil je mee naar mijn werkplaats?' Ivor Delaney praatte nu tegen haar alsof zíj een kind was. 'Het is een beetje een rommeltje, maar...'

Clara trok haar neus op. 'Wat voor soort werkplaats is het?' *Alsof dat wat uitmaakte.*

'Voornamelijk een stoffeerderij, maar ik naai, ik herstel, van alles eigenlijk.'

Clara dacht erover na. Ze kon niet begrijpen hoe hij dat allemaal kon, met maar één functionerende arm.

'Soms ziet het leven er beter uit bij een lekker kopje thee.' Zijn wangen waren rood. 'Ik hoop dat ik een goede luisteraar ben.'

Ze wilde hem niet vertellen over de geest van Michael. Dat was te beschamend. Ze vond die seances, horoscopen en al dat spirituele gedoe waar weduwen en dochters na de oorlog in gezwolgen hadden belachelijk, maar ze bleek nu net zo'n stommeling.

Alle mislukkingen stapelden zich in haar hoofd op. Ze kon hem niet vertellen over dat vernederende lage krukje tijdens de lunch. Ze kon hem niet vertellen dat ze Molly de Muis had gewassen. Ze kon hem zelfs niet vertellen over Maureen die bij het raam stond te roken of over die jongen op straat tegen wie ze, naar zij aannam, had geschreeuwd. Hij zou denken dat ze incompetent was, of dat de kinderen stout waren. En geen van beiden was het geval.

Ze snoot haar neus weer – *die arme zakdoek van hem.*

'Het gaat prima.' Ze herinnerde zich de kille toon waarop hij 'onervaren pennenlikkers' had gezegd, een paar uur geleden nog maar. Hij was niet haar vriend. 'Dank voor uw hulp.'

'Geen moeite.' Hij zweeg. 'Ik ben erg dol op de kinderen. Ik ken ze al heel lang en...'

Clara onderbrak hem gedecideerd. 'Ik heb uw hulp verder niet nodig.'

‘Wat u wilt.’ Zijn toon veranderde. ‘Veel succes met uw beslissing.’

‘Beslissing?’

Hij stond ongemakkelijk te draaien.

‘Of… of u al dan niet… blijft.’

Clara keek hem aan. ‘Ik heb inderdaad een besluit genomen, dank u. Ik zal op zijn laatst morgenmiddag vertrekken.’

Hij haalde zijn schouders op. *Alsof het hem iets kon schelen.* ‘Dat is waarschijnlijk maar het beste dan.’

3

Brood met vleesjus voor ontbijt. Er had ook pap moeten zijn, maar die had Clara niet gevonden en tegen de tijd dat Alex haar de plek in de kast wees, was het te laat. Opnieuw was het net zozeer de geladen stilte als het eten dat het hele gedoe zo naargeestig maakte. Zodra ze hun lepel hadden neergelegd pakten de oudere jongens hun borden op en snelden naar de gootsteen. Clara wist zich geen houding te geven. De meisjes stonden onder de hoede van Maureen. Rita en Peg dekten de tafel voor de lunch. Het was gek om hier gewoon te zitten en alles om haar heen maar op zijn beloop te laten. Billy en Barry krabden allebei aan hun hoofd. Ze dacht dat ze best nog even een gesprek met ze zou kunnen proberen te voeren. Een láátste gesprek (dat hoefden zij niet te weten natuurlijk).

'Dus, jullie gaan allemaal naar dezelfde school?'

Peter leek in de war. 'Nee, wij gaan naar de grote school. De kleintjes gaan naar de lagere school.'

'Natuurlijk.' *Mijn god, ze was zo'n onbenul!*

Bij de achterdeur hield Rita haar hand op, palm omhoog, vingers gespreid. Clara staarde ernaar. *Moest ze de kinderen soms iets geven voordat ze naar school gingen?*

'Wat is er?'

'Ik heb in mijn bed geplast,' flapte ze eruit. Haar verdrietige blik kruiste die van Clara.

'O.'

Rita boog zich voorover, keek angstvallig even over haar schouder. 'Terry en Peg ook.'

'Nou, dank dat je het even vertelt.'

'Gaat u ons niet slaan?'

'Nee, ik denk het niet, hoor.'

Rita stopte haar hand in haar zak. 'Fijn, tot later.'

Clara zwaaide ze verstrooid uit. Oké, ze zou ze nooit meer zien maar dat was ook maar het beste. Ze overdacht of ze de lakens van die – *drie?* – meisjes die in hun bed geplast hadden zou wassen. Ze had er weinig zin in, maar ze op bed laten liggen leek ook niet eerlijk.

Net toen ze de lakens aan het wassen was, kwam er een vrouw van de gemeente langs, vol verontschuldigingen dat het de vorige dag niet gelukt was om haar welkom te heten. Juffrouw Bridges had grijs krulhaar, een zwaar brilmontuur en geruststellende stevige stappers die ritmisch op de keukenvloer hamerden.

Ze hield zich deels met Kinder- en Jeugdzaken bezig, deels met begraafplaatsen.

'We hebben het zó druk.' Ze glimlachte. 'We kunnen ze niet snel genoeg begraven. Maar we komen er samen wel uit, toch? Ik wed dat het voor jou ook wel even aanpassen was.'

Ze deed zo enthousiast en zo overwerkt, dat Clara niet onmiddellijk los kon branden.

Juffrouw Bridges zette een pot thee, en dat was lekker. Clara kon zich niet herinneren wanneer de laatste keer was geweest dat iemand dat gedaan had. Daarna pakte ze haar tas uit – rubber zeiltjes voor op de matrassen en kammen voor de luizen – en onder het uitpakken was ze geen moment stil. Ze leek niet eens adem te hoeven halen.

'Hiervan zul je er nog wel wat meer nodig hebben. En ik moet je nog vertellen over het nieuwe beleid, de regels veranderen de hele tijd. We denken dus dat het beter is om de kinderen zo snel mogelijk bij adoptieouders onder te brengen. Zie deze plek maar als een radertje in een wiel, of een onderdeel van een lange lopende band.'

Ze nam genietend een grote slok van haar thee, en keek Clara daarna recht aan.

'Of nee, geen lopende band, we zetten geen wapens in elkaar of zo. Ik bedoel, zoals, zoals, o, ik weet het al – zoals potten jam. Ze klaarstomen voor het familieleven. We willen ze gewoon zo snel mogelijk onderbrengen bij goede families, zodat ze niet geïnstitutionaliseerd raken. En ondertussen ben jij dan hier. Het staat allemaal in de Kinderwet. Heb je het Curtis Report nog gelezen? Dame Myra is geniaal. We moesten even opgeschud worden en dat is precies wat gebeurd is.'

Clara had delen van het Curtis Report gelezen voor het sollicitatiegesprek en had het een buitengewoon document gevonden. In detail bevatte het alles wat fout was aan het versnipperde liefdadigheidssysteem en het beschreef hoe kleine, meer gezinsachtige kindertehuizen en zorgvuldiger adoptie en pleegouderschap de toekomst waren.

'Was je het eens met de conclusies?'

Clara knikte. Ze luisterde nauwelijks nu. Ze vroeg zich af hoe ze juffrouw Bridges moest vertellen dat ze wegging. Haar vriendelijkheid, haar begrip en dat ze maar doorbabbelde maakten het moeilijk.

'We hebben van sommige kinderen een paar familieleden opgespoord die nog in leven zijn.' Juffrouw Bridges keek om zich heen voordat ze een klopje op de stoel gaf. 'Afkloppen, ik wil niet voor mijn beurt spreken, maar er zitten twee mogelijke adopties in de pijplijn, en er zijn zelfs een paar adoptieaanvragen. Volgens mij heb je er, als we hard ons best doen, in het voorjaar nog vier over. En dat is zulk goed nieuws, vind je niet?'

Juffrouw Bridges lachte even. Ze was echt een opgewekt type. Ze begon net weer aan een nieuwe monoloog toen Clara haar kans greep.

'Ik moet u iets vertellen, juffrouw Bridges. Ik ben bang dat ik niet de juiste persoon ben voor deze baan.'

Het had een vernietigend effect. Juffrouw Bridges' mond viel open. Ze knipperde met haar ogen. Ze legde haar hand op die van Clara, hield hem gevangen. 'Ik weet dat het in het begin overweldigend kan zijn, dat weten we allemaal, maar je leert dat je overdag als de kinderen naar school gaan, een beetje rustig aan kunt doen zodat je later weer volop aan de slag kunt. Het komt allemaal goed.'

Clara probeerde haar hand weg te trekken, maar dat lukte niet.

'Zuster Grace komt elke tweede zondag, dus dan heb je de tijd aan jezelf.'

'Maar ik heb geen idee wat ik met ze aan moet.'

'Daar is niks ingewikkelds aan.' Juffrouw Bridges liet Clara's hand los en legde haar hand op Clara's knie, ze gaf een geruststellend klopje. 'Het is net alsof je voor een gezin zorgt, alleen zijn het meer mensen.'

Clara besloot niet de waarheid te vertellen, namelijk dat ze geen idee had hoe ze moest zorgen voor een gezin van welke grootte ook maar. Het was haar niet eens gelukt haar planten in leven te houden. Ze slikte haar thee door en zelfs toen haar kopje leeg was, bleef ze het naar haar mond brengen om maar iets te doen te hebben met haar handen. *Dit was zo ongemakkelijk.*

'Er staat ook helemaal niks op papier!'

'We hebben dit!' Juffrouw Bridges trok een kleine map van drie millimeter dik tevoorschijn. 'Natuurlijk wel weghouden bij nieuwsgierige ogen. Je zult de informatie moeten aanvullen en er dingen bij schrijven.'

'Dat heb ik al gedaan.' Clara voelde zich trots. Ze was uiteindelijk niet helemáál een totaal nutteloze aanwinst. 'Maar juffrouw Bridges, ik denk dat ik niet duidelijk genoeg ben geweest. Vanmiddag vertrekt er een trein naar Londen, en ik ben van plan die te nemen.'

Het kwam er wat norser uit dan Clara wilde. Maar ze kon het niet beter duidelijk maken, en dat had ze nu in ieder geval gedaan.

'Je kunt absoluut niet weggaan. Wie gaat dan voor de kinderen zorgen?'

'Zoals u zegt, alle potjes zullen spoedig op hun nieuwe plankjes staan.'

'We kunnen niet nog een keer een advertentie zetten en al die sollicitatiegesprekken houden. Je kunt je niet voorstellen hoeveel tijd dat kost.'

Clara mompelde dat ze zich dat echt wel kon voorstellen. *Sorry, sorry.*

'Dit is echt lastig. De gebruikelijke opzegperiode is drie maanden, op zijn minst.'

Drie maanden?

Juffrouw Bridges zag er beduusd uit, maar ze hernam zich snel weer.

'Als we het, de toestand in ogenschouw nemend, aanmerken als een familiecrisis, dan zouden we het wel terug kunnen brengen tot, laten we zeggen, twee maanden.'

Twee maanden is net zo ondenkbaar. Clara's maag kromp samen. 'Zes weken, en die hele periode zal ik mijn uiterste best doen voor ieder van de kinderen.'

'Afgesproken.'

~

Nadat juffrouw Bridges was vertrokken ging Clara in de tuin zitten. Dit was tenslotte haar vrije tijd, hoewel ze geen idee had wat ze ermee aan moest. Haar dag had een omgekeerd ritme. De kinderen zaten zes uur op school – los van de lunch – en de rest van de tijd was ze aan hen overgeleverd, en de kinderen aan haar. Het was afschrikwekkend maar ze voelde dat ze het aan zou kunnen, met het einde in zicht. Juffrouw Bridges had gelijk, ze moest haar opzegtermijn uitzitten, al was het alleen al om haar kans op een nieuwe baan niet te verknoeien.

Vanuit de tuin had Clara zicht op het komen en gaan op de grote weg. Het was afschuwelijk geweest om ontslag te nemen, maar ze was niet ontevreden met de uitkomst. Hoewel het ongetwijfeld saai zou zijn, was een verblijf van zes weken waarschijnlijk praktischer dan met de noorderzon vertrekken en de zaken onafgedaan laten. Zo had ze tijd om een nieuw onderkomen te vinden en een andere baan. Harris & Sons was niet de enige plek waar ze het geluk zou kunnen vinden. Al had ze op dit moment alles willen geven om weer aan haar oude bureau te zitten met het gevoel dat het zinvol was wat ze deed.

Een hond kwam naast haar zitten, legde zijn poot op haar dij. Ze aaide hem verbaasd – zo'n slimme hond met schattige glimmende ogen.

Het leek net of hij haar iets duidelijk probeerde te maken. Er klonk een stem van achter uit de tuin.

'Wat ben je aan het doen, Schurk?'

Het was een man met een tweedhoedje, gekleed in een jasje, rijbroek en rijlaarzen. Het toppunt van de plattelandse gentleman, en er was iets aan hem waardoor Clara rechtop wilde gaan zitten en gaan giechelen, rug recht, buik in.

'Zit, Schurk.'

'Maakt u geen zorgen, het is een schatje,' riep Clara.

'Schurk heeft een goede smaak.' De man liep naar het hek en Clara stond op om naar hem toe te lopen.

'Ik ben White,' zei hij. 'Julian.' *Chique naam*, dacht Clara terwijl ze elkaar de hand schudden. 'Aangenaam u te ontmoeten.'

'Juffrouw Newton, Clara. Aangenaam u te ontmoeten. En jou, Schurk. Hallo.'

Julian had een aardige lach. Warrig blond haar, een gelijkmatig gezicht, bleke wenkbrauwen en roze wangen alsof hij had gerend. 'We zijn buren,' zei hij. 'Mijn kantoor is daar.'

Nu pas voor het eerst zag Clara het gebouw dat schuin tegenover de Grange stond: een groot, goed onderhouden huis met Griekse pilaren, vensters die glinsterden in de zon, fris geverfde witte muren en een gouden plakkaat waarop stond: 'Robinson, Browne en White, Advocaten'.

Dus hij was de White. Ze had nooit eerder een advocaat ontmoet. Dat vertelde ze hem.

'Nou, het barst van de eerste keren vandaag. Ik heb nog nooit een… wat bent u precies? U bent geen non, toch? Of nonnen moeten zich opeens anders… zijn gaan kleden.' Hij leek ergens in de veertig en de manier waarop hij haar bekeek deed vermoeden dat hij niet getrouwd was, al kon je dat nooit zeker weten – Clara wist het althans nooit.

'Ik ben de nieuwe huismoeder, zoals ze dat noemen. Ik ben aangesteld door de gemeente.'

'Om voor de kinderen hier te zorgen?'

'Dat is het idee.'

Zou ze hem vertellen dat ze over zes weken weer weg was? Nee, daar had hij niks mee te maken en ze was toch niet verplicht om haar levensverhaal te vertellen aan vreemden? Zelfs niet aan charmante advocaten die naar haar lachten.

'En hoe bevalt het u hier in ons mooie Lavenham?'

'Ik heb er nog niet veel van gezien.'

'Nou! Sta mij dan toe uw gids te zijn.'

Hij had twinkelende ogen, hoewel ze niet dichtbij genoeg stond om de kleur goed te kunnen zien. Je zou niet verwachten dat een advocaat met zijn eigen naambord zo'n twinkelend type zou zijn. En iemand met zo'n aanbiddelijk hondje als Schurk moest toch wel leuk zijn.

'Dank u. Absoluut!'

De aankomende zes weken zouden misschien uiteindelijk toch niet zo tergend lang en saai zijn.

~

Tijdens de lunch ging Clara op de stoel van zuster Eunice zitten, aan het hoofd van de tafel – de kinderen hadden niet eens gevraagd waar de non naartoe was – en terwijl ze de verkoolde groentetaart aan het opeten waren, stak ze van wal.

'Hoe was jullie ochtend, kinderen?'

Stilte.

'Niemand? Goed, zal ik dan maar beginnen?'

Stilte.

'Nou, ik heb juffrouw Bridges ontmoet, van de gemeente, en we hebben een heleboel plannen gemaakt.' Clara besloot de vergezochte analogie van de lopende band en de potten jam niet te delen. 'Voor jullie toekomst, bedoel ik. Het is allemaal heel spannend. Goed, wie nu?'

'We zijn altijd stil tijdens het eten,' zei flapoor Alex.

'Ik begrijp dat het altijd zo was, maar nu heb ik de leiding hier, en hoeven we het niet meer zo te doen.'

'Zo is het altijd geweest,' snauwde Maureen.

Clara had niet verwacht dat uitgerekend Maureen degene van de kinderen was die haar zou tegenspreken. Maar misschien sprak ze altijd álles wel tegen.

'Dingen veranderen.'

Clara had niets te verliezen. Wat zou de gemeente doen? Haar ontslaan?

'Misschien houden we er gewoon van om niks te zeggen. Misschien hebben we u wel niks te zeggen.'

Iedereen zweeg. Er klonk alleen het geluid van vorken die over borden schraapten. Buiten toeterde een auto. En was dat de postbode of de melkboer die 'mooie dag, hè,' riep?

'Billy? Barry? Peter? Hoe was het op school? Terry? Rita?'

Ze staarden haar allemaal aan.
'Je bent je tong kwijt, hè, Peg? Goed, Peg niet. Alex dan?'
'Bedankt dat u het vraagt.' Alex keek de anderen hulpeloos aan. 'Met wiskunde leren we nu de stelling van Pythagoras. Zal ik het uitleggen?'
'Heel graag,' zei Clara.
Moge god ons bijstaan.

VERSLAG 1
Rita Jane Withers

Geboortedatum
21 augustus 1939
Ze is negen jaar maar gedraagt zich jonger.

Achtergrond familie
In 1944 werd het woonhuis van de familie in Oost-Londen geraakt door een verdwaalde brandbom en dat leidde tot brand. Van de vijf gezinsleden werd alleen Rita levend gevonden – de rest was vermist, waarschijnlijk dood. Naar verluidt werd Rita aan het eind van de volgende ochtend gevonden met haar kleine wollen muis, zo'n drieënhalve kilometer van het huis. Een familielid in Southend-on-Sea nam haar in huis, maar ze kon niet nóg een getraumatiseerd kind aan en Rita werd daar naar het schijnt gepest (volgens een buurman). In 1947 kwam ze hier.

Minstens zes keer per dag roept ze om haar moeder, Gloria Withers. Soms vaker.

Ik zal proberen uit te zoeken wat er met de moeder gebeurd is.

Gezondheid/voorkomen
Rita is een gezond meisje met grote ogen en lange wimpers. Mensen op straat zeggen vaak: 'Dat wordt een hartenbreker.' Ze is dol op haar lange haar, dat Maureen voor haar borstelt, meestal honderd keer op een avond.

Eten
Broodjes, rijstpudding, griesmeelpudding, als het maar zoet is. Ze eet goed – zo goed dat het een raadsel is dat ze zo minnetjes is. Misschien heeft ze een holle kies.

Hobby's
Ze is goed in borduren en ze is creatief. Ze houdt van verhalenboeken waarin avonturen verteld worden.

Verder
Ze is bang van harde geluiden en van vuur. De oudere kinderen zijn aardig tegen haar – ze lijkt beschermend gedrag bij ze op te wekken. Ze is zeer gehecht aan haar wollen muis (niet wassen!). Ze doet haar ogen dicht bij het bidden voor de lunch.

4

Michael zei altijd dat tegenpolen elkaar aantrekken. Hij nam dingen serieus die Clara minder serieus nam, en hij vond dingen grappig die Clara juist zaken van grote ernst vond. Hij was meegaand, terwijl zij juist grillig was. Hij was sterk, zij niet. Maar Clara had moeite met kinderen van wie je zou kunnen zeggen dat ze tegengesteld waren aan haar.

Zij en Peter leken nog het meest op elkaar – zijn manieren, zijn gedrag herinnerden haar aan zichzelf toen ze zo oud was. Hij was rustig, maar behulpzaam in huis – een loyale aanwezigheid. De speelsheid van Billy en Barry en de genialiteit van Alex kon ze ook begrijpen, of in ieder geval verdragen. Waren ze allemaal maar zo...

Maar dat waren ze niet. Daar was Maureen met haar stemmingswisselingen. Peg en haar zwijgzaamheid. En ze verdienden beter dan Clara, ze hadden iemand nodig die van wanten wist, iemand met autoriteit, iemand van gewicht. *Meer iemand als Judy.*

En dan Rita. *O, Rita...*

Ze hadden geen al te beste start gemaakt. Eerst dat incident met Molly de Muis. En de avond daarna had Clara een haarborstel opgepakt, waarop Rita begon te gillen.

'Niet slaan!'

'Dat zou ik nooit doen!' Clara legde hem behoedzaam neer, stak haar handen op in een gebaar van overgave. 'Kijk, zie je wel?'

'Dat deed zij altijd,' huilde Rita. 'Zuster Eunice sloeg me. Ik wil naar mama.'

'Ik ga je niet slaan,' zei Clara. 'Nooit, dat beloof ik.'

Maureen, die uit het raam stond te kijken naar iets of iemand, vouwde haar armen voor haar borst. 'Dat zeiden ze allemaal in het begin.'

Rita wilde niet naar school als niet alles precies klopte. Elk haartje op de plek, kousen precies tot even hoog opgetrokken, schoenen het blinkendst van allemaal.

Ze staarde in de gebarsten spiegel in de badkamer. 'Ben ik mooi?'

'Misschien kun je beter vragen: "Ben ik aardig?"' zei Clara.

Rita keek haar niet-begrijpend aan.

'Ik bedoel, mooi zijn is ook niet alles, hè?'

Rita liep weg en Clara bleef weer eens achter met het gevoel dat ze het niet helemaal goed had gedaan.

Geen van de kinderen kon goed slapen, maar Rita sliep wel het slechtst van allemaal. Vroeg in de ochtend plaste ze in bed, en daarna kwam ze naar Clara's kamer. Clara begon op te zien tegen het ochtendlijk gefluister: 'Heb nieuw laken nodig', of 'mag ik hier slapen?' Ze babbelde er ook graag op los: 'Mijn knie voelt anders', of 'ik dacht dat ik een kat hoorde. Mogen we een kat?'

'Tijdens de oorlog plasten ze allemaal in bed,' zei juffrouw Bridges en ze beloofde er een artikel uit een tijdschrift over op te sturen.

Clara probeerde zo geduldig mogelijk te zijn met Rita, maar het vereiste een bovenmenselijke inspanning. Op sommige dagen waren er geen problemen, dan scharrelde Rita vrolijk uren rond in de tuin, waste ze zonder morren haar sokken en zong uit volle borst het volkslied. Maar er waren ook dagen dat ze niet kon of wilde stoppen met huilen. Ze had Clara toevertrouwd dat ze haar haar netjes moest hebben voor het geval mama haar op een dag zou komen ophalen.

Clara vroeg zich af of ze ooit nog normaal zou slapen, ooit nog gewoon in haar eentje zou kunnen lezen, ooit rustig naar de wc zou kunnen zonder dat er iemand op de deur bonkte met: 'Rita huilt', of 'Terry heeft weer een bloedneus', of 'Barry gaf me een klap', of 'Mijn schoenen passen niet'.

Twee weken na haar aankomst, had Clara buikkrampen – haar maandelijkse euvel – en wilde ze alleen maar heel diep slapen. Haar botten deden pijn. De gehaktschotel was weer een smakeloze mislukking geweest, ze ging gebukt onder herinneringen aan Michael en toen ze in slaap viel had ze het liefst gehad dat ze vier weken later, op 14 oktober, pas wakker zou worden.

Midden in de nacht schrok ze wakker met het gevoel dat ze niet alleen was. Ze deed haar ogen open en zag een gezicht naast zich. Clara slaakte een kreet.

'Niet bij mij in bed gaan liggen!'

Het gezicht barstte in huilen uit. 'Mis mama zo.'

Het was half drie 's ochtends. 'Ik mis mama ook,' bracht Clara uit, zonder erbij na te denken. 'We missen onze mama allemaal, daarom wonen we in dit vreselijke huis.'

Rita's mond viel open.

'Ik meende het niet,' zei Clara snel. *Dit kleine meisje heeft haar moeder verloren! Vreselijk, vreselijk.* 'Rita, het spijt me. Ik ben gewoon zo moe vanavond.'

'Wat is er met uw mama gebeurd?' vroeg Rita.

'Ze is dood.' Clara sprak er het liefst nooit over, maar Rita knikte begrijpend.

'Waar?'

'In Afrika.' Clara wist dat Rita veel beter verdiende.

'Ik ken Afrika. Het ligt vlak bij Birmingham.' Rita sloeg haar armen om Clara en verborg haar hoofd in haar nek. 'Ik word er helemaal verdrietig van.'

'Ik ook.' Clara klopte het kleine meisje ongemakkelijk op haar rug en al snel vielen ze allebei in slaap.

De dokterspraktijk lag aan een van de statiger zijstraten van de hoofdweg, maar vijf minuten lopen van de Grange. Er hing een bordje aan de deur, maar verder zag het eruit als een normaal huis. Clara nam Rita er de volgende dag na school mee naartoe. Dokter Cardew was lang, groot en blond – de mannen in Lavenham hadden vooraan gestaan bij het uitdelen van een knap uiterlijk.

Hij groette haar bij de deur, kaarsrecht.

'Ah, ik vroeg me af of we elkaar al eens hadden ontmoet.'

De dokter ging Clara en Rita voor en via een wachtkamer kwamen ze in een lichte kamer achterin. Houten kasten bedekten drie van de wanden en elk ervan stond vol met potten, kannen en dozen. De dokter luisterde naar Rita's hart, nam haar pols op, keek in haar oren, maakte haar aan het lachen en liet haar haar tong uitsteken. 'Deze kleine is lichamelijk helemaal in orde,' verklaarde hij toen Rita hem aankeek, de paarse kringen onder haar ogen waren duidelijk zichtbaar in de helder verlichte ruimte.

Plotseling klonk er een geluid, een weemoedig geluid waardoor Clara verstijfde. Het was een viool, realiseerde ze zich bijna meteen, maar hoe hij nu bespeeld werd, zo klaaglijk, had ze nog nooit gehoord. Clara had er niet echt verstand van, maar ze kon wel horen dat de violist veel talent had. Rita kneep in haar hand. 'Mooi!' zei ze.

'Neem me niet kwalijk,' riep dokter Cardew naar de andere kamer. Zijn stem klonk beheerst, maar hij leek geïrriteerd door de onderbreking, alsof het vaker gebeurde. 'Er zijn nog patiënten.'

Het geluid hield meteen op – zo plotseling dat ook hier een bepaalde irritatie uit sprak.

'Mijn vrouw.' Hij draaide zich weer naar Rita. 'Zie je die pot met gesuikerde amandelen daar? Pak er maar een en ga dan maar even naar de kikkers in de vijver kijken.'

Opgetogen deed Rita wat haar gezegd was en glipte naar buiten. De tuin was weelderig, en rond de vijver stonden hoge bomen. Clara hoorde voetstappen en even later voegde een lange vrouw met donker haar zich bij Rita in de tuin.

'Ze heeft zo veel meegemaakt.' Clara vertelde wat ze van Rita wist: het bombardement in Londen, de pesterige familie in Southend-on-Sea, de angst om geslagen te worden.

Clara was verbaasd hoe goed hij luisterde naar haar verhaal. Ze was niet gewend dat mannen naar haar luisterden. 'Ze is geobsedeerd om haar moeder te vinden. Ik weet niet hoe ik haar aandacht daarvan af moet leiden en of dat eigenlijk wel nodig is.'

'Ze moet er gewoon overheen groeien,' zei hij.

'Ik weet niet of dat zo makkelijk is.'

'Ik zei niet dat het makkelijk was.' Hij pakte zijn pen en schreef een paar woorden op. Het was een statige vulpen, zo'n pen die Emily Brontë wellicht gebruikt had.

'Er moet toch iets zijn wat we kunnen doen?'

'Na de Eerste Wereldoorlog hadden we het altijd over shellshock. Het is een erkende aandoening. Rita lijdt aan net zoiets.'

'En wat is de remedie?'

Hij was klaar met schrijven en staarde uit het raam, niet naar Rita maar nog verder weg.

'Er is niet één oplossing, vrees ik. Tijd misschien, en begrip. Juffrouw Newton – ik wil alleen maar zeggen dat ik blij ben dat u besloten hebt te blijven.'

Clara beet op haar lip.

'Ik zag dat u wegging.' Hij keek niet naar haar, maar naar zijn pen. 'U liep naar het station met uw koffer.'

Clara wist niet wat ze daarop moest zeggen. De klok tikte. Er zoemde een of ander apparaat in de verte. Een auto reed voorbij.

'Ik wilde u zeggen dat het normaal is om te twijfelen.'

'Ik… dank u.'

'Het is uiteindelijk een enorme verantwoordelijkheid. Veel van de kinderen op Shilling Grange hebben veel te lijden gehad. Dus om dan te zien dat er iemand is die ze structuur biedt, betrouwbaarheid en toewijding is goed nieuws: niet alleen voor de kinderen, maar voor het hele stadje.'

Rita stond nu naast de lange, ongelooflijk tengere zwartharige vrouw.

Dokter Cardew opende de tuindeuren en gebaarde dat Clara zich buiten bij hen moest voegen. Dat deed ze, maar ze voelde zich vreselijk. Ze had hem moeten vertellen dat ze binnen een maand weg zou zijn in plaats van al die lof aanpakken als een bos bloemen die niet voor haar bedoeld was. Maar ze kon het gewoon niet.

Buiten was een grijze stenen patio en er stond een hok waar Rita en de vrouw van de dokter gehurkt naast zaten.

De vrouw zwaaide en liet toen haar arm zakken, alsof ze zich bedacht. Ze had buitengewoon bijzondere jukbeenderen en haar ogen waren violet. Ze zag eruit als een filmster, of in ieder geval als iemand die thuishoorde in een wereld van vijfsterrenhotels en chique restaurants. Toen zag Clara dat haar mouw omhoog geschoven was, een rijtje blauwe cijfers op haar bovenarm was zichtbaar, als een kneuzing of een brandwond. Ze kon haar blik er niet van afwenden. De vrouw keek naar Clara nu, met een intense blik. Hun ogen vonden elkaar boven het grijze konijn met flaporen dat Rita bijna fijnkneep in haar armen.

'Excuus dat we u lastigvallen,' fluisterde Clara.

De vrouw keek weg.

'Ik wil een konijn,' zei Rita en glimlachend verborg ze haar gezicht in de vacht van het beest. 'Mag ik, alstublieft?'

VERSLAG 2
Teresa Seraphina Carter

Geboortedatum
13 juli 1938

Achtergrond familie
Terry's moeder, Patricia Carter, stierf in mei 1941 tijdens de Blitz samen met Terry's jongere zus Bernadette. Terry woonde toen niet bij hen. De moeder was schijnbaar bezig de familie naar het platteland te evacueren, waar ze weer samen zouden kunnen wonen maar had dat uitgesteld omdat ze nog zorgtaken te vervullen had in Londen. Terry werd uiteindelijk vanuit haar evacuatieadres in Wales verhuisd naar een kindertehuis in Norfolk. Terry heeft haar vader nooit gekend – het schijnt dat hij beroepssoldaat was en in 1943 omkwam bij een operatie in Egypte.

Gezondheid/voorkomen
Plast twee van de zeven nachten in bed. Terry houdt van korte broeken in plaats van een rok, van pyjama's in plaats van een nachthemd en wil per se haar haar kort. Dit is heel verstandig, want ze is vatbaar voor hoofdluis.

Eten
Ham. Toast met kaas. Popcorn. Zwarte koffie. Ze heeft een verbazingwekkend volwassen smaak.

Hobby's
Onduidelijk.

Verder
Ze is vriendelijk en levendig in een-op-een-situaties, maar Terry komt niet echt tot haar recht in grote gezelschappen.

5

Shilling Grange, de werkplaats van meneer Delaney en Robinson, Browne en White Advocaten bevonden zich aan het eind van de Lavenham High Road. Het treinstation en het Lavender Arms Hotel lagen aan het andere eind. Daartussenin waren allerlei winkels, zoals de slager, de bakker en een postkantoor. Erachter lagen weilanden. Clara vond ze mooi, maar ze gaven haar ook de zenuwen, want naast de koeien was er ook modder en troep. Dat had je met het platteland – overal was modder en troep. Maar van de andere kant was Clara dol op veldbloemen, ze was ook dol op bomen en ze hield van open ruimtes – ze was er alleen niet aan gewend.

Rond eind september begon het kouder te worden en het was altijd kouder dan je verwachtte als je in huis zat. De kinderen bleven hele ladingen herfstbladeren binnenbrengen, als katten die gevangen muizen meeslepen, en maakten er een berg van op tafel. Clara had geen idee wat ze ermee aan moest. Zelfs na vierentwintig dagen in Shilling Grange wist ze nog steeds totaal niet waar ze nou eigenlijk mee bezig was. En hoe langer ze daar bleef, des te minder zeker ze ook maar érgens van was.

De kinderen raakten aan haar gewend, maar ze waren nog steeds schrikachtig, vooral als ze een fout hadden gemaakt. Nadat Billy de melkkan had omgestoten had hij haar bang een schoen aangereikt, en toen Peg viel, hield ze haar hand op om een klap te ontvangen. Hopelijk zouden ze naarmate de tijd verstreek gaan begrijpen dat Clara de kinderen geen straf gaf – niet zo'n straf in ieder geval – en Clara hoopte dat haar vervanger dat ook niet zou doen.

Maar wát als die vervanger dat wel zou doen?

~

Tegen het eind van de maand liep Clara met Terry op de High Road toen ze ineens merkte dat Terry niet meer naast haar liep, maar drie of vier winkels achter haar in de etalage van de bloemist stond te staren. Terry was een hopeloze treuzelaar. Alex had verteld dat ze vaak straf kreeg op school omdat ze te laat was.

Clara liep terug en trof haar aan met haar vingers tegen het glas. Met een ruk ging de winkeldeur open.

'Vindt u het heel erg?' Het was de vrouw met het geblondeerde haar, mevrouw Garrard.

'Sorry?'

'Dat kleine jongetje bewasemt het glas.'

'O, maar ze kijkt alleen maar naar de zonnebloemen.'

Mevrouw Garrard schudde haar hoofd. 'Hij jaagt me de stuipen op het lijf.'

'Ze vindt ze mooi, dat is het enige.'

'Ze kan ze ergens anders mooi gaan staan vinden. Doorlopen, alstublieft.'

'Kom, we gaan.' Clara pakte Terry's hand en trok haar mee. Terry leek het niet in de gaten te hebben, maar dat wist je nooit helemaal zeker.

'Die vrouw!' zei Clara geërgerd toen ze een paar winkels verder liepen.

'Die bloemen!' zei Terry. 'Het is net alsof ze je gedag willen zeggen.'

Juffrouw Bridges had het bijzonder druk dezer dagen – er was onlangs een overstroming geweest op een plaatselijke begraafplaats – dus werd mevrouw Harrington gestuurd voor een controlebezoek. Mevrouw Harrington hield zich met Kinder- en Jeugdzaken bezig, en met 'sociaal welzijn'.

Clara was bezig de melkflessen buiten te zetten toen mevrouw Harrington verscheen: een onstuimige jonge vrouw met rood haar in een haarnetje en te veel rouge.

'Bedankt voor uw komst...' begon Clara, maar mevrouw Harrington zwaaide wild met haar armen.

'Zie ik daar meneer Delaney aan de overkant?'

Ze had een onverwacht deftige stem. Gemaakt, zou Judy zeggen.

Ivor kwam net uit zijn werkplaats. Met zijn hoed en zijn overjas leek het net of-ie regelrecht van een filmset afkomt, dacht Clara. Hij had echt iets Humphrey Bogart-achtigs over zich.

'Meneer Delaney de knappe stoffeerder?'

Clara keek haar aan. Ze had geen woord meer met Ivor gewisseld na die avond op het treinstation, bijna een maand geleden, en ze wilde dat nu ook vermijden. Helaas was ze zich altijd maar al te bewust van zijn aanwezigheid, omdat hij de deur van zijn werkplaats meestal open liet staan en de lichten in zijn huis 's avonds vaak aan waren. (Clara wist zeker dat hij dat deed om haar te ergeren.)

'Ik heb wel een paar dingen die een opfrisbeurt kunnen gebruiken,' riep mevrouw Harrington naar meneer Delaney, met een knipoog naar Clara. 'Wanneer kan ik ze komen brengen?'

'Je kunt ze altijd afleveren bij mijn werkplaats.'

'Dat is me nogal een uitnodiging!' kirde mevrouw Harrington.

'En jij ook, Clara.' Ivor richtte zich direct tot Clara, ondanks haar inspanningen om zijn bestaan te ontkennen. 'Ik naaide en verstelde altijd van alles voor de kinderen. Als je iets hebt...?'

Clara besloot hem te negeren. Nu, onder het oog van iemand van de gemeente, was hij o zo vriendelijk. Hij dacht waarschijnlijk dat ze zou blijven. Nou, ze had hem niet nodig. Maar hoe dan ook had de amicale omgang van mevrouw Harrington en hem Clara wel verrast en het irriteerde haar een beetje, al wist ze niet precies waarom.

Ze manoeuvreerde mevrouw Harrington naar binnen.

'Is het geen knapperd? Zo'n mooie kerel heb ik sinds het vertrek van de Amerikanen niet meer gezien. En wát een held. Ze zeggen dat hij twintig mannen gered heeft. Duinkerke.'

Clara wilde lachen. *Twintig mannen*? Het zou best. Oorlogsverhalen werden, net zoals oorlogswonden, overdreven, dat wist iedereen.

Ze pakte kopjes en schotels terwijl mevrouw Harrington maar doorkletste. 'Jammer van die arm, maar die zou ik op de koop toe nemen, jij niet? Grapje hoor, ik ben getrouwd, maar mijn hemel! Daar word je toch vrolijk van!'

Clara probeerde mevrouw Harrington uit alle macht op het goede spoor te houden, maar makkelijk was dat niet. Mevrouw Harrington was meer geïnteresseerd in het bespreken van het oorlogsverleden van Ivor, de artritis van haar moeder, wat haar man het liefst at ('er gaat niets boven een lekker lamsboutje, zegt hij') en haar hoop dat ze een baby zou krijgen – 'dan stop ik meteen met mijn werk bij de gemeente Suffolk!' – dan in alles wat met de kinderen te maken had.

Toen ze even haar mond hield om een slok thee te nemen, vroeg Clara haar naar de zoektocht van de gemeente om nog levende familieleden van van de kinderen te vinden, of families die hen wilden adopteren. 'Juffrouw Bridges had gezegd dat het urgent was, of in ieder geval een prioriteit.'

Chagrijnig door de verandering van onderwerp haalde mevrouw Harrington een opgevouwen stuk papier uit haar tas.

'O jee! Het ziet ernaar uit dat Peter een oom heeft die hem komt ophalen voor een kennismakingsbezoek.'

Dit was inderdaad groot nieuws. Was er iemand voor Peter? Van alle kinderen was de lieve, sproetige Peter Clara's favoriet. (Ze wist dat ze geen favorieten moest hebben – en het feit dat ze dat toch had was het zoveelste bewijs dat ze niet geschikt was voor dit werk.) De gedachte dat haar geliefde Peter misschien wel heel snel een eigen thuis zou krijgen was heerlijk. Tegelijkertijd was het wel ergerlijk dat niemand het daar eerder over gehad had.

'En Alex?' Het leek ondenkbaar dat die slimme Alex niet ook opgepikt was.

'Niemand.'

'De tweeling?'

'Zou je bereid zijn ze apart te plaatsen?'

'O!' Clara was verbaasd over die vraag. Billy en Barry waren onafscheidelijk. 'Eh, nee, ik denk niet...'

'Dan gaat het niet.' Mevrouw Harrington pulkte aan haar nagels. 'Dan is er weinig kans.'

'En Rita's moeder?' Clara drong aan. 'Weet iemand wat er met haar gebeurd is?'

'Hemeltje, het is al jaren geleden. Het verbaast me dat Rita daar nog herinneringen aan heeft.'

'Ze herinnert zich heel erg veel.'

'O, maar dat doe ik ook. Mijn moeder zegt dat het een vloek is. Mijn man zegt dat ik het geheugen van een olifant heb.'

Clara liet dat tot zich doordringen.

'Ik weet dat het ongebruikelijk is, maar denk je dat jullie dat zouden kunnen uitzoeken? Rita lijkt er zo van overtuigd te zijn dat ze nog leeft.'

Mevrouw Harrington schreef het niet op, maar misschien hoefde dat niet vanwege haar uitmuntende geheugen.

'Het zou helpen als we iets definitiefs vinden,' voegde Clara toe. 'Wat de uitkomst ook zal zijn.' *En*, dacht ze, *het zou nog een mooi resultaat zijn voor haar vertrek.* Ze had nog maar twee weken over om iets moois achter te laten, en ze was vastbesloten om daar haar best voor te doen.

6

Het bezoek aan dokter Cardew had Clara aan het denken gezet. Konijnen en biggetjes waren niet toegestaan op de Grange, huisdieren waren tegen de regels die de gemeente had opgesteld, maar hoe zat het met muziekinstrumenten? Het geluid van de viool had Rita onmiskenbaar tot verrukking gebracht. Een viool zou misschien niet geschikt zijn (te duur, te ingewikkeld!), maar waarom niet wat kleiners? Blokfluiten, andere fluiten, trompetten? Het zou hen allemáál goed kunnen doen.

'Heb je ooit een muziekinstrument gespeeld?' vroeg ze bij het ontbijt aan Alex.

'Professioneel?'

'Eh, nee, voor de lol?'

'O, nee, eigenlijk niet.'

'Zou je het willen?'

Alex wreef over zijn kin. 'Niet geschoten, altijd mis.'

Clara belde mevrouw Harrington. 'Muziekonderwijs kan ontzettend veel in gang zetten,' zei Clara. Ze had een paar keer op de zin geoefend. 'Zou het mogelijk zijn dat ik geld krijg om wat instrumenten te kopen?'

Mevrouw Harrington had haar gemaakte lach laten horen, en Clara had er snel aan toegevoegd: 'Gewoon wat kleine fluitjes bijvoorbeeld?'

'Juffrouw Newton, ik denk niet dat u zich realiseert in wat voor positie u zich bevindt. U, wij, hebben financieel weinig armslag. Ik kan me niet voorstellen wat de gemeente zou zeggen als ik zoiets frivools zou vragen! Alles wat boven op het budget komt zult u zelf moeten betalen.' De moed zakte Clara in de schoenen. Haar loon was niet slecht voor een jonge vrouw, maar het hield ook niet echt over. Hoe zou iemand zich daarvan nog wat extra's voor de kinderen kunnen veroorloven? Dat was gewoon niet mogelijk. Dan zou ze vastzitten in een ellendige cirkel van bezuinigen en sparen – wederom een teken dat ze niet geschikt was voor de baan.

'Hoe gaat het trouwens met die aardige buurman van jullie? Zeg hem maar dat ik nog wat spullen heb die genaaid moeten worden.'

Clara beloofde het over te brengen, maar ze wist al dat ze dat niet zou doen. Absoluut niet. Ze was geen koppelaarster!

Ondanks mevrouw Harrington bleef Clara erop gebrand om voor haar vertrek nog wat muziekinstrumenten op te scharrelen. Het was een vergissing geweest dat ze hier was, en ze had het voor elkaar gekregen om alle kinderen aan het huilen of aan het mokken te krijgen, maar zo zou ze in ieder geval ook iets goeds achterlaten.

Het telefoongesprek dat Clara met Judy had gehad, die avond dat ze bijna was vertrokken, had haar gekwetst, dus ze had haar vriendin een tijdje niet gebeld. Toen ze uiteindelijk toch belde, was Judy weer haar warme en geïnteresseerde zelf, dus Clara nam zich voor het gebeuren achter zich te laten.

'Wat je ook doet, geen blokfluiten kopen,' zei Judy naar aanleiding van Clara's plannen. 'Die maken een hels lawaai. Arthur zegt dat hij de veilinghuizen in de gaten zal houden.'

Arthur zegt, Arthur zegt. Judy was tegenwoordig nauwelijks in staat een zin te beginnen zonder zijn naam te noemen.

Judy bood aan naar het familiehuis van de Newtons te gaan in Londen, om te zien of de vader van Clara er nog woonde. Zo niet, dan zou ze dat Clara meteen laten weten. Clara verlangde ernaar terug te keren naar haar vroegere slaapkamer en een leven zonder verantwoording, na 14 oktober. Maar het was onwaarschijnlijk dat haar vader was vertrokken. Toen hij plotsteling vanuit het niets was verschenen, was het eerste wat hij tegen zijn dochter zei dat al die 'onbeschaafde inboorlingen' hem tot hier zaten en dat hij het liever bij zijn eigen land hield. 'Hier kun je tenminste een behoorlijk kop thee krijgen.'

Judy zei ook nog dat Clara waarschijnlijk wel bij haar kon blijven, als ze écht niks anders kon vinden, maar dat het idee Arthur niet zo aanstond en alsjeblieft ook niet meer dan drie nachten deze keer.

Drie nachten?

Nadat Michael was overleden, was Judy haar rots in de branding geweest – háár rots. Judy had ervoor gezorgd dat ze 's avonds at, ze had ervoor gezorgd dat ze opstond en haar gezicht waste. Ze was onmisbaar geweest, een bondgenoot, en ze deed veel meer dan ze had hoeven doen. Zelfs toen de oorlog was afgelopen, toen Judy wegging bij Harris & Sons en haar droombaan kreeg bij de Honeywell School, was ze een toegewijde vriendin gebleven. En toen kwam Arthur terug uit de oorlog, een knappe verschijning en wéér zo'n held met zijn Kruis van Sint George – als Ivor Delaney twintig mannen had gered, dan had Arthur er vast dertig gered – en hij had een goedbezochte huiswerkclub opgezet op de lagere school van St Mary. Daarna was alles anders geworden.

'Binnen acht semesters is hij hoofdonderwijzer,' had Judy gezegd. Normaal gesproken zou het haar geïrriteerd hebben dat een net beginnende kerel met reuzensprongen de onderwijzeressen met al hun dienstjaren en ervaring wilde passeren, maar nu leek Judy onder de indruk.

Clara had het nooit echt goed kunnen vinden met Arthur. Hij had tegen Judy gezegd dat dat kwam omdat Clara jaloers was: Judy had haar man en Clara niet. Clara zelf dacht niet dat dat de reden was, maar het was lastig praten met iemand die alles zo zeker wist.

Een paar dagen later, toen Clara en Alex op een avond terugkwamen van het postkantoor, liepen ze meneer White tegen het lijf, die net Schurk aan het uitlaten was.

'Ik heb slechte ervaringen met het hondenras,' zei Alex, terwijl hij een stapje achteruit deed, maar Clara moedigde hem aan om Schurk te aaien en uiteindelijk durfde hij het. Schurk reageerde enthousiast en al snel waren ze grote vrienden en kreeg Alex de grijns niet meer van zijn gezicht af.

Julian knipoogde. 'Juffrouw Newton, ik weet niet wie u blijer bent te zien: mij of Schurk.'

Clara zei dat ze verheugd was hen zo samen te zien, hem net zozeer als Schurk, ze had geen favoriet. Julian moest lachen. 'Ik houd van vrouwen met gevoel voor humor,' zei hij en ze bloosde want het was geen grap geweest.

Julian zag er gesoigneerd uit in zijn roomkleurige pak, bijpassende hoed en overhemd, en het speet Clara dat ze niet wat betere kleding aanhad, zoals toen ze elkaar voor het eerst ontmoetten in de tuin. Maar zijn blik was evengoed goedkeurend. *Het is alleen maar omdat er niet veel jonge vrouwen op het platteland wonen*, prentte ze zichzelf in. Zij en mevrouw Garrard waren wellicht de enige vrouwen onder de dertig in de stad – de spoeling was dun in Lavenham.

Toen Clara meneer White vroeg of hij enig idee had waar ze een vriendelijk geprijsd muziekinstrument op de kop konden tikken, dacht hij een ogenblik na.

'We hebben misschien nog wel een oude piano ergens op kantoor.'

Clara vond het grappig dat zijn kantoor zo groot was dat hij niet eens zeker wist of hij al dan niet een piano had. Maar toen realiseerde ze zich dat hij het meende.

'O, nee, een piano is veel te veel. Allereerst kan ik me dat niet permitteren en... meneer White... ik dacht eigenlijk eerder aan een blokfluit.'

'Geen blokfluiten,' zei hij gedecideerd, hij streek met zijn pols langs zijn voorhoofd. 'Clara, die piano mag je hebben – op één voorwaarde: dat ik je dit weekend mee uit lunchen mag nemen.'

De afgelopen vier jaar had Clara altijd hetzelfde gereageerd op mannen die haar vroegen mee te gaan dansen, of iets te gaan drinken in de pub (wat een keer gebeurde toen ze bij de bushalte stond): 'Ik ben er niet klaar voor, dank u.'

En ze wilde dat juist zeggen, op spijtige toon, toen ze dacht: *waarom eigenlijk? Waarom zou ik niet uitgaan met meneer White de advocaat*? Waarom zou ze niet eens wat anders proberen?

Michael was er niet meer en er waren geen anderen die haar mee uit vroegen.

Bovendien bood meneer White haar alleen maar een maaltijd aan. En een piano, dat ook, maar ja. Wanneer had ze voor het laatst goed gegeten? Het zou moeilijk zijn om te weigeren zonder over te komen als iemand die het een beetje hoog in de bol had. En dan had je ook nog Schurk. Wie viel er nou niet onmiddellijk voor zo'n hond met grote ogen die achter zijn eigen staart aanjaagde? En ze was vrij zondag. Zuster Grace was een levensredder gebleken. Ze schrobde het fornuis, ze veegde, ze nam kleine extraatjes mee, ze luisterde naar Rita's verhalen en bewonderde Pegs danskunsten.

'Ik zal het overwegen.'

Hij grijnsde naar haar en fluisterde: 'Zo mag ik het horen.' En dat zorgde ervoor dat haar hart even een sprongetje maakte.

~

'Slecht nieuws,' zei juffrouw Bridges bij haar volgende bezoek. 'De gemeente Norfolk heeft het afgelopen half jaar achtenvijftig kinderen uitgeplaatst. Dat is een vijfde van al hun kinderen.'

'Dat is toch goed?'

Juffrouw Bridges corrigeerde zich snel. 'Het is goed. Maar we moeten echt voortmaken met Suffolk. Anders denken ze dat we er hier een potje van maken.'

'Het is dus een wedstrijd?'

'Nee!' Juffrouw Bridges ontkende voordat ze in lachen uitbarstte. 'Nou ja, als je het zo wilt stellen, Clara.'

Later legde juffrouw Bridges uit dat de mogelijke adoptie van Terry niet doorging. De familie – 'heel lieve mensen, echt harde werkers' – wilden uiteindelijk toch liever een jongen. ('En waarvandaan denk je? Uit Norfolk!'). En een neef van Alex bleek uiteindelijk toch geen familie te zijn. 'Overal doodlopende paden,' erkende ze.

Een paar dagen later zag Clara hoe twee werklui een piano uit het gebouw van het advocatenkantoor tilden – 'Uitkijken voor de plantenbakken!' – en door de poort naar de Grange sleepten. Voorbijgangers hielden halt en bekeken het tafereel met open mond. Helaas was de voordeur te smal voor de piano, dus de mannen zetten hem op de grond en vertrokken, het was etenstijd. Ze hadden alleen maar betaald gekregen om hem uit het gebouw te halen.

Ivor stond het gedoe door het raam vanuit zijn werkplaats te bekijken. Clara vond het vervelend dat hij de dichtstbijzijnde buurman was, vooral omdat er zo veel andere en ook veel aardiger mensen in de stad woonden. Dokter Cardew, de man van het benzinestation en de slager groetten Clara allemaal hartelijk als ze voorbijliep, net zoals de vrouw van de bakkerij en het stel van de kruidenierswinkel. De vrouw van het postkantoor was haar zelfs achterna gerend toen ze een velletje postzegels had laten liggen. 'Het is gewoon een wonder wat u allemaal doet. Moge God u zegenen!' had ze gezegd. Clara had moeten slikken. Het was maar het beste om niet te zeggen dat ze weer wegging, ze kon beter met stille trom vertrekken.

Tegen de tijd dat Clara en de kinderen erin geslaagd waren om de piano halverwege de deur te krijgen, was Ivor verdwenen. Maar tien minuten later kwam hij aangesneld, waarschijnlijk om zich te verkneukelen.

'Het gaat prima hoor, meneer Delaney!' Wat een stoorzender was die man.

'Natuurlijk.' Hij deed een stap achteruit, maar daarna zei hij: 'Het ziet eruit of-ie vastzit. Wat zijn jullie van plan?'

'Die klotepiano in stukken hakken,' riep Barry, en Clara stuurde hem naar zijn kamer vanwege zijn grove taal. Hij liep weg, kwaad schoppend tegen de grond. Barry had regelmatig last van een slecht humeur.

'Je kunt hem niet hier laten staan.'

'Dat weet ik,' zuchtte Clara. De woordenwisseling met Barry had haar van streek gemaakt, en dan was het ook nog eens onder de ogen van Ivor gebeurd. Ze wilde uitstralen dat ze wist waar ze mee bezig was, vooral in zijn aanwezigheid.

Ivor onderzocht de situatie en dook achter de piano. Hij had overduidelijk een soort heldencomplex, dacht Clara. Twintig mannen in Duinkerke én een piano.

Opeens trok hij, onder het slaken van een kreet, met één hand de piano los, en sleepte hem weg. Toen ze naar hem keek, was zijn hoed afgevallen en zijn haar zat vastgeplakt aan zijn voorhoofd. Hij had donkere kringen onder zijn ogen, en opeens was haar vijandigheid jegens hem verdwenen. Ze raapte zijn hoed op.

'Kun je hem niet ergens anders neerzetten?' vroeg hij.

'Misschien in het tuinschuurtje?' zei Alex.

Clara dacht dat Ivor dat zou weglachen, maar nee. 'Hij is zo scherp dat je je aan hem zou kunnen snijden,' en hij streek door Alex' haar.

'Meneer Delaney, ik denk niet dat dat gaat lukken.'

'We kunnen hem buitenom ernaartoe tillen. Alex heeft gelijk – als we het een beetje opruimen, dan is er genoeg ruimte. Jammer toch om daar niks mee te doen.'

Ivor liep achteruit, hij trok het grootste gewicht, Clara stuurde een beetje van de andere kant. Ze zetten een doos vol kindergasmaskers weg en vonden naast een roestige kruiwagen en een nog roestigere zaag een plekje voor de piano. Het was niet zoals ze gehoopt had, maar het was beter dan niets. Ze pakte een krukje uit de serre en ontdekte, toeval bestaat niet, dat het precies de juiste hoogte had. En de piano zelf was prachtig. Het was erg aardig van Julian.

Clara gaf Ivor een kop thee – ook hij was aardig geweest, natuurlijk, dus ze gaf hem een kop die nog helemaal ongebutst was.

Rita ging met haar hand over de toetsen. Peg sprong van het ene op het andere been en Peter keek om het hoekje van de deur, blozend. 'Allemachtig, ik had nooit gedacht dat we hier zoiets zouden krijgen! Dank u juffrouw Newton.'

Een paar minuten later stak zelfs Maureen even haar neus naar binnen. 'Wow, nu zijn we echt chic.'

'Juffrouw Newton is de domste niet, hè?' zei Ivor, en Maureen bloosde.

Clara voelde woede opborrelen. Het klonk alsof die twee het achter haar rug over haar gehad hadden.

Ivor nipte aan zijn thee terwijl Clara vooral niet op zijn arm probeerde te letten. 'Dus je gaat de kinderen leren pianospelen, Clara?' vroeg hij.

'Ik kan geen noot spelen,' biechtte ze op. 'Mijn ouders geloofden niet in muziek.'

'Jezus.'

'Ze hielden ook niet van vloeken.'

Ivor moest lachen. 'Arme Billy, is hij nog steeds in zijn kamer?'

'Barry. Nee, hij heeft zijn verontschuldigingen aangeboden en ik heb hem weer vrijgelaten.'

Rita vroeg of ze mocht leren pianospelen. 'Mama zou verbaasd staan!'

Ivor fronste zijn voorhoofd en keek Clara aan.

'Natuurlijk,' zei ze. 'Ik moet alleen wel wat muziekboeken voor je kopen dan.'

'En een leraar?' hield Rita aan.

'Ik... ja, misschien ook een leraar.'

Toen de kinderen eenmaal weg waren, liet Clara haar hoofd in haar handen zakken. 'Ik ben nogal onnadenkend geweest.'

Ivor grijnsde medelevend. 'O, er komt heus wel een leraar hoor. Waarschijnlijk precies op het moment dat je het het minst verwacht.'

'Ik kan met geen mogelijkheid een leraar betálen,' zei Clara. 'Ik kan me nauwelijks een lesboek permitteren. Ik moet de gemeente smeken om elke schoen, elke trui en de helft van de keren krijg ik niks. Als ik meer geld had, dan zou ik het zelf betalen, maar...' Ze zweeg, ze had nu al spijt dat ze zo open was geweest tegen haar minst favoriete buurman. 'Ik heb niet zo veel.'

'Nou, ik denk dat dit al heel aardig is hoor. Je doet wat je kan.'

'Dank je. En de tuin van de Grange is in ieder geval prachtig, toch?'

'Ja, Terry is er dol op. Het is helemaal haar ding, dat weet je hè?'

Clara herinnerde zich de zonnebloemen in de etalage van de winkel, weerspiegeld in de ogen van het meisje.

'O, ja,' beaamde ze. Ze zou het toevoegen aan het verslag over Terry. Ze glimlachte naar hem, dankbaar.

'Alex zei dat je vrij bent komende zondag?'

'Om de week, inderdaad. Zuster Grace komt dan.'

Ivor stak zijn duim achter zijn bretel. 'Eén keer in de maand ga ik naar de markt in Felixstowe, om dingen te verkopen. Het is dit weekend. Alex vroeg of hij mee mocht.'

'O, dat klinkt geweldig.'

'Het is niet echt geweldig.' Hij lachte. 'Maar het is wel leuk.'

'Nou, als hij dat wil, waarom niet?'

'Alex vroeg zich af...' Ivor stamelde een beetje. 'Nou ja, wij allebei eigenlijk, of je ook mee wilde.'

'Ah!' Clara bloosde. 'O!' Dit was echt een gebaar van vriendschap. 'Nou, ja, dank je,' en toen wist ze het weer. 'Jeetje, het spijt me, Ik… Ik… heb al beloofd om uit lunchen te gaan met meneer White op zondag.'

'O, ik begrijp het.'

'Het is alleen maar om voor de piano…' Clara maakte haar zin niet af.

'Maakt niet uit. Een andere keer.' Ivor veegde het haar van zijn voorhoofd en glimlachte naar haar. Hij had donkere ogen die alles zagen.

'Ik denk dat ik je iets moet vertellen – ik heb opgezegd hier. Ik vertrek de veertiende.'

'De veertiende van welke maand?'

'Oktober.' Clara glimlachte, in de war. Welke maand dacht hij dan?

'Maar dat is al over een paar dagen.'

'Tien dagen, toch?'

Hij kneep zijn ogen tot spleetjes en keek haar aan, peinzend. Hij had waarschijnlijk net als de dokter gedacht dat ze zou blijven. Nou ja, dingen lopen niet altijd zoals je zou willen. Had de oorlog ze dat niet geleerd?

'Geweldig.' Hij stond abrupt op, pakte zijn hoed. 'Ik ben weg, juffrouw Newton.'

'Ik dacht dat je blij zou zijn.'

'B-blij?' hij stotterde, zocht naar woorden. 'Ik vind het waardeloos.'

'Wat?'

'Mensen als jij, ze komen en gaan maar, zonder zich te bekommeren om de kinderen. Jullie allemaal van de gemeente weten gewoon niet waar je mee bezig bent, toch? Vroeger werd dit werk nog beschouwd als een daad van liefde, of compassie of zorg. Niet gewoon maar een baantje om geld te verdienen. Ik had je hoger ingeschat.'

'Het is juist omdát ik erom geef dat ik wegga!' Clara was zo in shock dat ze zich niet kon inhouden. 'Ik ben totáál de verkeerde persoon voor deze baan. De kinderen verdienen een veel beter iemand dan mij. Ik ben gewoon een… hoe zei je dat ook alweer? Een onervaren pennenlikker!'

Hij stampte weg, en sloeg het hek hard achter zich dicht.

De volgende ochtend riep Clara Terry naar de tuin. Ze liep naar buiten, handen in de zakken van haar korte broek, de blik gericht op haar modderschoenen.

'Heb ik iets fout gedaan?'

'Nee, hoezo?'

'Ze zeiden altijd dat ik slecht was als ik iets fout gedaan had. Zelfs als ik niet wist dat het fout was. Ze sloten me 's nachts altijd op in de kast.'

Terry praatte op de toon van een vermoeide oude vrouw. Clara wist niet wat te zeggen. Ze wilde haar een klopje op haar hoofd geven, maar besloot dat toch maar niet te doen.

'Je bent níét slecht, Terry, en ik weet dat je graag hier buiten bent, dus ik vroeg me af – zou je wat dingen willen verbouwen in de tuin, je eigen stukje grond, helemaal van jou alleen?'

Clara had tijdens de oorlog gezien hoe parken veranderden in boerderijen, en hoe privétuinen kippenbedrijven werden. Het was mogelijk.

Terry barstte in tranen uit. Clara werd onzeker. 'Wil je dat?' vroeg ze nerveus.

Het meisje legde haar arm om Clara's middel.

'Dank u wel.'

Ze vermeden de bloemenwinkel van mevrouw Garrard, maar er was een plantenwinkel vlakbij, hij hoorde bij een ommuurd landgoed. Een aardig stel daar gaf hun zaden – sommige zelfs gratis – en heel veel advies.

'Wel snel zijn hoor, anders is het te laat.'

Ze hadden het niet over haar vertrek van de Grange, maar Clara bloosde toch. Ze probeerde niet aan die arme Terry te denken, huilend in haar kast, maar het beeld zat nu in haar hoofd gegrift en ze kreeg het er niet meer uit.

~

Clara moest de kinderen vertellen dat ze wegging. Ze waren aan haar gewend geraakt (een beetje té gewend) en ze had er spijt van dat ze het al niet eerder had gezegd. Misschien had ze onbewust als een soort aflaat de piano en de moestuin geregeld.

Het was inmiddels oktober, de veertiende kwam als een donkere logge schaduw snel dichterbij. Ivors onaangename reactie na het nieuws had haar ook beangstigd. Ze had toch de goeie beslissing genomen om weg te gaan? Nog één week te gaan. Ze zou zich er beter over gevoeld hebben als ze er zeker van zou zijn dat de kinderen na haar vertrek in goede handen waren. En als ze niet die beelden van een paar van hen in haar hoofd had: dat ze genegeerd werden of opgesloten in een kast. En als ze wist waar ze zelf naartoe zou gaan of zou logeren. En als juffrouw Bridges niet elke keer als ze elkaar spraken van die achteloze opmerkingen maakte, van: 'Het is nog niet te laat om van gedachten te veranderen', en 'het gaat je allemaal wel heel goed af.'

Die avond vertelde ze dat ze terugging naar Londen. Rita bleef maar 'waarom' vragen, en ze zei telkens 'mama', en bedekte dan haar gezicht met haar handen.

'Omdat ik denk dat iemand anders veel geschikter is voor deze baan dan ik. Ik ben veel beter in administratieve dingen. Daar ben ik goed in,' zei Clara. 'Ik kan niet zo goed voor kinderen zorgen,' besloot ze verontschuldigend. 'Jullie verdienen beter.'

Peg liet Clara's arm los en stoof de trap op. Clara's arm deed pijn op de plek waar ze haar vastgeklemd had.

'Wat gaat u doen in Londen?' vroeg Alex beleefd.

'Weet ik nog niet precies,' zei Clara. 'Ik zou heel graag mijn oude baan terug willen, maar dat zal wel niet lukken.'

'Is het dan wel verstandig dat u zich daarop richt?' vroeg hij, en toen corrigeerde hij zichzelf. 'Ik hoop dat het u tevreden zal stellen, Clara.'

De kleine professor.

Billy vroeg aan Barry of hij die hele mooie kastanje van hem had gezien, en hij voegde eraan toe dat hij hem zou vermoorden als hij hem gestolen had. Barry sprong op zijn rug. Clara had weinig indruk op hen gemaakt, realiseerde ze zich. Des te beter, dan zouden ze haar tenminste ook niet missen.

'Wat denk je, Peter?' Zenuwachtig probeerde ze hem te peilen. Peters mening deed ertoe.

De jongen schrok op, hij was boter op zijn broodje aan het smeren.

'De goeien blijven nooit.'

Maureen gaf hem een por en hij liet zijn mes vallen.

'Zei ik toch,' zei ze kattig, en ze trok aan zijn oor. 'Ik krijg een shilling van je.'

Judy dacht dat de kinderen te zeer gewend waren aan al die mensen die maar steeds kwamen en gingen om nog erg heftig te reageren, maar Clara wist niet wat ze verwacht had of waarom ze zich zo gedeprimeerd voelde. Ze wist dat relaties draaiden om vertrouwen, en het feit dat zij gelogen had – of in ieder geval heel lang informatie van ze weggehouden had – had een deuk geslagen in hun vertrouwen. *Dat ga ik nooit meer doen*, zei ze tegen zichzelf. *Nooit meer.*

Maar Judy had het mis – ze reageerden wel degelijk heftig. Ze waren niet verrast, niet verdrietig, er was eerder een soort berusting. Alsof ze niet anders hadden verwacht, en zij hun gelijk bewezen had.

Het kind dat de pijnlijkste reactie liet zien was Terry. Ze was in de tuin geweest toen Clara het de anderen verteld had, dus Clara moest het haar 's avonds bij het naar bed gaan vertellen. Terry kon altijd alleen maar slapen met haar handen en voeten stevig onder de dekens – anders was ze bang dat de duivel ze te pakken zou krijgen.

'Maar ik dacht, ik dacht...'

'Wat?'

'Ik dacht dat we de moestuin sámen zouden doen.'

Daarna bleef ze doodstil liggen.

7

Meneer White, of *noem me alsjeblieft Julian*, bezat een verfijnde, chique aantrekkelijkheid. Hij was ook wat ouder dan Clara gedacht had. Hij was vijftig, vertelde hij haar in de auto. Vijftig! Misschien klonk het alleen maar ouder dan het in werkelijkheid was? Clara's vader was ergens in de vijftig, maar dan wel eind vijftig.

Vanwege zijn leeftijd was hij in de oorlog niet opgeroepen voor het leger. Hij legde het uit op een manier die duidelijk maakte dat hij het de laatste tien jaar al vaak uitgelegd had.

Wel was hij lid geweest van de Home Guard, een leger dat bestond uit vrijwilligers die niet in aanmerking kwamen voor militaire dienst, waar hij 'Vrienden voor het Leven' had gemaakt, zoals hij het formuleerde. Het beviel Clara wel. Het was een teken dat hij loyaal was. Michael was zijn vrienden ook trouw geweest.

Clara genoot van het ritje naar Bury St Edmunds. Ze reden door een ondiepe watergeul en het water spatte tegen de raampjes. Op een of andere manier was het verrukkelijk dat iemand anders voor dit pleziertje verantwoordelijk was, in plaats van dat zij de verantwoordelijkheid droeg.

Dit is wat ik nodig heb, dacht ze. Het voelde alsof een deel van haar was verdwenen vanaf het moment dat ze op Shilling Grange werkte, opgeslokt door de behoeften van de kinderen. Even zonder de kinderen voelde als een herstel – het werkte helend. Ze dacht dat ze gewend was geraakt aan de vermoeidheid. Ondertussen werd ze nauwelijks meer wakker als er een kind bij haar onder de dekens glipte, en het verschonen van de lakens en een kind geruststellen dat het echt niet van een klif af gejaagd werd, deed ze bijna slaapwandelend: 'Het is gewoon een nare droom'. Maar nu ze weg was van de Grange, realiseerde ze zich dat ze er gewoon gewend aan was geraakt haar taken uit te voeren met het allerkleinste beetje energie dat ze had.

Julian had een aangenaam profiel, zijn gelaatstrekken waren mooi. Iets aan zijn gemanicuurde nagels, de hand op de versnellingspook, gaf haar het idee – of de hoop? – dat de lunchuitnodiging niet alleen maar te maken had met de piano. Het was lang geleden dat ze haar laatste flirt met iemand had beleefd.

Bury St Edmuns was wel een beetje een teleurstelling. Het was een charmant stadje, maar Clara werd er rusteloos door. Ze had verlangd naar een andere omgeving dan Lavenham, niet meer van hetzelfde. Het pittoreske van Lavenham had iets stijfs, soms verlangde ze gewoon naar minder perfectie. Het voelde alsof ze een jas droeg die te strak dicht zat, en hier had ze hetzelfde gevoel. Ze begon het uit te leggen aan Julian, maar het was een nog niet uitgekristalliseerde gedachte. Ze slaagde er niet in haar punt over te brengen.

'Nou ja, er zijn hier wel betere winkels en betere pubs,' zei hij.

Julian had geen restaurant, maar een picknick geregeld.

'Ik dacht dat je zo'n suf restaurant stomvervelend zou vinden!'

Clara glimlachte. Ze had uitgezien naar haar eerste echt maaltijd buiten de deur sinds jaren.

'Een andere keer gaan we naar een restaurant, juffrouw Newton.' Ze had hem wel verteld dat ze over een paar dagen weg was, maar het gaf haar een goed gevoel dat hij evengoed plannen bleef maken. Het gaf haar een opkikker. 'Ervan uitgaand dat je me nog een afspraak gunt?'

Hoewel hij nogal veel bravoure en zelfvertrouwen had, verbaasde het Clara dat hij zich ook een beetje verlegen gedroeg naar haar toe. Was hij misschien een 'mannenman'? Dat leek haar positief. Wie wilde er nou een vrouwenman? Die waren toch niet te vertrouwen?

'Ik zal je een keer meenemen naar een chique restaurant in Londen. Ik zou je weleens in je mooiste kleren willen zien.'

Clara hield ervan om zich piekfijn uit te dossen. Ze had Michael op een feestje ontmoet – hij was daar met vrienden van de luchtmacht en zij was er met vrienden van Judy. Het was liefde op het eerste gezicht. Het eerste wat hij zei was: 'Ik heb een zonnebril nodig, je bent oogverblindend.' Michael had voor elke gelegenheid wel een suikerzoete uitspraak, maar ze had er die dag ook écht wel geweldig uitgezien.

Helaas was het te bewolkt en te koud voor de picknick van Julian, dus gingen ze in plaats daarvan naar een theesalon. Hij maakte zich niet druk om de picknick die hij voorbereid had en die in de kofferbak van zijn auto lag, of hij liet dat in ieder geval niet merken. De theesalon was een heerlijke keus – een ruime plek met smetteloos witte tafelkleden en glanzende glazen. Clara was eigenlijk wel opgelucht. Ze hield best van buiten zijn, maar je moest niet overdrijven.

Clara bekeek met genoegen hoe de serveersters in hun witte schorten begonnen te stralen als Julian ze aansprak. Hij was *dominant*, dat was het. Niet op een vervelende manier, maar hij vroeg of ze de tafels zo konden verplaatsen dat Clara uit het raam op de straat zou kunnen kijken, en hij stuurde een paar glazen terug omdat er ondanks de glans een duimafdruk op zat – 'en dat kan niet'.

Maar hij was nooit grof. En de service was daarna wél beter.

Hij had zeker zijn charme. Ze vroeg zich af waarom hij niet getrouwd was en geen kinderen had. Ze kende niemand van vijftig die dat nog niet was of had, hoewel hij er eerlijk gezegd wel een stuk jonger uitzag dan juffrouw Bridges, die waarschijnlijk ongeveer even oud was.

Later, op weg naar huis, aten ze chocolaatjes die hij speciaal voor haar had meegenomen. 'Dit is misschien wat vroeg, maar ik weet graag waar ik aan toe ben,' zei hij.

'Wat bedoel je?'

'Ben je op zoek naar een relatie, Clara?'

'Ik zit volgende week weer in Londen, dat weet je toch, Julian.'

'Londen is maar een uurtje hier vandaan.'

'Met de trein is het langer,' zei ze. *Waarom deed ze ineens zo nukkig?* Ze zuchtte. 'Misschien.'

'Je zou ook nog kunnen blijven, toch?' voegde hij er nors aan toe. 'Ik wed dat ze nog geen vervanger voor je gevonden hebben.'

Clara wist niet wat ze daarop moest antwoorden. *Kan ik beter blijven? Na alle gedoe dat ik heb veroorzaakt? Wat zouden de kinderen daarvan vinden?*

Blijven was eerder geen realistische optie geweest voor Clara.

Ze keek weer naar hem. Julian was slim en vrijgevig en hij was een advocaat met een bedrijf dat zijn naam droeg. Hij zat financieel gebeiteld.

Dat ze de komende jaren zuinig aan zou moeten doen en zou sparen voor de volgende veertig jaar was zo'n deprimerende gedacht dat Clara hem altijd verdreef.

Julian had ook iets onthechts over zich, en dat trok haar wel na de intense relatie met Michael. En verder was het niet waarschijnlijk dat hij weg zou gaan en om het leven zou komen. Ten eerste omdat de oorlog afgelopen was, en ten tweede omdat hij een toonbeeld van gezondheid was. Ze had geleerd dat die twee dingen belangrijk waren.

Ze zou niet weer haar hart laten breken. Dus glimlachte ze hem toe en mompelde iets als 'niemand weet wat de toekomst zal brengen', en hij pakte haar hand en kuste hem. Niemand had dat ooit bij haar gedaan, zelfs Michael niet.

'Ik heb geduld,' zei hij.

8

Op het platteland kon je de overgang van de seizoenen voelen. Natuurlijk, dat kon ook in Londen, maar in Lavenham was het een tikje duidelijker. Het was begin oktober, en er lag een stapel kleurige bladeren op de weg, de wind gierde en de lucht geurde bedwelmend naar die mix van vuur, kaneel en de belofte van sneeuw. De oudere kinderen leerden de jongere om gaten te boren in de kastanjes die ze onder de bomen vonden, en hoe je ze vervolgens aan touwtjes kon rijgen. Het gerucht deed de ronde dat de kinderen van Shilling Grange de sterkste kastanjes van de stad hadden. Billy en Barry kwamen met handenvol thuis. Een man die ze niet kende hield Clara staande op straat om haar te vertellen dat ze al zijn kastanjes te pakken hadden gekregen. Clara wilde zich verontschuldigen, maar hij tikte tegen zijn hoed en zei: 'Indrukwekkend, ik wens ze veel succes!' Minder indrukwekkend was dat overal kastanjes rondslingerden: als ze de bedden opmaakte, de vloer veegde of de was deed.

'Wie heeft jullie dat geleerd?' vroeg ze.

'De kastanjemeester, Ivor!'

Maar natuurlijk, dacht Clara. Ze had zich tot voor kort niet gerealiseerd hoezeer hij bij Shilling Grange hoorde. Nog maar een paar dagen te gaan voordat ze zich helemaal los zou maken van het tehuis. Ze wou dat de wegen van Ivor en haar zich niet zo ruzieachtig scheidden, maar hij was echt een onuitstaanbare kerel.

Clara had haar spullen nog steeds niet gepakt. Ze kwam er gewoon niet toe. Ze had geen baan in Londen om naartoe te gaan en ze zag ertegen op om op Judy's bank te slapen, ondertussen advertenties scannend onder het toeziend oog van Arthur.

De dag na hun lunch in de theesalon, bracht Julian haar een bosje bloemen. Dat had ze niet verwacht. Hij drong niet aan op een volgend afspraakje, maar zei alleen dat ze contact kon opnemen als ze er klaar voor was.

Er was een hele rits knullig getypte brieven van de school en de gemeente: het leek net alsof de gemeente er ook niet van overtuigd was dat ze zou vertrekken.

Was juffrouw Newton op de hoogte van levertraan?

Was juffrouw Newton zich wel bewust van het risico van polio?

Naaide en herstelde juffrouw Newton de kleding? (Jazeker, hoewel ze dat graag had willen uitbesteden aan Ivor, maar die mogelijkheid had ze verpest.)

Had juffrouw Newton wel al de juiste bonnen aangevraagd?

Volgende week woensdag worden de kinderen gewogen.

Clara was druk met het zo goed mogelijk afmaken van de dossiers, voor een soepele overdracht. Dat was iets wat ze zelf onder controle had, de rest lag buiten haar invloedssfeer.

14 oktober naderde, en Clara vond haar werk op Shilling Grange aangenamer dan ze aanvankelijk had verwacht. Als de kinderen haar vertelden over wat ze op school gedaan hadden, toen Billy en Barry een pot augurken mee naar huis namen omdat ze verteld had dat ze daar dol op was (ze hadden het zelf bij elkaar gescharreld op het oogstfestival), toen ze met zijn allen het bord langs de weg van Shilling Grange weghaalden – 'we vertellen de gemeente gewoon dat het weggewaaid is tijdens een storm!' – voelde dat geweldig. En ook toen Maureen thuiskwam met een ruime voldoende van school, of toen Peg haar nieuwe dansje liet zien. *Dat komt alleen maar omdat ik binnenkort wegga*, zei Clara tegen zichzelf, *alles is intenser nu het onder een vergrootglas ligt, daarom voelt dat zo*. Maar soms vroeg ze zich af of ze de baan en dit kleine pittoreske stadje misschien echt een kans had moeten geven.

Twee dagen voordat Clara weg zou gaan, en ze net op het punt stond haar spullen te pakken, ging de bel. Het was mevrouw Harrington. Ze kwam langs met groot nieuws voor Rita. Clara vroeg wat er was, maar mevrouw Harrington glimlachte en stond erop dat zij het als eerste aan het kleine meisje wilde vertellen. Clara voelde een kriebeltje van opwinding. Dit was de positieve noot die ze bij haar afscheid had gewenst.

Clara haalde Rita op uit de schuur. Rita, Alex en Peg gingen daar elke dag na school naartoe. Ze dansten graag, deden net alsof ze konden pianospelen en god weet wat ze verder nog allemaal uitspookten.

Peg wilde ook mee naar mevrouw Harrington. 'Nu niet, Peg.' Clara knipoogde naar het zwijgzame kind en Peg knipoogde terug. Clara's hart ging uit naar Peg. Ja, het was een ongewoon kind, maar het leek haar toch niet geloofwaardig dat ze, zoals juffrouw Bridges het uitdrukte, 'heel moeilijk, bijna onmogelijk een plekje zou krijgen' ergens.

Mevrouw Harrington had zich al in de keuken geïnstalleerd en dronk thee uit Clara's favoriete kopje.

'Ah, daar ben je, Rita. Ik heb nieuws over je moeder.'

Rita's donkere ogen lichtten op. Ze keek naar Clara voor wat zelfvertrouwen en Clara knikte haar vol verwachting toe. Rita streek haar haar glad en beet op haar lip: ze was er klaar voor.

Ze was hier al heel lang klaar voor.

'Nou, je weet van de bom en dat ze vermist was, en je denkt dat je je nog herinnert dat je haar levend gezien hebt, toch?'

'Ja!' Rita kon zich niet meer beheersen. 'Ze stond in een wolk van stof, met haar hoofd omhoog! Ik zag haar!' Ze greep Clara's arm, haar andere hand had ze voor haar mond geslagen. Ze beet in haar handpalm van opwinding. Clara was ook buiten zichzelf. *Dit. Hier deed ze het toch allemaal voor?*

'Nou, we hebben het een en ander onderzocht en we hebben ontdekt dat ze inderdaad is omgekomen.'

Een ijzingwekkende schok en kippenvel. Alsof het weer oorlog was en ze ontdekte dat het huis naast het hare plots verdwenen was. Nee, dit was nog erger.

O, Rita.

Lange tijd bleef Rita onbeweeglijk staan, toen kroop ze in Clara's armen, er rolden tranen over haar wangen.

'Mama,' huilde ze, haar adem stokte. 'Mama, mijn mama.'

'Denk je dat ze de overlijdensakte wil zien?' vroeg mevrouw Harrington aan Clara.

'Nee, dat denk ik niet.' Clara was stomverbaasd over de ongevoeligheid van de vrouw.

'Niet zo dramatisch doen, Rita. Het is al jaren geleden! Knijp juffrouw Newton niet zo hard,' zei mevrouw Harrington. 'Je weet toch dat ze binnenkort weggaat.'

Mevrouw Harrington schudde haar hoofd en keek Clara aan. Ze dempte niet eens haar stem. 'U hebt geen idee hoe veerkrachtig ze zijn, juffrouw Newton. Ze went er wel aan als ze eenmaal weet hoe ze verder moet. Het is maar beter dat u weggaat, dan raken ze niet te erg aan u gehecht. Nu dan,' ze knipoogde, 'ik ben weg voor een bezoekje aan mijn favoriete stoffeerder.'

Rita gaf drie keer over die middag, de tranen bleven over haar wangen rollen, haar hele lichaam trilde. Clara hield haar vast terwijl ze geknield op de vloer van de badkamer zat. Peg en Terry kwamen erbij om te kijken wat er aan de hand was. Toen zeeg Rita neer op de grond.

'Je moet opstaan, lieverd.' Clara wist niet of ze haar naar boven naar de slaapzaal kon dragen. Uiteindelijk richtte Rita zich op en liet zich door Clara naar haar bed leiden. Clara stopte haar in. 'Niet ook weggaan, juffrouw Newton, alstublieft,' zei het kleine meisje.

'Sssst,' zei Clara. Ze voelde zich schuldig. 'Probeer wat te slapen. Je hebt een vreselijke schok te verduren gekregen.'

Toen Maureen terugkwam, liet Clara de kleintjes bij haar en rende naar de telefooncel. 'Hallo?' Het geld viel door de gleuf. De telefoon gaf een monotone zoem.

Clara betaalde opnieuw en draaide weer het nummer. Ze kende het tiencijferige nummer van de gemeente inmiddels uit haar hoofd.

'Juffrouw Bridges? Clara hier. Er moet echt een telefoon in het huis komen.'

De stem van juffrouw Bridges was vaag. 'Belde je daarom? We hebben het vreselijk druk met de begraafplaatsen, Clara, kan het niet wachten?'

Nee, dacht Clara. *Dat kan niet.*

'Hebt u al een vervanger voor me gevonden?

Juffrouw Bridges schraapte haar keel. 'We zijn zo vre...'

'Want...'

Verdorie. De verbinding was weer verbroken. Maar toen had ze ineens weer contact en juffrouw Bridges juichte. Clara hoefde niet eens te zeggen wat ze zeggen wou. 'Je bent de bovenstebeste, ik wist het! Je blijft bij ons?'

'Ja, juffrouw Bridges. Als het nog niet te laat is?'

Ze hoorde dat juffrouw Bridges glimlachte aan de andere kant van de lijn.

'Het is nooit te laat, Clara. Welkom terug.'

Ze vierden het met een spelletje softbal in de tuin. Zelfs Rita kwam uit bed om mee te doen. 'Dan krijg ik mijn geld terug van je,' zei Peter tegen Maureen, en Maureen zei: 'Lazer op,' voordat ze luid en duidelijk zei: 'Juffrouw Newton bedenkt zich vast snel weer. Het is alleen maar vanwege haar eigen liefdesleven dat ze hier blijft, het heeft niets met ons te maken.'

Mevrouw Garrard liep langs de tuin met haar neus in de lucht en Clara had Alex uit kunnen geven maar ze liet hem met opzet doorlopen, wat leidde tot afkeurend gegil van haar teamgenoten. Daarna gingen ze naar binnen, dronken melk en aten crackers en Clara leerde ze proosten met hun glas – 'voorzichtig, Barry, godallemachtig' – en uiteindelijk ging iedereen naar bed.

Clara sliep als een roos die nacht. Misschien vanwege haar drie homeruns, of misschien omdat Rita, totaal uitgeput, doorsliep – die arme ziel – of misschien was het omdat het uiteindelijk goed voelde om na weken onzekerheid een besluit te nemen. Het voelde als de juiste beslissing.

Clara merkte dat ze er ook naar uitkeek om het Julian te vertellen. Het was zeker niet zo dat ze zich bedacht had vanwege haar liefdesleven, maar het hielp wel. Er zouden meer afspraakjes komen, meer theesalons en restaurants en misschien nog wel meer dan dat. Ze zou zichzelf een beetje romantiek toestaan, het was geen misdaad. En wie weet waar het toe zou kunnen leiden?

De volgende ochtend deed Clara het raam wijd open en ademde de frisse plattelandslucht in. Ze begon gesteld te raken op dit historische stadje, ze begon te houden van het gevoel dat hier al generaties lang mensen woonden, hoe ze hun aanwezigheid lieten gelden in de oude gebouwen, de tuinen en zelfs in de straatkeien. Ze kreeg op een of andere manier een warm gevoel van die link tussen het heden en het verleden en ze had zelfs het gevoel dat zij dit hier wellicht ook wel als haar thuis zou gaan beschouwen.

Het was misschien wel de eerste keer dat ze echt een nacht goed geslapen had sinds haar vader opeens in Londen was opgedoken. En het was de eerste keer sinds de dood van Michael dat ze opstond met een lach op haar gezicht en een gevoel dat alles mogelijk was. De kinderen raakten aan haar gewend. En zij raakte gewend aan hen.

Misschien was het meest verbazingwekkende nog wel dat ze het gevoel had dat deze baan haar op het lijf geschreven was.

De volgende dag was er meer goed nieuws, wat de juistheid van haar beslissing bevestigde. Ze stond buiten met Alex toen er een indrukwekkende auto aan kwam rijden die stopte voor de Grange. De chauffeur was een zwierige man, hij droeg een gleufhoed. Ze liep naar hem toe om hem te begroeten. Van dichtbij kon ze zien dat hij iets ouder was dan zijn stuurkunsten en zijn hoed deden vermoeden; midden dertig, zoiets, maar hij zag er goed uit. Hij bleek de oom van Peter te zijn, zijn enige nog levende familielid, en hij kwam Peter ophalen voor een middagje weg. Misschien was dit wel de eerste stap naar adoptie. Juffrouw Bridges en mevrouw Harrington hadden zo vaak verkondigd dat oudere kinderen moeilijker te plaatsen waren, dat Clara intussen was gaan geloven dat het een onhaalbare kaart was.

'Leuke auto,' zei Clara, opeens was ze zich ervan bewust dat Ivor uit zijn werkplaats was gekomen en hen allemaal stond te bekijken.

'Het is een Aston Martin,' zei Alex, hij stond achter haar.

'Slim kind,' zei Peters oom. 'Is hij het?'

Clara moest lachen. 'Nee. Die van u is Peter... wacht even, hij komt zo naar beneden.'

'Jammer dat het geen meisje is, ik zou wel wat hulp kunnen gebruiken in de huishouding.' Hij knipoogde naar haar. Clara werd rood, had hij maar geen knipoog gegeven. Ze streek haar jurk glad.

Peter kwam verlegen naar buiten, hij had de bal waarmee ze softball speelden in zijn hand. Hij was een en al ongemak, lange benen met een te kleine korte broek, zijn haar vastgeplakt aan zijn zweterige voorhoofd.

'Geef maar.' Clara pakte de bal en zwaaide hem gedag. Ze voelde zich trots, alsof een baby zijn eerste eigen stapjes zette. De oom toeterde toen hij wegreed, die buren konden hem niet schelen. Peter keek door het achterraam, zijn sproetige gezicht stond zenuwachtig. Clara knikte enthousiast, als aanmoediging dat het vast heel leuk zou zijn. *Eentje onder de pannen, nog zeven te gaan.*

Ivor was weer naar binnen gelopen.

Alex pakte haar hand. 'Ik wou dat ik een aardige familie had.'

'Peter heeft geluk.' Clara kneep Alex' vingers fijn. Hij zou vast niet lang bij haar blijven. 'En jouw tijd komt ook nog wel.'

En het bijzondere was dat zij dat zou meemaken.

Toen Clara Julian vertelde dat ze bleef, was hij 'door het dolle' – zijn woorden, aardige woorden, al klonk het wel een beetje gretig. Hij had allerlei plannen met haar en de manier waarop hij zijn wenkbrauw omhoog bewoog gaf aan dat hij niet alleen maar van plan was haar mee úít te nemen. Met enige terughoudendheid wuifde Clara het weg met de mededeling dat ze geen slechte reputatie wilde krijgen. Hij lachte. 'Op mijn leeftijd is zo'n reputatie prima.' Clara maakte zich zorgen om zijn leeftijd, maar haar vader was ook twaalf jaar ouder geweest dan haar moeder, dus als je het zo bekeek voelde het vrij normaal. Wat minder normaal voelde, was hoe rijk Julian was – maar diep in haar hart vermoedde Clara dat ze daar wel aan zou kunnen wennen, indien nodig. Ze spraken af om de volgende zondag dat ze vrij was naar een restaurant te gaan. Hij zei dat hij helemaal in de wolken was van de voorpret.

~

De Jane Taylor Society kwam om de paar maanden in de bibliotheek van Lavenham bij elkaar. Ze hadden al bijeenkomsten georganiseerd vanaf 1912. Het was gelukt de groep heelhuids door twee wereldoorlogen te loodsen, en daar waren ze maar wat trots op. Juffrouw Bridges had voorgesteld dat Clara meeging naar hun herfstbijeenkomst. Clara wist niet of dat nou sarcastisch bedoeld was of niet, want waarom zou ze dat in godsnaam willen?

Maar op de woensdag van de bijeenkomst had Clara niks anders te doen. Alle kinderen waren naar school, de lunch was klaar, de was gedaan, het huis schoon genoeg. *Waarom niet?*

Toen ze zo'n twaalf mensen in de Biografie & Reisafdeling zag zitten, onder anderen de slager, meneer en mevrouw Garrard en de dame van het postkantoor, verbaasde dat haar. Ook de vrouw van dokter Cardew, die ze in de tuin had gezien toen ze met Rita de praktijk bezocht, was aanwezig. Ze was zo tenger dat het bijna leek alsof ze er niet was als je haar van de zijkant bekeek. In een poging de Garrards te ontwijken ging Clara snel op een lege stoel zitten. Helaas bevond die zich recht achter Ivor Delaney.

Wat deed hij nou weer hier?

De spreker, een bibliothecaris, was van het type oud en stoffig, met een gekreukeld pak en een kuchje. Het was een vergissing geweest om hiernaartoe te komen, dacht Clara en toen de spreker zei dat ze het vandaag zouden gaan hebben over de oudere zus Ann in plaats van over Jane Taylor, was ze nog teleurgestelder. Als ze ongemerkt weg had kunnen glippen – zonder dat Ivor het zou merken – had ze dat gedaan.

Ann Taylor, geboren in het jaar 1782, was de praktische, vaardige zus die van alles uitprobeerde en zich niet liet tegenhouden door conventies. Ze trouwde, stichtte met haar gelovige echtgenoot Joseph Gilbert een groot gezin, en schreef ondertussen poëzie voor kinderen, memoires, pamfletten en tijdschriftartikelen. In een tijd waarin het voor vrouwen niet gebruikelijk was te werken, droeg haar schrijven bij aan de inkomsten van het gezin. Clara kneep haar lippen goedkeurend samen. Ze was blij dat ze was gekomen en het deed haar goed dat zelfs in het conservatieve Lavenham, dat in sommige opzichten veel conservatiever leek te zijn dan Londen, de bijdragen van vrouwen opgemerkt werden.

Tijdens de theepauze ging Clara op een holletje naar het toilet, en bleef daar zitten om zowel Ivor als de Garrards te ontwijken.

Na de pauze werd verteld dat Ann Taylor tegen slavernij was geweest, en zich gepassioneerd had ingezet voor de afschaffing.

'Ik ben blij dat te horen,' zei de vrouw van de dokter en iedereen mompelde instemmend. *O, ze kan dus wel degelijk praten*, dacht Clara goedkeurend.

Het vreemde was dat Ann Taylor tegelijkertijd ook tegen vrouwenemancipatie was en het niet nodig vond dat vrouwen stemrecht hadden. Het was even stil.

'Dat vind ik niet vreemd,' zei mevrouw Cardew. 'Je kunt gelijk hebben op het ene vlak en het mis hebben op het andere. Het hoort bij het menselijk bestaan.'

Clara had mevrouw Cardew nog nooit zo veel horen zeggen en ze concludeerde dat ze haar wel mocht. Net op dat moment draaide Ivor zich om en grijnsde naar Clara.

Hij deed haar bloed koken.

Terwijl het applaus nog klonk, pakte mevrouw Cardew haar spullen bij elkaar en verdween, ze zwaaide Ivor en Clara slapjes gedag bij vertrek.

Ivor moest dezelfde kant op als Clara en helaas gingen ze tegelijk naar huis.

'Ik had niet verwacht je hier te zien,' zei hij.

Ze rechtte haar rug.

'Waarom zou ik er niet zijn?' Als Ivor haar ging uitdagen, dan zou ze hem met gelijke munt betalen.

'Ik dacht dat je stond te popelen om dit barbaarse gat te verlaten.'

Ze wist niet waar hij dat nou weer vandaan had. 'Daar ging het helemaal niet om.'

'Wanneer ga je weg dan?'

'O, ik heb uiteindelijk toch besloten te blijven.'

Hij keek haar aan, schudde zijn hoofd. Hij bleef het ongelovig schudden.

'Ze hebben een liedje over je gemaakt, toch? *One foot in, one foot out, in, out, in,out, shake it all about.*'

Clara liep weg. *Stommeling*. Dit was zijn laatste kans geweest. Er was geen enkele wet die zei dat je goed moest kunnen opschieten met je buren.

~

Clara plukte bloemen in de tuin en zette ze in kannen in de kamers van het huis. Ze zette de ramen wijd open – zuster Eunice was kennelijk geen voorstander geweest van luchten – en ze nam wat van de taken van de kinderen over, zodat die niet de hele tijd hoefden te dweilen of te schrobben.

Ze bedacht dingen die ze de kinderen tijdens het eten kon vragen, simpele dingen als: 'Wat heb je vandaag gedaan op school?' en 'Wat ga je in het weekend doen?' Als ze een vraag stelde, zag ze dat de kinderen verrast waren – hun mond viel open – maar uiteindelijk begonnen ze antwoord te geven.

Ze deed een poging de radio te repareren, maar dat lukte niet. Daarna mochten Billy en Barry het proberen en op een of andere manier deed hij het daarna weer. Zoals ze al gehoopt had werd het radioprogramma *Kinderuurtje* een hit bij de kleintjes.

Het was Judy's idee geweest om de keuken om te vormen tot een kunstgalerie. Vooral Peg was daar druk mee bezig: ze tekende sterren en zonnestralen, wolken en paraplu's. Clara moest erom lachen. 'Je kijkt vast heel vaak naar de lucht,' zei ze.

Rita tekende mensen die op aardappelen leken, en ze zei dat ze allemaal mama waren. Terry zei dat ze later wel iets zou tekenen. Ze was een kei in het uitstellen van dingen. Alex zei dat hij liever geen bijdrage leverde, als Clara het niet erg vond. 'We moeten al genoeg van dit soort dingen op school doen.'

Clara vroeg de oudere kinderen niet om ook iets te tekenen. Het was niks voor Billy en Barry om te gaan zitten tekenen – ze vonden het al een hele opgave om tijdens het eten stil te blijven zitten, huppelden voortdurend rond en rolden bij elke gelegenheid over de vloer. Maureen zou haar afgesnauwd hebben, ze snauwde veel – en Peter, nou ja, hoe lief Peter ook was, hij zou de kleurpotloden waarschijnlijk geruild hebben voor sigaretten, die hij nu voortdurend rookte.

Clara pulkte de nummers van de badkamerspullen van de kinderen af en zette in plaats daarvan hun namen erop. Dat was beter zo. Ze liet iedereen schoenen passen en zette ook op de schoenen de naam van het betreffende kind, zo hoefden ze ze niet meer te delen. Voor Peter waren alle schoenen te klein en voor de kleine Peg waren ze te groot – waarom was dat nooit eerder iemand opgevallen? Tijdens de markt op zaterdagochtend aan de andere kant van het station mochten ze elk een paar uitzoeken. Dat was een aanslag op het geld dat Clara apart had gezet voor wat spelletjes en speelgoed, maar schoenen waren helaas een eerste levensbehoefte. Ze deed een verzoek bij de gemeente voor sportschoenen en truien en tot haar verbazing kreeg ze het nu toegewezen van juffrouw Bridges. Toen de kinderen van Clara niet meer de 'stomme' capes van Shilling Grange naar school hoefden te dragen, waren ze door het dolle (behalve Terry, die zei dat ze het leuk vond om eruit te zien als een vleermuis, en die de cape bleef dragen).

Ze nam de kinderen mee naar de bibliotheek en schreef ze in als lid, en de oude stoffige bibliothecaris – meneer Dowsett – was met kinderen al net zo briljant als tijdens de lezing over Ann en Jane Taylor. Peg was dol op Rupert de Beer, hoewel Clara altijd in slaap viel als ze de verhalen voorlas. Rita en Terry werden groot fan van Enid Blyton. Maureen ging steeds naar de volwassen afdeling, waar de boeketreeksen stonden – '*Nog even wachten, Maureen, je bent nog maar dertien*.' Billy en Barry hadden genoeg aan de lidmaatschapskaart: ze gebruikten die om net te doen of ze geheim agenten waren. Clara en meneer Dowsett grapten dat Alex het liefst zou blijven overnachten op de non-fictieafdeling, als dat kon. Toen hij ontdekte dat hij zes boeken mocht meenemen in plaats van drie, was hij dolblij. En toen Maureen zei dat hij haar kaart wel mocht lenen om nog meer te lenen, nou ja…

Telkens als ze het huis uit ging, die hele maand oktober, zag Clara Ivor, in zijn werkplaats met zijn deuren wijd open. Hij knikte kort naar haar maar voerde uitgebreide gesprekken met de kinderen. Clara besloot zich er niks van aan te trekken. Uiteindelijk waren er legio aardig mensen in de stad, mensen zoals Julian, die haar een warm gevoel gaven en bij wie ze zich welkom voelde.

9

Het regende veel, begin november. Clara had te doen met de kinderen omdat ze nu door de regen naar school moesten, maar ze leken het niet erg te vinden. Rita en Peg liepen graag over lage muurtjes, Maureen en Peter moesten dan hun hand vasthouden terwijl zij hun evenwicht probeerden te bewaren. Billy en Barry hielden zich het liefst schuil achter bomen, en riepen dan heel hard 'Boe' tegen vreemden.

De hoofdonderwijzer van de middelbare school in Lavenham groette Clara hartelijk en vroeg haar hoe het ging. Toen ze zei dat het nog een hele klus was, moest hij lachen. 'Je hebt er maar acht. Moet je eens honderdtwintig proberen! Maar we hebben ons nooit zorgen hoeven maken om de kinderen van Shilling Grange. Die krijgen in ieder geval eten en kleren.'

De lat leek niet echt hoog te liggen.

Het was Judy's idee geweest om naar de school te gaan – 'dan zie je hoe het gaat'. Clara kon zich wel voor het hoofd slaan dat ze daar zelf niet aan had gedacht – maar niemand van de gemeente had gezegd dat ze dat moest doen. Ze wist nu dat het aankwam op haar eigen ideeën. Ze kon niet altijd op Judy leunen, hoezeer ze daar ook toe geneigd was.

Het bleek dat de hoofdonderwijzer, net zoals Clara, fan was van nauwgezette verslaglegging, dus togen ze naar zijn werkkamer en hij las de verslagen van de kinderen. Clara ontdekte niet alleen dat de prestaties en punctualiteit van Maureen onder het gemiddelde lagen, maar ook dat ze vaak afwezig was: ze had een score van 14 op een schaal van 16. Clara begreep het eerst niet: 'Dat is niet slecht,' zei ze. Maar de hoofdmeester lichtte toe: 'Dit betekent dat er maar twee leerlingen zijn die vaker afwezig zijn.'

'O, nou ja, ze is tenminste niet nummer 16,' zei Clara, op zoek naar een lichtpuntje.

Billy en Barry hielden ervan om de boel voor de gek te houden, en de hoofdmeester vertelde lachend wat ze allemaal uithaalden, voordat hij er streng aan toevoegde dat hun niveau voor lezen, schrijven en rekenen niet goed was. Billy stond op 12/16, en Barry zelfs op de laatste plaats: 16/16. Clara wilde net een vraag stellen over hoe hij aan die beoordeling kwam, toen de hoofdonderwijzer vervolgde met Peter, die op alle vakken hoog scoorde. Bij verschillende vakken was hij 2/19 en bij sommige zelfs 1/19.

Eindelijk, dacht Clara jubelend, *één verstandig kind van de acht is niet slecht!*

'Eigenlijk zou Peter naar het lyceum moeten zijn gegaan,' zei de hoofdmeester. Tot Clara's verbazing legde hij uit dat er een school in Ipswich was waarmee je naar de universiteit kon, terwijl zijn school de kinderen voorbereidde om vanaf hun zestiende met hun handen te werken. Dat wist ze helemaal niet.

'Het is nu te laat om nog over te stappen,' zei de hoofdmeester, na Clara's vragen ontweken te hebben. 'En Peter is zo'n kind dat er wel komt, wat het ook gaat doen.'

Clara voelde zich gloeien van trots. Háár jongen zou het vast overal goed doen.

Opeens dacht ze aan Alex en Terry. Ze waren bijna elf, en ze waren allebei slim, geen twijfel aan.

'Hoe kom je dan op het lyceum terecht?'

'Dat is nou eens echt een goede vraag,' zei de hoofdmeester.

Het was heel informatief geweest allemaal, en Clara voelde zich opgewekt toen ze naar de lagere school van Lavenham ging, de school voor de jongere kinderen. Het water druppelde van de paraplu op de houten grond bij de aankomstbalie. De vrouw die er zat op keek op, legde haar pen neer en knikte ter begroeting.

'Ik zou graag de hoofdonderwijzer willen spreken. Het gaat over de kinderen van Shilling Grange.'

Zorgvuldig schroefde de receptioniste de dop haar inktflesje. 'O, ik weet het, ik wéét het. Wilde monsters zijn het. Wat hebben ze nu weer gedaan?'

'Ik ben de nieuwe huismoeder.' Clara ging op haar tenen staan. Elke centimeter telde. 'Als u ooit problemen hebt met de wilde monsters, laat me dat dan weten.'

De receptioniste reageerde als door een wesp gestoken. 'Ik zal even bellen.'

Na deze valse start, zei de hoofdonderwijzeres dat ze vijf minuten had, niet meer. In die minuten liep ze met Clara door een doolhof van gangen, haar lippen stijf op elkaar geklemd.

Clara ontdekte dat Rita de gratis schoolmelk van de andere kinderen opdronk, Peg dronk de hare niet op. Alex was onderwijzers voortdurend aan het verbeteren en Terry verdiende vaak slaag omdat ze een slechte leerhouding had en niet punctueel was. Clara vloekte in zichzelf. Ze was verbaasd dat ze sowieso nog naar school gingen als er zo met ze werd omgegaan.

Weer terug bij de receptie kwam Clara ter zake. 'Ik vroeg me af hoe het zit met dat toelatingsexamen voor het lyceum.'

Het was voor het eerst dat de hoofdonderwijzeres zichzelf een lachje toestond. Maar toen ze zag dat Clara het meende, was dat snel verdwenen.

'Dat kan niet.'

'Waarom niet?'

'Nou ja, voor bepáálde kinderen raden we het niet aan.'

'Bepaalde kinderen? Kunt u daar wat meer over zeggen?'

De hoofdonderwijzeres schudde haar hoofd. 'Het is alleen voor buitengewoon slimme kinderen.'

'En?' Clara dacht aan Alex en Pythagoras en wat Ivor gezegd had: *Hij is zo scherp*. 'Ik zou graag willen dat ze dat toelatingsexamen doen en ik wil graag dat u ze daarop voorbereidt.'

'Er is nog nooit iemand van de Grange voor dat examen geslaagd.' De hoofdonderwijzeres pakte haar horloge uit haar zak. 'Het is tijd, juffrouw Newton, dank u wel.'

Maar Clara wist van geen ophouden. 'Ik wil dat u meer moeite doet,' zei ze vastberaden. Ze was de huismoeder van Shilling Grange en ze was hier omdat ze het beste wilde voor haar kinderen. 'Ze gaan dat examen doen, of ze het nou halen of niet. Ze verdienen dezelfde kansen als de anderen.'

'Hoe zouden ze zich het uniform dat ze nodig hebben kunnen permitteren?'

Als het eenmaal zover was, vertelde Clara met veel omhaal, dan zou die hindernis wel overwonnen kunnen worden. De hoofdonderwijzeres bood weerstand.

'Ongeschikt.' 'Nooit eerder gebeurd.' 'Ongepast.'

Haar weerstand maakte Clara alleen nog maar vastberadener.

'Ik zal contact opnemen met de gemeente. Ik zal zeggen dat u ze discrimineert. Ze maken zich zorgen over zulk soort dingen,' zei ze, onzeker of dat eigenlijk wel zo was. 'Sinds de Kinderwet ingevoerd is.'

De hoofdonderwijzeres zocht steun aan de muur. De vrouw bij de receptie keek bezorgd van de een naar de ander.

'Dat hoeft u niet te doen, juffrouw Newton. Ik zal de aanvragen opsturen.'

'Ik ontvang graag een schriftelijke bevestiging.' Clara vertrouwde haar voor geen cent.

De hoofdonderwijzeres stemde in.

Altijd als Clara opkwam voor de kinderen, had ze een beter gevoel over zichzelf. Het was vreemd. Maar het was écht een goede ontwikkeling.

Toen Clara de school uit liep ging de schoolbel, en binnen een paar seconden stroomden de kinderen de speelplaats op voor het speelkwartier. Ze zocht naar 'haar' kinderen en zag Alex met zijn beste vriend Bernard, die als twee druppels water op Alex leek maar twee keer zo groot was. Ze zag Peg op de hinkelbaan springen en Terry huppelen met een groepje kinderen.

Eerst zag ze Rita helemaal niet. Ze zocht de speelplaats af, steeds bezorgder, tot ze haar in het vizier kreeg, naast de regenpijp, ogen neergeslagen, het haar netjes, handen in haar zakken, helemaal alleen.

Later die middag zag Clara mevrouw Cardew op straat lopen met haar grote boodschappentas, zo veel mogelijk om de plassen heen manoeuvrerend. Ze dacht aan hoe voorzichtig ze had gedaan met het konijn, hoe recht voor z'n raap ze was geweest tijdens de bijeenkomst in de bibliotheek, en ze snelde naar haar toe. Maak gebruik van het moment, zei ze tegen zichzelf, Ann Taylor, de praktische zus, zou hetzelfde gedaan hebben.

Mevrouw Cardew bekeek haar onderzoekend, niet afstandelijk, eerder ongeïnteresseerd.

'Mevrouw Cardew, ik vroeg me net af...' Clara wist niet precies wat ze zich net af had zitten vragen, maar ze zette door: '... of u ooit op bezoek wilt komen bij ons op de Grange?' ze hoopte dat haar glimlach er uitnodigend uitzag.

'Waarom zou ik dat willen?'

Mevrouw Cardew had niet echt een zwaar accent, maar het werd sterker naarmate ze meer in de war was.

'Voor een kop thee, of... ik weet niet.'

De blik van mevrouw Cardew leek een gat in haar hoofd te branden. Het was maar het beste om eerlijk te zijn.

'Eerlijk gezegd, ik weet soms niet zo goed wat ik met een situatie aan moet en contact met een volwassen iemand is soms zeer welkom! Ik ben een buitenstaander hier in Lavenham, net zoals u.'

'Ik lijk totáál niet op u.'

Oké, dat had ze beter niet kunnen zeggen.

'Nee, zo bedoelde ik het niet. Ik hoor dat u Duits bent.'

Het gezicht van mevrouw Cardew was onbewogen.

'Nee.'

O, God.

'Sorry. Ja, Polen, toch? En waar hield u zich daar mee bezig?'

Het leek alsof mevrouw Cardew overwoog om weg te lopen, maar in plaats daarvan zei ze met strakke stem, en met een zucht: 'Ik gaf les op een middelbare school.'

Het was net of alles wat hoopgevend was vandaag allemaal in één klap samenviel. Toeval bestond wederom niet.

'O, en waarin?'

'Muziek en wiskunde.'

'Maar dat is perfect!'

Mevrouw Cardew staarde haar aan. 'Hoezo?'

'We hebben een piano in onze tuinschuur.'

'In uw tuinschuur?' herhaalde mevrouw Cardew traag.

'En een paar kinderen zouden dolgraag willen leren spelen. En ik weet natuurlijk dat u aan muziek doet... ik hoorde u viool spelen toen ik in de praktijk was, het klonk prachtig.'

Elke spier in het gezicht van mevrouw Cardew stond strak gespannen. 'Wat heeft mijn man tegen u gezegd?'

Dokter Cardew?

'Niets. Hoezo?'

'Dat heeft hij wel. Ik weet het.'

'Nee, hij zei niets. Maar zelfs als wel... zou u het alstublieft willen overwegen?'

Mevrouw Cardew haalde diep adem. Iets had haar woedend gemaakt.

'Ik kan niet gerepareerd worden. Ik kan niet gemaakt worden. Het antwoord is nee.'

VERSLAG 3
Maureen Amy Keaton

Geboortedatum
23 november 1934 (Maureen werd te vroeg geboren)

Achtergrond familie
Maureen weet niet veel over waar ze vandaan komt. Ik denk dat ze het wel weet maar ze heeft waarschijnlijk veel ervan verdrongen.

Er is wat informatie over haar aankomst in Suffolk. In 1940, ze was vijf, werd ze uit huis geplaatst. Haar vader had haar moeder met een hamer doodgeslagen in de keuken terwijl Maureen boven was. Daarna vertrok hij. Ze bleef een tijdje bij haar moeder zitten, misschien vierentwintig uur, misschien langer. De politie begreep niet waarom er allemaal servetten op de moeder lagen en ze dachten aanvankelijk dat de vader dat gedaan had: maar dat was niet zo. Maureen had haar moeder helemaal omwikkeld in 'verband' en moest weggesleept worden van haar lichaam.

Vader zit nu in de gevangenis in Noord-Londen. Er is geen contact.

Gezondheid/voorkomen
Ik maak me zorgen om haar tanden, die zien er niet zo sterk uit. NB: Soms is de tandenborstel 's ochtends kurkdroog. Ze is vatbaar voor kou – blauwe lippen – en heeft een hoed, sjaal en warme handschoenen nodig. (navragen)

Eten
Maureen houdt van koken en bakken, vooral koekjes en taart. Toekomstige baan misschien?

Hobby's/interesses
Als ze zich zou kunnen concentreren op school en zich gedeisd zou kunnen houden, denk ik dat ze het heel goed zou doen. De school zegt dat ze te vaak maar een beetje uit het raam zit te staren. Voor de meeste vakken doet ze geen enkele moeite.

Verder
Maureen is een jonge vrouw met een mening, die voor niemand eigenlijk echt respect heeft. Gezien haar gruwelijke voorgeschiedenis is dat misschien niet verwonderlijk.

Clara wilde dat Maureen wat tijd had voor zichzelf had. Ze moest niet altijd maar als ze niet op school zat allerlei klusjes hoeven doen, ze was pas dertien. En misschien zou het ook wel een positief effect hebben op haar prestaties en haar aanwezigheid op school als ze thuis niet altijd van alles moest doen.

Toen Clara Maureen vertelde dat ze vrijgesteld was van een paar huishoudelijke taken, reageerde ze eerst niet echt, maar toen brak haar mooie gezicht open in een lach. *Echt? Eerlijk?* zei de uitdrukking op haar gezicht.

Met minder taken, kwam Maureen tot rust, een beetje te veel zelfs. Ze begon tot laat weg te blijven, lang nadat de zon onder was gegaan. Tot ver na bedtijd. Alleen in de weekenden weliswaar, maar toch. Clara wilde dan wel dat Maureen wat meer vrijheid zou hebben, maar dit was niet de vrijheid waaraan ze gedacht had. Nog maar twaalf jaar geleden was ze net zo oud geweest als Maureen, maar de wereld was onherkenbaar veranderd. En zij zelf ook. Ze wist nu wat voor vreselijke dingen er konden gebeuren als je even niet oplette, heel even maar.

Clara voelde zich er ongemakkelijk bij om haar zorgen met betrekking tot Maureen te delen met juffrouw Bridges, die had laten doorschemeren dat zij vond dat meer vrijheid voor kinderen alleen maar problemen veroorzaakte: 'Je weet toch wat ze zeggen over ledigheid en de duivel, hè?'

'Waar ben je geweest, Maureen?' vroeg Clara altijd als ze laat thuiskwam, fluisterend want ze wilde vooral niet dat de andere meisjes wakker zouden worden.

'Uit.'

'Dat weet ik.' Clara nam zich voor geen vragen meer te stellen waar ze toch het antwoord al op wist.

'Waarnaartoe?'

'Nergens.'

'Je mag niet zo laat uitgaan,' probeerde Clara luchtig, met een stem die ze nauwelijks van zichzelf herkende. 'Dat kan echt niet.'

'Prima!'

Clara dacht dat ze de strijd gewonnen had tot het weer vrijdag was en Maureen er twee uur nadat ze thuis had moeten zijn nog steeds niet was.

Maar het was moeilijk om streng te zijn tegen Maureen. Niet alleen vanwege haar vreselijke verleden, maar ook omdat ze soms zo lief kon zijn.

Op een dag in november kwam Maureen thuis met Rita – half duwend, half meetrekkend. Er zat modder op Rita's wangen en ze kon nauwelijks praten tussen de tranen door.

'Ik zei alleen maar dat ik vanwege mijn haar de allerbeste Koningin Mary zou zijn.'

Clara had geen idee waar ze het over had, maar kennelijk was het niet goed gevallen bij de leerlingen van school.

'Kom maar,' zei Maureen. Ze veegde met een doek de tranen weg en dat deed ze zo voorzichtig dat het Clara ontroerde. Toen Rita even ging bijkomen, legde Maureen opgewekt uit wat er gebeurd was.

'Ze noemen haar Waterhoofd, Shirley Temple en Moederskindje.'

Clara moest slikken. Van al die bijnamen moest die laatste haar wel het meest pijn gedaan hebben.'

'Ik heb er eentje geslagen.' Maureen smeerde jam op brood. Zelfs dat smeren deed ze met veel bravoure. Clara pakte het mes van haar af.

'Je hebt een kind geslagen? Je mag een kind niet slaan!'

'Nou, ik heb het toch gedaan.'

'Nee! Hoe hard sloeg je?'

Maureen had het brood in haar mond gepropt. 'Hard genoeg. Anders stoppen ze niet.'

Wel leek Rita de volgende paar dagen wat blijer, dus misschien had Maureen er wel goed aan gedaan.

~

Zaterdagochtend. Clara was nu elf weken op de Grange en ze kwamen net terug van de bibliotheek. Billy en Barry renden alvast vooruit en gilden iets op straat (precies wat Clara hun had verboden).

'Visite!'

Het laatste waar Clara behoefte aan had was nog meer luizen. Maar dat bedoelden ze deze keer niet. Ook Terry sprong opgewonden op en neer.

'Er staat een man bij het hek, juffrouw Newton, een mán!'

De man bij het hek was gekleed in een zwart pak en hoorde waarschijnlijk bij de onhandig geparkeerde auto op de weg. Was het iemand van de gemeente? Of mogelijk een van de toekomstige ouders van wie zij nog niet op de hoogte was gesteld? Of zou Peter vandaag naar zijn oom gaan?

Ze wist het niet, tot ze dichterbij kwam en ze zag dat het Harris was – Harris Jr van haar vroegere werk, Harris & Sons.

'Meneer Harris!' Ze haastte zich met haar boodschappentassen naar hem toe. Een omhelzing was te enthousiast, maar handen schudden leek weer te koel voor haar ex-baas en vriend sinds lang.

'Juffrouw Newton!' Hartelijk kwam hij op haar af.

'Kent u mama?' vroeg Rita.

'Gaan jullie trouwen?' vroeg Billy, zijn ogen vernauwden zich tot spleetjes.

'Dan moet u dat wel eerst met ons bespreken,' zei Barry, met zijn armen gekruist voor zijn borst.

'Ze gaat toch met Ivor trouwen?'

'Terry, zeg niet van die rare dingen!' Clara was niet vaak geïrriteerd door wat Terry zei, maar nu wel. 'Wat zég je nou allemaal?'

'Weet u wat pi is, bij wiskunde? Ik kan het wel uitleggen als u wilt.'

'Meneer Harris weet heel goed wat pi is, Alex.'

Clara realiseerde zich dat de kinderen nog heel wat moesten leren op het gebied van de sociale omgang. En Terry deed echt raar.

Ze vertelde alle kinderen dat meneer Harris tien jaar lang haar baas was geweest, dat hij de derde van drie generaties Harris was en daarna droeg ze haar kinderen op om zich op te knappen.

'Meneer Harris, u luncht toch wel mee?'

Clara schaamde zich voor de waterige kippensoep en het oude brood dat ze gewoon waren op zaterdag te eten, maar meneer Harris zei dat hij tegenwoordig niet zo'n grote eter was. Hij was zoals altijd keurig gemanierd. Hij was dunner dan ze hem zich herinnerde, en hij was altijd al dun geweest.

Clara merkte op hoe bleek hij zag. Hij was nooit een buitenmens geweest en hoewel hij er nog hetzelfde uitzag als vroeger, leek hij op een of andere manier vermoeider. Zelfs nog vermoeider dan hij er de nachten die Clara met hem had doorgebracht in het metrostation van Aldgate had uitgezien, tijdens de ergste bombardementen. Ze vroeg zich af waarom hij hiernaartoe gekomen was. Waarom had hij niet gewoon gebeld of geschreven? Ze had al begrepen dat zijn vader, meneer Harris sr, in goede gezondheid verkeerde en genoot van zijn pensioen, en de vierentachtigjarige Harris srsr viste nog steeds. Hij had zelfs een prijs gewonnen met een enorme karper.

Hoe kan je nou een prijs winnen met een karper?

Nadat ze zich opgeknapt hadden kwamen de kinderen niet terug naar de keuken. Na een tijdje zei Clara opgewekt: 'Tast toe, meneer Harris,' en ging zelf op zoek naar waar iedereen gebleven was.

In de jongenskamer was Billy met kussens aan het gooien. Barry was zich aan het opdrukken, Alex zat te lezen op bed. Peter keek uit het raam en rookte een sigaret.

Clara had ze al een paar keer geroepen, maar ze zette een zo gewoon mogelijke stem op.

'De lunch is klaar, hoorden jullie me niet?'

'We komen niet.'

'Wat?'

'Waarom zouden we vrienden met hem moeten zijn?'

'Wat is er aan de hand?' vroeg ze aan Peter, die alleen maar zijn schouders ophaalde.

Barry legde het uit. 'Hij wil dat u naar Londen komt.'

Clara's hersenen werkten op volle toeren. 'Nee, hij komt gewoon op bezoek, jongens.'

Maar terwijl ze het zei, bonsde haar hart bijna uit haar borstkas. *Was meneer Harris daarvoor afgereisd? Stel dat het zo was, wat zou ze dan zeggen?*

'Doe niet net alsof u het niet weet, juffrouw Newton.' Barry stopte met opdrukken en ging met armen en benen wijd op bed liggen.

In de meisjeskamer hing eenzelfde ontevreden sfeer.

'Hulp nodig bij het inpakken van uw spullen?' snauwde Maureen.

'Wat?'

'We wisten wel dat u het geen drie maanden uit zou houden.'

Rita hiel Molly de Muis in haar handen geklemd. 'Maar u had het beloofd.'

'Dit is absolute onzin. Daarvoor is hij niet hier gekomen en ik ga nergens naartoe.'

'Maar u vertelt altijd hoe gelukkig u was bij Harris & Sons,' piepte Terry.

'Ja, dat wás ook zo, maar ik ben nu ook gelukkig.'

Uiteindelijk kwamen ze allemaal naar de keuken. Meneer Harris probeerde tijdens het eten onverstoorbaar een praatje aan te knopen met de kinderen.

Zodra hun borden leeg waren, vroegen ze of ze van tafel mochten.

'Vooruit dan maar,' zuchtte Clara en ze renden meteen met hun borden naar de gootsteen. Ze maakten er niet bepaald een geheim van dat ze graag weg wilden.

Het was de beurt van Maureen om de afwas te doen. Ze zat achterover gezakt op haar stoel en wierp dodelijke blikken op de arme meneer Harris.

'Hoe gaat het met mevrouw Barber?' Clara's stem klonk vlak, maar zelfs het uitspreken van alleen al de naam van de jonge vrouw die haar plaats had ingenomen deed pijn. Meneer Harris legde omzichtig zijn lepel in zijn lege bord.

'Ze is de slechtste secretaresse die je je maar voor kunt stellen,' zei hij, en hij veegde zijn mond schoon met zijn servet. 'En dat is nog mild uitgedrukt.'

Clara moest lachen. Hoe zoet was het om gelijk te krijgen. Dat meisje, dat haar leven zozeer op de kop had gezet, bleek een vergissing te zijn. *Quel surprise.*

'Eerlijk gezegd, meneer Harris, heb ik haar nooit gemogen.' Clara was in een eerlijke bui. 'Ik geloofde geen woord van wat ze zei tijdens het sollicitatiegesprek. Het was van begin af aan duidelijk dat ze niet de capaciteiten had of de persoonlijkheid om secretaresse te zijn.'

'O,' zei meneer Harris. 'Je weet niet dat we getrouwd zijn?'

Clara werd vuurrood. 'Uhm, nee. Gefeliciteerd.'

Met haar rug naar hen toegekeerd stond Maureen bij het aanrecht te schudden van het ingehouden lachen.

Toen Clara met meneer Harris meeliep naar zijn auto, ging het harder waaien en de bladeren dansten door de lucht. Ze zag Ivor aan de overkant, hij was aan het vegen. Hun blikken kruisten elkaar kort.

Meneer Harris zei dat ze bezig waren met het uitbreiden van hun productie. Hij was altijd degene geweest met de plannen.

Hij startte de motor, en liep toen weer naar haar toe – hoed in de hand.

'We hebben echt veel moeite met de administratieve kant van de zaak,' zei hij, schuins lachend. 'Ik vroeg me af of je misschien terug zou willen komen? We hadden je nooit moeten laten gaan. We zouden je een veel beter aanbod kunnen doen, met een hogere beloning.'

Clara wou dat hij dat niet gezegd had. Het klonk allemaal heel aantrekkelijk, vooral dat 'hogere beloning'. Bezuinigen en sparen was misschien leuk in verhalen, maar in het echte leven was het geen pretje. En los van het geld had ze veel plezier gehad in haar werk, zes maanden geleden. Dat gooi je niet zomaar weg.

'Dank voor uw bezoek. Het is een prachtig aanbod,' zei ze.

'Ik ga ervan uit dat we spoedig van je zullen horen?'

'Zeker.' Clara haalde diep adem. Ze ging iets kostbaars afwijzen. 'Maar niet over de baan. Ik kan de kinderen nu niet achterlaten. Ik hoop dat u dat begrijpt.'

Meneer Harris opende het portier van de auto. 'Zeker.'

'Bent u niet boos?'

'Boos? Nee. Je hoort op deze plek, Clara. Dat ziet iedereen.'

Haar hart zwol. Hoorde ze hier? Dat gevoel had ze zelf wel soms, maar dat iemand anders dat zei...

'Ik weet niet of het... Ik ben er eigenlijk helemaal niet zo zeker van of ik hier nou veel verder kom.'

Terry kwam naar buiten rennen. Haar gezicht straalde.

'U gelooft het vast niet, maar de tomaten zijn aan het groeien! Echte! Om op te eten!'

'O, maar dat is geweldig, Terry! Ik kan niet wachten.'

Terry rende naar de werkplaats van Ivor om ook hem het grote nieuws te vertellen.

Meneer Harris fronste zijn wenkbrauwen. 'Je lijkt toch echt het verschil te maken hier.'

Toen Clara de keuken weer in kwam, hing Rita rond bij de tafel, haar ogen wijd open gesperd in haar lijkbleke gezichtje.

'En?' vroeg ze nukkig, haar armen voor de borst gevouwen. 'Wanneer gaat u weg?'

'Het komt goed, lieverd, ik ga echt nergens heen.'

Rita, Alex ,Peg, en ongelofelijk genoeg daarna ook Maureen dromden om haar heen en omhelsden haar.

Ze bleef hier.

10

De hele maand november bleef Maureen tot steeds later weg. Ze sloop naar buiten als Clara dacht dat ze gewoon thuis was. Ze gebruikte de oude truc: een kussen onder de deken zodat het net leek alsof ze lag te slapen. Clara was beledigd dat Maureen dacht dat ze daarin zou trappen – maar toen bedacht ze zich dat ze er waarschijnlijk al verscheidene keren inderdaad in getrapt was.

Als ze weg was, voelde Clara zich machteloos – het deed haar denken aan het wachten op de bommen die vielen tijdens de Blitz. Je kon je dan alleen maar zo klein mogelijk maken.

Als ze terugkwam straalden haar ogen, was ze buiten adem of neuriede een liedje, 'Shine on Harvest Moon'. Clara begon een hekel te krijgen aan het wijsje. De brutaliteit. *Na alles wat ik voor haar heb opgegeven*, kon Clara niet nalaten te denken als ze echt chagrijnig was. Ze had bij Harris & Sons kunnen werken, waar haar grootste probleem bestond uit de scheve letter E op de typemachine of een verkeerde datum boven de notulen.

Niets zeggen als je boos bent. Daar heb je morgen spijt van. En je raakt het overwicht kwijt.

Op een avond was het alweer na elven en Maureen was nog steeds niet thuis. Clara ijsbeerde heen en weer. Niemand had haar van tevoren verteld dat het een eenzame bedoening was om voor een puber te zorgen. En net toen ze dacht dat ze zou ontploffen van bezorgdheid, kwam Maureen terug, eigenwijs als een puppy.

Clara ontplofte bijna. Ze stormde de voordeur uit. Als ze niet met Maureen in hetzelfde huis was, was er ook minder risico dat ze iets zou zeggen waar ze later spijt van zou krijgen.

Aan de overkant van de weg zette Ivor net zijn melkflessen buiten.

Niets zeggen tegen hem, niet doen.

Hij ging rechtop staan. 'Het is laat, juffrouw Newton.'

Wat wist hij over haar dagindeling?

Ze wilde het eigenlijk niet, maar de drang om iemand te spreken was te overweldigend. Clara kon het niet meer tegenhouden.

'Het gaat om Maureen, ze is weer veel te lang weggebleven. Ze luistert totaal niet naar me.'

‘Wil je dat ik haar ga zoeken?’

‘Nee, nee... laat maar, dank je. Ze is al terug. Nu tenminste.’

Ze stak de weg over en liep naar hem toe, haar benen koud onder haar wapperende huisvest. Niet dat ze met hem wilde praten – hij was in feite zo ongeveer wel de laatste die ze uit zou kiezen voor een gesprek, oorlogsheld of niet – maar ze moest gewoon met iemand praten en het was te laat om juffrouw Bridges te bellen, of Judy. ‘Het is niet de eerste keer, en ik voel me zo’n slappeling. Ik weet niet wat ik moet zeggen en ik weet niet waar ze naartoe gaat en...’

‘Soms hangen de kinderen uit de buurt rond op het kerkhof,’ zei hij.

‘Dat klinkt gezellig.’

‘Kom even binnen,’ zei hij. ‘Dan maak ik een kopje thee.’

Zijn werkplaats leek op het onderkomen van een sultan of de kamer van Aladdin. Zoiets had ze nog nooit gezien. Grote rollen stof lagen opgestapeld tegen de muren. Er stonden drie – drie! – naaimachines op de tafel in het midden. Er was een kast met piepkleine laadjes met koperen knopjes. En er stonden dozen die uitpuilden van linten, kant, knopen en fluweel. Grote zware boeken met stalen stof. Een stuk of vier sofa’s. Sommige stonden rechtop, andere lagen op hun kant. Kussens. Vulling. Meetlinten en linialen. Clara wist niet precies wat ze had verwacht, maar in ieder geval niet dit.

Ivor gleed overal tussendoor. Hier, in zijn wereld, had hij een bepaalde elegantie die ze eerder nog niet had opgemerkt.

‘Dit is verbazingwekkend. Ik had geen idee.’

Hij krabde op zijn hoofd. ‘Ik weet niet of het verbazingwekkend is, maar ik hou er wel van.’

Ze keek hoe hij water kookte op het kleine kookplaatje achter in de werkplaats. Er zaten littekens aan de zijkant van zijn gezicht. De oorlog. Bijna niemand kwam er ongeschonden uit. Zijn ervaringen waren misschien totaal verschillend aan die van haar – oorlogen waren niet de grote gelijkmakers zoals sommige mensen graag dachten – en ze zou ook nooit anders beweren.

‘Ik ben je een excuus schuldig,’ zei hij uiteindelijk. ‘Ik had niet moeten zeggen wat ik gezegd heb.’

Hij draaide zich naar haar toe en keek haar aan terwijl achter hem het water kookte. Hij leek het te menen, dacht Clara, maar dat wist je nooit zeker.

‘Dat gedoe over wel of niet blijven was nogal verschrikkelijk,’ mompelde ze.

'Zeker.'
'Ik heb altijd een hekel gehad aan zulk twijfelend gedrag.'
'Ik had niet het recht het te zeggen, Clara. Het was stom én het was niet waar. Vergeef me alsjeblieft.'
'Je denkt nog steeds dat ik weg zou moeten gaan, toch? Dat ik niets te zoeken heb op de Grange. Dat heb je wel duidelijk gemaakt.'
'Ik heb je niet echt een kans gegeven, geloof ik.'
'Hoe noemde je me nou? Een onervaren blaaskaak, met allemaal domme ideeën en...'
'Ik zei niet blaaskaak. Je bent het tegenovergestelde van een blaaskaak.'
'Pennenlikker dan.'
'Het zou kunnen dat ik dat gezegd heb,' gaf hij toe. Zijn haar viel voor zijn donkere ogen. 'Is dat zo erg?'
Clara snoof.
'Nou ja, ik vond dat de nonnen wel aardig...'
'Zuster Eunice was niet echt een voorbeeld van enorme toewijding...'
'Nee, zij niet. Een paar van de anderen. Ik ben door ze opgevoed, hier op Shilling Grange.'
Dat wist Clara niet. Ze slikte. Het maakt het wel logisch, dacht ze.
'Wat naar voor je.'
'Het was geen slechte plek, toentertijd.' Hij zei het alsof hij haar wilde overtuigen. 'Ik zat in de jongenskamer. Begane grond, het bed onder het raam.'
Dat was van Peter.
'En er werd goed voor me gezorgd. We noemden ze toen geen huismoeders. Maar sommigen van hen waren aardig, en zuster Kate, die mij onder haar hoede had, was geweldig lief.'
'Waarom was zij zo anders?'
Ivor zweeg even, dacht na. 'Ze luisterde. Ze nam de tijd om ons allemaal te leren kennen. Ze was verre van perfect, maar ze stond altijd achter ons, daar twijfelden we niet aan. Maar waar het om gaat is dat ik... ik zie dat de kinderen nu gelukkiger lijken.' Hij gaf haar de beker. 'En dat is vanwege jou. Dus ik had het mis.'
Clara liet dat op zich inwerken. Ze hóéfden geen vijanden van elkaar te zijn. Hij leek echt van gedachten veranderd te zijn over haar. Zou ze ook van gedachten kunnen veranderen over hem?
Ze praatten nog een beetje door over Maureen en haar achtergrond – en Ivor verzekerde haar nog een keer dat ze er goed mee omging – en daarna hadden ze het nog over Alex en Peter, op wie hij bijzonder dol was. Ze zei

hem hoe blij ze was dat Peter een oom bleek te hebben en dat hij misschien geadopteerd zou worden en dat een andere familie een oogje had op Peg, maar het feit dat het meisje niet sprak was nog wel een hindernis.

Clara dronk haar thee op en vroeg zich af of hij nog een keer zou inschenken. Ze vertelde hoe koud het soms was in de Grange, vooral in de kamers boven, en ze rilde.

'Ja, dat weet ik nog heel goed.'

Ze voelde zich hier zo op haar gemak, in zijn werkplaats, en dat verbaasde haar. Zijn eerlijkheid en kwetsbaarheid hadden haar geraakt. Zo zou zij ook tegen hem moeten doen. 'Ik weet nog steeds niet of ik het goed doe, eerlijk gezegd. Ik lijk ze allemaal wel een beetje van slag te hebben gebracht.'

'Niet allemaal toch?'

'Alex misschien niet.'

Hij lachte. 'Alex is een heel meegaand kind.'

'Ik zou waarschijnlijk wel wat hulp kunnen gebruiken, maar de gemeente zit zo krap bij kas.'

Hij knikte. 'Ze zeggen dat organisaties die de zorg voor kinderen hebben zelf altijd het kind van de rekening zijn.'

Ze glimlachte naar hem. Een gesprek met iemand die wist hoe het in elkaar zat, gaf haar een opgelucht gevoel.

'Ik vraag me af... heb je mevrouw Cardew al om hulp gevraagd?'

'De vrouw van de dokter? Mm,' zei Clara met spijt in haar stem, want dat was weer zo'n gesprek dat ze eigenlijk liever vergat. 'Weer iemand die ik misschien van streek heb gemaakt.'

'Ach, zo.' Hij wreef over de littekens op zijn gezicht. 'Luister, Clara, probeer niet te streng te zijn voor jezelf. Ook Maureen kwam uiteindelijk toch weer terug. Ze weet waar ze moet zijn.'

Clara voelde een zeldzame golf trots. Het was waar. En misschien was ze toch geen totale mislukking. Het was makkelijk om al haar fouten achter elkaar te zetten, maar misschien moest ze ook haar successen gaan tellen. Harris & Sons zouden haar niet terug hebben gewild als ze niet geloofden dat ze ergens goed in was.

'Ik heb het al een beetje op een rijtje, weet je, ik heb alles een beetje beter georganiseerd en ik heb veel verslagen geschreven.'

'Goed...'

'En twee van de kinderen staan ingeschreven voor het toelatingsexamen voor het lyceum, en ze gaan allemaal naar de bibliotheek nu – en we hebben een piano.'

'Ach ja, die verdomde piano.' Ivor grijnsde.

'En Julian en ik kunnen het goed met elkaar vinden. Dat gebeurt niet elke dag, toch? De advocaat. Meneer White? En hij heeft een hond. Ik hou echt van honden.'

Ivor was opgestaan en liep naar het raam. Ze kon zijn gezicht niet goed zien in het donker. Nachten waren zo donker op het platteland. Het deed haar denken aan toen alle elektriciteit was uitgevallen, en je veel afhankelijker was van al je andere zintuigen.

Een tijdlang zei hij niets, toen zei hij: 'Ik ben blij voor je. Ik hoop dat je het niet erg vindt, maar ik moet nog even aan het werk.'

Tegen de tijd dat ze thuis was, lag Maureen als de onschuld zelve te slapen in bed, Peg naast haar tegen zich aan gedrukt.

~

Ze vierden normaal gesproken geen verjaardagen in de Grange. Er waren er te veel, was Alex' verklaring. *Te veel om er moeite voor te doen.* Clara werd er verdrietig van. Haar ouders deden er vroeger ook niet veel aan, haar kostschool, haar collega's bij Harris & Sons en de familie van Judy allemaal wel.

Ze had maar één verjaardag met Michael meegemaakt. Hij had geen vrij kunnen krijgen, maar hij kwam de zondag erna. *Ik neem je mee uit dansen.* Ze hadden gekust buiten bij de danszaal, en ook binnen. Hand in hand boven in een dubbeldekkerbus, beloftes van vakanties.

Een mooie herinnering.

Clara wist niet wat ze moest doen om de veertiende verjaardag van Maureen te vieren. Toen ze tegen haar zei dat ze een vriendin van school mocht meenemen, had Maureen haar leeg aangestaard.

'Er wil helemaal niemand hier komen. Maakt u een grap of zo?'

Rustig blijven. Ze wil dat je van streek raakt.

'Waarom zouden ze dat niet willen?'

'Omdat het een zootje is, daarom.'

Dat deed pijn, precies zoals bedoeld. Vanaf het moment dat ze besloten had te blijven, was Clara aan het schuren, poetsen, lappen en opnieuw aan het inrichten geweest. Nu ze als buren weer op goede voet stonden met elkaar, was Ivor langsgekomen met kussens, een tapijt en nieuwe gordijnen – 'Gewoon wat restanten en proefstukken,' zei hij. Clara had zelfs gespaard voor een schoorsteenveger, zodat ze het haardvuur konden aansteken in de salon. Het zorgde in het hele huis voor warmte en het zag er ook nog eens mooi uit.

'Het gaat niet om waar je bent, het gaat erom dat je samen tijd doorbrengt.'

'Iedereen haat me toch al,' zei Maureen.

'Natuurlijk niet,' lachte Clara, maar Maureen meende het.

~

Clara bood aan een verjaardagstaart te maken, maar Maureen snoof. Maureens minachting voor Clara's kookkunsten was dodelijk, maar ze had waarschijnlijk wel gelijk. In Londen had Clara zich gemakzuchtig gevoed met ingeblikt eten, eieren en toast. Haar vrijdagavondtraktatie bestond uit fish en chips. Hier moest ze alles zelf bereiden en sommige groenten waren een raadsel voor haar. Clara kreeg Maureen uiteindelijk zover om haar te helpen met het maken van een broodpuddingverjaardagstaart van overgebleven restjes brood. Maureen was een natuurtalent en het resultaat rook op een of andere manier heerlijk en zag er ook nog eens mooi uit.

Na de lunch zetten ze er een kaarsje op en zongen de kinderen 'Happy Birthday', terwijl Maureen chagrijnig keek en knalrood werd.

Peg had een tekening gemaakt van alle kinderen samen: in het midden stonden Maureen en Clara, hand in hand. Maureen legde het neer. 'Dank je, Peg, maar zo zien we er dus echt totaal niet uit.' Het was bot, want Peg had haar uiterste best gedaan.

De winterjas die Clara voor haar gekocht had was niet van het merk Doroty Perkins dat Maureen had gewild, maar hij leek er wel heel erg op. Maureen beet op haar lip. 'Ik denk niet dat-ie me past.'

Waarom kon ze niet wat dankbaarder zijn? Clara kon haar woede bijna niet beheersen, maar toen verscheen ineens mevrouw Cardew in de deuropening in een bontstola en op hoge hakken. Ze zag eruit alsof ze op weg was naar een bal.

'Ik geloof dat je van gesuikerde amandelen houdt, toch, Maureen?' zei ze. 'Je pakte er een handje van toen dokter Cardew zich even had omgedraaid in de praktijk, bij je vorige bezoek.'

Maureen zag eruit alsof ze het liefst in de grond wilde verdwijnen.

'Dus hier heb ik een doosje voor je.'

'Dank u.' Maureens handen trilden toen ze het aanpakte.

'Het gebeurt niet elke dag dat een meisje veertien wordt,' zei mevrouw Cardew. 'Wel samen delen, hè.'

Maureen maakte zich uit de voeten. Mevrouw ging met haar vinger over de keukentafel en keek met opgetrokken neus naar de borden. Zelfs de broodpudding leek te krimpen onder haar afkeurende blik.

'Goed dan.'

'Wat?' zei Clara.

'Ik kan wel helpen met de muziek, en ik hoorde dat je er twee hebt ingeschreven voor het examen om naar het lyceum te gaan?'

'Ja.'

'Goed. Dus dan ga ik zowel pianoles geven als wiskunde. Wanneer wil je dat ik kom?'

'Ik kan u niet betalen, mevrouw Cardew,' stamelde Clara.

'Zeg maar Anita. En dat weet ik hoor.'

Dit had ze echt niet zien aankomen. Clara wist niet hoe ze moest reageren.

'Hebt u zin in een stukje verjaardagstaart?' vroeg ze aarzelend.

Het duurde eindeloos voordat Anita de knopen van haar jas los had. Daarna ging ze op een stoel zitten en keek iedereen aan, haar grote tas stond onder haar stoel.

Clara sneed een stukje af, argwanend bekeek Anita het tafereel.

'Is dit taart?'

'We hebben ons best gedaan.'

'Het ziet ernaar uit dat er ook op kookgebied nog wel wat valt bij te spijkeren.'

Clara moest lachen. Ze had nog nooit iemand ontmoet die zo recht voor z'n raap was. Uiteindelijk verscheen er ook een klein lachje op Anita's gezicht.

Clara vermoedde dat Ivor haar gestuurd had, waarna ze als een toverfee was verschenen.

Ze zei geen nee tegen het aanbod.

11

Tegen half december hadden Clara en Julian nog vier keer afgesproken. Kon je het wel zo noemen? Hij gebruikte het woord 'rendez-vous', wat het allemaal een beetje Parijziger deed klinken dan het was. *Kunnen we weer een rendez-vous doen? Heb je tijd voor een rendez-vous?* Het goede van het woord was dat zo het probleem van *Is hij nou wel of niet mijn verkering* vermeden werd.

Ze waren naar een restaurant geweest (een chiquere plek dan Clara gehoopt had), hadden geluncht in een pub (geweldig), waren op pad gegaan met zelfgesmeerde broodjes (verbazingwekkend leuk), en hadden een theater bezocht waarbij het toneelstuk zo onbegrijpelijk was dat ze tijdens de pauze weg waren gegaan – iets wat Clara zelf van haar levensdagen niet gedaan zou hebben, ze vond het reuze opwindend.

'Het leven is te kort!' had Julian gezegd, het leek zijn levensfilosofie.

'Waarom vind je het leuk om met mij te zijn?' vroeg ze een keer toen ze kreeft aten in de pub. Hij had elke Hermione of Octavia die hij op een elitair feestje ontmoette kunnen krijgen.

'Los van het feit dat je prachtig bent?'

'Nee, serieus Julian.'

'Wat vind je van "verfrissend"?'

'Niet overtuigend.'

'Met sommige vrouwen lukt het gewoon niet. Ik heb liever iemand die een beetje een uitdaging is.'

'Ben ik een uitdaging?'

Hij dacht erover na. 'Nee… maar je bent wel anders. Ik vind het gewoon leuk met jou.'

Maar er was meer. Dat moest wel. Ten eerst waren daar de statistieken – er waren meer vrouwen dan mannen nu. De kranten schreven erover: 'We hebben een overvloed aan dames!' en 'Mannen hebben ruime keuze!' De tijdschriften adviseerden vrouwen om beter hun best te doen als ze een begeerde diamant aan hun vinger wilden krijgen. (Dit hield in het gebruik van valse wimpers, heel dun zijn en niet te veel praten, om vooral maar in de smaak te vallen bij die zeldzame ene begeerlijke vrijgezel.) 'Hij is helemaal niet geïnteresseerd in wat jij in de oorlog allemaal hebt meegemaakt toen hij liep te zweten in Egypte,' schreven ze. Julian was dan wel niet in Egypte geweest, maar toch.

Wat was er nou zo bijzonder aantrekkelijk aan haar? vroeg Clara zich af en ze vroeg het hem nog een keer. Ze wist niet wat ze wilde horen, maar ze wilde weten waar het om draaide.

'Een lieve vrouw is niet makkelijk te vinden,' zei Julian. 'Sommige mensen in mijn omgeving kunnen tamelijk koel zijn. Ik wil iemand met een groot hart. Dat is toch niet gek?' Hij schraapte zijn keel. 'Ik had een tijdje een relatie met een vrouw, maar ik ging bij haar weg.'

'O, waarom?'

'Ze wilde geen kinderen.'

Dit was verrassend. Heel verrassend eigenlijk. Ze had een man dat nog nooit zo openlijk horen zeggen. Zelfs Michael was niet zo ver gegaan.

'En jij wilt wel kinderen?' vroeg Clara zenuwachtig. Haar maag kneep zich samen.

'Zeker wil ik dat,' zei Julian. 'Maar wat zie jij in mij, vraag ik me af?'

Clara genoot volop van haar samenzijn met Julian. Hij bracht haar zo'n compleet andere wereld. Het was net of haar alledaagse leven een of ander simpel toneelstuk was, en dan kwam Julian en werd het ineens een hele andere voorstelling, iets veel volwasseners.

Die beide werelden naast elkaar – twee kanten van haar, misschien – waren geweldig, zelfs als het soms voelde als die papieren aankleedpoppen die Peg en Rita soms meenamen uit de bibliotheek. Je kon hun kleren uitknippen en de poppen allerlei verschillende kledingstukken aantrekken voor hun verschillende levens: actrice, gastvrouw op een feestje, prinses, bruid.

Clara stond zichzelf niet toe er al te veel over na te denken, en ze zou het niemand, zelfs Judy niet, ooit vertellen, maar wat ze ook zag in Julian was dat hij financiële stabiliteit bood. Als ze op een dag zou besluiten in het huwelijk te treden, dan was hij een goede partij. Dan zou ze nooit meer haar tas hoeven omkeren om een paar centen bij elkaar te grabbelen voor de schoorsteenveger.

Op een middag, de kinderen waren naar school, gingen Clara en Julian uit voor een wandelingetje na de lunch en probeerde Julian haar hand te pakken. Het had waarschijnlijk geen verrassing hoeven zijn, maar toch kwam het onverwacht voor Clara.

'Ik ben niet zo van het hand in hand lopen,' zei ze, hoewel ze niet zeker wist of dat wel waar was. Ze had Pegs hand de hele weg van huis naar school vastgehouden. Ze had Rita's haar uit haar gezicht gehouden toen ze weer had overgegeven, en ze had Alex gewassen toen hij in zijn bed had geplast en helemaal in de war was in het donker. Ze had Terry vastgehouden toen ze weer gebeten was door luizen.

Dat was genoeg lichamelijk contact wat haar betrof.

Julian lachte. 'Ik dacht dat álle vrouwen hielden van hand in hand lopen.'

Julian maakte vaak dat soort generalisaties en toen ze dat eenmaal doorhad, viel het haar des te meer op. 'Ik dacht dat alle Londenaren naar smog roken.' 'Ik dacht dat alle Fransen van kaas hielden.' Het was verbazingwekkend. Op sommige vlakken kon hij zo intelligent uit de hoek komen, en op andere vlakken juist weer zo wereldvreemd.

'Ik zal het proberen,' zei ze.

'Voel je niet gedwongen, hoor,' zei hij stekelig. Snel zei Clara: 'Nee, nee, het is goed hoor,' en dat was ook zo. Hun vingers vlochten zich door elkaar en ze voelde zich dom dat ze zo terughoudend was geweest.

Clara vertelde het niet meer aan Julian wanneer er nare dingen gebeurden op de Grange, want zijn reactie stond haar tegen. Zo vertelde ze een keer dat Maureen vaak tot laat wegbleef, waarop hij gezegd had: 'Ze heeft vast slecht bloed.' Een andere keer vertelde ze over Barry, die problemen had op school omdat hij gevochten had. 'Kan hij het leger nog niet in?' had hij gezegd.

'Hij is twaalf, Julian.'

'O, ze moeten echt weer lijfstraffen invoeren.'

En nu schopten ze zich een weg door de bladeren in het park, en gingen daarna op een bank zitten om de eekhoorns van boom naar boom te zien schieten. De hele tijd hand in hand. Het voelde knus, dacht Clara verbaasd.

'Weet je, er is een manier om te ontsnappen aan de Grange,' zei Julian opeens. Clara begreep niet precies wat hij bedoelde, maar ze aarzelde om hem ernaar te vragen.

'O, maak je geen zorgen. Zuster Grace is geweldig,' zei ze. 'En juffrouw Bridges barst van de adviezen.'

Ze bracht haar verstelwerk nu naar Ivor. Hij legde de zoom van Maureens jurk uit, dat meisje groeide als kool, stopte sokken, verstelde Peters overhemden en de versleten knieën van Billy's en Barry's broeken. Nou ja, hij had het tenslotte zelf aangeboden. Maar ze besloot instinctief het niet aan Julian te vertellen.

'En Anita is ook een fantastische hulp.'

Anita Cardew gaf aan de keukentafel bijles wiskunde aan Terry en Alex. Ze was een strenge docent – ze gaf de kinderen op hun kop als ze hun oefeningen niet maakten – maar ze gingen allebei met sprongen vooruit. Ze was ook een goede kok. Dokter Cardew hield van lekker eten, en dat had tot gevolg dat Shilling Grange soms verrast werd met een groentebourguignon of een aardappelschotel van Anita.

'Wie is Anita?' vroeg Julian.

'De vrouw van dokter Cardew.'

Anita vond Julian geweldig. 'Heb je weer een afspraak met meneer White? De advocaat!' Ze zei het elke keer weer als Clara het over hun afspraken had. Het klonk bijna alsof ze zei: 'Heb je een afspraak met meneer White? De filmster?'

Maar de waardering was niet wederzijds.

'Ach, de mallotige Pool. Weet je, hij heeft haar in Bergen-Belsen opgeduikeld.'

Clara dacht aan de tatoeage op de arm van Anita. Hoe ze soms totaal ergens anders was, eventjes. Haar gedachten dwaalden dan af, een schaduw viel over haar gezicht. 'Ik weet de details niet precies.'

'Half uitgehongerd, halfdood tussen de skeletten.'

'Onvoorstelbaar.'

Julian trok Clara ineens van de bank omhoog. 'Vertrouw je haar wel met de kinderen?'

Clara aarzelde. Die vraag was nooit bij haar opgekomen. Had ze het zich moeten afvragen? In plaats van te denken aan wat ze gezegd had in haar sollicitatiegesprek maanden geleden, dat ze 'de kinderen zou beschermen tegen verderfelijke invloeden', had ze blind vertrouwd op Anita.

'Ja, eigenlijk wel.'

'Dat vind ik ook weer zo leuk aan jou, Clara. Je bent wonderbaarlijk optimistisch.'

Dat voelde Clara helemaal niet zo. Maar het was niet goed om hem op dat punt te corrigeren, vooral niet omdat hij dat nou juist zo leuk vond aan haar.

Ze liepen terug naar zijn kantoor, nog steeds hand in hand, hoewel Clara jeuk had en ook haar hoed eigenlijk even wilde rechtzetten. Voor hun volgende 'rendez-vous' stelde Julian voor dat ze zouden gaan tennissen, of paardrijden, of... Hij zweeg, maar het was een beladen zwijgen, zwanger van verwachting.

'Waarom kom je niet naar mij toe?'

Clara was niet sportief. En ze was ook niet klaar voor een fysieke toenadering, en ze vreesde dat optie drie dat wel inhield. Maar zo ging dat blijkbaar met mannen.

Hmm.

Ze spraken af dat het de Lyons theesalon in Bury zou worden. *Een goed compromis*, dacht Clara. En Julian leek er blij mee want hij was verzot op hun gebakjes.

'Ik zit in een lastige situatie,' begon Clara die avond haar wekelijkse telefoontje met Judy. 'Er is een kerel…'

Het was een van die zeldzame telefoontje waarbij haar beste vriendin weer erg op afstand klonk. Dat gebeurde steeds vaker. Als Clara er wat van zei, antwoordde Judy altijd met: 'Ik houd niet zo van telefoneren.' Dat was nieuw voor Clara. Of ze zei: 'De verbinding is een beetje slecht.'

En het vreemde was dat dat bijna nooit het geval was als Clara met iemand van de gemeente sprak.

'Verras me.'

'Ik weet het niet zeker, maar ik denk dat hij me nogal leuk vindt, je weet wel, érg leuk.'

'Álle mannen vinden je érg leuk.'

Judy was een laatbloeier, zoals de andere docenten zeiden. Toen ze zestien was, zag ze er nog steeds uit als negen en ze werd pas op haar achttiende voor het eerst ongesteld. Jongens zagen haar niet staan. Dat was wellicht ook waarom ze zo opgetogen was geweest dat een begeerlijke vrijgezel als Arthur in haar geïnteresseerd was. Ze voelde zich nog steeds een lelijk eendje.

'Maar ik weet niet goed wat ik eigenlijk voor hem voel.'

Ik heb een relatie met acht kinderen op dit moment, en daar zit mijn hoofd zo propvol mee dat ik denk dat het bijna uit elkaar spat, was het enige wat Clara kon denken. En toch, Julian was een serieuze man. Met hem aan haar zijde zou het leven duizend keer soepeler verlopen.

'Michael zou willen dat je gelukkig bent,' zei Judy, zoals gewoonlijk.

'Ik mis hem zo,' zei Clara met een brok in haar keel. Er zat wasem op de raamjes van de telefooncel, maar ze kon de lichten van Ivors werkplaats zien, hij was nog steeds aan het werk, en het rustige, diepe duister van Julians kantoor.

'Dat weet ik,' zei Judy.

Fijngevoelige Judy.

Maar Arthur riep haar, en ze hing snel op.

In december sloop Maureen minder vaak weg – of dat nou was vanwege Kerstmis (en dat ze braaf wilde zijn) of omdat het te koud was om rond te hangen op de begraafplaats was onduidelijk. Wat de reden ook was, Clara was er blij mee. Misschien had ze toch wel enige invloed op haar. Soms stonden ze naast elkaar uien of wortels te snijden. Als Maureen goeie zin had was het fijn om bij haar te zijn.

De kinderen op de lagere school hadden kerstdecoraties gemaakt. Rita had een kaart met veel versiersels gemaakt, met de kerstman en een eenzaam schaap van katoen erop. 'Voor mama,' zei ze. Op de kaart van Alex stond een droevig roodborstje op een houtblok. Hij verontschuldigde zich toen hij het aan Clara gaf. 'Kunst is niet mijn forte.'

Forte, goh! Clara had het woord moeten opzoeken.

Terry had een kaart gemaakt met bruine en groene vormen: bomen, zei ze. 'Echt Terry,' lachte Clara toen ze hem aan Ivor liet zien. Op de kaart van Peg stond een vrolijke kerstman met een zak vol speelgoed. Ze had er iets in geschreven: 'Voor mama Newton,' en dat was wel een bijzonder moment. Jammer dat Peg nog steeds niet praatte, vooral omdat er daardoor minder kans was dat ze geadopteerd zou worden. Clara had eerst nog geprobeerd haar tot praten te bewegen, maar het meisje raakte er zo door van streek dat Clara nu in gesprekken net deed of Peg wat terugzei. Ze had dan misschien geen woorden, maar ze kon heel snel duidelijk maken als iets haar niet beviel.

De tweeling klaagde dat zij geen kerstkaarten hadden gemaakt op school, maar dat leek Peter en Maureen niet echt te storen. Clara vermoedde dat Maureen na de lunch meestal niet meer terugging naar school. Clara bleef juffrouw Bridges vragen om een telefoon voor de Grange, maar tot nu toe zonder succes.

Tegen het eind van het semester kreeg Clara een brief van de grote school, maar die ging tot haar verrassing niet over Maureen, maar over Peter.

Hij was van de tweede naar de zeventiende plaats gezakt bij de eindesemestertoetsen. Dit was een schok. Misschien was hij te veel bezig met de ritjes in de fraaie auto van zijn oom, nu hij die regelmatig zag. Of misschien vond het nu niet meer zo nodig om zijn best te doen op school? Hij verwachtte nu waarschijnlijk spoedig geadopteerd te worden. Ze moest het in de gaten houden.

Julian had ook een zaadje wantrouwen jegens Anita Cardew geplant in Clara's hart. De vrouw was streng, maar ook soms wat afwezig. Clara vroeg het Alex en Terry. 'Ze is de slimste persoon die ik ken,' zei

Alex. 'Ze kent alle bloemen bij naam,' zei Terry.

Ze besloot de kwestie op te nemen met juffrouw Bridges tijdens hun laatste bijeenkomst voor Kerstmis.

'Ze behoort tot de familie- en vriendenkring, toch? Dus dat is prima hoor,' stelde juffrouw Bridges haar gerust.

Rita was de enige die nog op pianoles zat. De anderen hadden het binnen een maand al opgegeven. En Rita, die je normaal gesproken de oren van je kop kletste, deed heel geheimzinnig over de pianolessen.

Op een late namiddag, sloop Clara naar het schuurtje om mee te luisteren met een les. Het leek allemaal in orde, hoewel je bijna zou denken dat die arme Anita pianoles kreeg van Rita, in plaats van andersom.

12

Clara wist niet wat ze met Kerstmis voor de kinderen moest doen: *Hoe vier je feest?* Maar toen dacht ze aan alles wat de moeder van Judy altijd deed met Kerstmis als Clara bij hen was, en ze probeerde datzelfde te doen.

Ivor bracht een kerstboom, die de kinderen versierden. Clara was blij dat Maureen het heft in handen nam, zij besloot welke versiering waar werd opgehangen, heel precies, alsof ze een legermacht verdeelde over Europa. Peg was verkouden, Billy en Barry waren meer aan het stoeien dan aan het versieren en Rita was aan het jammeren, maar los daarvan was het puur genieten.

Clara nam de kinderen mee langs de huizen voor het zingen van kerstliedjes. De lijst van huizen die ze moesten mijden was net zo lang als de lijst waar ze wel langs konden gaan. Het grote huis aan het eind van de hoofdweg moesten ze vermijden, daar woonde naar verluidt de kunstenaar Sir Munnings met zijn paardenschilderijen, en natuurlijk gingen ze ook niet naar het huis van mevrouw Garrard naast de bloemist.

Julian en zijn kantoorpartners stonden bij de deur en gaven elk kind een shilling. Clara was meteen gesteld op de verlegen, compacte meneer Robinson. Meneer Browne was lang en gezet. Zijn pak zat slecht en hij had een treurige snor. Iets in hem deed haar huiveren.

De laatste halte was de werkplaats van Ivor. De kinderen gingen in kleermakerszit rond zijn kachel zitten, en Rita zong 'Heilige Nacht'. Ze had een verrassend mooie stem en iedereen luisterde aandachtig. Anita had onthuld dat Rita 'O Little Town of Bethlehem' kon spelen op de piano, maar toen Clara vroeg of ze het wilde spelen, weigerde ze: 'Eerst mama.' Het was wel duidelijk dat de boodschap van mevrouw Harrington niet aangekomen was.

De kleinere kinderen klommen over Ivors knieën of gingen op schoot zitten.

'Peg praat toch niet met jou, hè?' vroeg Clara opeens. Het tweetal was twee handen op één buik.

Hij lachte luid. 'Nee, maar ik hoop dat ze dat op een dag wel gaat doen, toch, Peg?'

Peg verborg haar hoofd in zijn schouder.

Clara vroeg zich af of ze zich ooit zo op haar gemak zou voelen met de kinderen dat ze ook gewoon met ze zou knuffelen, net zoals hij kennelijk deed.

Er lag een prachtig ingepakt pakketje op Ivors werkbank. Er zaten een gouden strik omheen en linten.

'Is het een huisdier voor mij?' gilde Rita.

'Het is eigenlijk voor mij!' zei Ivor snel, en hij schoof het onder de werkbank, uit het zicht. Iedereen moest lachen, zelfs Clara, want het was zo onverwacht. *Van wie zou Ivor cadeautjes krijgen?*

Alex was de eerste die begreep dat het geen grap was, maar alleen Maureen durfde de vraag te stellen.

'Van wie is het dan, Ivor? Vooruit, zeg op!'

'Van een vriendin.' Ivor bloosde. Clara herinnerde zich niet dat ooit eerder gezien te hebben.

Niet van mevrouw Harrington? vroeg Clara zich af, maar hoe dan ook was het haar zaak niet.

De kinderen gedroegen zich soms als Schurk die een kippenpoot niet los wilde laten.

'Wat voor vriendin? Wie, Ivor, wie?' riepen ze in koor.

'Ze heet Ruby,' zei Ivor uiteindelijk. 'Genoeg nu. Wie gaat nu een liedje zingen?'

~

Clara en Michael hadden allerlei gebeurtenissen gevierd: de eerste keer dat ze elkaar ontmoet hadden, hun eerste kus, de eerste keer dat ze de liefde bedreven, de nacht van de verloving, de dag dat hun huwelijk zou plaatsvinden. Maar ze kon er niet omheen: kerstavond – de nacht waarop hij omgekomen was – was de schrijnendste viering van alle.

Het lukte Clara om de kinderen op tijd in bed te krijgen – geholpen door de beloftes voor de volgende dag – en zij ging ook vroeg naar boven, waar ze omringd was door haar foto's. Ze had een ouderwetse huilbui. Misschien kwam het door het contrast met het hoopvolle van Kerstmis, misschien kwam het door de gedachte aan vier jaar geleden, toen ze nog onwetend was van alle rampen die haar te wachten stonden. Of misschien had het niets te maken met de datum, maar had ze gewoon een herbeleving: stelde ze zich hem voor, met versiering in de cockpit – want Michael was gek op Kerstmis – voelde ze zijn angst. Was hij zich bewust geweest van wat er gebeurde, toen het vliegtuig in brand vloog? Die pijnlijke vraag zou haar altijd blijven achtervolgen.

Ze had dit jaar geen kaart gekregen van Marilyn, de moeder van Michael, maar ze had Marilyn ook niet haar nieuwe adres gegeven. Ze moest haar schrijven, maar ze kon zich er niet toe zetten. Had Marilyn een kaart gestuurd naar haar vaders huis? Misschien, maar wellicht was het ook tijd om los te laten.

En toen, ergens na elven, ging haar slaapkamerdeur open. Iemand – ze dacht dat het misschien Maureen was, maar ze wist het niet zeker – kwam haar kamer binnen, maar liep er toen weer snel uit.

Ivor had voor eerste kerstdag een grote rode jas geleend, met een rand van bont en een pet en een valse baard aan een elastiekje. Hij droeg een aardappelzak op zijn rug en had voor elk van de kinderen een cadeautje meegenomen. Ze brulden en gilden toen ze iets kregen.

'Mogen we het nu openmaken?'

'Als juffrouw Newton dat goed vindt?' zei de Kerstman. Terry gilde het uit: 'Hoe weet u haar naam?'

Terry kreeg de spade die ze wilde voor haar tuin. Peg kreeg een nieuwe zachte beer om mee te knuffelen, die ze onmiddellijk tegen haar wang aan drukte en daarna Rupert doopte, zoals haar favoriete boekenbeer. Rita kreeg een speeldoosje met een klein spiegeltje en een ballerina die ronddraaide. Clara had het op de markt gevonden en eenmaal schoongemaakt bleek het een pareltje. Alex kreeg de meetkundeset waar hij al zo lang naar verlangde. Billy en Barry hadden een moeilijke leeftijd, maar ze sprongen een gat in de lucht met hun knikkers. Clara had niet geweten wat ze voor Peter moest kopen, dus gaf ze hem wat geld en een pakje sigaretten. Hij liep weer naar boven, maar ze was opgelucht dat ze een lachje had gezien. Maureen kreeg een zilveren armband voor zichzelf, haar eerste sieraad. Pas toen Clara haar opgetogen gezicht zag, begreep ze hoeveel dat voor haar betekende.

'Blijft u ook eten, meneer de kerstman?'

De kerstman zei dat hij nog meer te doen had. Nog wat dingen afleveren. Drukke dag. De kinderen gaven hem een knuffel toen hij wegging.

'Hoe wist hij nou waar de achterdeur was?' vroeg Terry zich af, haar ogen tot spleetjes geknepen.

Tien minuten later kwam Ivor terug, hij grijnsde achteloos en was gekleed in zijn gewone kleren. Clara kreeg de lach niet van haar gezicht.

Hij was een aardige vent, realiseerde ze zich opeens. Dat had ze eerder kennelijk niet gezien.

'Zie je wel? Het kon Ivor niet zijn,' zei Billy.

'Natuurlijk was het Ivor niet!' riep Rita.

Ivor lachte. 'Hallo allemaal, hebben jullie een mooie Kerstmis?'

Ze haastten zich om hun cadeautjes te laten zien.

Judy had een prachtige sjaal gebreid voor Clara, er zat een briefje bij: 'Komen je ogen goed bij uit', (typisch Judy), Clara moest erom lachen. Ze had Judy wat snoepgoed uit Suffolk gestuurd, wat niet heel fantasierijk was maar hopelijk vond Judy dat niet erg, en ze kon het delen met Arthur – misschien zou dat haar wel een in een goed blaadje zetten bij hem voor een keer.

Terwijl de kinderen ruziemaakten over wie het mooiste cadeau had, stootte Ivor Clara aan.

'Mag ik even wat zeggen, juffrouw Newton?'

'Wat je maar wilt,' zei Clara verlegen. 'Het is tenslotte Kerstmis.'

Hij hield haar blik vast toen hij haar een groot, zacht pakket overhandigde. Eventjes dacht ze dat het het pakje was dat op de werkbank had gelegen, van die vriendin die Ruby heette. *Belachelijk, dat zou hij nooit doen.*

'Voor wie is dat?'

'Voor jou,' zei hij, zijn stem klonk alsof hij van gedachten was veranderd.

Het was een enorme deken, knalrood en zacht als dons.

'Ik herinnerde me dat je zei dat je van rood hield,' zei hij. 'De eerste keer dat we elkaar zagen. En...' hij zweeg even, 'dat je het 's nachts koud had.'

Het was heerlijk. Clara duwde de deken tegen haar wang, plots overweldigd. Ze kon hem niet aankijken. En het was zo lief, Clara schaamde zich dat ze niks voor hem gekocht had.

Anita en dokter Cardew hadden *Christmas crackers* gegeven. Clara wilde dat Maureen het cadeautje won dat altijd in zo'n cracker verstopt zat. Ivor fluisterde in haar oor om de cracker hoger te houden dan Maureen, en toen trokken ze en won Maureen inderdaad, godzijdank. Ze deed net alsof ze Rita's pony knipte met het minischaartje dat in de cracker zat. Rita brulde het uit.

Peg moest zo ontzettend lachen om de grapjes dat ze van haar stoel af viel.

En ze zetten allemaal de papieren kroon uit de cracker op, zelfs Peter.

Die van Billy en Barry scheurden natuurlijk, maar Maureen hield de hare heel, hij zweefde als een soort halo boven de wolk van haar haar.

Billy en Barry haalden een mistletoe tevoorschijn die ze op de markt hadden opgescharreld, ze waren er echt mee in hun sas. Ze hingen hem aan de lamp, al zei Clara dat ze dat niet moesten doen. *Als juffrouw Bridges dat zou zien…*

Na de lunch was Clara verrast toen ze ontdekte dat ze er recht onder zat, naast Ivor.

'Zoenen! Zoenen!' schreeuwden de kinderen, en ze gingen in een cirkel om hen heen staan klappen. Clara wierp een snelle blik op Ivor, die er opeens gepijnigd uitzag.

'Neeee!' Maar hij mompelde het een beetje twijfelend, en de vastbeslotenheid van de kinderen was groter dan die van hem.

Terwijl ze elkaar naderden, ving Clara een flits op in zijn donkere ogen. *Is het schaamte, medeleven of verlangen?* dacht Clara.

Ze gaven elkaar een kuis kusje op de lippen, en lachten daarna hard. Clara veegde met veel omhaal haar lippen af, zoals Peg altijd deed. Ze voelde zich plotseling belachelijk, wilde zich verstoppen. Alex redde haar met een ingewikkeld verhaal over dat de kerstboom op Trafalgar Square een geschenk was van het Noorse volk, uit dankbaarheid.

'Dat weten we allang!' schreeuwde Billy. 'Professor, kun je even een dag je klep houden?'

'Dit is de beste Kerstmis ooit,' piepte Rita.

Zelfs Maureen en Peter waren het daarmee eens.

En voor Clara was het ook een van de betere.

Op tweede kerstdag kwam zuster Grace, om Clara te ontlasten – en ook zij had cadeautjes mee voor de kinderen. Ze waren allemaal bezig met uitpakken, toen zij naar Julian vertrok. Het plan was om rond het middaguur weg te gaan, maar Julian liet haar wachten in de hal terwijl hij boven heen en weer liep. Ondanks dat hij beweerde nooit te laat op kantoor te zijn, was hij totaal niet punctueel. Clara had voor hem hetzelfde snoepgoed gekocht als dat ze naar Judy gestuurd had.

Ik heb maar tot zes uur, dacht Clara, maar Julian moest nog van alles doen.

'Dat vind je toch niet erg, schat? Je weet hoe het gaat.'

Het is mij gelukt om op tijd te zijn terwijl ik voor acht kinderen moet zorgen, dacht Clara, maar ze zweeg. Dat soort dingen zei je niet tegen Julian als je niet in een discussie wilde belanden.

Zijn hal was ruim– hij had de omvang van de salon in de Grange, met zwart-witte brandschoon geboende vloertegels en antieke meubels. Julians familie was rijk, hoewel Julian dat zelf niet vond. Hij ging alleen maar om met extreem rijke mensen, en vergeleek zich met hen.

Julians was werd door iemand gedaan, en er werd vijf of zes keer per week eten voor hem gekookt. 'Dat doet mevrouw Wesley, van het dorp hier vlakbij,' had hij tegen Clara gezegd. 'Ze zou jouw was ook kunnen doen.'

'Doe niet zo suf, Julian.'

Maar het idee dat ze niet zou hoeven wassen, schoonmaken, boodschappen doen of koken had natuurlijk wel een zekere aantrekkingskracht.

Na ongeveer vijftien minuten kwam Julian naar beneden met een pakje. Het was prachtig ingepakt in glanzend zilveren papier, ze had nog nooit zoiets gezien.

'Het is te mooi om uit te pakken!' zei ze, en hij keek haar blij verrast aan.

'O, je bent zo'n schát!'

Het was moeilijk om geïrriteerd te zijn als hij zo deed.

'Ik had helemaal niks verwacht.'

De waarheid was dat ze eigenlijk wél iets verwacht had, en Julian een beetje kennende was ze ervan uitgegaan dat hij haar een sieraad zou geven.

Maar in plaats daarvan was het een dichtbundel, eerste druk, van Jane Taylor.

'Nou ja, je zei dat je had genoten van die bijeenkomst en ik weet dat je van regionale geschiedenis houdt dus, zodoende.'

Clara bladerde door het boek. Het was zeer fraai. Het was een van de mooiste cadeaus die ze ooit had gekregen. De pracht – en het feit dat ze er niet op voorbereid was – deed haar in tranen uitbarsten. Julian omhelsde haar.

'Ach, verdorie, heb ik het verknald?'

'Helemaal niet, het is gewoon zo attent van je.'

'Ik kan echt wel attent zijn.' Hij lachte. Ze besloot hem niet het snoepgoed te geven. Het was te goedkoop, het was waarschijnlijk beter om maar helemaal niets te geven.

Julian had een tafel gereserveerd in een pub. Hij had mevrouw Wesley vrij gegeven. (Ook weer zo attent.)

'Was het een helse bedoening? In je eentje met die wilde beesten Kerstmis vieren?'

Clara moest lachen. 'Helemaal niet.' Toen ze er aarzelend aan toevoegde dat ze niet alleen was geweest maar dat haar buurman meneer Delaney er de hele dag was geweest, meende ze een bepaalde toon in de stem van Julian te horen. Of verbeeldde ze zich dat?

'Heeft hij zelf geen familie?'

'Hij is hier opgegroeid, op de Grange.'

'O ja, natuurlijk, dat wist ik ook wel.'

'Dan weet je ook dat hij dol is op de kinderen.'

Julian bestelde champagne. 'Alleen het beste voor mijn meisje,' zei hij tegen de ober. Daarna wendde hij zich weer tot Clara.

'Dat hij dol is op de kinderen, dat begrijp ik. De eenzame oorlogsheld.'

Wat heeft dat er nou weer mee te maken? dacht Clara. Ze vertelde hem niet over haar cadeau, de deken. Waarom zou ze?

Het was zoals gewoonlijk heerlijk ontspannend om met Julian in zo'n prachtige omgeving te zijn en Clara genoot van de conversatie over 'volwassenmensendingen'. Ze voelde zich opnieuw die papieren aankleedpop, in haar mooiste kleren, en het idee dat ze ze misschien pas volgend jaar met Kerstmis weer zou dragen stond haar tegen.

Julian had vrienden op hoge posities – en het was heerlijk om het laatste nieuws te horen. Veel van zijn vrienden hadden de Labour regering niet hoog zitten en hoopten dat Churchill het heft in handen zou nemen en een heleboel besluiten terug zou draaien.

'Maar de National Health Service zouden ze toch onaangeroerd laten, hè?'

'Nou ja, mensen moeten er geen misbruik van kunnen maken,' zei Julian. 'Binnenkort willen ze alles maar voor niks.'

Clara dacht aan haar geregelde bezoekjes aan dokter Cardew. 'Natuurlijk, je moet écht langskomen met de kinderen, Clara, nooit aarzelen,' had hij gezegd. Consulten waar soms geen ziekte geconstateerd werd, en consulten die levensveranderend of zelfs levensreddend waren. Ergerde dat Julian?

Maar vlak daarna streelde Julian haar haar en las een gedicht voor uit haar prachtige nieuwe boek:

En dan bedankt de reiziger in de nacht
je voor die kleine fonkelpracht
want was er niet jouw schittering
dan wist hij niet waarheen hij ging

Ze bloosde. De manier waarop hij het voorgelezen had, impliceerde dat zij die fonkelpracht was. Ze hielp hém! Of verbeeldde ze zich dat? Een ding was in ieder geval zeker, hij had een prachtige voorleesstem. Toen ze dat zei, bromde hij goedkeurend.

'Bedank mijn moeder maar voor de logopedielessen.'

'Ze waren niet voor niks.'

In de auto nam zij het initiatief en kuste hem. *Hij zag er zo gelukkig uit*, dacht ze, *ik zou het vaker moeten doen.*

Toen ze de auto thuis hadden neergezet, zei Julian: 'Heb je zin om bij mij nog wat te drinken? Het is tenslotte Kerstmis.' Zijn stem klonk een beetje – wat was het? – zeurderig. *Nee, dat was het niet. Aardig zijn. Hij is gewoon zenuwachtig.*

Maar het liep al tegen vijven. Zuster Grace zou weg willen en de kinderen wachtten op haar. Clara had ze een spelletje gin rummy beloofd, en op de radio zou een programma met kerstliedjes komen en er waren nog wat overgebleven vleespasteitjes van juffrouw Bridges. Ze verontschuldigde zich. 'Vraag me een andere keer maar.'

Hij kuste haar langzaam en zoog aan haar oorlelletje, waar ze het warm van kreeg. 'O, dat zal ik zeker doen, schat,' zei hij. 'Maak je geen zorgen.'

Toen ze die avond naar bed ging, dacht Clara aan Michael. Hij was nu al zo veel langer dood dan dat ze hem gekend had, en ze was nu ook ouder dan hij toen hij stierf. Ze kon zich hem nog amper herinneren – en daar schaamde ze zich voor. Alleen maar wat flarden: 'Michael hield van spam in blik', of 'Michael adoreerde Glenn Miller', 'Michael hield niet van *Moby Dick*'. Maar dat ging alleen maar over zijn voorkeuren, zijn smaak. Het ging niet over de kern van wie hij was. Ze kon zich die kern niet herinneren. Ooit had ze zijn geur, zijn huid kunnen oproepen, maar nu glipte het haar door de vingers.

Het enige wat ze zich kon herinneren was het gevoel dat hij haar gegeven had. Uitzinnig blij. Veilig. Hij had haar het gevoel gegeven dat ze de wereld kon veroveren.

Julian gaf haar soms het gevoel alsof zij een wereld was die hij wilde veroveren.

Maar ze kon dat niet opnieuw allemaal doormaken, dat kon ze niet. Ze zou zichzelf nooit meer helemaal honderd procent aan iemand uitleveren, nooit. Ze was ouder en wijzer. Een functionerende, verstandige relatie was wat ze wilde – als ze sowieso al iets wilde.

Ze prentte zichzelf in om al haar gedachten aan mannen opzij te schuiven: *concentreer je op de kinderen.* Concentreer je erop om ze klaar te stomen voor hun nieuwe thuis en zorg ervoor dat ze ondertussen gelukkig zijn op Shilling Grange. Dat zou haar voornemen worden voor het nieuwe jaar.

~

Het lyceum bevond zich in een streng uitziend Victoriaans gebouw, op een heuvel in Ipswich, en Clara moest net doen alsof ze het niet overweldigend vond. Een paar dagen na kerst was er de jaarlijkse open dag. Alex en Terry – de kandidaten van Clara – kregen voor één keer weer hun vleermuiscapes aan, om hun armetierige uniformen te verbergen. De andere kinderen die er rondliepen waren allemaal piekfijn gekleed, in jasjes die zo duur waren dat zelfs Julian ze wat overdreven zou hebben gevonden. Sommige kinderen werden gebracht met chique auto's, terwijl Clara, Terry en Alex verhit en opgewonden aan kwamen snellen van het treinstation, ruikend naar rook.

'Laat je niet intimideren,' gaf Clara de kinderen als advies, en ook zichzelf trouwens. 'Het is een prachtige plek. Je zult goed je best moeten doen om hier terecht te komen, en ook áls je er uiteindelijk terechtkomt.'

Het idee, *Anita's* idee, was dat de kinderen een extra zetje zouden krijgen, die laatste maanden voor het examen, als ze wisten waar ze het allemaal voor deden. Anita zei dat beide kinderen ontegenzeggelijk intelligent waren. Ze zogen kennis op, 'als stukken flanel'. Clara ging ervan uit dat ze sponzen bedoelde. Alex had vooral aanleg voor wiskunde, Terry voor biologie.

Ze knikten. Hun gezichten stonden ernstig, heel anders dan anders.

'Ja, mevrouw!' antwoordde Alex.

'Prima,' zei Terry.

'Ik geloof in jullie allebei, vergeet dat niet,' zei Clara, voordat ze zich bij de anderen voegden en ze nerveus onder de gewelfde toegangspoort door liepen.

~

Anita wilde op nieuwjaarsavond wel op de kinderen te letten, zodat Clara met Julian naar een feestje kon gaan. Het was nogal ongemakkelijk, want Julian had Anita op straat om de gunst gevraagd, en daarna pas Clara uitgenodigd. Anita kon geen nee zeggen tegen Julian. 'Hij is een populaire vrijgezel,' zei ze maar telkens tegen Clara, 'maar dat duurt niet eeuwig.'

Clara maakte zich zorgen dat ze een beetje te vaak weg van de kinderen was geweest in de kerstperiode, maar toen ze dat zei tegen juffrouw Bridges, zei die: 'Ach, welnee! Een beetje plezier hebben is goed voor je.'

Voordat ze vertrok, las Clara gedichten voor aan de kleintjes, uit de bundel van Jane Taylor. Er waren verrukkelijke versjes over bloemen en kinderen. Peg vond ze geweldig en daardoor werden haar gevoelens voor Julian nog sterker. Ze kon niet wachten om het hem te vertellen. Dat Anita zo enthousiast over hem was, hielp ook.

Toen ze bij hem aankwam, piekfijn gekleed, deed hij alsof hij zich het zweet van zijn voorhoofd wiste, en toen hij haar met een kus begroette, fluisterde hij: 'Misschien moeten we maar thuisblijven vanavond.'

Clara schrok. 'Schaam je je voor me?'

'Mijn hemel, nee zeg!' Julian omhelsde haar. 'Verre van. Je zult de prachtigste vrouw zijn daar!'

Julians hand bewoog zich aarzelend naar de bovenkant van haar rok. 'Iedereen van de Advocatenbond zal jaloers op me zijn. En ik zal je, als je dat goed vindt, voorstellen als mijn vriendin.'

Clara bloosde. 'Dat zou ik fijn vinden.'

Hij kuste het puntje van haar neus.

Het feestje vond plaats in een wit stenen landhuis, de bomen buiten waren versierd met kleine sprookjesachtige lichtbolletjes. Binnen hing de mistletoe, er was klimop, hulst, en er waren klokjes en kaarsen. Zo had Clara het er ook graag laten uitzien in de Grange.

Obers liepen rond met bladen champagne. De wereld waarin Julian zich begaf was zo anders dan het huis dat ze net achter zich had gelaten – het was soms lastig om de overgang te maken. Thuis was de kerstpudding niet goed gevallen bij Alex, ze had weer ruzie gemaakt met Maureen over hoe laat ze thuis moest zijn, en ze had Billy en Barry moeten weerhouden van het gooien van waterbommetjes naar mensen op straat.

Ze werd voorgesteld aan een paar oude vrienden van Julian van de Home Guard. Ze hadden allemaal dezelfde strenge opleiding gedaan.

'U bent toch niet zo'n nieuwerwetse carrièrevrouw, juffrouw Newton?'

Zeiden ze dat ook weleens over een man?

Clara rechtte haar rug. 'Dat zou je kunnen zeggen. Ik ben huismoeder in een kindertehuis.'

'Weet u, ik begrijp niet waarom de regering zich alleen maar bekommert om wezen terwijl ze geen fluit geven om de kinderen die leven in verschrikkelijke families!'

De man die dit zei, Lester, was een tenger gebouwde jonge vent met een prominente adamsappel en een ijzeren brilletje.

'Dat is denk ik zeker ook iets om naar te kijken...' zei Clara.

'Dus u zult het ermee eens zijn dat de Kinderwet niet ver genoeg ging wat betreft kinderen in moeilijke gezinssituaties?' Hij bekeek haar alsof het antwoord op haar gezicht geschreven stond.

'Absoluut,' zei Clara, hoewel ze er nooit eerder over nagedacht had.

'Ik heb als jongen een vreselijke tijd gehad.'

Clara had medelijden met hem.

'Vertelt u me eens, hoe gaat het toe in Shilling Grange?'

'Ik probeer het niet te veel op een instelling te laten lijken,' antwoordde Clara, heel eerlijk, en hij proostte met haar.

Julian voegde zich bij hen met zijn collega meneer Browne, die een fles rode wijn in zijn ene hand had, en een vol glas in zijn andere. Meneer Browne moest Clara's gesprek met Lester gehoord hebben, want hij brandde meteen los.

'Een afranseling met een gesel heeft mij anders geen kwaad gedaan. Ik heb me altijd afgevraagd wat daar allemaal gebeurt. Het is een prachtig huis – maar dat lijkt me paarlen voor de zwijnen, al die ondankbare vlegels. Kunnen we een keer komen kijken?'

Net toen Clara haar mond opendeed om te reageren, gaf Julian haar een waarschuwend rukje aan haar mouw. Ze negeerde hem.

'Rondkijken? De Grange is geen museum.'

Bij Julian naast haar liep de spanning op. *Nou, als hij niet wilde dat ik gewoon mezelf zou zijn, had hij me niet mee moeten nemen.*

'Of een dierentuin.'

'Jammer. En als ik nou wil adopteren? Dan zou u wel blij met me zijn, toch?' Opnieuw was meneer Browne te dicht bij haar gaan staan. Hoe kon het dat een man van zijn leeftijd zo onwetend was van de sociale grenzen? Clara deed een stapje naar achter. Hij wist het best wel, het kon hem alleen niets schelen.

'Dan zou u gewoon de procedure moeten doorlopen, zoals iedereen.'

Hij negeerde haar en wendde zich tot zijn vrienden. 'Ik zou best een grietje kunnen gebruiken om de boel achter me op te ruimen. Hebt u toevallig ook een aantrekkelijke negenjarige?'

'Nee.'

'Ik zou best in een kindertehuis willen werken. Een en al billenkoek!' Hij hield zijn glas op als om een toost uit te brengen. De andere mannen hieven ook hun glas en lachten. Zelfs de mildste, Lester, met het ijzeren brilletje, grinnikte. Ze hoorden allemaal bij dezelfde club, en er waren miljoenen redenen waarom zij daar geen deel van uitmaakte. Julian slaagde erin haar weg te trekken.

'Houd Browne te vriend,' zei Julian, verborgen achter het glas waaruit hij een slok nam. 'Hij heeft overal vrienden zitten.'

'Ik mag hem niet.' Clara nam geen blad voor de mond, dankzij de champagne wellicht. Ze wierp een blik in de richting van meneer Browne, die nog steeds aan het woord was. 'Ik zou er zelfs voor eentje betalen. Niet veel, maar...'

Afschuwelijke man.

'Hoe dan ook, wat zei Lester tegen je?'

'O, Lester was aardig, meneer Browne is gewoon zo...'

'Laat je niets wijsmaken. Lester speelt voor de tegenpartij.'

'Wat?'

Julian sloeg zijn drankje achterover. 'Grappig geval, die Lester.'

Het was een verrassing dat Julian vroeg weg wilde. Hij keek haar veelbetekenend aan toen hij 'vroeg' zei, en het was inderdaad net negen uur geweest. *Prima*, dacht Clara. Ze was moedeloos van alle gesprekken die ze gevoerd had, en ze was licht in haar hoofd van de champagne. Maar toen Julian wegliep om hun jassen te halen, begon een grote man met een kaal hoofd die vlakbij tegen een paar boekenkasten geleund stond, tegen haar te praten. Hij had het zelfvertrouwen van iemand die behoorlijk veel succes heeft gehad in het leven, en zich niet langer druk maakte over dingen als dat niet nodig was. Opeens herkende Clara hem, ze bloosde.

'U werkt toch met de wezen?'

Iedereen kent elkaar in een kleine stad.

'Trieste bedoening, vindt u niet?'

'Ik probeer een verschil te maken,' antwoordde Clara.

Je moest je zegeningen tellen, het was een mooie kerstvakantie geweest en Clara kon zien dat het op alle fronten beter ging. Niet alleen met haar verslagen of hoe het huis eruitzag, maar ook wat betreft Rita's pianospel, de schoolprestaties van Alex en Terry. Zelfs Maureens houding was verbeterd.

'Kom me eens opzoeken. Dat zal ik kijken of ik ook een verschil kan maken.'

'Sir Munnings wil dat ik bij hem langsga,' zei Clara in de auto tegen Julian.

'Weet je dat wel zeker?' Julian slikte. Eventjes leek hij overrompeld, maar toen zei hij: 'Ik ben nog nooit door hem uitgenodigd. Nog geen enkele keer in de twintig jaar dat ik hem ken.'

'Hij zei dat hij iets voor de kinderen wil doen.'

'Zo zo...' Julian keek naar haar alsof hij haar nu pas voor het eerst zag. 'Je bent wérkelijk een wonder, juffrouw Newton.'

Die nacht ging ze voor het eerst met hem mee. Het zat er al een tijdje aan te komen. Ze waren elkaar tenslotte al drie hele maanden het hof aan het maken, zoals Julian het graag formuleerde. Of, zoals Clara lachend aan Judy vertelde, hij had een hele berg kreeft betaald.

Ze wilde niet aan Ivor denken, maar ze vroeg zich wel af of hij die avond door de open deuren van zijn werkkamer naar buiten zou kijken, of hij hen zou zien staan kussen voor Julians indrukwekkende voordeur.

Stel je voor dat hij dat had gezien.

Hoe dan ook, Ivor had zijn Ruby – wie dat ook was – die hem met goudpapier en strikken versierde pakjes stuurde.

Ze dacht aan de kinderen thuis. Ze had beloofd om twaalf uur terug te zijn, net zoals Assepoester, maar ze wist dat Anita haar niet aan die afspraak zou houden. Anita zou denken: *Mijn hemel, ga je gang, Clara! Een advocaat!*

Clara vroeg zich vergeefs af of Anita en dokter Cardew wel van elkaar hielden, of dat Anita wellicht aangetrokken werd door het feit dat hij dokter was.

Misschien een beetje van alletwee...

Bij Michael had Clara niet zo lang gewacht. Maar het was anders toen; ze zaten midden in een wereldoorlog en daardoor was je wat losser, al realiseerde je je dat niet zo.

Ze was natuurlijk iets ouder nu en ze wilde geen fouten maken. Niet dat het een fout zou zijn. Ze was zenuwachtig, maar ze was ook gretig. Julian was aantrekkelijk. Elke keer dat ze hem zag werd haar gevoel eigenlijk sterker.

Dit was een ander soort relatie. *Volwassen. Volgroeid. Passend bij een vrouw die de dertig nadert en een man van ergens in de vijftig.* Ze maakte zich geen zorgen meer over het leeftijdsverschil, ze begreep het.

Ze hadden beiden veel meegemaakt. Dat verandert je, of je nou wilt of niet. De intense tijden – dagen van 'we zouden morgen allemaal dood kunnen zijn' – waren voorbij en er was een verstandiger aanpak nodig.

Julian was een serieus iemand, en dat was precies wat ze nodig had. Ze had geen behoefte aan vurige passie of een hoofd dat op hol geslagen was. Ze wilde een betrouwbare man, iemand op wie ze kon steunen. Iemand met een hond. Schurk was onbetwistbaar een bonus.

'Whisky?' Julian onderbrak haar gepeins.

'Graag.'

Hij gaf haar een glas, daarna kuste hij haar in de nek, daarna haar hals.

'Gelukkig nieuwjaar, schat. 1949... Laten we plezier gaan maken.'

13

Sir Munnings woonde in een groot huis en zijn hal hing, zoals Clara wel verwacht had, vol schilderijen van paarden, net zoals de woonkamer. Zwarte paarden die over een heg sprongen, witte paarden die over een strand renden, bruine paarden in de sneeuw. Ze waren zo levensecht dat je het geluid van hun hoeven bijna hoorde.

'Ruik je ook de stront?' lachte Sir Munnings.

'Ook dat.'

Op het nieuwjaarsfeestje had ze hem jonger ingeschat, maar nu realiseerde ze zich dat hij al over de tachtig moest zijn. Hij deed er eindeloos lang over om zijn pijp te stoppen, zijn handen zaten onder de levervlekken en zijn vingers trilden. Ze vroeg zich af of hij nog kon schilderen. Ze probeerde niet te hoesten van de rook. Zijn huishoudster had zo'n zwaar Schots accent dat het je een warm gevoel gaf en ze bracht hun thee in een prachtig servies, nog mooier dan het favoriete servies van Julian. Clara kreeg angstige visioenen dat ze een kopje zou laten vallen of zou morsen. Sir Munnings zei dat zijn vrouw aan het paardrijden was. *Ik wist niet eens dat u een vrouw had*, dacht Clara. En daarna: *Ik weet helemaal niets over u. Wat doe ik hier eigenlijk?*

'Ik had een idee voor uw kinderen.'

Clara vreesde dat het wel iets te maken zou hebben met paarden. Ze had een afkeer van paarden, bijna net zo'n grote afkeer als van koeien.

'Filmclub.'

Filmclub?

'De Ritz in Ipswich organiseert kinderfilmvoorstellingen op zaterdagochtend.'

Ze wist niets van Ipswich, afgezien dan van de middelbare school die daar was, en dat meneer en mevrouw Garrard vonden dat de kinderen beter daar konden wonen dan in Lavenham. Was dit een opzetje?

'Het is een heerlijk idee, en de kinderen zouden het graag willen, maar… Ipswich?'

'Daar is de dichtstbijzijnde bioscoop. Ik wil je mijn auto ervoor uitlenen, compleet met chauffeur.'

Clara kuchte. 'Met zijn negenen?'

'Plek genoeg. Zorg ervoor dat ze klaarstaan op zaterdag.'

'Dit is echt te aardig.'

Hij gaf een klopje op haar hand. 'Dat valt best mee.'

De kinderen waren door het dólle over het plan van Sir Munnings. Zelfs Peter, die stiller dan anders was geweest met Kerstmis, perste er een lachje uit.

'Dat doet hij gewoon? Voor ons?'

Toen de ochtend aanbrak, reed de auto van Sir Munnings toeterend voor, en ze klommen er allemaal in. Voor één keer was het geen getrek en gesjor geweest om de kinderen op tijd uit huis te krijgen. Ze stonden allemaal voor vertrek al klaar.

Drie kinderen hadden nog nooit eerder in een auto gezeten. Vijf waren nog nooit in een bioscoop geweest. Peg bleef heen en weer schuiven tot ze gewend was aan de auto, maar bij de anderen was het alsof dit hun duizendste ritje was. Het was donker en druk, maar ze hadden vaste plaatsen en de kinderen waren stil, in ademloze verwachting. Toen Mickey Mouse op het doek verscheen, was het een gegil en geklap van jewelste. Billy en Barry hielden elkaar vast, hinnikend van het lachen.

Mickey deed zijn kunstje, en daarna kwam er een filmpje met Daffy Duck.

Clara soesde weg in het donker, ze voelde zich ineens slaperig, hoewel ze goed geslapen had en de afgelopen nacht maar twee of drie keer wakker gemaakt was. Ze dacht aan het briefje van de school over Peters prestaties. Vandaag lachte hij, maar telkens als hij zag dat ze keek, gingen zijn mondhoeken vol sproeten naar beneden. Ze moest het er met juffrouw Bridges over hebben en misschien ook met de hoofdmeester, maar ze kon er op dit moment niets aan doen. Ze dacht aan hoe ze altijd dicht tegen Michael aan zat in de bioscoop, vroeger, toen ze haar aandacht alleen maar aan één persoon had hoeven schenken.

~

Toen Rita ontdekte dat er een dierenopvang was in King's Lynn, wilde ze daarnaartoe om de dieren vrij te laten. Ze begon te huilen toen Clara vertelde dat ze dat niet mocht doen.

'Ze zijn net als wij,' drong ze aan, haar gezicht vlekkerig van de tranen. 'Ze hebben gewoon mensen nodig om van ze te houden. Sommige zitten er al JAREN. Ze gaan allemaal DOOD.'

Ze had haar passie voor mama overgeheveld naar piano en dieren. Clara wist niet zeker of het wel gezond was. Of nou, ja, ze wist dat het niet gezond was, maar wat kon ze eraan doen?

Juffrouw Bridges zei dat Rita moeilijk in een gezin te plaatsen was, vanwege haar 'obsessieve aard'. Kandidaat adoptie-ouders waren daar een beetje huiverig voor. *Zo is het ook bij de dieren in de opvang die daar al heel lang zaten*, dacht Clara.

'Het houdt nooit op,' zei Clara tegen Judy toen ze haar belde om haar te bedanken voor de sjaal. 'Als het een is opgelost is er wel weer wat anders.'

Judy zuchtte. Was ze het ermee eens? Clara wist het niet zeker.

'Dus hoe is het met je?'

'Druk,' zei Judy.

'Met wat?'

'Ach, je weet wel.'

Clara wou dat ze het wist. 'Hoe is het met Arthur?'

Meer gezucht. 'Hij heeft zo zijn problemen.'

'Hoe bedoel je?'

'O, doe maar net of ik niks gezegd heb.'

'Wat?'

'Ik wist dat je zou overreageren als ik het je vertelde.'

'Ik heb niet... is er iets wat je me niet vertelt?'

'Ik wist dat je zo zou reageren.'

Ze draaiden weer in een kringetje rond. Judy probeerde haar iets te vertellen, maar wat dan?

Clara had die avond geen tijd om nog verder na te denken over Arthur en Judy, want op deze avond had ze een man ontdekt in de slaapkamer van de meisjes. Hij zat op Maureens bed, zijn voeten bungelden aan één kant, geen jasje aan, geen das, geen pet. Maureen lag op haar zij, haar benen opgetrokken, ze lachte. Ze rookten en gebruikten een schoteltje als asbak. Er stonden flessen om hen heen, openlijk, ze probeerden ze niet te verbergen. *Waren ze dronken?*

De andere meisjes sliepen, of deden net alsof.

'Wat is hier aan de hand?' Ze kon nauwelijks geloven dat ze zo openlijk de regels aan hun laars lapten.

'We zitten gewoon een beetje.'

'Wegwezen. WEGWEZEN!'

Nu pas zag ze dat het eerder een jongen dan een man was. Hij tilde zijn handen op, palmen omhoog, als bewijs van onschuld. 'Ik heb niks kwaads in de zin, mevrouw!'

'Wegwezen!'

Hij pakte zijn pet maar draaide zich bij de deur om en blies elk van de meisjes afzonderlijk een kusje toe, *dat arrogante ettertje*, en daarna floot hij een vrolijk deuntje toen hij de trap af liep. '*Shine on bloody Harvest Moon*.'

Maureen maakte aanstalten om met hem mee te gaan.

'Jij blijft hier. Wat denk je wel niet?'

'U vraagt me altijd vrienden mee te nemen naar huis,' zei Maureen. 'Dus dat heb ik gedaan.' Ze liet zich weer op bed vallen. 'Wat wilt u nou eigenlijk.'

Clara moest het rapporteren aan de gemeente. Geen twijfel. Helaas nam mevrouw Harrington op in plaats van juffrouw Bridges, maar mevrouw Harrington gaf het meteen die middag door en juffrouw Bridges kwam langs. En ze had niet alleen de plaatselijke inspecteur bij zich, maar ook het hoofd van de dienst Kinder- en Jeugdzaken. Zó ernstig was het. Meneer Sommersby, het hoofd, was een keurige, ernstig kijkende man met een glimmende aktetas, die hij met graagte open en dicht leek te klikken. Meneer Horton, de plaatselijke inspecteur, droeg een bril, had een snor en leek te denken dat hij nog steeds in het leger zat. Hoewel Clara al meer dan vier maanden werkzaam was in de Grange, had ze hen geen van beiden eerder ontmoet.

'Als ze het weer doet, moet u ons onmiddellijk bellen, en dan zal ze overgebracht worden naar een speciaal instituut voor overtreders of…'

'Of wat?'

'Ze is bijna oud genoeg om op zichzelf te wonen.'

'Dat is ze echt niet, totaal niet. Ze is zo…' Clara zocht naar het woord, 'kwetsbaar.'

'Ze kan hier 's avonds geen mannen meebrengen. Zeg dat tegen haar. Anders wordt ze op straat gezet. Zonder pardon.'

'Op straat gezet?'

'Ja.'

Juffrouw Bridges greep vriendelijk in. 'Goed dat je het gerapporteerd hebt, Clara.'

'Dank u.'

Meneer Sommersby klikte zijn aktetas dicht.

'Juffrouw Bridges, als u ons vijf minuten wilt excuseren, we gaan even op bezoek bij meneer White.'

Ze gingen op bezoek bij Julian?

De twee mannen vertrokken.

'Ze hebben allemaal bij de Home Guard gezeten.' Juffrouw Bridges haalde haar schouders op, maar ze leek niet onder de indruk.

'Denkt u dat ze daarom met zijn tweeën kwamen?'

'De wegen van de gemeente zijn ondoorgrondelijk,' zei juffrouw Bridges voordat ze weer opgewekt zei: 'We hebben nog wat adoptie-aanvragen gekregen, Clara. Het zal niet lang meer duren voor we succes hebben, ik weet het zeker.'

Maar er waren de laatste tijd zo veel aanvragen doodgelopen, dat Clara niet weer valse hoop wilde gaan koesteren. 'Om wie gaat het dit keer?'

Juffrouw Bridges tikte tegen haar neus – 'Wacht maar af,' maar juffrouw Bridges had tegelijkertijd ook een hekel aan geheimen. 'Ik zou toch gezworen hebben dat niemand interesse zou tonen voor een meisje dat al wat ouder is, maar de familie Nelson is geïnteresseerd in Maureen. Het is bijna helemaal geregeld, dus je bent misschien wel zo van haar af.'

Clara koppelde met haar strengste stem een deel van het gesprek terug naar Maureen.'Als je ooit weer zoiets doet, moet ik je op straat zetten. Begrijp je dat?'

'Waarom?'

'Het hoort niet, Maureen. Het is niet de juiste tijd en de juiste plek daarvoor.'

Maureen keek naar haar voeten en Clara meende dat ze een instemmend knikje zag.

Clara kon haar nog niet vertellen dat mensen haar mogelijk wilden adopteren, maar ze kreeg spoedig meer te horen over de Nelsons. Ze hadden in de oorlog vijf pleegkinderen gehad: die waren volwassen nu, hadden het huis verlaten en nu hadden ze plek voor een nieuw iemand. Goede mensen, vond iedereen, echt goeie mensen. Van het type dat een oude hond nog van een wisse dood zou willen redden.

Clara had een hekel aan slaag als straf, ze prefereerde de beloning als aanmoediging. Dus had ze het er met Maureen over dat ze stof zouden kopen waarvan Ivor een jurk voor haar zou kunnen maken, en over wat er volgende maand in de Ritz zou draaien voor film. Alles om haar niet van zich af te stoten.

‘Laten we broodkoekjes gaan maken,’ stelde Clara voor. Ze was verbaasd dat Maureen instemde.

‘Is hij eigenlijk je vriend, die jonge man?’ vroeg Clara terwijl ze het stugge deeg kneedde.

Maureen haalde haar schouders op. Ze stak haar vinger in de kom en veegde langs de rand.

‘Stel hem maar een keer netjes aan me voor. Overdag. Beneden.’

Maureen likte aan haar vingers, ze zweeg.

Verdienen mensen die veel meegemaakt hebben meer liefde? vroeg Clara zich af. Als ze hoorde wat sommige kinderen allemaal doorgemaakt hadden… Je begreep ze dan wel beter, maar kreeg je dan ook meer sympathie? Het probleem was dat sommige van de kinderen die een veelbewogen leven hadden gehad soms minder aaibaar waren dan degenen die wat minder hadden meegemaakt. Ze mocht Alex graag, hij had een minder onstuimig leven gehad, en Terry, maar ze worstelde soms met Rita, Maureen en Peg die meer trauma’s opgelopen hadden.

Ik moet mijn best doen. Dat moet.

Toen verplaatsten haar gedachten zich naar de mannen in de oorlog: Michael, Ivor, en zelfs Julian, ieder met hun eigen ervaringen. En Arthur, voor wie ze weinig mededogen kon opbrengen terwijl hij veel te verduren had gekregen.

Ik zou meer mededogen moeten hebben, dacht ze ineens. *Arme Arthur.* Het zou Judy ook helpen als Clara wat minder vijandig tegen hem zou doen – niet dat Clara nou zo vréselijk met hem botste de hele tijd, maar Judy en zij wisten allebei dat ze hem niet mocht.

Ze nam zich voor om extra vriendelijk te zijn, de volgende keer dat ze hem zag.

Op een avond liep Maureen achter Clara aan naar boven. Ze wilde krulspelden lenen. Tijdens het avondeten had ze ruzie gemaakt met Peter – ‘Jij bent onder de pannen, jij hebt familie die je wil!’ En met Billy: ‘Jij bent een tweeling, jullie hebben elkaar!’ Zelfs Terry, die zich nergens mee bemoeide, moest het ontgelden. ‘Je kan niet net doen alsof je je hele leven in die tuin kan blijven. Dat staan ze helemaal niet toe.’

Clara begon bijna terug te verlangen naar de tijd dat er niet gepraat mocht worden tijdens het avondeten.

Maureen liep rond in Clara’s kamer, raakte alles aan. Ze deed het heel zachtjes, maar het leek alsof ze elk voorwerp even ontwijdde. Het was opdringerig. Maureen keek naar de foto’s van Michael, maar tot Clara’s opluchting zei ze niks. Ze was vooral geïntrigeerd door de dozen onder het bureau.

'U bewaart ook echt alles, hè?'

'Zo ben ik nou eenmaal.'

Als alles goed geregeld was op papier gaf dat Clara een gevoel van veiligheid. Als het maar eenmaal opgeschreven was, dan was het van haar. Het was bewijs, en bewijs zorgde ervoor dat je veilig was.

'Hebt u ook aantekeningen gemaakt over mij?' Maureen streek met haar hand over het bureau.

'Er zijn verslagen van iedereen hier.'

'Mag ik ze zien?'

Er sprak voor deze ene keer nieuwsgierigheid uit haar gezicht, daardoor leek ze jonger. Clara schrok van de vraag. Maar haar waardevolle dossiers waren nou net dat ene ding waar anderen geen blik op mochten werpen.

'Nee, ze zijn alleen voor mij bestemd.'

'Maar sommige gaan over mij.'

'Nee hoor.'

'Dat zei u net.'

'Ik hoor wat je zegt,' zei Clara. 'Maar nee.'

De volgende ochtend vroeg Clara aarzelend aan juffrouw Bridges of ze een kluis kon krijgen om haar documenten in te leggen. Verrassend genoeg zei juffrouw Bridges dat de gemeente ervoor zou zorgen dat er eind van de week een kluis zou zijn. In de tussentijd hield Clara haar slaapkamerdeur, op slot als ze er niet was.

VERSLAG 4
Billy Coulson

Geboortedatum
19 januari 1936

Achtergrond familie
Billy Coulson is de helft van een tweeling. Hij en zijn tweelingbroer Barry zijn heel hecht. Zijn moeder stierf in een Londens ziekenhuis, drie dagen nadat ze geboren waren. Zijn vader zat in het leger, dus namen de buren hen onder hun hoede. Vader kwam enige tijd later om – in de oorlog in Birma. Er was sprake van een oom, maar die schijnt geëmigreerd te zijn naar Australië. Verder is er geen familie.

Gezondheid/voorkomen
Billy is een goeie, sterke jongen, hoewel hij wel wat problemen heeft met zijn voeten.
Zijn haar is opvallend wit.

Eten
Billy eet alles. Hij is gek op krentenkoekjes en kokoscake en eet in één keer alles op.

Hobby's/interesses
Krentenkoekjes. Film op zaterdagochtend. Goocheltrucs. Andere trucs. Dingen repareren. Tegen ballen, bladeren schoppen en ermee gooien, tegen muren trappen, vechten met Barry, Barry met vloeken laten ophouden, schreeuwen naar Barry.

Verder
Billy heeft afleiding nodig en moet beziggehouden worden. Hij is geen studiebol, maar praktisch ingesteld en normaal gesproken is hij aangenaam gezelschap.

14

Mevrouw Harrington had haar ontslag ingediend bij de gemeente omdat haar echtgenoot liever niet wilde dat ze werkte. Clara had haar nooit vergeven dat ze Rita zo wreed het nieuws over haar moeder had gebracht Ze had een afkeer van de manier waarop ze over Ivor babbelde, en van het feit dat haar parfum nog lang na haar vertrek bleef hangen. Maar toch, dat een man je opdroeg om te stoppen met werken? Hadden vrouwen dan geen enkele vooruitgang geboekt? Clara vroeg zich af wat de houding van Julian zou zijn als hun relatie zich verder zou ontwikkelen.

'Stoort het je niet?' vroeg Clara. 'Wat zou hij doen als je zou weigeren?'

Het gezicht van mevrouw Harrington was een ondoorgrondelijk masker. 'Het zat erin dat het vroeg of laat zou gebeuren,' zei ze. 'Hij vond het niet erg dat ik in de oorlog werkte, maar de oorlog is nu voorbij, dus...'

Mevrouw Harrington werd vervangen door ene juffrouw Cooper. Juffrouw Cooper was jong en idealistisch. Juffrouw Bridges waarschuwde Clara dat juffrouw Cooper lid was van de Labour Party en 'angstaanjagend politiek bewust'. 'In een andere tijd zou ze sufragette geweest zijn,' zei ze, niet geheel goedkeurend.

Tijdens haar eerste bezoek droeg juffrouw Cooper een broek, haar schitterende rommelige bos blond haar was bij elkaar gebonden met een clip.

Clara begon over haar zorgen over Maureen, de verslagen, de kluis, maar juffrouw Cooper onderbrak haar.

'Ik heb echt geweldig nieuws, Clara. Een adoptievoorstel!'

'De Nelsons?'

Clara had, ofschoon dat niet haar bedoeling was, haar hoop hierop gevestigd. Als Maureen weggehaald kon worden van de slechte invloeden, die jongen met de pet van het kerkhof, dan zouden haar vooruitzichten beter zijn.

Maar juffrouw Cooper wist niets van de Nelsons. Ze had het over Billy en Barry.

Dit was onverwacht.

De Petersons zouden de volgende dag langskomen om ze te ontmoeten.

'Morgen? Maar dan zou ik een dagje uitgaan met de kinderen.'

Clara wilde Terry meenemen naar het tuincentrum.

'Dit heet prioriteiten stellen.'

Juffrouw Cooper herschikte haar paperassen en speelde met haar pen. Ze leek teleurgesteld in Clara's reactie. 'We kunnen deze kans niet laten lopen. Mensen die oudere kinderen willen zijn uiterst zeldzaam. Je bent toch op de hoogte van het beleid?'

'Ja, zeker. Maar het lijkt een beetje overhaast allemaal.'

'Het is niet overhaast.' Bij juffrouw Cooper vergeleken voelde Clara zich stijf en star.

Kon Clara ervoor zorgen dat de jongens schoon en gehoorzaam aantraden?

Clara knikte. *Dat zal dan wel voor het eerst zijn*, dacht ze.

Ze vroeg of er nog nieuws was over de oom van Peter. Was hij er al klaar voor om de adoptieprocedure te beginnen?

'Bij hem werkt langzaam het best,' zei juffrouw Cooper. 'Juffrouw Newton, we weten echt wel wat we doen. We runnen een uiterst professionele dienst.'

Ze zat er net een week.

Toen Clara Terry vertelde dat het uitstapje niet doorging, welden er tranen op in haar donkere ogen, maar ze knikte dapper.

'Een andere keer dan, prima. Dank u, juffrouw Newton.'

Het was soms nog erger als kinderen hun verdriet zo wegdrukten.

Shilling Grange zag er prachtig uit voor het bezoek van de kandidaat adoptieouders. Ze zouden er om half vier zijn, een kopje thee drinken, en de jongens ontmoeten als die om vier uur uit school kwamen.

Mevrouw Peterson was langer dan haar man, zelfs als hij zijn hoed op had. Hij was mollig en gezet, als een theepot, zij was lang en tanig. Ze deden Clara denken aan Jack Sprat en zijn vrouw, twee figuren uit een kinderversje.

'Wat een aangenaam huis heeft u hier,' zei meneer Peterson bewonderend. De kussens en tapijten van Ivor hadden effect. Hij streek over een deken en Clara zag dat hij maar drie vingers had aan zijn ene hand. Overblijfsel van de oorlog?

'We zijn bij andere weeshuizen geweest en die zagen er heel anders uit,' zei mevrouw Peterson terwijl ze haar handen wrong. 'Mijn hemel! Het lijkt wel een paleisje.'

Ze woonden in Colchester. 'We hebben maar een klein huis,' zei ze, opeens beschaamd, 'maar het past prima. Er is ruimte voor een kleine erbij.'

Billy kwam de salon binnen lopen met zijn haar netjes gekamd.

'O, hij lijkt precies op jou, Sidney!'

Dat was inderdaad waar. Sidney, meneer Peterson, had net zo'n bos wit haar. 'Mensen zullen denken dat het je zoon is,' zei mevrouw Peterson.

Grappig hoe belangrijk dit voor ze was. Misschien was het makkelijker van iemand te houden die op je leek.

Toen kwam Barry binnen en iedereen keek elkaar aan alsof de tweeling van Mars afkomstig was.

'Wat is dit nou?' vroeg mevrouw Peterson met open mond.

'Uh, ze zijn een tweeling.'

Echt een heel zorgvuldig proces, dacht Clara. De Petersons wisten duidelijk van niks.

'Een tweeling?'

'Heeft niemand dat verteld?'

Hier moet ik even een hartig woordje met juffrouw Cooper over spreken.

Maar recht voor haar ogen veranderde de blik van mevrouw Peterson van schrik naar ontzag. 'Ik heb er altijd van gedroomd dat ik een tweeling kreeg. Het stond in de sterren. Hoe oud is de tweeling? Negen?'

'Bijna dertien,' zei Barry ongelovig.

'Maakt niet uit!' Mevrouw Peterson straalde. Meneer Peterson hield zich wat op de achtergrond. 'Ik vind het niet erg.'

Ze tikte af op haar vingers: *bootje varen op de rivier, uitstapjes naar het strand, rozijnencake.* 'Dat willen jullie best toch, jongens? Een tweeling! Mijn lichtpuntjes! Ik kan mijn geluk niet op!'

Een paar dagen later omhelsden Billy en Barry Clara om afscheid te nemen voor ze vertrokken voor een proefweekend bij de Petersons. Clara probeerde de stemming er bij de andere kinderen in te houden, maar ze waren er allemaal een beetje bedrukt onder. Rita maakte weer veel kabaal om van alles en iedereen. Peg was bezig met haar dansende loopje door de tuin. Ze verbleef er uren lang, ook nu het kouder werd. Terry was bezig met wat ze altijd deed in haar moestuin. Alex zat in de salon, verdiept in zijn encyclopedieën. Peter zat in bad en Maureen was uit.

Het was echt overhaast, dacht ze.

Clara liep naar de telefooncel, in de hoop dat Judy er wat wijze woorden aan zou kunnen wijden, maar Judy's toon was weer afstandelijk.

'Is er iets mis met de verbinding?' vroeg Clara.

Het duurde lang voordat ze antwoordde. 'Nee.'

Ze praatten over van alles en nog wat, en toen, net toen Clara wilde aankondigen dat ze weg moest, heel plotseling, vroeg Judy: 'Ben je gelukkig, Clara?'

Clara zweeg een moment. De vraag hing zwaar in de lucht.

'Ik ben inderdaad gelukkig. Het is gek – maar als de kinderen gelukkig zijn, dan ben ik dat ook, en als zij dat niet zijn dan ben ik dat ook niet.'

'Je klinkt als een...'

'Als een wat?'

Clara vermoedde dat ze *een echte moeder* wilde zeggen. Maar dat deed ze niet. In plaats daarvan zei ze, 'Ik weet het niet – alsof je daar helemaal je plek gevonden hebt.'

'En ben jíj gelukkig, Judy?' *Met Arthur*, bedoelde Clara.

Haar beste vriendin lachte. 'Negentig procent van de tijd is alles fantastisch.'

Pas nadat ze de hoorn had neergelegd, vroeg Clara zich af hoe het met die resterende tien procent zat.

Nu Clara en Julian elkaar het hof aan het maken waren, voelde het een beetje respectloos om zo veel tijd met Ivor door te brengen, maar Ivor noch Julian zei er iets over. Misschien waren ze zich er beiden niet bewust van?

Clara zat zich al een tijdje af te vragen waarom Ivor in Lavenham woonde – of om preciezer te zijn: waarom woonde hij er alleen? Was hij ook iemand verloren in de oorlog? Na de bezoekjes van mevrouw Harrington stapelden de vragen zich altijd op, en ook het glanzende kerstcadeau had vragen opgeroepen. Ze had ernaar willen vragen, maar ze was bang om onhandig en kinderachtig over te komen. Op een avond in februari, toen ze een stapel kleding naar Ivors werkplaats bracht, besloot ze van de gelegenheid gebruik te maken.

'Dus er is geen mevrouw Delaney in het spel?'

In het spel? Wat zei ze nu weer?

Ivors glimlach bevroor. 'Die is er wel en niet.'

O jee.

'Ik wás getrouwd.'

'O... sorry voor mijn nieuwsgierigheid.'

Maar het speet Clara helemaal niet. Het maakte haar alleen maar nieuwsgieriger.

'Ze vertrok. Een paar jaar geleden.'

Vertrok? Ze was dus niet dood?

'Dat wist ik niet.'

'Hoe zou je dat ook kunnen weten?' Hij keek niet op. 'Ze heet Ruby.'

Aha! Dus dit had toch iets met het kerstcadeau te maken!

'Is of was. Ik weet niet of ik het nou in de verleden of de tegenwoordige tijd over haar moet hebben. Ze kon het heel goed vinden met de kinderen van de Grange. Ze ging soms met hen en met de nonnen op stap. Naar Ipswich, of soms zelfs naar Londen. Ze hebben een keer een rondvaart gemaakt op de Thames.'

'O.' Clara merkte dat het haar niets interesseerde wat Ruby allemaal deed met de kinderen. Ze wilde meer weten over haar en Ivor. 'Weet je waar ze is... ik bedoel, waar is ze naartoe gegaan?'

'Naar New Mexico,' zei Ivor mat. 'Ze ontmoette een Amerikaan.' Hij dronk zijn kopje leeg. 'Klootzak. Er waren er veel in Suffolk tijdens de oorlog, je zult het wel gehoord hebben. Brachten de vrouwen het hoofd op hol terwijl wij werden weggevaagd in Frankrijk of Egypte. En toen kwamen zij met al hun snoep en kauwgum.'

'Wat erg.'

'Ze heeft nu zo veel nylonkousen als ze wil.' Hij aarzelde. 'En jij?'

'Er was wel iemand,' gaf Clara toe. 'Hij was zo'n stomme Amerikaan, hij bracht me het hoofd op hol.'

Ivor leek van streek te zijn. 'Het spijt me echt. Ik wilde niet...'

'Ach, welnee,' zei Clara, en ze grinnikte. Het was zo lang geleden dat ze nu kon glimlachen terwijl ze het over Michael had. 'Ik snap het helemaal.'

'Ik schaam me, Clara. Ik ben eraan gewend geraakt om bot te reageren. Vergeef me alsjeblieft. Ik zou het heel erg vinden als je denkt dat ik een of andere...'

'Het is goed, echt.'

'Dus... wat is er gebeurd met je Amerikaan?'

'Hij was hier gestationeerd – op het RAF Cockfield vliegveld, als onderdeel van de 8e luchtmachtdivisie. Op kerstavond in 1944…' *Moeilijk om het hardop te zeggen.* 'Werden onze dromen verbrijzeld.'

Ivor zweeg een tijdje, net zoals zij. Hoe vaak ze het ook vertelde, het deed altijd weer pijn. Het leek nog steeds zo ongelofelijk.

'Ik vind het heel erg om dat te horen,' zei Ivor uiteindelijk. Hij pakte de lege kopjes en keek haar onderzoekend aan. 'Dus was dát de reden dat je hiernaartoe kwam, naar Lavenham?'

'Niet echt. Het gebeurde gewoon. Ik maak mezelf graag wijs dat het serendipiteit was. En jij?' Ze wilde het echt graag weten. 'Wacht je tot Ruby terugkomt?'

'Niet meer.'

Clara was opgestaan om naar huis te gaan, toen Ivor vriendelijk vroeg: 'Is je Amerikaan hier in de buurt begraven?'

'Ja, op de begraafplaats in Cambridge.'

'Ben je er geweest?'

Clara schudde haar hoofd.

'Ik kan met je meegaan, als je dat wilt… Ik wil me niet opdringen.'

'Dat is aardig van je. Ik heb niet echt plannen om ernaartoe te gaan, maar je weet maar nooit. Dank je, Ivor. Ik meen het.'

'Graag gedaan, Clara. Ik meen het ook.'

De zondag vergleed zoals alle andere zondagen, wat betekende dat Clara de middag met Julian kon doorbrengen met het lezen van de kranten in bed. Zijn huis was op minder dan honderd meter afstand van de Grange, maar het was een andere wereld. Zo'n elegante en vredige plek. Clara vertelde de kinderen niet dat ze daar was, uit angst dat ze steentjes tegen het raam zouden gooien of de deur in zouden trappen. Maar ze vermoedde dat de oudere kinderen het wel wisten.

Alle kamers waren licht en ruim, de lampenkappen waren van glas en de vloer was zacht. Alles klopte.

Clara vertelde Julian over Billy en Barry's oefenweekend met de Petersons. 'Goed gedaan om zo van ze af te komen,' zei hij.

'Van ze af te komen? Je bedoelt om een familie voor ze te vinden?'

'Absoluut – en als je uiteindelijk voor de hele bende families hebt gevonden ben je klaar?'

Clara moest lachen. 'Het zal nooit kláár zijn. Er zijn duizenden kinderen in tehuizen in het hele land. Er zullen nooit genoeg gezinnen zijn voor ze.'

Ze dacht aan het gesprek met zijn vriend, de trieste Lester. 'En dan heb ik het nog niet eens over de kinderen die het moeilijk hebben en die éígenlijk ook in een tehuis zouden moeten zitten.'

'Je kan ze niet allemáál helpen, Clara.'

'Ik kan er wel een áántal helpen.'

'Ik snap het,' zei hij.

Clara dacht dat Julian het totaal niet begreep, maar hij gaf haar een kus op haar wang – hij was goed in afleidingstactieken, was haar inmiddels opgevallen – en zei dat hij thee ging maken, 'niet dat slootwater dat jullie in de Grange hebben. En ik heb ook van die macarons die jij zo lekker vindt.'

Hoe Julian de rantsoenering wist te omzeilen was een raadsel.

Clara had onlangs het gevoel gehad dat er een heleboel ongezegd bleef tussen hen; maar er waren wel meer dingen die niet opgelost werden in haar hoofd, dus misschien kwam het daar wel door. *Waar gaat dit heen? Moet het ergens heen gaan?* Ja, dat moest. Dat wilde ze. *Maar waarnaartoe dan?*

De tweeling kwam bekaf thuis van het weekendje bij de Petersons, ze hadden ieder een sok achtergelaten als souvernir. Maar ze hadden ook wat meegenomen: tien plakken krentencake én spiksplinternieuwe grijze wollen mutsen.

'Ging het goed?' vroeg Clara trillend van de spanning. Dit was zo belangrijk, niet alleen voor hen, maar ook als voorbeeld voor de jongere kinderen. Het zou laten zien dat het mogelijk was om een nieuw evenwichtig thuis te krijgen, zelfs voor de kinderen van Shilling Grange, en zelfs voor kinderen die wat ouder waren.

'Ze willen ons!' Billy sprong op bed met zijn schoenen aan. 'Ze willen ons heel graag!'

'Barry, je schoenen!'

'Ik ben Billy.'

'Wie je ook bent, je schoenen.'

'Ons allebei.' Barry trok aan de knoop van zijn das en gooide hem op de grond, zodat Billy erop kon gaan springen. 'Ze willen dat we allebei bij ze komen wonen. We kunnen voor altijd bij elkaar zijn.'

'Of totdat we gaan trouwen en zelf kinderen krijgen.'

'Dus, wat vinden jullie ervan?'

Billy stak zijn duim op en draaide hem naar beneden. 'Nee, dank je de koekoek. Ze kunnen de pot op.'

~

Juffrouw Bridges en Clara gingen om beurten 'ernstig' in gesprek met de jongens – in de salon, dat was de plek voor dat soort gesprekken.

'Het is echt een kans. En ze nemen jullie misschien wel elke zaterdag mee naar de bioscoop.' Clara wist helemaal niet of dat wel zo was, maar misschien kon ze de Petersons ertoe overhalen. Wat betreft het stellen van voorwaarden was dat nog niet zo gek.

Normaal gesproken was Billy de prater en Barry de doener. Deze keer deed Barry het woord. Zijn stem laag, hij klonk sinds kort mannelijker.

'Weet je, Clara, ik weet niet of mam gewild zou hebben dat we een nieuwe moeder zouden krijgen.'

Dus dat was het. Clara haalde diep adem.

De jongen keek haar tussen zijn wimpers door aan. Hij vertrouwde haar. En dit voelde angstig omdat Clara geen idee had waar hij het over had. Maar zij wist toch wat goed voor hem was?

'Jullie mama zou gewild hebben dat er van jullie gehouden wordt.' Clara had plots een brok in haar keel. *Want zou ze dat inderdaad gewild hebben? Was dat een gegeven?* Had haar moeder dat ook voor haar gewild? Als dat zo was, waarom was ze dan weggegaan?

'Maar hier wordt toch ook hartstikke van ons gehouden?' piepte Billy opgewekt. 'Alle andere kinderen houden van ons.'

'Je hoeft je over hen geen zorgen te maken...'

'En Ivor. Hij zegt dat ik zijn linkerhand ben.'

Clara moest lachen. 'Ivor redt zich wel.'

'En u,' haastte Barry zich. 'U houdt ook van ons!'

Clara glimlachte. Als ze zulke dingen zeiden kon ze onmogelijk niet ontroerd worden.

'Dat doe ik zeker, maar er verandert van alles. Dit is een kans voor jullie om een permanent nieuw thuis krijgen.'

Terwijl ze het zei, dacht ze: *is dat niet wat iedereen wil?*

'Een permanent thuis,' herhaalde Billy. Hij schoof het raam open en schreeuwde de tuin in: 'Een permanent thuis!' Toen deed hij met een harde klap het raam weer dicht. 'Wat betekent dat, een permanent thuis?'

'Een familie, een familie voor altijd.'

Billy snoof. 'Klinkt wel heel serieus.'

Met een ernstig stem, alsof hij presentator van een radioprogramma was, herhaalde Barry het: 'Een familie voor altijd.'

Ze vielen gierend van het lachen op het bed, niet langer grote jongens. Barry fietste met zijn benen in de lucht.

'Gaan jullie het proberen, jongens?'

Ze keken elkaar aan. 'We gaan het proberen.'

15

Niet lang na het 'incident' met de jongen in de slaapzaal, maar voor de komst van de kluis, was Maureen ineens verdwenen. Ze kwam niet terug van school. Nog beschaamder dan gewoonlijk gaf Peter toe dat hij haar niet meer gezien had na de lunch, nu hij er nog eens over nadacht. Het was de middag waarop Clara altijd boodschappen deed, dus het zou makkelijk geweest zijn voor Maureen om naar huis te gaan en daarna weg te glippen. Ze wist dat Clara niet thuis zou zijn want ze had bij Clara geïnformeerd of ze nog van plan was naar de stad te gaan. Normaal gesproken boeide haar dat niet echt, Clara had het kunnen weten.

Clara ging het huis door, op zoek naar aanwijzingen. Maureen had niet veel kleren, maar Clara kwam erachter dat het roze vest, dat haar te klein was, en haar zondagse jurk ontbraken. Ze moest ze in haar schooltas gepropt hebben.

Daarna viel haar blik op de deur naar haar slaapkamer, en het was duidelijk nu: er had iemand ingebroken.

Papieren lagen verspreid over de vloer. Haar verslagen, haar persoonlijke, stomme verslagen. Ze lagen overal, maar die van Maureen was weg.

Ook haar fotolijstjes waren verplaatst. Of nee, haar lijstjes waren kapotgegooid. Die lieve Michael bij zijn vliegtuig. Het glas was gebroken. Waarom zou Maureen dat doen? En de andere lijstjes? Nee, niet gebroken, maar ze lagen met de afbeelding naar beneden op de vloer.

O, God, wat stond er allemaal in dat verdomde verslag?

Ze wist dat het niet geweldig was. Het was een akelig verhaal, maar erger nog, het was geschreven alsof Maureen gewoon een... object voor wetenschappelijk onderzoek was, een ding in een glazen pot op sterk water, geen levend liefhebbend meisje dat alle recht had om te ontdekken waar ze vandaan kwam.

Haar dichtbundel van Jane Taylor lag onaangeraakt op haar nachtkastje – dat was een opluchting. Niet alleen zou het ingewikkeld geweest zijn om het aan Julian uit te leggen, maar Clara was dol op het boek. Er waren nachten dat ze de gedichten gewoon echt nodig had.

In paniek liep Clara naar Ivors werkplaats. Hij legde onmiddellijk zijn naaiwerk neer en luisterde, de bezorgdheid was van zijn gezicht af te lezen.

'Maureen verdwijnt af en toe gewoon, Clara. Dat weet je toch.'

'Deze keer is het anders.' Met een pijnlijke uitdrukking op haar gezicht vertelde ze over het verslag, die verdomde verslagen, haar bakens, die nu deze situatie veroorzaakt hadden, en het fotolijstje dat op de grond gesmeten was.

De gedachte dat het met opzet gedaan was deed haar pijn.

'Ik stap op de fiets om haar te zoeken.'

'Alsjeblieft.'

Samen liepen ze de straat op, naast elkaar, in het licht van de straatlantaarn, het deed op een of andere manier denken aan Londen. Hij had zijn jas aangetrokken en ze was dankbaar voor zijn warme, geruststellende aanwezigheid.

'Ik voel me zo'n idioot.' Ze had de gemeente proberen te vertellen dat Maureen het moeilijk had. Ze had meer hulp moeten zoeken.

'Clara, het ligt niet aan jou. Je hebt gedaan wat je kon. Maureen is... nou ja, ze is moeilijk.'

'Maar...'

Julian kwam op ze af lopen, een eigenaardige uitdrukking op zijn gezicht. Clara had niets verkeerd gedaan – tenminste niet met Ivor – maar vanbuiten zou het er wel zo uit kunnen zien, dacht ze.

'Nee maar... wat is hier aan de hand?' Julian staarde hen beiden aan. Hij zag er zo knap uit, zo professioneel in zijn pak, het haar netjes gekamd. Hij dacht vast dat zij en Ivor er maar rommelig bij liepen.

'Maureen is verdwenen. Ivor helpt me haar terug te vinden.'

'O, dat is niet best.' Hij trok aan zijn sigaar. 'Echt... niet... best. Welke is zij ook alweer?'

~

Terwijl Ivor wegfietste, bellend met zijn fietsbel en Maureens naam roepend, liep Clara naar de telefooncel. Ze moest wachten op een man van middelbare leeftijd die stond te telefoneren, en in niet mis te verstane woorden ruzie maakte. Tien minuten tijd verpest. Waar zou Maureen naartoe gaan? Naar Londen? Ging niet elke wegloper op zoek naar geluk daarnaartoe? Of was ze nu ergens samen met die jonge man die toen in de slaapzaal was?

Juffrouw Bridges was er niet en juffrouw Cooper was bezig met begraafplaatsen, dus Clara kreeg iemand aan de lijn die zich bezighield met educatie en die snibbig vroeg: 'Ik weet niet wat u van ons verwacht. Het is bijna weekend. Hebt u de politie al gebeld?'

Dus deed Clara dat, maar toen de politie doorhad dat Clara belde over een kind van Shilling Grange, waren ze nog minder geïnteresseerd dan de gemeente. Een agent zei dat hij de volgende dag langs zou komen om rapport op te maken.

'Niet vandaag?'

'Het is bijna zes uur.'

Ivor kwam pas na zevenen terug, bezweet en bedroefd. 'Sorry, Clara, ik ga morgen verder met zoeken.'

De volgende dag kwam er niemand langs. Dit keer was een giechelende puber haar net te snel af bij de telefooncel, ze stopte al haar muntjes in de gleuf, waarna Clara eindeloos moest wachten. 'Bent u een non?' zei de politieagent toen ze hem eindelijk aan de lijn had. Ze zag voor zich hoe hij boven zijn beker zat te gebaren: *Ik heb een echte non aan de lijn.*

'Ik werk voor de gemeente.'

'Dan kunt u die beter bellen.'

'Zij zeiden dat ik u moest bellen.'

'We zullen wat rondvragen.' Hij klonk alsof hij meer geïnteresseerd was in het verloop van de paardenrace, die zo te horen aan de radio bezig was, dan in Maureen.

'Er is een kind zoek,' zei Clara, geërgerd.

'Ze is waarschijnlijk weggelopen, toch? Ze komt wel weer terug als ze het koud krijgt en honger heeft.'

'U moet me helpen.'

'En dat zullen we ook doen.'

'Wat bent u dan precies van plan te gaan doen?'

'Zoals ik al zei, we gaan rondvragen.' Lachend snoof hij. 'Weet u zeker dat u geen non bent, zuster?'

Maureen kwam dit keer niet terug. En het leek niemand wat te kunnen schelen. Clara zat tegenover juffrouw Bridges te huilen aan de keukentafel.

'Ze is nog maar een kind!'

'Maar, lieverd,' juffrouw Bridges pakte een nieuwe zakdoek, 'ze is anders dan jij of ik.' Dit was razendmakend, vooral dat juffrouw Bridges dit zei, van wie Clara dacht dat ze het begreep. 'Je zei zelf al, ze komt en gaat vaak naar goeddunken.'

'Nou ja, dat zou ze niet moeten doen. Het is niet veilig.'

Juffrouw Bridges las ondertussen verstrooid een nieuw voorschrift in verband met de vermindering van de toegestane hoeveelheid steenkool. 'Sommige meisjes zijn gewoon zo,' zei ze toen.

'Als dat zo is, dan is dat omdat er iets misgegaan is in hun leven.' Clara wilde vloeken, maar ze wist hoe juffrouw Bridges over vloeken dacht.

'Misschien, maar het is te laat om daar nog wat aan te doen,' zei juffrouw Bridges. 'Ik heb de Nelsons gebeld, die wilden adopteren, weet je nog wel?'

'En?'

'Geen interesse meer.'

Het was geen verrassing, zei Clara tegen zichzelf, maar het voelde toch alsof Maureens toekomst in rook opging.

'Ze zijn al naar de gemeente Norfolk gegaan.'

Clara wist dat juffrouw Bridges geraakt was door het feit dat de Nelsons naar hun concurrent gingen, maar ze was desondanks ook boos op haar. En het was makkelijker om boos te zijn op juffrouw Bridges dan in wanhopige angst te verkeren over Maureen.

Ze is nog maar veertien. Clara wilde het in grote letters in de lucht schrijven. Ze was net zo oud geweest als Maureen toen haar ouders het land verlieten. Ze wist nog hoe vreselijk jong ze zich gevoeld had – maar haar ouders wilden Gods werk doen, en tieners waren welkom in hun plan, kennelijk. In de vakanties bleef ze op school. De pijn die ze toen gevoeld had, ging over in de pijn die ze voelde voor Maureen.

'Is Maureen weg?' vroeg Rita die avond. Het lege bed van Maureen kwam over als een beschuldigende vinger.

'Nee... ja... zoiets,' stamelde Clara. 'Ze is niet echt weg, we weten alleen niet waar ze is.'

Mijn hemel, ik praat soms echt onzin.

'Net zoals mama?' zei Rita vanonder haar deken.

'Weet ik niet.'

'Mag ik in Maureens bed slapen?' vroeg Terry. 'Het is zachter dan dat van mij.'

'Heb je je huiswerk voor je toelatingsexamen van het lyceum al gedaan?'

'Ja-ha! Mag ik?'

'Vooruit dan maar.'

Terry sprong op Maureens matras. Peg bleef stilletjes in haar boek lezen, terwijl ze de geblokte sjaal van Rupert de Beer vasthield, zo voelde ze zich veilig.

Ook Ivor was bezorgd over Maureen. Je zag het aan de manier waarop hij stoffen sneed, of een gordijn afzoomde – het was alsof hij een beest aan het temmen was. Elke keer als Clara hem sprak, stond zijn gezicht op slecht weer.

Op een dag kwam hij naar de Grange om wat versteld goed af te geven en het leek net of hij met zichzelf in gesprek was.

'Het is wel duidelijk dat de veranderingen geen effect hadden.'

'Wat?'

'De Kinderwet. Het is een ramp.'

'Nee, dat is niet zo.' Clara wist niet wat ze moest zeggen. *En onze heerlijke Kerstmis dan?* dacht ze. *En de kinderen die toelatingsexamen voor het lyceum doen? En Terry's tomaten?* 'Het wisselt. Er is veel verbeterd, maar...'

'Het is veel slechter dan zeggen dat het wisselt.'

Als hij haar een klap gegeven had, was de pijn niet minder geweest. 'Probeer je nou te zeggen dat het door mij komt dat Maureen weggelopen is?'

'Niet door jou persóónlijk, maar er wordt haar hele leven al met haar gesold en ze wordt nu weer in de steek gelaten. Al die interventies en veranderingen.'

'Het ging niet goed vóórdat ik hier kwam,' hield Clara aan. 'Al die kinderen, de nonnen, het geweld, geen verantwoordelijkheid, al het slaan, de schoenen, de stilte en de enorme instellingen, niemand om verslag aan uit te brengen... geen systemen.'

Ivor ging er niet in mee. 'Dat is niet zo, Clara. Ik was hier als kind. Sommigen van ons hadden het goed, zaten in een goed tehuis. Maureen zou eerder nooit weggelopen zijn, nooit.'

'Luister, ik weet dat het nieuwe systeem niet perfect is...'

Hij lachte schamper.

'Ik weet dat het verre van perfect is, Ivor. Het is helemaal niet goed genoeg. Maar vertel mij niet dat je liever terug wilt naar de dagen van het armenhuis, of de tuchthuizen. Ivor, jij vond een goed thuis bij de nonnen, maar ik zeg je, voor heel veel mensen geldt dat niet. Kinderen kregen lijfstraffen, werden geslagen, uitgehongerd en erger. En weet je, niemand die het iets kon schelen. Mij kan het in ieder geval wél iets schelen.'

Ze rende naar boven, naar haar kamer, naar haar bureau op zoek naar het Curtis Report. Maureen had het laten liggen, godzijdank. Ze snelde weer naar beneden en duwde het onder zijn neus. In het Curtis Report werden de abominabele omstandigheden in kindertehuizen beschreven, en het gebrek aan begeleiding en controle van adoptieouders.

'Dit moet je even lezen.'

Ivor schudde zijn hoofd. 'We hebben hier te maken met mensen, niet met nummers, of beleid, of systemen, Clara. Wanneer snap je dat nou eens?'

'En dit gáát juist over mensen. Lees het Ivor, alsjeblieft.'

Hij nam het mee, maar dat deed hij alleen maar om haar te kalmeren, niet omdat hij haar geloofde. Alles in het gesprek raakte haar. Deels omdat er wel een kern van waarheid in zat, en deels omdat ze niet in staat was geweest haar eigen waarheid overtuigend over te brengen.

Ze vertelde het aan niemand, zelfs niet aan Ivor, maar Clara voelde intuïtief aan dat Maureen weggelopen was met de jongen die ze mee naar huis genomen had. Misschien was hij het ook wel die de deur van Clara's slaapkamer had ingetrapt. Ze hoopte, droomde, dat hij misschien een aardige familie had ergens die hen beiden onder hun hoede zou nemen. Maar op andere momenten twijfelde ze daaraan en zag ze Maureen voor zich, zwervend over straat in Londen.

Het was die onzekerheid die het meest pijn deed. Dat en het verpletterende gevoel van schuld. Al haar oude twijfels doken weer op, verdubbeld zelfs – of nee, verdrievoudigd. Ze was niet geschikt voor dit werk. Ze was geen mensenmens. Ze had gedacht dat kinderen gewoon opgeborgen konden worden zoals een nette administratie. Ze was zo trots geweest op alle kleine veranderingen die ze had ingevoerd op Shilling Grange. Maar nu realiseerde ze zich dat het niks geholpen had, niet echt, en dat was verschrikkelijk. Als je niet heel goed keek, zag je zelfs niet eens wat ze nou eigenlijk gedaan had. Ze had gedacht dat ze bezig was met 'levensveranderende activiteiten', of 'een verschil maken', maar in feite hield ze alleen maar toezicht op een serie kleine rampen. Ze kon haar stupiditeit niet van zich af schudden.

Ze had één taak gehad: zorgen dat ze veilig zijn. En ze had gefaald.

16

En het was niet alleen in Norfolk: ook in Lincolnshire waren afgelopen jaar zevenennegentig kinderen geadopteerd of in een pleeggezin opgenomen. Suffolk zat rond de schamele vijf. Geen geweldige score. De nulscore van Shilling Grange hielp ook niet echt.

Een jong stel was geïnteresseerd in Peg, maar besloot uiteindelijk dat haar praatproblemen te groot waren voor hen. Er was vraag geweest naar Alex, maar daar was geen vervolg aan gegeven. De tweeling zou naar de Petersons gaan, maar dat duurde nog wel een paar maanden.

Maar er was ook goed nieuws. Er was een familielid gevonden voor Terry, in Londen. Een oma. Een brief was onderweg. Juffrouw Cooper was er opgewonden over, en Clara voelde zich er ook wel enigszins opgewonden over. Terry zou misschien bij de vrouw kunnen gaan wonen. Waarom niet?Dit was het doel, hier ging het om, maar Clara kon er niets aan doen dat het haar ook verdriet deed. Ze was gehecht geraakt aan het kleine meisje. En het kleine meisje was gehecht geraakt aan de tuin. Ze bracht er uren in door, met graven, water geven en wachten. Ze keek haar tomaten de grond uit.

En de voorbereidingen op het examen voor het lyceum verliepen ook heel goed.

Clara had tegen de lagere school in Lavenham gezegd dat Terry naar Londen moest voor een 'medisch onderzoek'. Terry droeg een grijze niet-zo-heel-korte broek, een schoolblouse die meer geel dan wit was, en bretels die van Peter waren geweest. Clara ging niet in discussie over de kleren, maar ze kreeg Terry wel zover dat ze een clip in haar haar deed.

'Waren er al treinen toen u klein was, juffrouw Newton?' vroeg Terry toen ze in de trein zat.

Clara lachte. 'Jazeker waren die er! Plaaggeest!'

'Waren er toen nog geen vliegtuigen?'

Terry wilde haar lunch opeten, en hoewel het nog maar tien uur was, stond Clara dat toe. Ze had er genoeg van om regels op te leggen waar ze zelf ook niet aan wilde gehoorzamen. Het landschap werd steeds stedelijker. De horizon verdween en de telegraafpalen werden talrijker en stonden steeds dichterbij. Op het station van Chelmsford stapte een moeder in met een kleine baby. 'Ik verontschuldig me alvast maar voor gehuil,' zei ze. Maar de baby viel gewoon in slaap en de moeder las verder in haar boek.

Clara vroeg wat Terry nog wist van haar oma, maar in plaats van te antwoorden nam Terry een hap van haar appel.

'Dit is een Pippin,' zei ze.

De man die tegenover hen zat lachte. 'Die kent haar appels.'

Terry's oma woonde in een mooi deel van Londen, met schone straten en glimmende lantaarnpalen. Het was een goed teken. De wijk had weinig schade geleden van de bombardementen. Clara zag voor zich hoe Terry hier buiten zou spelen, keurig in de kleren, met leuke vriendinnetjes die Marigold of Faye heetten. Misschien zou ze wel op ballet gaan, in plaats van rond te banjeren in de modder.

Maar Terry was zenuwachtig. Ze was haar haarclip al kwijtgeraakt. Haar mond was een strakke streep. Tijdens het lopen hield ze Clara's hand stevig vast met haar want. 'Vraag je moeder of ze een *Standard* wil kopen,' riep de krantenjongen.

Terry schreeuwde terug. 'Ze is mijn moeder niet!' De krantenjongen grinnikte. 'Prima, knul, geen paniek.'

Hoe dichter ze bij het adres kwamen, des te gespannener ze werd.

'Denk je dat je hier wel zou willen wonen, Terry?'

Terry keek om zich heen. 'Misschien.'

Er zat een hek voor de lift, de liftjongen nam hen mee naar de vierde verdieping. *Comfortabel.* Terry's ogen sperden zich nog wijder open en haar hand greep nog steviger die van Clara vast. Aan het eind van de gang waarin een licht hing te knipperen, stond Terry's oma hen op te wachten bij de voordeur. Ze had wat haartjes op haar bovenlip en ze had haar tanden niet in. Boven haar spierwitte wenkbrauwen had ze net zulk wit haar en ze liep met een stok. Ze was waarschijnlijk uitgeput van het hen binnen laten, want ze liep meteen naar haar stoel en liet zich daar hijgend in vallen. In het dossier stond dat ze zeventig was, maar ze was geen kwieke zeventiger.

'O, dit is het? Ziet eruit als een jongen.'

'Ze is een meisje.'

'Dan zou ze een jurk moeten dragen.'

Razendsnel maakte Clara de balans op: dit was een kansloze missie.

Wat dacht de gemeente wel niet? Het appartement rook muf, de ramen zaten potdicht. De grootmoeder liet met tegenzin het huis zien.

'Dit zou Teresa's kamer worden. Gezellig. Vind je het leuk?' Het rook naar schimmel, of mottenballen. De spiegels waren zo stoffig dat je er niets in kon zien. Er stonden beeldjes van honden en kikkers. Er zoemden insecten tegen het raam alsof ook zij weg wilden.

'Vind je het leuk?' vroeg de grootmoeder.

Het antwoord van Terry was een nies.

De grootmoeder legde haar dooraderde hand op Clara's schouder.

'Ik zal goed voor haar zorgen als we tot een overeenkomst komen, weet u.'

'Dat geloof ik zeker,' loog Clara. *Hoelang zou die vrouw haar hand daar houden?*

'Ik kreeg altijd geld voor baby's.'

'Wat zegt u?'

'In de oorlog.'

'O.'

'O ja, we verkochten ze door. We kregen er een goeie prijs voor toentertijd.'

'Wat? Wier baby's?'

De grootmoeder wees naar Terry en lachte.

'Haar moeder bijvoorbeeld. Ik krijg toch gewoon contant, een bedrag in één keer?'

'Nee, zo werkt het niet.'

Clara voelde plots de onbedwingbare neiging om alleen te zijn, weg van dit, van alles. Zelfs weg van die lieve Terry. Weg van alle kinderen en alle verantwoordelijkheid. Om gewoon maar wat te typen bij Harris & Sons en zich geen zorgen te hoeven maken over wat ze 's avonds zouden eten.

Terry wilde Clara's hand niet loslaten, zelfs niet toen de thee gebracht werd en grootmoeder zei: 'Drink maar snel op.' Pas toen Clara Terry een strenge blik toewierp liet Terry los. Clara knipoogde naar haar om te laten merken dat het wel goed zou komen.

Het was een vergissing dat ze uit beleefdheid een koekje aannam – Clara wilde het onmiddellijk weer uitspugen. Het moest jaren oud zijn. Toen Terry er eentje wilde pakken gaf Clara een zacht tikje op tafel en schudde haar hoofd. Zo snel als de beleefdheid het toeliet stond ze op.

'Dank u zeer voor uw gastvrijheid. We nemen contact met u op.'

'Geen geld, geen meisje,' zei de grootmoeder terwijl ze hun voorging naar de deur.

'Heeft iemand u echt verteld dat u een financiële vergoeding zou krijgen?' vroeg Clara, verwonderd. Wat was er aan de hand bij de gemeente? Of had zij het bij het verkeerde eind?

'Dat is toch de gewoonte? Waarom denk je anders dat ik haar zou nemen?' Ze kraaide het uit. 'Gewoon maar uit liefdadigheid? Nou, mooi niet, mevrouw.'

Zelfs buiten, zelfs toen ze al een stuk van het huis verwijderd waren en de geur uit hun neus verdwenen was, hoorde Clara nog steeds in haar hoofd het geschater van de grootmoeder, en haar woorden: '*Ik kreeg altijd geld voor baby's.*'

~

'Ik weet niet of dat wel een geschikte plek is voor jou,' zei Clara toen ze zich weer in de veilige trein genesteld hadden. Terry drukte haar voorhoofd tegen het raam, ze zei niets. Toen pakte ze het werkboek uit haar tas, dat Anita voor haar gemaakt had om te oefenen voor het toelatingsexamen, legde het op haar knieën en begon te schrijven. Alleen schreef ze geen woorden, maar streepte ze vragen door. Toen Clara haar vroeg wat ze aan het doen was, zei ze dat het betekende dat ze 'beantwoord' waren.

'Vind je het leuk om met mevrouw Cardew te leren?' vroeg Clara ineens.

'Ze is streng.'

'O, jee.'

'Als ik bij mijn oma zou gaan wonen, dan zou ik het toelatingsexamen niet hoeven doen, toch?'

'Ik denk dat het dan niet zou kunnen.' Clara zag hoe Terry verschillende dingen tegen elkaar afwoog. Zij zou de gemeente in ieder geval negatief adviseren, dat zeker. In haar hoofd zette ze op een rijtje wat het allemaal een ongeschikt thuis voor Terry maakte. 'Dat zou wel een teleurstelling zijn, denk ik? Je doet het zo goed.' Clara kruiste haar armen voor haar borst en keek uit het raam. Ze dacht dat ze het best zou kunnen beginnen met de verwachting van de financiële vergoeding.

Terry sloeg haar boek dicht en staarde naar de vloer.

~

Anita Cardew was niet onaardig, ze was alleen nogal strikt. Clara had gehoopt op een warm en gezellig iemand, zo iemand als Judy of diens moeder, of zoals juffrouw Bridges of zelfs zuster Grace. Anita leek meer op een glamoureuze tante die af en toe langskwam; je accepteerde haar zoals ze was, maar wee je gebeente als je het met haar aan de stok kreeg.

De avond nadat ze naar Terry's oma waren geweest, zat Anita in de keuken te schreeuwen tegen Alex. Het ging over zijn rekensommen.

'Hoe kan ik je nou helpen als je enen op zevens lijken en je nullen op achten?'

Alex krabbelde gewoon door, maar toch. De woorden van Julian weerklonken in Clara's hoofd: *vertrouw je haar wel met de kinderen?*

Het enige wat Clara zei was een sussend: 'Hij doet zijn best', maar Anita sloeg haar boek dicht en keek haar met open mond aan.

'Denk je dat ik niet weet hoe ik les moet geven?'

Clara zuchtte. Ze wist dat Anita nogal snel tot de aanval overging, maar dit was belachelijk. En Clara had er genoeg van om zich de mond te laten snoeren door Anita's agressie.

'Op een school misschien, maar hier zijn we gewoon thuis.' Alex deed alsof hij niet meeluisterde. 'De kinderen hebben een boel meegemaakt.'

'Denk je dat ik niet weet wat deze kinderen allemaal hebben meegemaakt? Of denk je dat het acceptabel is om de nul en de acht door elkaar te halen?'

Clara gaf het op. Ze was onmogelijk. 'Ik bedoelde er helemaal niks mee.'

'Nee, nee.' Anita griste haar boeken bij elkaar en smeet ze in haar tas. Daarna zwaaide ze de tas over haar schouder. 'Ik stop ermee. Afgelopen.'

De ruzie met Anita lag als een baksteen op Clara's maag. Ze had een gunstige regeling verpest door er iets uit te flappen. Alex en Terry waren over het algemeen wel tevreden met de bijlessen – waarom had ze dan ruzie gemaakt met een van de weinig mensen die hen kon helpen? Toen Rita hoorde dat Anita geen pianoles meer zou geven, begon ze te huilen. 'Mama, ik wil mama.'

De volgende avond keek Clara naar de overkant van de weg. Er scheen helder licht uit Ivors werkplaats, die omringd was door duisternis. Ze had nog nooit iemand ontmoet die zo hard werkte als hij. Ze verlangde ernaar daar te zijn, de Grange te ontvluchten, gewoon eventjes.

Ze duwde de deur open. Ivor zat niet aan zijn werkbank, maar hij stond achterin, in de schaduw. 'Hallo,' riep ze, hij antwoordde onmiddellijk.

'Clara? Is er iets aan de hand? Met de kinderen?'

Ze wist niet wat ze moest zeggen. Dat ze even los van alles wilde zijn en dat dit de enige plek was die in haar opkwam? Zou ze dan niet dom en nutteloos lijken? Hij had al een niet al te hoge dunk van haar.

'Nee, ik... sorry dat ik je stoor.'

Maar toen hij naar haar toe liep, glimlachte hij. 'Ik was eigenlijk wel uitgewerkt voor vandaag.... Ik stond gewoon een beetje naar de sterren te kijken.'

'Naar de sterren te kijken?'

'Kom.'

Achter in de werkplaats stond een telescoop. Ivor draaide hem op Clara's hoogte, en ze pakte hem vast. Daarna draaide hij aan de scherpsteller, zij moest zeggen wanneer hij goed stond.

De sterren waren prachtig, de lucht was prachtig, het was zo anders dan alles waar ze anders altijd naar keek dat Clara zich meegevoerd voelde en vergat wie ze was. Opeens dacht ze aan Michael, die de dood had gevonden in de lucht; en daarna aan Maureen, die ergens was en god mag weten wat uitspookte met god mag weten wie.

Ze had mensen weleens horen zeggen hoe klein je je voelt als je het heelal bekijkt, maar Clara voelde zich opeens heel groot. Dit was haar moment om in het centrum te staan – ja, ze was klein als je het grotere geheel bekeek, maar voor dit moment was ze in haar eigen wereld de grootste entiteit.

En toen wist ze weer waar ze was en ze voelde hoe dichtbij Ivor stond, hij leidde haar. Ze kon zijn adem voelen en het rijzen en dalen van zijn borstkas. Ze wou dat hij nog dichterbij ging staan – ze stelde zich aan, maar ze wilde het echt. Maar Ivor was een keurige gentleman en bleef op veilige afstand. Op net zo grote afstand als de sterren.

Ze kon nauwelijks ademhalen. *Is dit fout... Is dit fout?* Ze wist het zelf gewoon niet meer.

'Waarom houd je zo van kijken naar de sterren?' Haar stem was schor. 'Ik bedoel, los van het feit dat het er mooi uitziet.'

Hij antwoordde niet meteen, maar uiteindelijk zei hij: 'Ik denk omdat de sterren helemaal niets van me eisen. In het werk en in het leven moet je altijd dingen maken of repareren. Maar de sterren zijn er gewoon. En dat heb ik soms nodig.'

Hij klonk ook anders. Clara had het gevoel dat ze niet weg kon gaan. Ze moest hier blijven, met hem achter zich, voor altijd.

Ze schudde zichzelf wakker. Grote god. Ze was hier alleen maar naartoe gegaan omdat ze zich eenzaam had gevoeld.

En dat was echt belachelijk omdat ze een paar dagen geleden nog uitgegaan was met Julian, en hij liet overduidelijk merken hoe aantrekkelijk hij haar vond, én dat hij haar als 'kandidaat' zag. En Julian was knap, had een goede baan, twee ongeschonden handen en een uitstekend salaris.

Word wakker.

'Ik kan maar beter gaan,' zei ze gehaast, 'de kinderen... dank je wel.'

'Goede nacht, Clara.'

De kinderen waren naar school, Clara was weer eens bezig de bedden op te maken, boven, toen ze een roffel hoorde op de voordeur en de kinderen haar riepen. Ging het om Maureen? Was ze teruggekomen? Alsjeblieft. Maar nee, ze hoorde iets over Terry. Was het de grootmoeder? Clara snelde met twee treden tegelijk de trap af en zag Billy en Barry met tussen hen in het meisje, trots als soldaten die terugkwamen van het front. Terry zag zo bleek, bijna groen, en ze hield met één hand haar pols vast. Het zag er niet goed uit.

Clara dirigeerde ze de salon in, zette Terry op de sofa en schikte de kussens. Terry was zo klein, ze nam nog niet eens de helft van de sofa in.

'Wat is er in vredesnaam gebeurd?'

'Ze viel van de trap.'

'Op school?'

Viel ze? Of werd ze geduwd? Clara vertrouwde de lagere school van Lavenham voor geen cent.

'De meester zette haar in de ziekenhoek, daarna zei hij dat ik haar naar huis moest brengen,' zei Alex. 'Onderweg zag ik Billy en Barry.'

'Jockey, Jockey!' riep Terry op dramatische toon, en daarna liet ze zich achterover in de kussens vallen, haar goede arm voor haar gezicht.'Wat is Jockey?' vroeg Clara hulpeloos. *Een beer? Een muis? Degene die dit aangericht had?*

'Haar favoriete potplant,' zei Alex.

Peg werd naar de tuin gestuurd om de plant te halen en Clara stuurde de tweeling naar dokter Cardew. Binnen vijf minuten waren ze terug. Opgewonden zeiden ze dat hij met zijn auto zou komen.

Dat voorspelde weinig goeds.

Dokter Cardew onderzocht Terry's arm en besloot dat hij haar en Clara meteen naar het ziekenhuis zou brengen. Toen Clara begon te protesteren zei hij dat Anita wel een oogje in het zeil zou houden op de Grange. Clara moest mee. Geen gemaar. Clara begon niet over de ruzie die ze eerder had gehad met Anita. Ze had de indruk dat dokter Cardew daar niet van op de hoogte was.

In de auto kon Clara van de zenuwen geen woord uitbrengen. Terry zat trillend naast haar op de achterbank. Clara schoof van de ene naar de andere kant op de bank.

'Kunt u iets langzamer rijden, alstublieft?' vroeg ze dokter Cardew, na een nogal woeste bocht.

Hij negeerde haar.

Clara wou dat ze tijd had gehad om het aan Ivor te vertellen. Bij het St George Ziekenhuis beende dokter Cardew snel weg, maar een ferme verpleegster nam Terry mee. 'Uw kleine jongen is hier in goede handen, hoor,' zei ze. Clara wachtte in de gang, haar ellebogen lieten een rode afdruk achter op haar knieën, haar kin rustte in haar handen.

Een tijdje later stond dokter Cardew weer voor haar. Hij zette zijn hoed af en hield hem tegen zijn borst. Het zag eruit als een pose. Zijn reusachtige schaduw op de muur was dubbel zo groot als hij in werkelijkheid was. Clara, die honger had en bezorgd was, wachtte op zijn vonnis.

'Juffrouw Newton, het is inderdaad gebroken, maar het is niet zo erg.'

'Goddank.'

Maar dokter Cardew en zijn schaduw zagen er nog steeds somber uit. 'Maar dat is niet alles.'

Clara huiverde. Hij was er soms goed in haar zich heel onbeduidend te laten voelen.

'Ik vraag me toch af of ze het zichzelf heeft aangedaan.'

Clara was even van haar stuk. 'Hoe bedoelt u?'

'Is er misschien aanleiding om te denken dat ze... ze leek er zelf al van overtuigd te zijn dat het gebroken was. En het is de hand waar ze mee schrijft, toch?'

Clara kreeg een eigenaardig gevoel, alsof ze er niet was. Ze bevond zich ergens ver weg en iemand anders was met een dokter over een klein meisje in het ziekenhuis aan het praten. Nog maar acht maanden geleden kende ze niemand van deze mensen. En nu moest ze beslissingen nemen over hen en hun toekomst. Was er niet iemand die veel beter opgewassen was tegen de taak? Waren Judy of Ivor er maar. Ze voelde zich zo klein, en totaal niet capabel, zo onbeduidend. Maar nee, dit was haar zaak. Ze moest zich sterk houden voor zichzelf en voor de kinderen. Wat was er mis met Terry? Had het te maken met die bizarre grootmoeder? *'Ik kreeg altijd geld voor baby's.'* Of met vriendinnetjes op school? Met de tuin? Nee, maar Clara had wel een vermoeden. Ze kon het niet langer ontkennen.

Dokter Cardew wachtte op haar antwoord. 'Juffrouw Newton?'

'Ik zal het er met haar over hebben.'

Ze wist nog wat Ivor had gezegd over zuster Kate en hoe zij naar de kinderen geluisterd had. Ze wist uit eigen ervaring nog hoe het was om dingen te vragen maar vervolgens genegeerd te worden. Niet alleen toen ze haar ouders smeekte niet naar Afrika te gaan, het was vaker gebeurd, kleine dingen met weinig gevolgen die allemaal bij elkaar wel weer veel gevolgen hadden.

Dat gevoel. Het blijft altijd bij je.

~

Het was stil in het ziekenhuis en het rook naar schoonmaakmiddelen. Een langgerekte zaal. Een klein kaal kind zat rechtop in *De magisch boom die ver weg staat* te lezen. Anderen lagen te slapen, zachte knuffels stevig vastgeklemd. Weer een andere zat met een elastiekje te spelen, Clara herkende het toen hij een parachuutje maakte. Ze zou de kinderen wat elastiekjes moeten geven, dacht ze. *Ivor had er vast wel een paar.*

Waar was die van haar? *Van haar?* Daar was ze, bijna helemaal achterin. Terry staarde naar Jockey, haar arm uitgestrekt, bloempot in de hand. Haar andere arm was in gips gevat.

Haar mond stond stuurs, maar toen ze Clara zag begon ze te stralen. Clara vroeg haar over haar arm, en of ze wat te eten had gekregen. Toen Terry zich ontspande, streek Clara zachtjes de kreukelige deken glad, en stak van wal.

'Ik wil dat je eerlijk bent tegen me.'

Terry keek haar met grote ogen aan. Waren ze altijd al zo groot, of kwam dat door het ziekenhuis?

'Wat je ook maar zegt, ik zal niet boos op je zijn, dat beloof ik.'

Terry fluisterde iets in Jockeys bladeren. Clara strekte haar arm uit en zette Jockey vastberaden op het kastje naast het bed.

'Terry, heb je dit met opzet gedaan?'

Terry keek haar niet aan. Clara wachtte. 'Je kan het me echt vertellen.'

De hoofdzuster kwam binnenlopen, vulde Terry's glas met water en goot wat in de bloempot. 'Beetje droog.' Ze glimlachte.

Pas toen ze door de deur verdwenen was, knikte Terry.

Hoewel ze het gevoel had dat ze wilde schreeuwen, was Clara vastbesloten haar stem in bedwang te houden. 'Maar waarom dan?'

'Ik wil niet meedoen aan dat toelatingsexamen, want ik wil niet naar het Lyceum in Ipswich. Ik wil naar de school hier in de buurt, waar Peter en Billy en Barry en alle anderen naartoe gaan.'

Clara slikte.

'Het lyceum is een goede school, Terry. En Alex gaat er waarschijnlijk ook naartoe.'

'Ik wil niet.'

'Je moet niet andere meisjes laten bepalen waar je naartoe gaat, dat weet je toch wel?'

'Het gaat niet om die andere meisjes. Ik weet gewoon dat het niks voor me is. Dank u, Clara, maar ik wil gewoon mijn planten verzorgen.'

'Maar je kan je planten verzorgen en tegelijkertijd naar het lyceum gaan.'

Terry pruilde.

'Ik luister naar je,' zei Clara.

'Ik wil niet naar het lyceum, juffrouw Newton.'

De moed zakte Clara in de schoenen. *Na alles wat ik gedaan heb. De ruzie met de hoofdmeester. De bijlessen van Anita. Het bezoekje aan Ipswich.*

'Als dat zo is, dan hoef je niet.'

'Weet u dat zeker?'

'Absoluut.'

Ze schudden elkaar de hand, zoals serieuze mensen die een afspraak maken.

En daarna vertelde Clara aan Terry dat jezelf van de trap gooien heel dom was geweest, en dat ze zich vreselijk had kunnen bezeren, en dat ze nooit meer zoiets moest doen.

Op weg naar buiten zei iemand: 'Wat is er met uw zoon gebeurd?' Clara corrigeerde het niet, maar riep terug: 'Ze heeft haar pols gebroken... maar het is gelukkig niet al te ernstig.'

Die goede dokter Cardew wachtte haar op in de auto buiten. Clara wilde hem niet vertellen dat ze bij Terry op het examen had aangedrongen zonder dat ze wist dat het kind dat helemaal niet wilde. Het had ook gevolgen voor Anita Cardew. Clara had gedacht dat zij het allemaal zo goed wist. Tegelijkertijd was ze zowel teleurgesteld in de keuze die Terry maakte, als in het feit dat zij daar teleurgesteld over was.

VERSLAG 5
Alexander 'Alex' David Nichols

Geboortedatum
9 september 1937

Achtergrond familie
Er is iets raadselachtigs aan Alex. Niemand schijnt te weten waar hij vandaan komt of hoelang hij al in tehuizen zit. Zijn ouders stierven waarschijnlijk in de oorlog. Ik denk dat hij uit een welgestelde familie afkomstig is, een warm gezin. Het zou me niet verbazen als er op een dag iemand uit de hogere kringen bij ons aanklopt om te vertellen dat Alex een Lord is of een baron of zoiets, zoals in *Olivier Twist*. Hij is een buitengewone jongen.

Gezondheid/voorkomen
Flaporen, lange tanden, krullend haar dat geregeld afgeknipt moet worden. Vatbaar voor luizen. Aversie voor in bad gaan.

Eten
Allergieën. Eet niet genoeg groente. Houdt van druiven maar die hebben we bijna nooit.

Hobby's/interesses
Alex is de jonge intellectueel. We noemen hem de professor. Hij kent landen, vlaggen en hoofdsteden uit zijn hoofd. Hij verzamelt postzegels – hij heeft al twee albums vol – en munten (ik vermoed dat dit een smoes is om geld te sparen!). Hij doet het zo goed op school, als hij zijn toelatingsexamen voor het lyceum niet haalt dan eet ik mijn hoed op – zo heb ik hem verteld.

Verder
Alex heeft prachtige sociale vaardigheden en tafelmanieren – hij eet altijd keurig met bestek. De meeste van de andere kinderen worstelen al met een lepel.

Ik begrijp niet waarom niet drommen mensen hem willen adopteren.

17

Alex deed toelatingsexamen op de lagere school van Lavenham, in de aula met zestien andere kandidaten. Terry deed het niet. Clara was de hele middag in nerveuze afwachting – onder het schillen van de aardappels, bij het opvouwen van de lakens. Alex had zich goed voorbereid, en hij was slim, maar stel dat hij ergens zat waar hij de klok niet in de gaten kon houden, of wat als zijn timing in de soep liep? En stel dat er pagina's aan elkaar zaten, of dat hij een bloedneus kreeg of het slot van de wc vast bleef zitten? Stel dat hij zijn breuken of zijn decimalen niet meer wist – of opeens een black out kreeg? Clara's gedachten gingen zelfs nog verder. Stel dat hij stikte in zijn pauzebiscuitje? Of zijn hoofd stootte aan het fonteintje in de wc?

Grijnzend kwam hij thuis. Hij dreunde alle vragen op én de antwoorden.

'Weet je dat allemaal nog?'

'O, jawel.' Hij keek achter zich, om te kijken of er iemand vlakbij stond. Dat was niet zo. 'Het was makkelijk, juffrouw Newton. Een beetje te makkelijk,' fluisterde hij.

Hij zei dat hij de argumentatieopdracht niet alleen makkelijk vond, maar eigenlijk gewoon een eitje. Clara had zich afgevraagd of hij misschien een fotografisch geheugen had. Judy had gezegd dat dat heel goed mogelijk was.

Maar toch, je moest voorzichtig zijn. Het kon alle kanten op gaan.

'Het klinkt alsof je het goed gedaan hebt, als het klopt wat je je herinnerd hebt. Alex, ik weet zeker dat je ouders enorm trots op je geweest zouden zijn.'

Zijn lippen trilden. Het leek of hij zou gaan huilen, maar uiteindelijk deed hij dat toch niet.

~

Hij wilde het natuurlijk gaan vertellen aan mevrouw Cardew. Clara kreunde inwendig. Ze had Anita sinds de onenigheid niet meer gezien, maar ze kon geen excuus bedenken om het Alex te verbieden.

Anita liep net de praktijk uit met haar grote tas toen Alex op haar af schoot. Ze schonk hem een klein, wrang lachje. *Hoe moeilijk kan het zijn om hem een knuffel te geven?* dacht Clara, maar ze zweeg. Alex leek het verder niet te storen trouwens.

'Dank u dat u hem bijles gegeven hebt,' zei Clara, beschaamd, terwijl ze behoorlijk ver van elkaar stonden. 'Het lijkt erop dat hij het echt goed gedaan heeft.'

'Dat weet je maar nooit.' Anita liet zich niet kennen. 'Nu begint het lange wachten op de uitslag.'

'Ja,' beaamde Clara.

'En Terry?'

Clara kreeg een kleur. 'Terry besloot uiteindelijk om geen examen te doen.'

Anita knikte peinzend. Het leek haar niet te verbazen. Misschien had ze haar eigen conclusie al getrokken.

'Wil je dat ik morgen pianoles geef aan Rita?'

'O, Anita, ja, heel graag. En het spijt me zo dat ik je van streek maakte, ik zal me niet meer met je onderwijsmethodes bemoeien.'

Anita knikte kort. 'Tot morgen dan.'

Clara was dankbaar. Ze ging ervan uit dat dit het hoogst haalbare was qua vriendschappelijkheid tussen hen beiden.

In tegenstelling tot Alex, leek Terry zich een beetje verloren te voelen die avond. Ze drentelde Clara's slaapkamer binnen, het was een zielig gezicht zo met haar gipsen arm en haar groezelige mitella, Clara voelde met haar mee. Voor een nog-net-niet-elfjarige had ze een grote last op haar schouders. Clara wachtte tot ze iets zou zeggen, maar ze bleef zwijgen, dus uiteindelijk vroeg Clara haar: 'Ben je blij dat je geen examen hebt gedaan, Terry?'

'Ja, zeker,' antwoordde ze. Ze hield haar ogen neergeslagen. 'Bent u er nog boos om, juffrouw Newton?'

'Helemaal niet, meisjelief.' Clara streelde Terry's haar. 'Ik ben alleen maar trots dat je precies weet wat je wilt.'

En dat was nog bijna waar ook.

18

Zodra de kinderen naar school waren, verliet Clara de Grange. Als ze tegen de tijd dat ze weer thuis waren nog niet terug was uit Londen, dan zou Peter het heft in handen nemen, zo had ze afgesproken.

Judy en Arthur woonden in een bescheiden huis in een blok in Clapham, niet ver van het huis van Clara's vader in Battersea. Die enkele keer dat ze naar Londen ging, was Clara altijd zenuwachtig dat ze haar vader zou tegenkomen, maar hij was meestal bezig overal en nergens goede werken te doen, en het was dus onwaarschijnlijk dat hun paden zich zouden kruisen. Ze had niks van hem gehoord, zelfs niet met Kerstmis. Het was zowel een opluchting als een teleurstelling. Ze waren het er beiden over eens dat het verder 'geen zin' had.

Judy had onverwacht vrij van werk. Clara was vastbesloten haar te vertellen over haar voornemen om wat aardiger te doen tegen Arthur. Arthur had veel meegemaakt, net zoals de kinderen, en ze had zich gerealiseerd dat hij wat meer begrip verdiende.

Clara leerde niet alleen veel over wezen, dacht ze bij zichzelf, maar ook over andere zaken. Ze popelde om Judy te vertellen over haar leven op de Grange. Ze wist zelfs al wat voor woorden ze zou gebruiken: 'Het is er nooit saai.' Ze had voorgesteld om elkaar in een favoriete theesalon in Clapham High Street te ontmoeten, waar ze kaasmuffins hadden, maar Judy had Clara gevraagd om eerst bij haar thuis langs te komen.

Clara had niet begrepen waarom, totdat ze aangebeld had. Judy deed open met twee blauwe ogen, haar lippen waren opgezwollen.

Ze liet Clara binnen, en schudde heftig haar hoofd. 'Niets zeggen. Ik ben gevallen, Clara.'

'Echt waar?'

'Dat zeg ik toch?' Judy schreeuwde het bijna uit.

Clara wist niet wat ze ervan moest denken.

Judy vroeg honderduit over de kinderen, alsof ze ze kende, terwijl ze hen nog nooit had ontmoet, maar ze ontweek alle vragen op het persoonlijke vlak. Clara kon de aanblik nauwelijks verdragen, als ze haar aankeek zag ze dat Judy's ogen niet echt blauw waren. Het ene oog was donkerpaars, het andere oog zat helemaal dicht, en was geel, roze en groen. Als de kleuren van een zonsondergang, maar dan triest.

'Hoe is het gebeurd, Judy?'

'Ik liep ergens tegenaan. Een deur.'

'O, Judy.' Clara barstte bijna in huilen uit. 'Wat is er gebeurd? Ben je gevallen, of liep je ergens tegenaan?'

Het ene oog dat nog open was, vulde zich met tranen. Ze wapperde nerveus met haar handen.

'Het stelt niks voor, Clara, alsjeblieft.'

Clara herinnerde zich opeens iets van de vorige zomer, toen ze hier logeerde. Judy had die nacht haar enkel verzwikt. Arthur had de voet die ochtend omstandig gemasseerd, maar hij verbood Clara er ook maar een blik op te werpen.

'Je enkel, toen, stelde dat ook niks voor?'

Judy ruimde stilletjes de kopjes op en zette ze netjes in de gootsteen. Daarna begon ze te huilen, met haar rug naar haar vriendin. Toen Clara haar arm om haar heen wilde leggen, zei ze: 'Maak het niet erger dan het is.'

De gedachte dat Arthur dit had gedaan – én dat hij eerder Judy ook al pijn gedaan had terwijl Clara gewoon beneden had liggen slapen – deed Clara huiveren. Die klootzak. Wat had hij haar vriendin aangedaan? Had Judy hem wanhopig gesmeekt om niet te veel lawaai te maken? Ze dacht aan het excuus dat ze gewoon geslikt had, de volgende morgen: 'Ik ben alleen maar uit bed gevallen, dom gansje,' en ze voelde zich klein en belachelijk. Judy had haar moeten vertrouwen.

Judy stopte met huilen, snoot haar neus en herhaalde: 'Het stelt niks voor,' en 'kijk me niet zo aan.'

'Hoe vaak al?'

'Het is niet zo erg als je denkt. Het is alleen maar als ik hem in de weg loop, Clara. CLARA! Kijk niet zo naar me. Het stelt níéts voor. Hij houdt meer van me dan van wat dan ook in de wereld.'

'Dat vroeg ik niet.'

'Je moet het er niet meer over hebben. Beloof me dat. Ik wil je niet… ik wil je niet zien als je erover door blijft gaan. Ik heb het je gezegd, het is voorbij. Het gaat niet meer gebeuren.'

'Hoe weet je dat dan?'

'Omdat ik bij hem wegga als hij dat wel doet. En dat wil hij niet. Laten we het nu over iets anders hebben.'

Judy had het over de oudere collega's op school die zo vastzaten in hun routine en de nieuwe collega's die absoluut van toeten noch blazen wisten, en de lastige leerlingen, van wie er velen hongerig en koud op school kwamen.

'Arthur doet het geweldig met ze.'

Als hij ze niet de stuipen op het lijf jaagt.

Judy vroeg over de adoptie en over familieleden die nog leefden en Clara legde uit dat de cijfers voor de vestiging in Suffolk niet al te best waren en dat ze nog steeds een succesverhaal nodig hadden omdat er anders vragen gesteld zouden worden.

'Als ik mensen ken, dan stuur ik ze naar je toe.'

'Heel graag.' Het enige waar Clara aan kon denken was die arme, arme Judy. Ze kon nauwelijks naar haar kijken. Judy was verworden tot Medusa – alleen veranderde Clara niet in steen, zoals de mythe luidde, maar in gelei als ze naar Judy keek.

Judy gaf toe dat ze al drie dagen het huis niet uit was geweest, dus Clara overreedde haar om naar buiten te gaan voor wat frisse lucht. Tijdens Clara's donkerste dagen na de dood van Michael, overreedde Judy haar altijd om een lunchwandelingetje te maken. Als Judy een hoed droeg, kon niemand haar gezicht zien. Judy verzekerde haar dat Arthur niet thuis zou komen, maar toch maakte Clara zich er zorgen over. Wat kon ze doen? Hem ervan langs geven met een paraplu?

Clapham Common kwam weer tot leven na de donkere oorlogsjaren en het lukte Clara om zich te ontspannen. Ze prentte zichzelf een paar keer in dat het misschien allemaal niet zo ernstig was. Maar ze hoefde maar een blik op Judy's gehavende gezicht te werpen, onder de belachelijk grote strooien hoed, om precies te zien wat het was. Arthur was verschrikkelijk.

Toen ze elkaar later gedag zeiden, werd Judy weer vrolijk. Ze deed maar alsof, dacht Clara, ze moest wel.

'Maak je alsjeblieft geen zorgen over mij, Clara. Het gaat prima.'

'Ik maak me altijd zorgen, dat doen vrienden nou eenmaal.'

'Je kunt je zorgen maken, maar het zal geen verschil maken. Het gaat prima met Arthur, en met ons.'

Ze liep weg, met één hand hield ze haar strooien hoed vast. Ze was een wandelend anachronisme, dacht Clara. Wat ze zei klopte niet met wat je zag.

~

Op hun gezamenlijke zondagen aten Clara en Julian meestal het eten dat de veelzijdige mevrouw Wesley had achtergelaten. Soms vis, maar meestal was het een of ander ondefinieerbaar stuk vlees, vermoedelijk van een schaap, maar mevrouw Wesley wist er elke keer weer iets van te maken. Hoewel Clara dol was op het eten dat ze bij Julian kreeg, voelde ze zich altijd schuldig ten opzichte van de kinderen. Clara was ervan overtuigd dat er het een en ander was verbeterd sinds zij de scepter zwaaide, maar het eten was er waarschijnlijk niet bijzonder op vooruit gegaan.

Na de lunch gingen Clara en Julian altijd naar boven om te vrijen. In bed, met uiteraard satijnen lakens. Julian was een attente en vaardige minnaar. Precies wat ze nodig had. Ze gebruikte niet het woord 'mechanisch', maar dat was het wel een beetje, en dat was ook niet verkeerd.

En Julian was energiek voor zijn leeftijd.

Daarna was Clara altijd aangenaam verrast dat Julian Schurk de kamer in liet – hij had staan wachten achter de deur en ze moesten altijd lachen als Schurk op ze af stoof alsof hij hen jaren niet gezien had. Ze was dol op dit moment met de hond. Julian maakte vaak de grap dat ze Schurk boven hem verkoos, en daar zat misschien ook wel een kern van waarheid in. Maar buiten dat, het voelde ook gewoon goed om een paar uur weg te zijn en geen verantwoordelijkheid te dragen. Alles ging gemakkelijk met Julian, hij zorgde dat alles soepel liep. Ze zou wel gek zijn om dit schip te doen stranden.

Julian hield van de goede dingen des levens. Hij gaf niet makkelijk geld uit, maar wel zorgvuldig. Ook daarin verschilde hij van Michael. Michael kon nog weleens impulsief zijn, hoewel dat in vredestijd wellicht anders zou zijn geweest – wie weet. De oorlog had zijn effect op alles, van uitgavepatronen tot seksueel gedrag. In oorlogs- en vredestijd kon iemand een totaal andere persoonlijkheid zijn. Alles was anders. Je wist gewoon niet meer wie iemand nou echt was.

Hoe dan ook, Julian zei dat hij de relatie serieus nam en het was vredestijd, dus...

Toch vroeg Clara zich af wat dat betekende. Serieus in plaats van oppervlakkig, misschien?

Vanaf het moment dat Ivor het voorgesteld had, vroeg Clara zich af of ze de Amerikaanse militaire begraafplaats zou bezoeken waar Michael begraven lag.

Dat Julian mee zou gaan leek haar te veel gevraagd. Een geliefde – zo noemde ze hem nu – vragen om mee te gaan naar het graf van een exvriend was niet gebruikelijk, zelfs niet als ze allemaal dezelfde oorlog hadden doorgemaakt. Zelfs niet als Michael aan hun kant had gevochten, gestorven was voor Europa, en een niet te onderschatten rol in de oorlog had gespeeld. Maar ze vond dat ze het Julian toch moest vragen. Dat was beter dan dat hij er achteraf achter zou komen dat ze geweest was.

'Ik vraag me af of je met me mee wilt naar het graf van een vroegere vriend?' Ze voelde zich opgelaten en stom. Ze had Julian gek genoeg eerder nog maar weinig over Michael verteld – hij had het ook niet echt gevraagd, en het was al lastig genoeg geweest om het aan Ivor te vertellen. Dat hoefde ze niet nogmaals mee te maken. 'Zouden we dat samen kunnen doen?'

Stom. Stom. Stom.

Maar Julian reageerde onmiddellijk goed.

'Weet je, het zou me een eer zijn,' zei hij, en hij gaf een klopje op haar dij.

Clara had het gevoel dat hij voor een cruciale test geslaagd was. En misschien voelde hij dat ook zo, want hij boog zich naar haar over en kuste blij haar wang. Hij rook naar appel en kaneel, wat waarschijnlijk te maken had met de unieke wasmethode van mevrouw Wesley. Clara was verslaafd aan het raken aan die geur. Haar verdedigingsschild smolt totaal weg.

'Vandaag?' stelde hij voor. Hij ging rechtop zitten.

'Vandaag niet.'

'Waarom niet?' hij sprong uit bed. 'Het nu gaat boven alles.'

Dus reed hij hen ernaartoe en tijdens de rit praatten ze door over hun oorlogservaringen – een onderwerp dat ze tevoren meestal vermeden hadden. Clara vertelde over haar werk bij Harris & Sons en over de bombardementen. Ze vertelde hem over de nachten in die periode. Ze vermeed vooralsnog hem te vertellen hoe afschuwelijk het in het echt was geweest. De Blitzkrieg was zo vreselijk dat de meeste mensen het er liever niet meer over hadden, maar soms ontkwam je er niet aan. Ongemakkelijk was het wel, want het kon zijn dat je erover begon en je vervolgens realiseerde dat degene tegenover je een veel gruwelijker ervaring had. En dan voelde je je vervolgens slecht dat je had zitten klagen, maar ja, iedereen had het nodig om af en toe eens te klagen.

Clara was bang geweest dat Julians ervaringen veel gruwelijker waren geweest – op sommige plekken kregen jonge mannen, of in ieder geval mannen die er jong úítzagen, veel te verduren als ze niet meevochten, maar Julian zei: 'Helemaal niet hoor, iedereen hier was dol op de Home Guard. We deden het echt heel erg goed.'

'En had je veel vriendinnetjes tijdens de oorlog?'

Een vrijgezelle man aan het thuisfront. Zeiden ze niet dat dat gelijkstond aan een kind in de snoepwinkel?

'Bij bosjes.' Julian moest lachen, en corrigeerde zichzelf daarna. 'Mocht ik willen.' Hij haalde zijn hand van het stuur af en gaf een klopje op de hare. 'Mijn grootste interesse ging altijd uit naar de jacht en het recht – in willekeurige volgorde – tot ik jou ontmoette.'

Ze wist niet zeker of hij nou serieus was of niet. Maar alles bij elkaar was ze blij dat ze met Julian naar de begraafplaats ging, en niet met Ivor. Hoe zouden Ivor en zij daar trouwens sowieso naartoe gegaan moeten zijn? Het kerkhof was niet vlak bij een treinstation en Ivor reed geen auto. Met Julian en zijn altijd volle portemonnee waren alle belemmeringen weg.

Een man zonder benen verkocht bloemen bij het hek, bloemen om op de graven te leggen. Hij was een soort waarschuwingsteken – opgepast, dit wordt een emotionele gebeurtenis. Bij het naderen van de ingang zagen ze horden mensen, en Clara voelde zich vreselijk onvoorbereid. Voor sommige van deze mensen was het de belangrijkste pelgrimstocht van hun leven, hun enige doel, terwijl zij pas onlangs had bedacht dat het een goed idee was.

Clara zocht in haar tas naar haar portemonnee. Had ze wel kleingeld bij zich? Ze was niet in het zwart. Zou dat wel moeten? Ze schaamde zich voor zichzelf. Ze had het helemaal verkeerd aangepakt.

Maar Julian had liep zonder enige aarzeling naar de bloemenverkoper, en gaf hem een bankbiljet.

'Wat voor bloemen zou je vriend willen?' riep hij.

'O, maakt niet uit.'

Het overviel haar. Bloemen! Natuurlijk. Daar had ze over na moeten denken.

Julian zei dat er weinig keus was. Hij kocht wat papavers en dat herinnerde Clara aan het gedicht van Jane Taylor, 'De papaver' en hoe die bloem werd beschreven als 'brutaal en ijdel, een opzichtig kruid'. Clara was normaal gesproken dol op dit gedicht, maar nu had ze het verschrikkelijke idee dat de beschrijving ook haar gold. Opeens wilde ze het liefst de bloemen mee terug nemen naar de auto en daar blijven en in haar eentje een potje gaan zitten huilen om Michael. Maar Julian was nu bij haar en je deed zoiets niet in aanwezigheid van Julian. Ze had eigenlijk nog nooit in zijn aanwezigheid gehuild, hoewel ze het in haar eentje vaak genoeg deed.

Het had geregend de afgelopen nacht, dus de grond was zompig. Families begaven zich naar de graven. Een verveeld tienermeisje met een muts met pompon liep te treuzelen. Twee kleine jongens knepen elkaar. Moeders, eindeloos veel moeders, sleepten heel veel bloemen mee voor hun gesneuvelde jongens. Clara had het gevoel dat ze al het verdriet hier niet aankon. Haar eigen verdriet was al bijna ondraaglijk.

Ze dacht aan het graf van haar moeder, ergens in Afrika. Nog zo'n graf waar ze nooit bloemen op gelegd had.

Er stonden namen op de graven. Daar was het, opeens stond ze ervoor:

CAPTAIN MICHAEL ADAMS
VAN DE ACHTSTE LUCHTMACHTDIVISIE
838 BOMBARDEMENT SQUADRON
Geliefde zoon van Michael sr (†) en Marilyn

Haar naam werd niet genoemd. Dat was niet opzettelijk. Iemand had haar verteld dat Engelse vriendinnen niet genoemd werden. Dat was gewoon de regel. Drie maanden later had haar naam wellicht wel op de steen gestaan. Want drie maanden later zouden ze getrouwd zijn geweest, en dan was Michael wellicht niet overleden en had ze nu misschien in Massachusetts gewoon met twee kinderen met een Amerikaans accent.

Het was níét opzettelijk.

Ze legde de klaprozen neer en liep door. Ze kon daar niet blijven staan staren. Niet met Julian ongeduldig naast haar.

Als je bedacht hoe jong ze waren geweest, dan wilde je eigenlijk alleen maar huilen om het ijzingwekkende einde van hun jeugd. Eentje was nog maar negentien jaar – en dan had zij gedacht dat Michael met zijn zesentwintig jaar nog jong was. Er stonden kruizen en een paar davidssterren.

Het telegram had ze ontvangen op de ochtend van tweede kerstdag 1944. *Het hele vliegtuig. Zes man.* Nog geen tien maanden later zou de oorlog voorbij zijn. Bij een graf iets verderop had een moeder een klapstoel neergezet. Ze at een broodje en praatte tegen de lucht erboven. 'Heb ik je al over nicht Sue verteld?' zei ze. 'Ze gaat trouwen met die Italiaanse kerel. Ze vinden het niet eens erg, een Italiaanse kerel. Weet je, dingen veranderen.'

Een hele generatie was erdoor geraakt, bijna niemand was ongeschonden, en van degenen die ongeschonden leken waren er ook wel een paar die een behoorlijke klap hadden gekregen.

Clara zocht Julians hand. Ter geruststelling. Hij kneep in haar vingers. Hij was er voor haar.

'Hij moet een bijzonder iemand voor je geweest zijn, Clara.'

'Dat was hij zeker.'

Opeens voelde ze zich verbonden met zowel Julian als Michael, allebei, vanwege wat ze hadden doorgemaakt. Julian begreep hoeveel er in de oorlog verloren was gegaan. Hij begreep haar en hij was niet jaloers. Hij was zo vol respect. Hij zou haar nooit slaan. Hij zou haar nooit duwen of aan haar trekken, zodat ze haar beste vriendin zou moeten vertellen dat ze was gevallen of tegen een deur op was gelopen. Dit was precies wat Clara nodig had. Betrouwbaarheid werd ondergewaardeerd.

Clara depte haar ogen toen ze naar Cambridge reden en Julian probeerde haar nog steeds aan het lachen te krijgen. Hij was haar een grof liedje aan het leren dat ze altijd zongen bij de Home Guard.

'... en zij bleef achter zonder kleren!'

Er was geen liedje over een vrouw die uit de kleren ging dat Julian niet kende.

Ze wilde dat hij ermee ophield, ze wilde rust om aan Michael te denken, maar het was zo lief dat hij haar gebracht had en zo meelevend. Hij had haar op zijn vrije dag hiernaartoe meegenomen, hij had bloemen gekocht. En nu zou hij haar mee uit eten nemen. Het was alleraardigst, hij hoefde het niet te doen. Haar hartzeer was veilig bij hem en dat was een opluchting.

'Voel je je al wat beter?'

'Veel beter. Ik had misschien jaren geleden al moeten gaan.'

Het was moeilijk precies te zeggen waarom ze dat niet gedaan had. Ze had er zelfs niet aan gedacht totdat Ivor erover begon en toen kon ze het gewoon niet aan. Maar zijn graf zien, drukte haar met de neus op de feiten, en misschien was ze daar niet klaar voor geweest. Misschien had ze de afgelopen jaren alleen maar net gedaan alsof Michael uitgezonden was en dat hij haar op een dag zou bellen: 'Trek wat leuks aan, lieverd, we gaan dansen.'

Opeens realiseerde ze zich dat ze het fijn vond om in Suffolk te wonen – niet alleen omdat Michael hier gewoond had, en omdat hij hier was gestorven, maar ze vond het gewoon fijn, dat was alles. Het was een vredige plek. Het platteland paste uiteindelijk goed bij haar.

Vanavond zou ze een brief schrijven naar Michaels moeder. Ze zou het misschien fijn vinden dat ze bij het graf was geweest. Clara zou haar vertellen over de papavers. Op hoop van zegen maar, Michael had van de bloem gehouden.

Auto's en paarden in de straten van Cambridge, ook hier keerde het leven weer terug. De winkels waren beter gesorteerd dan in Lavenham, luxer: kledingwinkels, boekwinkels. In de universiteitsgebouwen brandden de lampen en stonden de poorten wijd open. Ze passeerden een Amerikaanse bar, Frankie's, met een Amerikaanse vlag aan de deur. De silhouetten van een kleine vrouw en drie mannen tekenden zich af. Ze rookten. Het leek net of ze zojuist van een militaire basis kwamen. Maar de rode sjaal trok Clara's aandacht.

'Wacht.'

Julian reed door.

'Alsjeblieft, Julian.'

'Ik kon daar niet stoppen.'

'Ik denk dat het Maureen was. Kunnen we even omkeren?'

'Maureen?'

'Een van mijn meisjes, diegene die weg was… Kunnen we stoppen?'

'Je wilt op je zeldzame vrije dag de stad doorkruisen op zoek naar iemand die niet gevonden wil worden?'

Nee, dat wílde ze niet. Maar ze moest wel.

'Alsjeblieft.'

Hij draaide zijn hoofd, zette de auto in zijn achteruit en ze reden terug, de hoek om, in stilte. Ze waren in een paar minuten weer bij Frankie's Bar. Maar het was te laat. Wie het ook waren geweest, ze stonden er niet meer. Er was alleen nog een dikke man, in een zwart pak, die hen nieuwsgierig nakeek.

'Ik zei toch dat het zinloos was,' zei Julian.

Het had een heerlijke avond moeten zijn. Het wás ook inderdaad een heerlijk restaurant. Kaarsen, een heerlijke stoofpot en een verrassend lekker voorafje van pastinaaksoep, maar Maureen bleef knagen aan Clara. *Zij kon het toch niet zijn geweest? Maar zo niet, waar was ze dan? En ze móést het toch wel zijn eigenlijk?* Die rode sjaal was zo herkenbaar, een baken in het donker. Arme Maureen, met haar blauwe lippen en ruwe handen. Ze had het altijd koud.

Julian zei dat ze alles mocht bestellen wat ze maar wou. 'Laat je maar gaan, lieverd.'

'Het was een lange dag. Ik denk dat ik een beetje...' Ze wist het niet, 'overweldigd ben door het bezoek aan de begraafplaats.'

Julian kuste haar hand. *Het is prima*, betekende dat. Ze vermoedde dat hij haar wel zou vragen weer mee naar zijn huis te gaan. Maar ze was blij dat hij dat niet deed. Ze moesten even los van elkaar.

'Alles goed, juffrouw Newton?' Zuster Grace had de oven schoongemaakt, gedweild en gebakken. Ze was een engel.

'Ik ben alleen maar uitgeput,' loog Clara. Zuster Grace zei dat ze voor haar zou bidden, boven op haar gewone gebeden, en Clara zei dat ze dat waardeerde. Clara dacht aan hoe haar vader altijd voor haar bad – alsof dat haar ook maar iets goeds had gebracht.

VERSLAG 6
James 'Peter' Downey

Geboortedatum
29 oktober 1934

Achtergrond familie
Zijn moeder stierf kort na zijn geboorte en zijn vader verliet hem meteen daarna, of niet lang daarna. Hij is van tehuis naar tehuis gegaan gedurende zijn leven. Hij kwam naar Suffolk met zuster Eunice. Daarvoor was hij in Leicestershire. Er zit weinig continuïteit in de opvang. Hij heeft een charmante oom, meneer James Courtney, die hem de afgelopen maanden op woensdagen mee uit nam, vanaf dat ik hier aangesteld ben (september). Of de oom hem in huis kan nemen lijkt nog niet geregeld te zijn, maar daar werken we wel naartoe.

Gezondheid/voorkomen
Peter is een zware roker. Ik weet niet waar hij zijn sigaretten vandaan haalt, maar het lijkt zijn groei niet in de weg gezeten te hebben want hij is 1 meter 80 en heeft schoenmaat 40. Ik moest naar de winkel om een nieuw paar voor hem te kopen. Hij groeit zo snel.

Peter is een leuk uitziende jongen met mooie groene ogen en sproeten.

Eten
Eet alles. Is dol op krentencake.

Hobby's/interesses
Hij gaat vaak in bad, vooral de laatste tijd. Hij draagt niet graag een schooldas.

Verder
Peter is verantwoordelijk, lief en rustig, maar hij is de laatste tijd wat bedrukt. Hij was nummer 2 in een klas van 30, maar tegen kerst was hij gezakt naar de 17e plaats. Klopt wellicht niet helemaal. Navragen?

19

Peter was buiten aan het spelen, met een stukje hout trok hij cirkels in het stof. Het irriteerde Clara want stof was haar vijand geworden vanaf het moment dat ze in de Grange werkte, vooral nu de kinderen minder taken hadden. Maar het is Peter, zei ze tegen zichzelf. Lieve Peter. *Niet zo precies zijn met hem.* Ze moest hem uit zijn schulp zien te krijgen, niet hem er juist weer in duwen. *Bedenk altijd dat hij veel heeft meegemaakt voordat ik hem leerde kennen.*

'Wil je niet liever een pen en papier in plaats van dat?'

Hij haalde zijn schouders op.

'Ik bedoel, het ziet er leuk uit maar…'

Hij keek niet op, bleef cirkels maken met de stok. Het stof wolkte op, prikte in haar ogen. Het was irritant, vooral omdat ze vriendelijk probeerde te blijven.

'Kijk me aan als ik met je praat, Peter.'

Mijn god, ik klink soms net als mijn vader.

Het leek alsof iemand met een stift alle sproeten op hem had getekend. *Ze stond altijd achter ons, daar twijfelden we niet aan,* had Ivor gezegd. Zij stond ook achter Peter. Als hij het tenminste toeliet.

'Ik wil best wat tekenspullen voor je kopen. Zou je dat willen?'

'Zou kunnen.'

Het leek wel alsof de woorden uit hem getrokken moesten worden. *Waarom kon hij niet een beetje dankbaarder zijn?*

Haar aanvraag voor tekenmaterialen werd niet met open armen ontvangen door de gemeente. Het werd op een of andere manier niet gerekend tot essentieel educatief materiaal. 'We gaan geen geld besteden aan hobby's,' had juffrouw Cooper gezegd. 'En verf hoort bij hobby's.'

'O, jezus christus, ik koop wel wat voor hem,' zei Ivor toen Clara hem over het gedoe vertelde. Ze bleef hopen dat hij weer eens zou voorstellen om naar de sterren te kijken, maar die ene keer dat ze het had gevraagd, had hij gezegd dat het te bewolkt was.

'Nee, laat maar. Julian heeft genoeg spullen op kantoor. Ik zal het hem vragen.'

Ivor fronste zijn wenkbrauwen.

'Dan hoef jij er niet op uit.'

'Natuurlijk.'

'Julian doet graag dingen voor de kinderen.'

'Zo zo.'

'Echt!'

Ivor moest lachen. 'Ik bestrijd het niet, Clara. Ik geloof best dat hij dat doet.'

De volgende dag gaf Julian een enkele pen en een potlood voor Peter. 'Krijgt hij dat niet op school? Of van de gemeente?'

Toen ze tegen Judy klaagde over de slechte houding die Peter tegenwoordig had, moest Judy lachen. 'Ah, de problematische puberjaren.' Clara voelde zich meteen een stuk beter. Het waren net peuters, maar dan kennelijk nog wat erger. Grof doen, daar ging het om. Judy zei dat uit nieuw Amerikaans onderzoek bleek dat 'puberbreinen anders zijn'.

'Dat gaat zeker op voor Peter.'

Judy was ook in een veel betere stemming. Haar ogen waren weer normaal, haar lippen niet opgezwollen. Ze zei dat het goed ging nu en hoewel Clara niet wist wat 'het' dan precies was, genoot ze ervan dat ze weer met haar vriendin kon kletsen nu ze weer wat vrolijker was. Judy was uit dansen geweest met Arthur en naar een voorstelling: ze hadden het leuk.

'Je zou het me toch vertellen als hij...'

'Er is niets om je zorgen over te maken. Dat ligt allemaal achter ons.'

Door het glas van de telefooncel zag Clara dat mevrouw Garrard de bloemen in emmers buiten zette. Ze wilde haar gesprek met Judy voortzetten om mevrouw Garrard te vermijden, maar Judy zei dat Arthur en zij naar de bioscoop gingen om *Gaslight* te zien en dat ze nu moest ophangen.

~

Peter had moeite met opstaan 's ochtends, maar hij kwam 's avonds ook moeilijk in slaap. Clara hoorde het geplof van een bal die tegen de muur werd gegooid, of het geluid van hem rondscharrelend door de kamer. Gelukkig sliepen de andere jongens erdoorheen. Peter wilde niet lezen, hij wilde zijn huiswerk niet maken, hij wilde niet meedoen aan spelletjes of naar de radio luisteren. Hij voerde zijn taken in huis nog uit, maar tijdens het uitvoeren ervan zei hij geen woord en hij floot ook niet. Hij leek opgesloten in zijn eigen wereldje.

Clara dacht dat ze misschien gewoon een beetje te achterdochtig was, maar Ivor had het ook gemerkt.

'Er is toch niks mis met Peter?' Hij was bezig een stoel te restaureren voor het huis van de burgemeester. Clara keek hoe hij hem op zijn kant legde en de kopspijkers op de plaats erin sloeg. Ze verwonderde zich er altijd weer over hoe hij dat met één hand voor elkaar kreeg.

'Hoe bedoel je?'

'Hij lijkt zo lethargisch de laatste tijd, heeft nergens zin in.'

'Denk je dat hij ziek is?'

'Je zou naar dokter Cardew kunnen gaan...'

Peter zou onder geen beding instemmen met een bezoek aan de dokter.

20

Voor elk verhaal dat Clara Julian over de kinderen op Shilling Grange vertelde, waren er waarschijnlijk wel tien of meer die ze hem niet kon vertellen. Ze selecteerde de verhalen die hem een goed gevoel gaven – en die ook haarzelf een goed gevoel bezorgden. Julian wilde niets horen wat hem deed schrikken – zoals dat Billy en Barry messengooien oefenden tegen het schuurtje ('Zodat we weg kunnen lopen om bij het circus te gaan'). Hij kreeg niks grofs te horen – zoals Rita die een verwarrende uitleg gaf van de bloemetjes en de bijtjes aan een stomverbaasde Peg: 'De man doet een plasje in de vrouw' – en hij kreeg ook niks persoonlijks te horen, zoals Terry die zei dat ze geen borstjes wilde, nooit.

De versie van Shilling Grange die Julian te horen kreeg kwam rechtstreeks uit *Rupert de Beer* – niet dat Julian dat zo zag trouwens. Hij leek te denken dat er in het tehuis een soort Vichy-regime heerste, het oorlogsbewind in Frankrijk, waarbij Clara de onderdrukte Fransen representeerde en de kinderen de nazi's waren.

Maar er waren genoeg dingen waarover Clara wél met Julian kon praten, ze hoefden het niet over de kinderen te hebben. Ze hadden het allebei graag over Schurk: ze vonden hem waanzinnig fascinerend, van zijn eetgewoonten – hij at alles – tot zijn weerzin tegen water en baden. En wist je al dat hij heel goed kon apporteren? Clara hoorde ook graag over Julians werk, zelfs als sommige dingen een beetje droog klonken. En verrassend genoeg, en heel verheugend, hield Julian van roddelen. Hij had genoeg informatie over iedereen in Lavenham én de naburige dorpjes om altijd gespreksstof te hebben (of de verhalen al dan niet waar waren was een ander verhaal). De Garrards – *wat ziet Dotty toch in Larry*. De pompbediende, die weduwe was – *een triest geval*. Het stel dat het postkantoor runde en een zoon verloren had in de oorlog, de kruidenier – die heel gewone dikke man – die een dochter had die op Audrey Hepburn leek en een zoon die precies Rock Hudson was. De slager die zijn verwende dochtertje niks kon weigeren.

Gek genoeg was een van Julians favoriete mikpunten Ivor. Julian mocht hem niet, hoewel hij nogal beledigd deed toen Clara hem vroeg waarom hij een hekel aan hem had: 'Ik denk dat het een prima vent is, waarom denk je dat toch?'

Julian was net zo geïntrigeerd door de afwezige Ruby als Clara.

'Er moet iets aan de hand zijn met hem, waarom zou ze anders zijn weggegaan?'

'Hoe bedoel je?'

'Hij redde al die mannen in Duinkerke, kreeg al die onderscheidingen... Er moet iets met hem aan de hand zijn. Los nog van of het klokkenspel nog wel werkt, daar beneden, wat denk je?' Julian gebaarde onder zijn middel.

'Julian!' Clara was zowel gefascineerd als verbijsterd door die suggestie. 'Hij heeft het er met mij nooit over gehad!'

'Ik denk ook niet dat-ie dat zou doen, lieverd. Dat zou hem niet in een al te best licht zetten, hè? Maar ik denk dat ze hem daarom verlaten heeft.'

Een andere keer zei Julian: 'Ze zaten allebei in jouw weeshuis, weet je.'

'Wie?'

'Ivor en zijn Ruby.' Hij zei het op een vreemde manier, met een lang uitgerekte 'u' van haar naam, alsof hij haar naam te onsmakelijk vond om uit te spreken.

'Dat wist ik niet.'

'Ja, ze waren elkaars jeugdliefjes, zoals mensen dat zo graag zeggen. Het moet een grote schok zijn geweest dat ze wegging.' Hij grinnikte. 'Jeugdbedriegers.'

Arme Ivor.

Het was haar zaak niet, maar Clara kon er niets aan doen dat ze Ivor en Ruby niet uit haar hoofd kreeg. Ze wou dat er een foto was van haar zodat ze in ieder geval een idee had. Het was lastig om afhankelijk te zijn van alleen haar eigen verbeelding. Clara had overwogen om een dossier over haar aan te leggen, om alle snippertjes informatie allemaal op één plek te houden, maar ze wist dat het als vreemd beschouwd zou worden als iemand erachter kwam. En als Ivor erachter kwam... daar wilde ze niet eens aan denken.

Clara zag een jonge vrouw voor zich met geverfd haar en heel veel make-up, wat ze er bij het naar bed gaan misschien niet eens afhaalde, en die de volgende dag gewoon weer een nieuwe laag opsmeerde. Ze was wellicht aantrekkelijk – ze kon zich Ivor niet voorstellen met een heel gewoon iemand. En Ruby was op een Amerikaan gestuit, toch? Michael had het vaak over meisjes die rondhingen bij de luchtbasis, niet minachtend – daar was hij veel te integer voor – maar ook niet echt heel warmhartig.

Wat was er toch gebeurd tussen Ivor en Ruby? Dat was het enige nadelige punt van het vertrek van mevrouw Harrington – zij was ook zo iemand die overal van op de hoogte was en altijd graag haar verhalen deelde.

~

Als Ivor met zijn spullen naar de markt in Felixtowe ging, huurde hij meestal een jongen uit de buurt in om hem te helpen in- en uit te laden, maar af en toe nam hij in plaats daarvan een kind van Shilling Grange mee. Alex ging graag mee, en hij smeekte Clara vaak om ook mee te gaan.

Anita daarentegen, kon niet begrijpen waarom Clara het zelfs maar overwoog. 'En meneer White dan?'

'Ik zag hem afgelopen weekend,' zei Clara. Ze zette zich onwillekeurig af tegen het enthousiasme van Anita.

'Ik bedoel, wat zou hij daarvan zeggen?' Anita perste haar lippen op elkaar.

'Niets,' zei Clara, maar dat was niet zo. Julian had van alles te zeggen over zo ongeveer alles.

Anita trok een gezicht waarvan Clara de betekenis ondertussen kende: *je moet meer moeite doen voor meneer White, Clara, mannen zoals hij komen niet vaak voorbij.*

Maar zuster Grace zei: 'Wat een heerlijk idee, Clara,' en bood aan een beetje vroeger te komen zodat Clara weg kon.

Toen Clara aankwam, stond het vol met vrachtwagens en auto's en trailers van verschillend formaat, volgestouwd met allemaal verschillende dingen: bloemen, schoenen, kruidenierswaren en fruit. Ivor en Alex waren nog aan het uitladen, met de hulp van een andere handelaar, Lenny. Ivor gaf haar een half lachje, maar het was moeilijk uit te maken of hij nou blij was dat ze er was, of niet. Ze hadden het over Alex' aankomende uitslag van zijn toelatingsexamen. 'Als je naar dat lyceum gaat, dan word je op een dag premier!' zei Lenny. 'Je zult een betere zijn dan Clement Attlee.'

Alex fronste zijn wenkbrauwen. Hij was dol op premier Attlee.

'Wat de uitslag ook is,' zei Clara sussend, 'je kunt er zeker van zijn dat je ouders blij zouden zijn geweest dat je zo je best hebt gedaan.'

Alex bloosde en zweeg. Clara voelde zich verplicht om nog meer te zeggen.

'Een paar weken geleden ging ik naar de begraafplaats om het graf te bezoeken van een vroegere vriend. Het hielp om zijn laatste rustplaats te zien. Misschien zouden we de raad kunnen vragen waar je ouders zijn begraven, als de uitslag binnen is. Dan kunnen we ze bezoeken en het ze laten weten. Hoe klinkt dat?'

Alex zei dat het goed klonk.

Ivor stuurde Alex weg om thee voor hen te halen. Toen hij eenmaal weg was, greep hij Clara's arm. 'Clara, wat zeg je nou allemaal?'

Plotseling voelde ze zich schuldig. Het was een idee van Ivor geweest om naar Michaels graf te gaan. En ze had zijn idee gepikt, maar was met Julian gegaan, in plaats van met hem.

Maar daar ging het niet om.

'De ouders van Alex zijn niet dood!'

'O? Jawel hoor, dat zijn ze wel.'

'Nee, dat zijn ze niet.'

'Maar Ivor, dat moet wel.' Al stond Alex een paar kraampjes verderop, toch praatte ze zachter nu. 'Hoe dan ook, niemand weet dat zeker. In de documenten staat dat het wel zo is.'

'Nou, dan kloppen die documenten niet. Zijn vader is zeker nog in leven. Hij kwam af en toe naar de Grange. Hij is een dronkenlap, hij sloeg Alex bont en blauw.'

Mensen met grote boodschappentassen staarden hen aan. Ivor glimlachte schaapachtig tot ze weer doorliepen.

'Ik loop hier al lang mee, Clara. Ik weet dit zeker. Wat ben je hem in vredesnaam allemaal aan het vertellen?'

Die slimme jongen, de kleine professor, van wie zij zo zeker wist dat hij een of andere mini-Lord was. Hij kwam uit een probleemgezin? Ze had zich altijd voorgesteld dat er ooit een lang onvindbaar rijk familielid op zou komen dagen, dat hem zou meenemen en hem zijn gerechtigde plaats in de maatschappij zou bieden.

Clara haalde diep adem. 'Ik heb het verknald – ik had geen idee.'

Ivor ontspande een beetje. 'Een wees zijn is al niet niks, maar verlaten zijn... Nou ja, ze hebben allebei hun eigen stigma denk ik.'

'Daar weet ik alles van.'

Clara leunde op een stapel dekens, haar gezicht in haar handen. Zou ze altijd maar fouten blijven maken met de kinderen van Shilling Grange?

'Je kan het vast wel weer oplossen, met Alex.' Ivor trok een deken onder haar vandaan. 'Ben je hier om ons te helpen vandaag of niet?'

Het was een stralende ochtend. De markt was vol opgewekte mensen die geld wilden uitgeven.

‘Misschien voelen mensen zich eindelijk weer wat optimistischer,’ opperde Ivor, ‘en gisteren hebben ze hun loon gekregen.’

Er zaten geen prijskaartjes aan Ivors spullen, het zat allemaal in zijn hoofd, dus Clara deed overal labeltjes aan – om een beetje orde te scheppen. Ivor hield ook niet bij wat wel en niet goed verkocht. Hoe kon hij dan bijhouden wat gewilde producten waren? Ivor schudde onzeker zijn hoofd, maar in een rustig hoekje ontwierp Clara een notatiesyteem voor hem dat hij kon gebruiken.

Alex stortte zich vol op de verkoop.

‘Deze zijn ijzersterk!’ schreeuwde hij, terwijl hij de theedoeken van Ivor omhooghield en het publiek aankeek. ‘Monsters, een aanval van buitenaardse wezens, droogte, rampen, ze kunnen het aan.’

De klanten waren gek op Ivors spullen en ze leken ook een zwak te hebben voor Ivor. Hij had ook een geweldig verkooppraatje, iets minder stoutmoedig dan dat van Alex, maar er stonden altijd op zijn minst vijf mensen bij de kraam, handen klaar om dingen te pakken, uit op koopjes. Toen het nog drukker werd, begon Clara zenuwachtig mee te helpen. Ze voelde zich niet zeker met de klanten. Een oudere man boog zich over de dozen naar Ivor toe om hem wat geld te overhandigen.

‘En hoe gaat het met die verrukkelijke Ruby?’ vroeg hij.

Clara spitste haar oren.

Ivor streek met zijn hand over zijn kin. ‘Ik heb al een tijdje niets van haar gehoord.’

‘Ze was een uniek persoon.’ De oude man fronste zijn wenkbrauwen en zijn warrige haar ziend zou je denken dat hij onder stroom stond. ‘Ik heb nooit begrepen waarom je haar hebt laten gaan.’

Peter sliep (of deed net alsof) toen ze terugkwamen. Billy en Barry speelden tafelvoetbal in de salon. Terry was in haar tuintje, Peg was buiten aan het huppelen en Rita was met Molly de Muis aan het ‘componeren’ in het schuurtje. Later stond Alex Clara toe hem in te stoppen in bed. Zo’n klein lichaampje in zijn pyjama, maar hij had nog steeds iets wijs over zich.

‘Vergeef je het ze?’ vroeg Clara. Ze moest iets zeggen om haar vergissing toe te geven. ‘Je ouders, bedoel ik, dat ze je in de steek lieten?’

‘Ik houd me niet met ze bezig,’ zei Alex, en hij schonk haar vanaf zijn witte kussen een glimlachje.

‘Weet je nog iets van ze?’

Hij aarzelde. ‘Dat wil ik niet echt.’

'Dat is begrijpelijk, Alex, maar laat het je wat betreft de liefde niet belemmeren in de toekomst.'

'En u ook niet, juffrouw Newton.' Hij glimlachte. Zijn flaporen en zijn grote voortanden waren het enige aan hem wat groeide. 'Niet achterom kijken, steeds vooruit kijken en dan komt alles goed.'

Hij zag er zo lief uit terwijl hij dat advies opdiende, dat ze vooroverboog en hem omhelsde. 'Blijf altijd wie je bent, professor.'

'Mag ik een beetje veranderen als ik groter word?'

'Nee.' Ze lachte, veegde het haar uit zijn ogen. 'Nou ja, goed, een beetje dan.'

De zondag daarna was de laatste zondag van de maand en Clara en Julian reden naar weer een ander café. Clara was op slag verliefd op de King's Head, genoot van de warme omgeving en de aantrekkelijke houten inrichting. Er was zelfs een erg mooie, gehoorzame hond die in de hoek lag, naast de haard. Clara aaide het beest, terwijl Julian drankjes haalde.

Ze dronk van haar whisky en bedacht hoe ze telkens genoot van de zondagmiddagen dat ze uitging. Julian kende de beste plekken. Soms vroeg ze zich af wat ze zonder hem zou moeten. Ze hadden net een derde drankje besteld, toen Julian zijn hand op haar knie legde.

'Dus, Clara...'

'Moet je dat kleine koppie zien! Het is een labrador, denk je niet?'

'Ik wil je iets vertellen.'

'Het lijkt wel of hij lacht. Ik wed dat hij ook heel geschikt is voor kinderen...'

'Ik ben bij je vader geweest.'

'Wat?' Clara's hart sloeg op hol. Dat gebeurde altijd als haar vader ter sprake kwam.

'Nou ja, ik was al in Londen. En ik had zijn adres. Het was vlak bij waar ik gewerkt heb... ik dacht gewoon... Kijk niet zo verbaasd, Clara. We zijn al zes maanden samen.'

'Hoe haalde je het in je hóófd?'

'Ik dacht dat het goed was om te doen, Clara!'

'Hoe kon dat in hemelsnaam góéd zijn?'

'Nou ja, ik besefte niet dat dat niet zo was.'

'Maar dat besef zou je wel gehad moeten hebben. Is het feit dat we geen contact hebben niet genoeg aanwijzing?'

'Hij was er sowieso niet, Clara. Ik heb hem niet gesproken.'

'Wat?'

'Zo beter? Ik heb hem niet gezien. Er was niemand thuis.'

'Ik begrijp gewoon niet dat je naar hem toe ging.'

Clara wist dat Julian het goed bedoeld had. Of, wacht, nee, ze wist niet of hij het goed bedoeld had. *Hoe had hij het eigenlijk in godsnaam bedoeld?*

'Kalmeer alsjeblieft,' fluisterde Julian, hij wierp een heimelijke blik op de andere gasten. 'Zo heb ik je nog nooit meegemaakt.'

Nee, eerder heeft hij me alleen maar altijd dankbaar gezien. Het leek alsof Clara's keel werd dichtgeknepen. Ineens kwam de herinnering aan Ivor die over de sterren vertelde in haar op. Daarna een beeld van Michael die uit de lucht geschoten werd.

Hij was op slag dood, zeiden ze. *Maar stel dat dat niet zo was? Wist hij wat er ging gebeuren? Riep hij mijn naam?*

Het was moeilijk om adem te halen. Het was erg genoeg dat haar vader in Londen zat, maar nog erger dat Julian had geprobeerd contact met hem op te nemen. De hond kwam naar haar toe en ging met zijn hoofd op haar dij liggen. Ze legde haar hand op zijn hoofd. *Wat een lief beest. Rustig maar.*

'Wat is er, Clara? Zeg het me.'

'Geef me even, ik heb wat frisse lucht nodig.'

Clara wankelde naar buiten en zag zich omringd door een totaal andere wereld: er was sneeuw gevallen. Wanneer was het begonnen te sneeuwen? De takken waren bedekt met een dikke laag wit. Het was een totaal ander beeld dan toen ze waren aangekomen, een schoon beeld. Het was een beeld van een nieuw begin op vele fronten, en dat was toch wat ze wilde? Onbezoedeld en nog niet verpest. Een nieuwe baan, een nieuw leven, geen woede meer jegens haar vader, geen verdriet meer om Michael.

Gewoon blijven ademhalen.

Het duurde niet lang voordat Julian naar buiten kwam, haar handen waren al stijf van de kou.

Hij keek ernstig en zag er zelfs een beetje bedremmeld uit. Zijn wangen waren knalrood. Ze staarde naar zijn schoenen, gepoetst en chic – net zoals hijzelf, vermoedde ze. Michael had altijd stevige werkschoenen aan.

'Het lijkt erop dat ik een fout gemaakt heb.' Zo kalm sprak Julian meestal niet en hij gaf maar zelden een fout toe. 'Ik heb het helemaal verkeerd aangepakt, maar mijn gevoel is hetzelfde. Kun je raden waarom ik naar je geboortehuis ging?'

Hij had een zwart doosje in de palm van zijn hand. Hij klapte het open en hield het voor haar neus. Ze had hem nog nooit met zulke roze wangen gezien. Daar lag een ring, een glinsterende diamanten ring. Als uit een tijdschrift.

'Ik wou hem vragen om jouw hand. Ik ging naar hem toe omdat ik van je houd, Clara. Wil je met me trouwen?'

Toen Clara die middag weer op de Grange was, was de tuin gedecoreerd met sneeuwengelen en half aangeklede sneeuwpoppen. Meteen nadat ze het hek geopend had, vloog er een sneeuwbal over haar hoofd, hij miste haar maar op een haar. Ze was niet in de stemming.

'Naar binnen, vooruit,' riep ze, maar meteen nadat ze het gezegd had, raakte een sneeuwbal haar tegen haar wang. Het was een natte klap, en het was de spreekwoordelijke druppel.

'Heel leuk,' snauwde ze. 'Billy, Barry, naar binnen. Nu.'

Alex, Terry, Rita en Peg zaten bij kaarslicht rond de keukentafel, Anita las voor. Het leek wel een tafereel uit een boek van Dickens.

'Ik lees graag aan haar voor,' zei ze, en ze wees naar Peg, die haar hoofd op tafel te ruste gelegd had. 'Ze is de ideale toehoorder. Alle andere onderbreken me of zeggen: "Sneller", of "Saai!"', of "Ik wil uw konijn"', ze gebaarde met haar hoofd naar Rita.

Clara droeg de kinderen op zich klaar te maken voor het avondeten. Anita deed haar boek in een tas waar verder nog een extra vest, wandelschoenen, een sjaal en een beurs, een brillenkoker en boeken in zaten. Hij moest heel wat wegen.

Ze kneep haar ogen tot spleetjes. 'Is er wat aan de hand met de advocaat?'

'Nee, of ja, of nee... ik weet het niet.'

Anita klemde haar tas tegen zich aan. Clara keek naar haar. Het was de tas van iemand die klaar stond om elk moment op de vlucht te kunnen slaan.

'Trouw met meneer White, Clara,' verordonneerde Anita, terwijl ze haar bontjas aantrok. Voor haar was het een simpele rekensom. 'Je leven zal zo veel makkelijker zijn.'

De rest van de week sneeuwde het bijna voortdurend, sneeuw op sneeuw op sneeuw. De kinderen waren in de zevende hemel. Maar Clara niet. Ze vreesde winterhanden of andere kwalen die kwamen met de kou. Ze deed een noodaanvraag bij de gemeente voor handschoenen, maar de kinderen hadden vorig jaar al handschoenen gehad zei de gemeente, 'kijk nog maar eens goed'. Dat deed Clara, maar tevergeefs. Ivor begon wanten te breien. Hij hield een van de breinaalden tussen zijn tanden. Zijn behendigheid en zijn veerkracht waren bewonderenswaardig, maar ze zei er niets van. Hij hield er niet van als mensen ergens over jubelden, dat wist ze.

Ze moest met iemand praten over het voorstel van Julian. Anita was te vooringenomen, te zwart-wit, en met Ivor schoot ze ook niet veel op. Hij zou haar vragen wat ze zou antwoorden – en dat wist ze nog steeds niet.

Godzijdank liet Judy zich niet door Arthur of de sneeuw weerhouden om in te gaan op de uitnodiging van Clara om een bezoek te brengen. En de treinen reden nog steeds. *Goddank bestaat de Liverpool Street-verbinding*. Judy arriveerde de volgende zaterdagochtend, zes dagen na de uitnodiging. Het was Clara met kunst en vliegwerk gelukt om Julian de hele week te ontwijken.

'Ik moest en zou naar je toe,' lachte Judy, en ze omhelsde Clara. 'Ik zou te voet zijn gegaan, als het moest. Het is ondertussen weleens tijd dat ik je kinderen ontmoet.'

Wat een opluchting om Judy's vertrouwde gezicht te zien. Clara had gedacht dat Arthur haar tegen zou houden. Misschien was hij toch de beroerdste niet. En ze zag geen blauwe plekken, blauwe ogen of verzwikte enkels. Clara dacht dat haar onderzoekende blik niet op zou vallen, maar Judy zag het: 'Het gaat goed, hoor, met óns ook, echt Clara, laat het los.'

Judy was dan soms wat kortaangeboden tijdens telefoongesprekken, er was nu geen spoor van enige wrevel. Ze liep met een soort huppeltje. Ze had een zak snoep bij zich en een koffer vol spullen voor de kinderen, vooral oude boeken voor 'die slimmerik, Alex toch?'

Er zat ook een spel in, Monopoly – 'Arthur heeft voor ons de nieuwe versie gekocht, dus we hebben deze niet meer nodig' – dat wel in de smaak zou vallen bij de tweeling, en wat sieraden. 'Arthur houdt er niet zo van…' begon ze, en toen voegde ze er terloops aan toe, 'en ik ook niet. Ik dacht dat het misschien leuk zou zijn voor dat oudere meisje, Maureen?'

'Maureen is weg.' Eventjes kreeg ze een zwaar gemoed. *Wist Judy dat niet meer?*

'Dat weet ik, dommie, maar ze zal wel snel terugkomen toch?'

Judy legde haar arm om Clara's schouders zoals ze altijd deed in het metrostation van Aldgate als de bommen de ruimte deden trillen. 'Heb vertrouwen, lieverd.'

Ze haalden de kinderen op in Ipswich, van de filmclub. Ze holden naar buiten, knipperend tegen het licht, verrast door de buitengewone schittering van de sneeuw na het donker waar ze uit kwamen.

Iedereen keek zenuwachtig naar Judy.

'U bent niet van de gemeente, toch?' Billy vouwde zijn armen voor zijn borst. Hij zou er dreigend hebben uitgezien als zijn tong en lippen niet blauw waren van god mag weten hoeveel lolly's.

'Kent u mijn moeder?' vroeg Rita.

'Ik ben hier op bezoek bij mijn vriendin.'

'Ik ken haar het langst van al mijn vriendinnen,' zei Clara trots, want dat was zo, en ze zag er echt tiptop uit, 'en ze is mijn beste vriendin.' Ze stak haar arm door die van Judy.

Eindelijk was Judy hier om de kinderen te ontmoeten.

De kinderen zeiden dat de film *Little Women* geweldig was, de beste film óóit. Terug in Lavenham gingen ze naar het park, waar ze hun buitengewone boomklimkunsten konden laten zien en konden sleeën op houten blokken. Judy verwende Billy en Barry, was voorzichtig met Peg en nieuwsgierig naar Rita.

Ze was vooral gecharmeerd van Alex.

'Je bent precies zoals Clara me al vertelde,' zei ze tegen hem. En even later, toen Clara bij ze ging staan, waren ze in een diepe discussie verwikkeld over de Italiaanse familie De Medici.

'Hij is onze kleine professor,' zei Clara later.

'Hij is perfect,' zei Judy.

Judy kon zo goed omgaan met kinderen, dat Clara zich jaloers voelde, al wilde ze dat helemaal niet. Judy was een natuurtalent. Ze wist niet of het nou de vragen waren, of de manier waarop ze ze stelde, maar wat het ook was – de kinderen hingen aan haar lippen. Terug in de Grange, met een kop warme chocolademelk, vroeg ze de kinderen wat ze wilden worden als ze later groot waren.

Billy en Barry zeiden dat ze goochelaar wilden worden, zodat ze meisjes in tweeën konden zagen. En als dat niet lukte, dan wilde Barry voddenboer worden en Billy een wassen beeld in Madam Tussaud. Judy moest lachen. Alex had grotere ambities: wetenschapper of historicus, hij wist het nog niet. Judy gaf hem een klopje op zijn hand. 'Je zult een uitstekende wetenschapper of historicus worden,' zei ze. 'Daar twijfel ik niet aan.' Peter zei dat hij het niet wist, en hij zei het op zo'n onverschillige toon dat duidelijk was dat het hem niet interesseerde. Clara schaamde zich, maar Judy's glimlach stelde haar gerust, zij kende dat pubergedrag maar al te goed.

Terry zei dat ze liftjongen wilde worden als ze geen tuinman kon zijn, zo eentje die ze in haar grootmoeders huis had gezien. Ze hield van hoe het metalen hek voor de lift open en dicht ging.

Rita wilde kapper worden – geen verrassing voor Clara – of drijver, dat was wel verrassend.

'Een drijver?' herhaalde Judy. 'Dat had ik niet verwacht.'

Rita sloeg dubbel van het lachen om haar fout. 'Geen drijver, maar schrijver bedoel ik en ik wil heel veel huisdieren.'

Peg deed alsof ze schreef, typte en documenten opborg.

'Secretaresse?' zei Judy.

Peg schudde heftig haar hoofd.

'Bibliothecaresse?'

Ook niet.

Clara kwam er als eerste achter. 'Huismoeder?'

Hierop knikte Peg zo heftig dat ze van haar stoel viel.

Clara en Judy keken elkaar aan en barstten in lachen uit.

'In jouw voetstappen,' zei Judy en Clara voelde dat ze rood werd.

Judy had natuurlijk geen spier vertrokken over het gegeven dat Peg niets zei. Ze liet zich er niet door van haar stuk brengen. Ze stapte eroverheen, zonder het kind uit het oog te verliezen. Clara keek en leerde. Het was zo makkelijk om Peg over het hoofd te zien – ze herinnerde zichzelf er vaak genoeg aan om dat niet te doen, maar dat ze dat moest doen zei al genoeg. Maar Judy en Peg gingen weer naar buiten, om een iglo te bouwen dit keer. Peg met een enorme grijns op haar gezicht.

Later maakten Judy en Clara ham-preisoep. De saamhorigheid van vrouwen in de keuken was wel iets wat Clara gemist had. Maureen was nooit zo van het samen koken, maar Clara en Judy waren altijd een goed keukenteam geweest. *Als een oud getrouwd stel,* dacht Clara altijd. *Of als een dans – met Judy als degene die leidde, natuurlijk.*

Ivor wipte even aan met het laatste paar wanten. Hij stampte de sneeuw van zijn schoenen als een paard. Judy ging iets rechterop staan, en lachte net een beetje harder in zijn aanwezigheid. Nadat hij weg was keek ze Clara met grote ogen aan.

'Geen wonder dat je er zo gelukkig uitziet! Julian is...'

'O, maar dat is Julian niet,' zei Clara. 'En hij is getrouwd.' Ze sneed brood en vermeed de onderzoekende blik van Judy.

'O?'

'Én... ik heb geen interesse.'

'Hoe bedoel je, "geen interesse"?' vroeg Terry, die net uit de tuin binnen kwam lopen.

'Ik bedoel dat je kinderen beter kunt zien dan horen,' lachte Clara. 'We hebben het er later wel over,' grijnsde ze naar Judy.

Toen de kinderen eenmaal in bed lagen, stak Clara de haard aan in de salon en schonk hun beiden een glas gin in. Ze had er de hele dag al naar uitgekeken om Judy voor zichzelf te hebben. Dat was ook weer zoiets met de kinderen. Ze luisterden meestal slecht als je ze iets opdroeg, maar als je het over iets persoonlijks had dan hoorden ze alles.

'Dus Arthur vond het niet vervelend dat je bij me op bezoek ging?'

'Ik heb hem gezegd dat ik bij mijn broer overnacht.' Judy staarde naar de bodem van haar glas.

'Echt?' Dus Arthur wilde niet dat Judy tijd met haar doorbracht? Had ze het tóch bij het juiste eind gehad.

'Het is prima.'

'Je zou niet tegen hem hoeven liegen.'

'Als ik je hulp nodig heb, dan vraag ik dat wel.'

'Beloof je dat?' Clara wist niet waarom het zo belangrijk voor haar was, maar dat was het wel.

'Ja.' Judy schonk hen nog een glas in. Haar gezicht weerspiegelde prachtig in de spiegel, haar zachte golvende blonde haar. Arthur was een bofkont, jammer dat hij zich dat niet realiseerde.

'Dus hoe gaat het met jou? Ga je me nog vertellen wat er met al die mannen aan de hand is?'

'Mannen?'

'Jij en Ivor en jij en Julian.'

'Ten eerste: er is geen sprake van een *Ivor en ik*.'

'Ah, zo. En Julian dan?'

'Nou ja.' Clara grinnikte. 'Hij heeft me ten huwelijk gevraagd...'

'O, jeetje! Gefeliciteerd!'

'Is het een felicitatie waard? Ik weet het niet.'

'Wil je niet?'

'Jawel,' zei Clara mat. 'Maar ergens denk ik ook: waarom niet gewoon op de huidige voet doorgaan?'

'Clara, je moet over Michael heen stappen.'

'Weet ik.'

Clara kon zich er niet toe zetten om Judy te vertellen over Julians bezoek aan haar vader. En dat was vreemd. Ze wist dat Judy haar gevoelens zou begrijpen. Maar waar het om ging: het zou Judy tegen Julian kunnen innemen. En dat wilde Clara ook niet. Wat waarschijnlijk ook veelzeggend was.

Ze wist niet wat ze moest zeggen, zelfs niet wat ze wilde zeggen. *Ivor zou het nooit gedaan hebben*, dacht ze ineens, en dat was een onwelkome gedachte. *Hij zou zich niet binnengedrongen hebben op een plek waar hij niet hoorde. Michael had dat ook niet gedaan. Waarom Julian wel?*

Hij was daar om de goedkeuring te vragen van haar váder? Juist haar vader! Ze zou het beter kunnen begrijpen als hij naar de Harris srsr was gegaan (als die maar de aandacht van zijn karpers had kunnen afwenden), of naar de vader van Judy. Of als je er goed over nadacht, zelfs naar Judy zelf – maar nee, hij had ervoor gekozen naar haar vader te gaan! Maar ja, hij had alleen maar geprobeerd 'het correct te doen' – en correct handelen was belangrijk voor Julian – en daar hield ze normaal gesproken ook van. Hoe kon hij weten wat voor band ze met die ene nog overgebleven ouder had? Ze had het hem nooit verteld. Misschien was het uiteindelijk haar eigen schuld?

'Dus wat ga je doen?'

Ze dacht aan Anita. Volkomen overtuigd van het feit dat meisjes als Clara Newton mannen als Julian White gewoon niet afwezen. Niet als ze het beste met zichzelf voorhadden.

'Dat is de vraag.'

'Misschien helpt dit je een antwoord te vinden.' Judy vouwde een velletje papier open dat ze uit haar tas had gepakt, en begon het voor te lezen.

Parochiekrant
Battersea

Met grote droefheid moet ik u meedelen dat de heer Augustus Newton onze parochie met Pasen zal verlaten om terug te keren naar Afrika, om zijn belangrijke werk daar voort te zetten. Meneer Newton woonde van 1936 tot 1948 in Rhodesië. In 1937 verloor hij zijn liefhebbende vrouw, met wie hij achtentwintig jaar getrouwd was, Agatha Newton, na een kort ziekbed, tijdens welke ze geen pijn geleden heeft. Hij heeft een volwassen dochter, Clara Newton, met wie hij een hechte band heeft. Het is algemeen bekend dat meneer Newton duizenden jonge mensen getraind en geholpen heeft bij het inslaan van het pad van Jezus Christus.

Er zal een collecte gehouden worden om kinderkleren te verzamelen voor de behoeftige kinderen daar.

21

Bijna onmiddellijk na het vertrek van Judy kreeg Clara hevige kiespijn. Ze vertelde het niet aan Ivor – dat zou ze normaal gesproken wel gedaan hebben, maar ze had besloten niet meer zo op hem te steunen. Juffrouw Bridges vertelde Clara dat pepermuntthee zou helpen tegen de pijn. Zuster Grace adviseerde haar met kruidnagelolie te masseren. Anita begon over zout water. Billy bood aan de kies eruit te slaan. Barry, die altijd nog een stapje verder ging, zei dat hij hem er wel uit kon schoppen. Dokter Cardew zei dat hij op zoek zou gaan naar een tandarts voor haar en dat ze ondertussen maar 'aan de andere kant' moest eten. Maar niets hielp, en ze kreeg steeds meer pijn. Ze kon zich nergens meer op concentreren. Al Clara's besognes verdwenen naar de achtergrond: de kinderen, de smeltende sneeuw, het binnenkort lege huis in Londen en Julians aanzoek draaiden in haar hoofd door elkaar, al die keuzes – maar ze kon er niks aan doen. Alles moest wachten, behalve haar kies. Haar wang zwol op. Eten smaakte vies en ze zat gevangen in een wereld van pijn.

Uiteindelijk bleek het een abces te zijn. Clara lag achterover in de tandartsstoel, kwetsbaar en met tranen in haar ogen. Gelukkig was het een zachtaardige tandarts – dokter Cardew had hem aanbevolen – en was hij ook niet al te duur.

'Wil je dat ik ze er allemaal uittrek?' vroeg hij.

Een plotselinge herinnering dook op aan haar moeders smetteloze tanden – en het verhaal dat ze ze allemaal had laten trekken, op haar achttiende, en had vervangen door een glanzend kunstgebit, zodat ze er altijd prachtig uit zouden zien. In dat groezelige glaasje naast haar bed had het er een stuk minder prachtig uitgezien. Clara voelde tranen opkomen, maar ze hield haar mond open en de behandeling begon. Ze kneep haar ogen dicht en zei tegen zichzelf dat de kinderen dood zouden gaan als ze niet even flink was. Een belachelijke gedachte, maar het werkte wel.

Clara was de hele middag suf. Godzijdank was daar Peter, die stilletjes voor iedereen kaastosti's maakte voor de lunch, en worteltjes schoonmaakte bij wijze van avondsnack, met crackers.

'Je bent een geweldige jongen,' zei ze, maar het kwam er slissend uit. Hij wimpelde complimentjes altijd weg. Ze dacht aan het briefje van school van voor de kerst, bijna zes weken geleden nu. Ze had er nog niet op geantwoord. Ze ging ervan uit dat het nu wel goed ging, anders had ze het wel gehoord.

Dat ze een beetje gammel was, was een grote schrik voor de kinderen; ze bleven bij haar uit de buurt. Misschien voelden ze zich vrij, alsof niemand de teugels in handen had. Alex stelde de ongewone vraag of ze misschien dronken was. 'Zomaar een idee,' zei hij, voordat hij wegliep, zijn neus in een boek. Maar Peg knielde bij haar neer, en streelde haar haar, en Terry bracht een bosje bloemen. Billy zette een kop thee bij haar neer en Barry kwam aanzetten met een aspirientje.

Haar vader zou spoedig weg zijn. Dan had ze haar vroegere huis weer terug. Ze kon waarschijnlijk ook haar oude baan nog wel terugkrijgen en dan bevond ze zich weer in dezelfde situatie in Londen als tien maanden geleden. Ze kon weer teruggaan naar die tijd waarin ze best tevreden was geweest.

Of ze kon met Julian trouwen en de vrouw van een plattelandsadvocaat worden.

Of ze kon net doen alsof er niks gebeurd was en hopen dat alles gewoon bleef zoals het was – hoewel ze diep in haar hart wist dat dat onmogelijk was.

Tegen bedtijd voelde Clara zich al veel beter en ze bood aan om zoals gewoonlijk Rita's haar te borstelen. Wonderlijk hoe ze in die paar maanden vertrouwd was geraakt met het meisje, het was allemaal volkomen vanzelfsprekend.

Maar die avond stond Rita erop om het zelf te doen.

'Kunt u in plaats daarvan kijken?' vroeg Rita, en Clara knikte, gevleid.

Rita verdeelde haar haar in zes delen, en draaide, trok en knoopte en rolde het vervolgens op. Voor had ze een zeer modieuze rol haar en aan de zijkanten maakte ze krullen. Clara wist niet hoe ze het deed en zei dat het meisje echt talent had. Maar ze dacht wel: *die stijl is te ouwelijk voor jou, Rita, meer voor een vrouw dan voor een meisje.*

'Ruby doet het altijd zo.'

'Is dat een nieuw vriendinnetje op school?' vroeg Clara hoopvol.

Rita giechelde. 'Nee, dommie, Ruby is de vrouw van Ivor. Hij liet me een foto zien. Ze heeft het allermooiste haar van de hele wereld.'

Julian stuurde haar een prachtig boeket bloemen. Clara realiseerde zich eerst niet dat ze van de Garrards afkomstig waren. Toen ze dat besefte moest ze lachen, hoewel ze nog last had van haar mond. *Au.* Ze vroeg zich af wat mevrouw Garrard gezegd had toen hij ze bestelde.

Julian belde later aan om te controleren of ze ze ontvangen had. De zon was gaan schijnen. 'Vermijd je contact met me, mijn schoonheid?'

'Inderdaad, maar alleen vanwege de kiespijn.'

'Die is niet besmettelijk.'

'Ik wilde niet dat je me zo zou zien.'

Ze droeg een vormeloze jurk en had een schort voor. Ze kon haar eigen spiegelbeeld nauwelijks velen.

Zachtjes zei hij: 'Als we getrouwd waren, zou ik je elke dag zien. Vraag ik te veel als ik zeg dat ik graag hoor wat je antwoord is, Clara?'

Wat wás haar antwoord? Clara wist het niet.

Voor het eerst sinds lange tijd kon ze kiezen. Ze had verantwoordelijkheden, ja, maar ze kon ook keuzes maken. Het was niet makkelijk om een besluit te nemen. Ze probeerde Judy weer te bellen, maar de telefoon van haar vriendin werd niet opgenomen.

Toen juffrouw Bridges langskwam, begon Clara weer over een telefoon op de Grange, maar juffrouw Bridges kwam voor iets anders: Billy en Barry zouden bij de Petersons gaan wonen, eindelijk was het geregeld.

'Ze zijn door de ballotage,' vertelde juffrouw Bridges. 'Alles is aanwezig en in orde. Prachtig en schoon. Jullie eigen kamer, jongens, ieder een! Dat vinden jullie vast fijn, toch?'

~

Zodra ze weer beter was, ging Clara naar Londen om haar geboortehuis te zien. *Is mijn vader echt weg?* En als dat zo was – *wat betekent dat dan voor mij*? Zou ze misschien een leeg huis hebben in Londen, een huis helemaal voor haarzelf?

Langzaam naderde ze het huis, schoorvoetend, maar ze kon al van afstand zien dat de lichten aan waren in de woonkamer, aan de voorkant.

Vader?

Nee.

Er woonde een familie, zo veel was duidelijk. Niet alleen waren de lichten aan, de tuin was goed onderhouden en het gras gemaaid. Een lege melkfles stond op de stoep.

Toen ze wat dichterbij kwam, zag ze drie mensen in de woonkamer, háár vroegere woonkamer: een vader die een krant las, een moeder die aan het naaien was en een kind, een jongetje met donker krullend haar dat met een houten trein zat te spelen op het tapijt. Een familie van drie. Net zoals de familie waar zij ooit onderdeel van uitmaakte.

Ze moesten voelen dat iemand ze bespioneerde; de vrouw zei iets tegen de man, en hij keek op, krabde zich achter zijn oor, en mompelde een antwoord. Clara liep door, zich bewust van zichzelf. Ze was hier niet om een scène te schoppen. De moeder stond op en sloot met veel nadruk de gordijnen. De gordijnen van Clara's moeder. Clara had ze opgehangen nadat de verduisteringsdoeken van de oorlog weg konden. Grijs met witte vogels, witte veren.

Haar vader zou het vast verhuurd hebben. Of verkocht. Terwijl Clara op de stoep voor het huis stond dat haar zo vertrouwd was, voelde ze de teleurstelling, en tegelijkertijd ook een soort opluchting. Ze kneep haar hand samen rond de huissleutel in haar hand. Dit was het dus. Het huis was in ieder geval niet leeg, dat was goed. En ze wist het nu in ieder geval, en dat was beter dan dat ze van niks wist.

Goed, hij was weg. En haar huis ook. Hij had er voor gezorgd dat het niet meer van haar was. Ooit een bullebak, altijd een bullebak. Dat had ze gemeenschappelijk met Alex, en net zoals Alex zou ze zich er niet door uit het veld laten slaan. Vooruit blijven kijken, dat had hij toch gezegd, haar kleine professor? Alles verandert voortdurend.

Ze had haar antwoord.

22

Julian en Clara gingen uit eten in een restaurant in Londen waar de serveersters zulke nietsverhullende kleding droegen dat je niet wist waar je moest kijken. De tijden veranderen, dacht Clara, niet alleen voor haar maar voor iedereen.

Julian slaagde erin ze niet aan te gapen, en daardoor wist Clara nog zekerder dat hij een echte gentleman was. Hij zou niet vreemdgaan zoals zo veel mannen deden.

'Dank je, dit had ik echt even nodig,' zei Clara.

Julian leek geschrokken. 'Hoezo? Wat is er gebeurd?'

'De tweeling! Volgende week gaan ze weg.'

'Natuurlijk!' Het was duidelijk dat Julian het niet meer wist, hoewel ze het hem een paar keer verteld had. 'Waar gaan ze naartoe?'

'Ze krijgen een nieuw thuis. De Petersons. Ze wonen in Colchester,' zei ze. Julian leek meer geïnteresseerd in een grondige inspectie van zijn wijnglas op sporen van lippenstift. 'Lijken me aardige lui.'

'Dus dan zijn er nog vier? Dat is goed nieuws, toch?' Julians glas had de test doorstaan. Hij klokte zijn wijn naar binnen.

'Vijf,' zei Clara geprikkeld. 'Weet je de namen nog?'

'Alex, Terry en... die ene met die sproeten.'

'Alex, Terry, Peter, Rita en Peg.'

Hij boog zijn hoofd. 'Och, schat, je weet dat ik slecht ben in namen. Probeer het in plaats daarvan eens met de namen van militaire vliegtuigen en tanks, daar ben ik wel goed in.'

Julian wachtte nog steeds op een antwoord op zijn aanzoek. Elke blik van hem was een open vraag, een hokje dat aangekruist moest worden. Er hing veel onuitgesprokens tussen hen. Ze had een antwoord. Ze wilde alleen zeker weten dat ze het op de goeie manier vertelde.

Ze liepen naar een bar die achter in het restaurant verscholen zat – Julian kende alle plekjes. Er hingen foto's aan de muren van sterren van de stomme film. De meisjes op de foto's poseerden met de handen op de knieën, in charlestonjurken en met krullen op hun voorhoofd geplakt. De mannen droegen pakken, rookten sigaren en hadden een dominante uitstraling. Het leek een ongecompliceerde tijd, maar Clara wist dat het niet zo was, dat had niet gekund – dit dateerde van vlak na de Eerste Wereldoorlog tenslotte, en het was in vele opzichten een spiegelbeeld van vandaag de dag. Een natie die weer aan het opkrabbelen was. Met zo veel mensen die overleden waren.

Julian zat zo dicht bij haar dat hun dijen elkaar raakten. Het voelde goed. Ze moest niet meer aan Michael denken, het was niet eerlijk. Ze wilde niet vast blijven zitten in het verleden – zoals Ivor met zijn Ruby. Het was op een bepaalde manier meelijwekkend. Wanneer zou hij het achter zich laten?

En een toekomst met Julian – nou ja, dat was overduidelijk, een toekomst met Julian zag er schitterend uit. Hij bood veiligheid, veiligheid voor de lange termijn. Een leven met hem bood vastigheid. Na tijden van onzekerheid was dat weleens welkom.

'Ga je me de gelukkigste man in Suffolk maken?'

'Dat ben je al, toch?'

Hij lachte. 'Het is wel een zootje, die kinderen.'

'Ik heb een antwoord voor je – maar we moeten eerst een paar dingen uit de weg ruimen...'

'Ah, nu komt het verhaal!' Julian legde zijn handen achter zijn hoofd, sloeg zijn benen over elkaar en grijnsde naar haar. 'Kom maar op.'

'Ik blijf in de Grange tot ik er klaar voor ben. Er is nog zo veel wat ik daar wil doen. Ik wil dat Alex en Terry zich thuis voelen op school, ik wil een goed thuis vinden voor de kleintjes. Ik wil Rita helpen verwerken wat er met haar moeder gebeurd is. Ik wil dat de adoptie van Peter afgerond wordt. Ik wil ze allemaal goed op weg helpen.'

En een deel van haar wilde absoluut niet doen zoals mevrouw Harrington. Ze kon niet verdragen dat een man haar zou vertellen dat ze niet mocht werken. Dan zou het lijken of al haar werk voor niks geweest was.

'Dus, ik zal daar blijven werken na ons huwelijk.' Ze zocht zijn blik. 'Ik weet dat het niet altijd zo gaat, maar het is belangrijk voor me. Zo lang als... zo lang als ik wil. Ik wil dat het altijd een deel zal zijn van mijn leven.'

'Begrijp ik.'

'Het kan me niet schelen wat jij er verder van vindt.'

Toen Julian moest lachen, blonken zijn tanden wit. 'Ik zéí toch dat ik het begrijp, Clara? En dat doe ik echt.'

'Wat vind je van een lange verloving?'

'Hoelang is lang?'

Clara praatte zenuwachtig. 'Hoe klinkt anderhalf jaar? Misschien twee?'

Julians gezicht brak open in een glimlach.

'Ik dacht dat je een veel langere periode in je hoofd had. Ja, mijn schat, prima. Eigenlijk is het uitermate verstandig. Als we het maar aan iedereen kunnen vertellen en spoedig een feestje kunnen geven?'

'O, zeker.' Clara had niet verwacht dat Julian het zo goed op zou pakken.

'En vergeef je me de misser die ik gemaakt heb met betrekking tot je vader?'

'Daar moeten we het nog maar eens over hebben.'

'Zo ken ik je weer.'

De ring paste precies. Ze zou er nooit achter komen hoe Julian dat voor elkaar gekregen had. Clara vond hem prachtig aan haar vinger. Haar hand zag er meteen heel anders uit.

Ze zouden zo'n stel zijn dat wel en niet bij elkaar was. Ze zouden ieder nog een eigen leven hebben, hun eigen geheimen. Ze zouden niet zijn als meneer en mevrouw Garrard, die alles samen deden, of zoals Judy en Arthur die de wereld buitensloten, maar meer als... meer als... prinses Elisabeth en prins Philip misschien. En Clara was er blij om. Ze was te oud voor een relatie waarbij je volledig in elkaar opging. Ze had ooit een relatie gehad die vurig en intens was – en moet je kijken hoe dat was afgelopen. Een zacht flakkerend verjaardagskaarsje was zo veel rustiger en het brandde ook langer.

VERSLAG 7
Barry Coulson

Geboortedatum
19 januari 1936
Helaas voor Barry werd hij twee minuten na Billy geboren, een feit waar Billy trots op is en wat zowel het sleutelmoment als de vloek van Barry's leven is.

Achtergrond familie
Zie Billy.

Eten
Favoriet is onmiskenbaar chocoladecake met kleverige chocolade glazuur.

Gezondheid/voorkomen
Zie Billy. Ik heb soms nog moeite ze uit elkaar te houden – waar ze heel graag misbruik van maken.

Hobby's/interesses
Het is geen studiebol, maar de onderwijzers hebben gezegd dat hij heel aardig kan zijn en dat hij een aanwinst is voor de klas. Hij is snel kwaad en wordt vaak naar zijn kamer gestuurd om 'even tot zichzelf te komen'. Lezen en schrijven is lastig voor hem, maar hij kent meer vloekwoorden dan wie dan ook. Zuster Eunice liet hem zijn mond kennelijk met zeep spoelen. Ik kan niet zeggen dat ik dat haar kwalijk neem.

Verder
Succesverhaal! Barry en zijn broer Billy gaan geadopteerd worden!

DOSSIER GESLOTEN

23

De kermis sloeg haar tenten op achter de plantenwinkel. Dagenlang waren er vrachtwagens aan komen rijden over de hoofdweg. Het had Clara plezier gedaan te zien dat mevrouw Garrard ze toelachte over haar anjers.

Clara was nog nooit naar een kermis geweest – tijdens de oorlog werden ze niet gehouden. Ze ontdekte dat er een avond was waarop alles voor 'de halve prijs' was, en was daar bijna net zo opgewonden over als de kinderen. Ze zou niet weten waarom ze daar niet van zouden profiteren.

'Uitkijken voor je tas,' zei Julian, en 'Ik had ooit nogal een wilde rit in de theekopjesdraaimolen – die is niet zo zachtaardig als je zou denken.' Clara was een beetje teleurgesteld dat Julian niet meeging, maar hij was vastbesloten: 'Schat, ik en kermissen, dat is geen goede combinatie.'

De man bij de poort gooide hun entreegeld in een emmer en knipoogde naar Clara. 'Je hebt je handen vol.' Precies wat ze dacht dat hij zou zeggen, nog voordat hij het gezegd had. Dat had ze vaak. Die opmerking, en, met een knipoog: 'De radio was zeker kapot' (wat trouwens ook vaak het geval was!).

De ogen van de kinderen waren als schoteltjes zo groot. Het was de laatste avond van Billy en Barry. Morgen zouden ze naar de Petersons gaan. Het zou een feestelijk afscheid worden.

O, het lawaai! En de felle lichten. Het was een wirwar van felle kleuren en de geur van machines. En overal dwaalden mensen rond. Terwijl Clara de kinderen langs de kraampjes loodste, niet met een duidelijk doel voor ogen, dacht ze een glimp op te vangen van de jonge man die Maureen meegenomen had naar de slaapzaal. Was Maureen hier? Het was belachelijk dat ze haar overal dacht te zien. Zo had ze dat ook ooit met Michael gehad. Maar Maureen was niet dood, en dat betekende dat ze het zou kúnnen zijn, toch?

De kinderen was opgedragen om in de buurt te blijven, 'waar ik je kan zien.' Peg en Rita zwaaiden enthousiast naar een paar onderwijzers van school. Alex zag zijn beste vriend, Bernard, met zijn grote vader, die alles goedkeurend bekeek, pijp in de mond. De vader van Bernard vroeg aan

Clara of ze al naar het lunapark was geweest. 'Ik kan daar wel een paar uur in doorbrengen,' zei hij. 'Komt door die spiegels.' Alex vroeg of hij met Bernard en zijn vader mee mocht, en Bernards vader, die nergens een probleem mee leek te hebben, vond dat goed. Het mocht, zei Clara, maar over een uur moest hij weer naar haar toe komen.

Sir Munnings stond een suikerspin te eten bij de tent van de waarzegster – hij was wel de laatste die ze hier verwacht had. Hij begroette haar enthousiast, totaal op zijn gemak, en ze bespraken films die ze onlangs in de bioscoop gezien hadden.

'Ik ben gek op de kermis,' zei hij. 'Het gevoel dat er van alles kan gebeuren.'

Daar was Clara het mee eens. Het voelde allemaal heel onvoorspelbaar.

Peg werd als een magneet aangetrokken door de kraampjes waar je een goudvis in een plastic zakje kon winnen. Ze bleef Clara in die richting trekken. Het enige wat je hoefde te doen was een ring om een kegel gooien – dan was de vis voor jou! De bebaarde man achter de kraam riep, 'kom op, meisjes, win een vis! Drie ringen voor een shilling.'

Rita deed een stap naar voren. 'Ik kan gooien, ik ben daar heel goed in.'

'Nee, geen goudvis,' zei Clara, in een poging de kraamhouder niet te beledigen, maar tegelijkertijd duidelijk te maken dat dit niet kon. 'Dat vindt de gemeente absoluut niet goed. Laten we in plaats daarvan een beer proberen te winnen.' De meisjes barstten uit elkaar van opwinding. 'Nee, geen echte beer, Rita, Peg, in hemelsnaam.'

Er was de theekopjesdraaimolen – Julians vijand – en de botsautootjes. Eendjes vissen, schiettenten, waar Billly en Barry hun geld uitgaven. Ze wist niet precies waar Peter was, tot ze hem ballen zag gooien in een ballengooitent. Hij had een krachtige worp, maar hij richtte niet goed. Clara leidde de kinderen over de kermis, ze stelde zich voor dat ze een schaapherder was, dit waren haar schapen en ze hadden allemaal de neiging om in de buurt van kliffen rond te dwalen.

Tegen achten had Clara genoeg van de lichten, de menigte en het lawaai. Alex kwam terug met chocoladevegen op zijn gezicht, en met in zijn hand geklemd de knikkers die hij gewonnen had, en voor haar een fles gin en wat snoep. De vader van Bernard speelde kennelijk darts op professioneel niveau. Clara hoopte dat ze de kinderen allemaal bij elkaar kon krijgen en dan weg kon gaan. Toen ze zag dat de kinderen voor de derde of vierde keer de reuzenglijbaan beklommen, dacht ze terug aan de laatste paar keren dat er ongelukken gebeurd waren – Terry die uit een boom was gevallen en Peg die struikelde door een gat in de weg. Het leek altijd te gebeuren vlak voordat ze ergens vertrokken.

'Nog één keer, juffrouw Newton, alstublieft!' riepen de kinderen, net toen er een man in een krijtstreeppak op Clara af liep. Hij droeg een das met lovertjes, had een rossige huid en om zijn nek hing een indrukwekkende camera.

'Vier kinderen, klopt dat? En dan zo'n figuurtje! Kom daar maar eens om, Mae West! Wat een geweldige moeder.'

'Ze is niet onze echt mama!' schreeuwde Terry, terwijl ze haar sleematje naar de trappen van de reuzenglijbaan sleepte.

'Heb ik iets verkeerds gezegd?' Zijn adem rook naar uien.

'Nee, ze heeft gelijk. Ik ben niet hun echte moeder. Ik ben een huismoeder.'

Hij keek alsof hij het niet begreep.

'In een kindertehuis,' legde Clara uit. 'En in totaal zijn er zeven.'

Hij was verbaasd, en daarna opgetogen. 'Wow! Ik ben Maurice Selby. *Enchanté!'* Hij stak zijn hand uit, ze pakte hem aan. Tot haar verbazing liet hij niet los, maar bleef hem maar schudden. 'En is er ook een huisvader, juffrouw...?'

Clara pelde haar hand uit de zijne en deed een stapje naar achteren. 'Juffrouw Newton. Geen huisvader, maar, zeker, er is wel een bijzonder iemand.' Ze wou dat ze haar verlovingsring om had gedaan, maar ze had hem in de kluis gelegd, eerst moest ze het de kinderen nog vertellen.

'Jammer,' zei hij. 'Is dat niet altijd het geval?' Clara negeerde hem, ze zag Peg naar beneden suizen, totaal onbevreesd, haar armen in de lucht hoewel Clara haar opgedragen had dat niet te doen.

'Dus, zegt u eens, hoe kunt u zich dit allemaal permitteren?'

Hij gebaarde naar de beren, de snoepjes en de fles gin die ze bij zich had. Clara keek naar de buit alsof ze het voor het eerst zag.

'Dit? Dit hebben we allemaal gewonnen.'

'U kunt het niet allemáál gewonnen hebben,' zei hij. 'Je moet wel betalen om te spelen.'

Dat zijn jouw zaken toch niet? dacht Clara, maar tegelijkertijd was dit de eerste volwassene, afgezien van Sir Munnings, met wie ze sprak en ze wilde maar wat graag uitleggen hoe het zat.

'Ik krijg een budget van de gemeente en ik zet elke maand een klein bedrag apart voor traktaties, verjaardagen, Kerstmis enzovoort. En het kaartje is vanavond halve prijs.'

'U moet een vaardig regelaar zijn.'

Dat vond Clara wel leuk. 'Ik probeer het.' Ze streek haar haar glad. Hij vond haar leuk, dat zag ze wel. 'Ik ben goed in administratieve dingen.'

Hij dacht even na. 'Gaan die arme zielen nooit op vakantie?'

'In augustus gaan ze een paar weken weg.' Clara zond een stralende glimlach naar het kind dat helemaal boven op de reuzenglijbaan stond – Terry of Rita, ze wist het niet zeker. 'En we gaan af en toe naar Londen, gewoon voor een dagje.'

'Zo. En iemand vertelde me ook dat ze regelmatig naar de bioscoop gaan?'

Clara vroeg zich af van wie hij dat had.

'De kinderfilmclub,' zei ze onzeker. 'Alleen maar op zaterdagochtend, tegen gereduceerd tarief.'

'Mag ik een foto maken van u met de kinderen?'

'Ik zou niet weten wie dat zou interesseren.'

'Een prachtige vrouw die dit allemaal voor elkaar bokst! Daar is iedereen in geïnteresseerd.'

Clara voelde zich gevleid. Net toen Peg, Rita, Terry en Alex bij elkaar gingen staan voor een foto, kwamen Billy, Barry en Peter terug, buiten adem, hun trofeeën voor zich houdend.

'Moet u kijken wat we gewonnen hebben!'

'O, nee!' Clara keek om zich heen, ze hoopte maar dat niemand het gehoord had. Wat moest ze met een goudvis? Maar Billy en Barry stonden erop dat ze hem aanpakte.

'Het is ons laatste cadeautje voor u!' zei Billy geroerd.

'Maar de gemeente verbiedt ons om huisdieren te hebben.' *Dat weten jullie ook.*

'Ze hoeven het toch helemaal niet te weten.'

'Ze houden het nog geen twee dagen uit.'

Ook dat joeg haar angst aan. Kinderen die al zo veel kwijt waren geraakt hadden geen behoefte aan nog meer verlies, toch?

Maar Peg sprong op en neer en Terry aaide de vissen bijna door het plastic heen. En toen Rita ze zag was er geen houden meer aan. Ze gilde en lachte en omarmde de jongens. Clara kon er niks meer aan doen, vooral niet onder het oog van meneer Maurice Selby, die hen nieuwsgierig bekeek.

'Allemaal even lachen, en u, juffrouw Newton – heeft iemand u al eens verteld dat u op Olivia de Havilland lijkt, van *Gone with the Wind*?'

Clara bloosde. De kinderen staarden naar de vissen, wier staartvinnen langs het plastic van de zakjes streken.

'*Cheese!*'

Ze zeiden allemaal 'cheese'. En omdat overal om hen heen lichten flitsten, wist Clara niet zeker of er ook nog een flits van de camera kwam.

Ze gebruikte haar handen om de kinderen bij elkaar te houden zodat ze meneer Selby geen hand meer hoefde te geven.

'Ik zal u een afdruk sturen,' zei hij.

Ze sjokten naar huis. Ze dacht dat ze het gas onder de soep had uitgezet, maar het stond nog aan en de soep was aan de pan vastgekoekt, en de aardappelen die ze wilde schillen waren allemaal gespruit. Ze wist niet waar ze die verdomde vis moest neerzetten, maar Alex haalde de oude pispot van de jongensslaapkamer. Daarna hadden Billy en Barry nog ruzie op de trap omdat ze het niet eens waren over welke vis wie was.

Midden in de nacht werd Clara wakker, met het misselijke gevoel dat er iets mis was. Misschien had de ene vis de ander wel opgegeten. Deden vissen dat? Misschien had ze ze niet bij elkaar in een kom moeten zetten? Ze snelde naar beneden en zag dat ze allebei nog leefden en elkaar niet hadden opgegeten. Terug in bed lag ze zich nog steeds ergens zorgen over te maken, alleen wist ze niet precies over wat. Ze bleef maar telkens denken aan het sierlijke patroon op de das van Maurice Selby en zijn klamme handdruk.

~

De Petersons kwamen de jongens ophalen in een taxi!

'Omdat het een speciale gelegenheid is,' had mevrouw Peterson door de telefoon gezegd en Clara zag voor zich hoe ze haar handen maar telkens wrong. 'Zorgt u er alstublieft voor dat de tweeling klaar staat, zodat we meteen weg kunnen rijden. De meter tikt gewoon door, ziet u.'

Dat is ook maar het beste, dacht Clara. Langdurig afscheid nemen was zinloos.

Er was veel gedoe over de vissen. Alex grapte dat hij 's nachts in de kom geplast had, en toen begon iedereen te gillen.

Billy at minder pap dan normaal, en Barry morste kostbare melk over zijn schone broek. Peg voelde de spanning en hing aan Clara's benen.

'Loslaten nu, Peg, je bent geen konijntje.'

'Mogen we een konijn, juffrouw Newton? We hebben nu toch ook een vis.'

'Nee, Rita, eventjes stil nu.'

Clara voelde dat de ontroering bezit van haar nam. *Dit is geen goed idee*, prentte ze zichzelf in. *Het hoort er allemaal bij. Zo moet het gaan. De kinderen gaan verder met hun leven. Zo hoort het.* Alleen leek dat nogal een kille benadering als het om mensen ging, vooral als dat wezen waren.

'Jullie houden toch wel contact, jongens?'

'Tuurlijk!'

Ze omhelsden haar.

'Geen vrouwen doormidden zagen alsjeblieft.'

'En zorgt u goed voor onze vissen?'

'Dat zal wel moeten, hè. Gaan jullie schrijven?'

Nu moest iedereen lachen. Natuurlijk zouden ze niet gaan schrijven, zowel Billy als Barry niet.

'We komen op bezoek,' bood Billy ter compensatie aan.

'Heel vaak,' haastte Barry zich.

Meer omhelzingen en kussen. Toen stopte de taxi voor het huis en in nog geen minuut, waarin de kleur geheel uit hun gezichtjes verdwenen was, waren ze weg.

Zodra de deur dicht viel, begon Rita te huilen, 'Mama!'

Het was hun eerste 'succes'. Clara belde de gemeente om te laten weten dat het vertrek soepel was verlopen en juffrouw Bridges zei dat ze de score al genoteerd had in het overzicht van de strijd waarin ze met Norfolk en Lincolnshire verwikkeld waren. Twee weg, nog een paar honderd te gaan.

Dus nu waren er nog vijf kinderen op Shilling Grange. Vijf nog maar. Vijf voelde als te makkelijk, vijf voelde bijna als een normale familie.

Juffrouw Bridges zei: 'Er komen vast spoedig weer nieuwe kinderen,' en Clara kon er niets aan doen dat ze zich daar nogal zenuwachtig over voelde. Ze kende haar fantastische vijf van haver tot gort. Wie zou zich geen zorgen maken over de eventuele toevoeging van vreemde elementen? *Vooruit blijven kijken*, prentte Clara zich in toen ze uit de telefooncel kwam. *Niet achterom kijken. In ieder geval niet achterom kijken naar dingen waar je niets aan hebt.*

's Middags kwam Ivor om de radio te maken. Clara ging naar haar kamer om even een moment voor zichzelf te hebben.

Ze voelde zich nog steeds een beetje huilerig, maar nu schaamde ze zich ook nog voor zichzelf. Dat kinderen weggingen was een belangrijk onderdeel van haar baan. De 'potten jam' in een andere kast zetten was onlosmakelijk verbonden aan haar missie – dat wist ze. Ze had zich niet zo moeten hechten. Deze kinderen waren er niet om eeuwig bij zich te houden, ze moesten opgroeien en verder gaan. En hoe dan ook, *het kon minder*, was dat niet het motto van haar generatie?

Ze waardeerde het zeker dat Ivor langskwam, maar ergens wenste ze dat het Julian was geweest. Julian had haar moeten troosten, Julian die haar zou zeggen dat alles goed kwam. Maar Julian was weer op vossenjacht en had geen idee van haar verdriet. Clara lag op haar bed, ze las een gedicht uit haar bundel en ontdekte dat het wonderen verrichtte.

Ivor glimlachte warm naar haar toen ze weer beneden was, haar tranen gedroogd en haar haar netjes gekamd.

'Ik dacht al dat je je misschien een beetje verdrietig zou voelen vandaag. Het is heel gewoon.'

'Nee hoor,' zei Clara ferm. 'Ik heb wel goed nieuws, eigenlijk.'

Hij glimlachte naar haar.

'Kun je het raden?' Haar stem klonk anders.

'Gaat het om Terry?' vroeg hij. 'Of Peg?'

'Nee, het gaat om mij.' *Niet handig aangepakt.* 'Ik ga...' Even stokte haar adem. Opeens dacht ze aan die nacht dat ze samen naar de sterren hadden gekeken. En wat hij toen zei: *De sterren eisen helemaal niets van me.* Wat een vreemde opmerking. Arrogant bijna, alsof verder alles in zijn leven – daarbij inbegrepen kennelijk Clara – iets van hem *eiste*. Alsof dat een last voor hem was. 'Trouwen met Julian. Julian White, de advocaat.'

'Wat?' Ivor liet meestal geen emotie zien, maar hoe hij er nu uitzag... hoe zou ze het omschrijven? *Vol afkeer.* 'Waarom?'

Clara staarde naar haar voeten. *Waarom?* Even kon ze geen antwoord bedenken. En daarna wist ze het natuurlijk wel. Er was maar één goed antwoord.

'Omdat ik van hem houd,' flapte ze eruit. 'Is dat niet overduidelijk?'

'Waarom?' vroeg hij weer, en Clara dacht terug aan toen Ivor Terry hielp met het omspitten van een nogal hard stuk grond in de tuin, en dat Rita samen met hem een koprol wilde maken. Ze dacht aan de uitdrukking op zijn gezicht toen hij haar verteld had over Alex' vader die altijd dronken was, of toen hij probeerde Peter op te vrolijken.

'Omdat hij voor me zorgt en...' er volgde een leegte na de 'en'. Om een of andere reden was het enige woord dat in haar opkwam 'kreeft'. Ze kon geen ander woord bedenken, en dat kwam waarschijnlijk door Ivor. 'En dat is wat ik nu wil. Ik ben in een levensfase waar dat het belangrijkste voor me is.'

'Je komt en je gaat en zet alles op zijn kop.'

'Nee, zo is het niet.'

'Wat? Je komt en je gooit het leven van de kinderen in de war en dat doe je nu weer.'

'Dat ga ik helemaal niet doen, ik zweer het.'

Zijn stem klonk alsof er iets vastzat in zijn keel. En opeens was het zo klaar als een klontje dat hij helemaal niets om haar gaf – daar hoefde ze zich geen illusies over te maken – hij was alleen maar geobsedeerd door de Grange.

'Ik ga niet wég, deze keer niet. Ik blijf doorwerken tot... in ieder geval nog een jaar. Ik zal er zorg voor dragen dat het goed met ze gaat en ik blijf in de buurt – we gaan nergens heen – en ik zal altijd onderdeel uitmaken van hun leven.'

Ivor ademde uit, zijn borstkas zakte in als een leeg vat. Er gleed weer een schaduw over zijn gezicht. Ze dacht aan dat Ruby en hij elkaars jeugdliefde waren en dat Ruby zulk prachtig haar had.

Ze kon hem bijna niet meer aankijken, laat staan verder nog iets zeggen. De omtrek van zijn jukbeenderen, het litteken aan de ene kant, de vriendelijke donkere ogen, met nu een killere blik. Die lippen. Hem een kus geven onder de mistletoe, een seconde en niet langer, alsof het anders te... intens was. En toen gingen haar gedachten weer terug naar dat ene moment. Dat ze tegen hem aan leunde, naar de sterren keek, zijn adem tegen de achterkant van haar nek voelde. Zou ze dat ooit uit haar hoofd kunnen krijgen?

'Het spijt me. Ik...'

Hij lachte wrang. 'Ik heb de kleren versteld. Haal ze alsjeblieft maar zo spoedig mogelijk op.'

'Waarom geloof je me niet? Ik laat de kinderen niet in de steek.'

'Ze nemen veel te veel ruimte in beslag.'

24

Toen Clara een huisvergadering bij elkaar riep, waren twee kinderen onder tafel aan het zwartepieten, en eentje was in de tuin. Een was in de salon, bezig een zender te vinden op de radio, en een ander zat in bad, hoewel het niet zijn baddag was. Maar Clara had met een houten lepel op een pan geslagen en uiteindelijk zaten ze allemaal bij elkaar. Uiteindelijk hadden ze gehoorzaamd. Ze was opgelucht dat ze niet met dreigementen hoefde te komen, vooral niet in aanwezigheid van Julian.

'Meneer White en ik willen jullie iets vertellen.'

Julian had de kinderen nog niet over de verloving willen vertellen. Ze wist niet precies waarom niet. Het was niet omdat hij terughoudend was om het nieuws naar buiten te brengen – hij had de advertentie al doorgegeven aan de *Telegraph* – dus had zij erop gestaan dat ze het zouden vertellen. Kinderen zijn, meer nog dan volwassenen, niet graag als laatste op de hoogte, misschien omdat het zo vaak wel het geval is.

Ze wist hoe ze Julian kon bewerken. En hij hád soms een beetje een duwtje nodig, als een dartele puppy. Hij wilde niet vertellen dat ze zich gingen verloven, maar zij wel. En zij won. Ze wist dat ze haar poot stijf moest houden. Het was niet dat hij ernaar neigde van haar te profiteren, maar wel om over haar heen te walsen, maar dit was wel een uitdaging en het was ook spannend. Ze was geen voetveeg en wilde ook niet zo behandeld worden. En sinds wanneer was het slecht om je poot stijf te houden? Zij en Julian waren er beiden van overtuigd dat ze gelijk hadden – en dat hield hun relatie spannend, ook in de slaapkamer.

'Waarom moet ik erbij zijn?'

'Kinderen zijn bang van het onbekende,' zei ze, zoals Judy haar verteld had. 'Dus hoe meer ze begrijpen, des te beter – dan verdwijnt die angst.'

'Ik ben niet bepaald een onbekende,' had hij ertegen ingebracht. 'Ik heb het grootste deel van hun hele leven aan de andere kant van de straat gewerkt.'

'Je weet wat ik bedoel. Tijd om ze beter te leren kennen.'

Julian huiverde. 'Ik trouw met jou, niet met Shilling Grange.'

'Het is één pakket.'

Toen had hij haar in haar nek gezoend. 'Ik kijk ernaar uit om dit pakketje elke avond uit te pakken.'

'Maar echt, je gaat je hechten aan die kinderen.'

'Zoals een schimmel zich aan je hecht.'

'Net zoals een schimmel.' Ze zuchtte.

Julian hield zijn hoed op en zijn jas aan, waarmee hij duidelijk maakte dat hij niet lang bleef en hij ging niet zitten maar leunde zo'n beetje op het randje van een stoel.

'Komt er weer oorlog?' vroeg Alex. 'Het is heel onrustig in Korea nu. Op de 38e breedtegraad.'

'Oorlog?' vroeg Rita bibberig. Peg bedekte haar oren.

'Geen zorgen, kinderen. Daar gaat het nu niet over.'

'Waar is Koorja?' schreeuwde Terry.

'Het is niet aan de orde, kinderen. Korea ligt sowieso aan de andere kant van de wereld. Het heeft geen gevolgen voor ons. Peg, kom onder de tafel vandaag alsjeblieft. Je bent geen poes.'

'Ze is wél een poes.'

Gelach, Peg klom op Clara's schoot.

'Luister iedereen, dit is écht goed nieuws.'

Clara haalde diep adem, en daarna pakte ze Julians hand en zei: 'Meneer White en ik gaan trouwen.'

'Is dit een 1 aprilgrap?'

'Dat is pas volgende week, Rita. Niet pruilen.'

'Dus dan wordt hij onze huisvader?' vroeg Alex twijfelend.

'Maar Ivor is onze huisvader toch al?' Terry was al geïrriteerd dat ze naar binnen had moeten komen. Ze had een modderspat op haar wang. Clara wist niet hoe ze het voor elkaar kreeg. Misschien smeerde ze zich ermee in alsof het gezichtscrème was.

Peter stond verbolgen in zijn pyjama te bibberen in de deuropening. Hij had zijn baddag waarschijnlijk weer met Alex geruild. Alex begon elke dag meer op zijn held Albert Einstein te lijken.

'Ivor is een vriend, en nee, meneer White wordt geen huisvader. Dat is geen bestaande functie.'

'Maar u gaat toch niet weg, hè, juffrouw Newton?' Rita sloeg haar armen om haar heen. 'Mijn tweede mama.'

Clara boog zich naar haar over en gaf een kus op de frons op haar voorhoofd.

'Jullie zullen allemaal snel nieuwe huizen en nieuwe families hebben. Daar werken we naartoe.'

‘Nou, voor ons is nog niks, toch?’ Soms kon Terry zo scherp zijn als de tuinschaar waarmee ze planten snoeide in de tuin.

‘Maar het zou heel goed kunnen.’

‘Die vrouw van de gemeente zei dat we te oud waren,’ zei ze. ‘Iedereen wil veel liever baby’s.’

‘Wie zei dat?’

‘Juffrouw Cooper.’

Die verdomde juffrouw Cooper.

‘Juffrouw Cooper weet ook niet alles. In ieder geval, zeg nooit nooit. Kijk naar Billy en Barry. Die zijn ouder dan jullie.’

‘U beloofde dat u nooit tegen ons zou liegen.’

‘Nou goed, dus.... Hoe dan ook, het is allemaal nog toekomstmuziek.’

‘Dus waarom vertelt u ons dat nu?’ hield Rita aan.

‘Juffrouw Newton, ik heb een bloedneus.’

‘Heb je een zakdoek, Terry? Nee? Zoek er maar eentje in de was. Goed.’ Clara klapte in haar handen. ‘Iedereen bedankt.’

Ze wendde zich tot Julian, die nog steeds op de stoel leunde, maar nu ook een beetje laatdunkend stond te grijnzen. ‘Dat ging heel goed, lijkt me.’

The Daily Telegraph
1 april 1949

Aankondiging van de bruiloft White met Newton.

Meneer Julian Archibald Samuel White, zoon van meneer Frederick White en Mevrouw Helena Felicity White, zal in het huwelijk treden met juffrouw Clara Newton uit Lavenham.

Meneer Julian Archibald Samuel White is opgeleid aan het Merton College in Cambridge. Hij heeft rechten gestudeerd aan de Queen Mary School of Law, en is partner bij Robinson, Browne en White advocaten in Lavenham, Suffolk.

25

‘Ik zag je in de krant,’ zei mevrouw Garrard een paar dagen later. Normaal gesproken ontweken Clara en mevrouw Garrard elkaar, een soort onuitgesproken afspraak, maar vandaag hadden hun paden elkaar zomaar gekruist. Bertie, de hond van de Garrards, deed vergeefse pogingen om zich uit de handtas te bevrijden. Clara onderdrukte een lachje.

‘Een weldoener, zo’n passend woord, vind je niet?’

Clara keek haar verbaasd aan. Bertie jankte. ‘Ik weet niet. Maar hoe dan ook, ik moet weer terug… Ik ben op weg naar de bioscoop met de kinderen. Een cadeautje van Sir Munnings.’

‘Sorry, van wie?’

‘Sir Munnings, van de paardenschilderijen. Ik denk dat hij ook een weldoener is.’

Langzaam leek het begrip in te dalen, te zien aan de bepoederde gezichtsuitdrukking van mevrouw Garrard.

‘Sommige mensen zien graag dat kinderen het goed hebben,’ voegde Clara er een beetje uit de hoogte aan toe. ‘Opmerkelijk, vindt u niet?’

Als ze vervolgens niet bijna gestruikeld was over ongelijke stoeptegels bij het weglopen, zou het bijna een triomfantelijk moment zijn geweest.

Juffrouw Bridges kwam die middag op bezoek, een week eerder dan verwacht.

Pas toen ze halverwege het tuinpad was, dacht Clara aan de vissen. Ze holde naar de keuken en droeg de vissenkom de salon in.

‘Een minuutje!’

Waar zat ik met mijn hoofd? De salon was niet geschikt – juffrouw Bridges ging daar vaak naartoe. Clara snelde naar haar eigen kamer met de kom. Het water klotste over de randen, op haar jurk, maar de vissen leken ongedeerd.

Het was goed dat Clara er instinctief aan gedacht had, want vandaag wilde juffrouw Bridges niet in de keuken gaan zitten. In de salon deed ze haar witte handschoenen uit en ze zat keurig rechtop met haar handtas op haar schoot. Hoe geïrriteerder ze was, des te minder ruimte leek ze in te nemen. Vandaag was ze petieterig.

Dit was niet goed.

Om welke van de vele dingen die ze fout had kunnen doen ging het vandaag, vroeg Clara zich af. Aan de telefoon had ze juffrouw Bridges over haar verloving verteld, ze had haar niet in onwetendheid willen laten, en juffrouw Bridges had berustend gereageerd: 'Ik had al zo'n vermoeden dat dat eraan zat te komen.'

Dus dat was het niet, maar wat dan wel?

'Nou, leuk dat u...' begon Clara, ze negeerde het feit dat juffrouw Bridges met ingehouden woede haar hoofd schudde.

'Heb je de krant gezien?'

'De aankondiging van de verloving in de *Daily Telegraph*? Jazeker!'

Nee, dat bedoelde juffrouw Bridges niet. Ze rommelde met het slotje van haar handtas. Haar vingers weigerden dienst vanwege haar woede.

'Kan ik helpen?'

'Nee.'

Het leek eindeloos te duren voordat ze een krant tevoorschijn had gehaald en opensloeg. Het was een lokaal blaadje, de *Suffolk Times*. Op de voorpagina stond een foto van Clara met de kinderen. In een opwelling slaakte ze bijna een gil.

'Waarom staat die daar nou?'

Het was een prachtig plaatje. Clara's haar zat verrassend goed en op haar gezicht rustte een liefdevolle en gelukkige uitdrukking. Daar was de tweeling – ze miste ze al; daar waren de vissen – daar was genoeg over gezegd. Peg had haar ogen dicht en Rita stond op één been. Terry zag eruit als een nukkig klein jongetje maar Peter lachte bijna en Alex zag er stralend uit, ondanks de twee vingers die iemand – Peter – achter zijn hoofd ophield, als konijnenoren.

Maar de foto was het probleem niet.

EXCLUSIEVE ONTHULLING VAN GELDVERSPILLING GEMEENTE SUFFOLK

door MAURICE SELBY

We hebben allemaal gehoord over de kroonjuwelen van het beleid van de Labour regering – nieuwe tehuizen voor kinderen. Onze onverschrokken journalist, Maurice Selby, heeft een undercover onderzoek uitgevoerd over het beleid ten aanzien van kindertehuizen van de gemeente Suffolk. Hij ontmoette een van de nieuwe medewerkers

die de scepter zwaait in het kindertehuis Shilling Grange in Lavenham.
Tot zijn grote schrik ontdekte hij:
Dat kinderen zonder toezicht rondliepen op de kermis, 's AVONDS LAAT.
Dat er dure dagtripjes gemaakt werden naar LONDEN.
Dat de regels ten aanzien van het houden van HUISDIEREN ruw geschonden werden.
Dat kinderen SUIKERSPINNEN aten, terwijl ze nauwelijks te eten krijgen.
Meer dan vijftig jaar lang was Shilling Grange een degelijke instelling, gerund door celibatair levende nonnen. Nu staat er een mondaine, beeldschone weldoener aan het roer die de tienerleeftijd nauwelijks ontgroeid is. De bewoners leidden vroeger een simpel karig bestaan en reflecteerden over de verschrikkingen die hen daar hadden doen belanden, nu zijn ze een half jaar zoet met het plannen van hun zomervakanties.
En wie betaalt dat allemaal? Jawel, dames en heren, dit is waar onze zuurverdiende belastingcenten naartoe gaan.
Ons geld voor hun verblijf aan zee.

Het artikel brak haar tot de grond toe af, de Grange, de gemeente, de Labour regering... Er was zelfs een uithaal naar Dame Curtis, de directeur van Newnham College in Cambridge, die een belangrijke rol had gespeeld bij het tot stand komen van de Kinderwet.

Clara's hart zonk haar in de schoenen.

Juffrouw Bridges ademde zwaar. Haar stemming was nog beroerder dan toen Clara haar ontslag had ingediend.

'Ik heb geen idee hoe je er zo op bent komen te staan, Clara.'

'Ik ook niet.'

'Waar zát je met je hoofd?'

Waar had ik met mijn hoofd gezeten?

'Ze zetten alles in om ons te grazen te nemen.' Er kwam stoom uit de oren van juffrouw Bridges.

'Wie doen dat?'

'Mensen. Het gewone volk. De Kinderwet was niet populair. Mensen zouden liever willen dat ouders beter hun best doen en de zorg dragen voor hun eigen... dat wist u toch wel?'

'Ja, maar... ik realiseerde me niet dat dit... zo speelde. Ik dacht dat het vanzelfsprekend was dat het erom ging beter voor de kinderen te zorgen.'

'De meesten van hen zouden nog eerder heen stappen over een kind dat ligt te sterven in de goot, dan er tijd en geld aan te besteden.'

'O.'

'Weet je nog dat er in de oorlog altijd wel iemand was die bereid was verraad te plegen? Houd daar altijd rekening mee.'

'Ik snap het. Dat had iemand me beter van tevoren kunnen vertellen.'

'Maar het is toch overduidelijk? Werkelijk álles is politiek.'

'Het spijt me. Ik realiseerde me niet dat... dat het fout kon zijn om je te ontfermen over wezen.'

'Het is niet fout, alleen als ze zien dat je dat doet is het fout. Niemand wil dat het probleem bestaat.'

'Prima. Ik zal er voortaan voor zorgen dat de kinderen er in het openbaar doodongelukkig uitzien.' Clara was geïrriteerd, voornamelijk door haar eigen gedrag, maar toch ook door dat van de mensen om haar heen.

'Dat is niet wat ik bedoel, Clara,' schamperde juffrouw Bridges. 'En dat weet je best. En voor sommige kinderen is het een veiligheidsrisico. Ben je je daar bewust van, Clara?'

'Dat ben ik welzeker.' Clara boog haar hoofd. Stel dat iemand het artikel las en besloot een kind te pakken te nemen? Het leek niet al te waarschijnlijk – er stonden geen namen en leeftijden in – maar toch, ze stonden herkenbaar op de foto...

'Nou goed, het is gebeurd. En de vissen? Wat is daarmee gebeurd?'

'Welke vissen?'

Juffrouw Bridges trapte er niet in. Ze tikte op de foto.'De vissen op deze foto, Clara. Je kent de regels met betrekking tot huisdieren. Er zijn geen uitzonderingen.'

'Dood,' loog Clara. 'Als een pier.'

Het knaagde de hele week aan Clara. Haar eetlust was weg. Zelfs het heerlijke eten van Anita bezorgde haar een schuldgevoel. Ze duwde haar bord met eten van zich af. *Die Maurice Selby, wat een mispunt.* Steeds weer draaide ze in haar hoofd de film af van wat er die avond op de kermis was gebeurd, en hoe stom ze was geweest. Ze was meestal veel meer op haar hoede. Hoe had ze dit laten gebeuren?

Toen ze langs de werkplaats liep, riep Ivor haar, maar het was niet vanwege het artikel of haar verloving. Hij dacht dat Alex misschien weer luizen had. Hij had gezien dat hij achter zijn oren zat te krabben.

'Is dat alles?' Clara hupte ongeduldig van haar ene op haar andere been. Ze was zich plotseling bewust van de diamanten ring die nu constant aan haar vinger zat: zou Ivor hem zien? 'Was dat alles wat je wilde zeggen?'

'Ja?'

Clara schepte er genoegen in om hem haar rug toe te keren en weg te stampen.

Vrijdag tijdens de lunch had een klant van Julian zijn afspraak afgezegd, dus vroeg hij haar mee naar de pub. Ze had al met de kinderen gegeten, maar ze zei dat ze mee zou gaan voor een drankje. Ze dacht dat het haar goed zou doen om er even uit te zijn, maar in haar hoofd maalde het maar door.

'Weldoener,' herhaalde ze. Het deed pijn. 'Het is beter dan het omgekeerde. Wat zou dat zijn, een slechtdoener?'

'En er zijn slechtere kwalificaties dan mondain en beeldschoon,' zei Julian met een knipoog.

Hij weigerde het serieus te nemen – maar goed, zijn reputatie lag ook niet onder vuur.

'Daar gaat het niet om.' Clara hield haar glas mistroostig scheef.

'Maar wat betreft die zomervakantie heeft hij toch gelijk?'

Clara voelde een vlaag woede over zich komen. 'Jij vindt dat kinderen die in een tehuis zitten niet op vakantie zouden moeten gaan?'

'Dat zei ik niet.' Julian peuterde verder aan zijn kreeft.

Clara merkte plots tot haar grote schrik dat ook zij het bekende jeuken achter haar oren voelde. Ivor had gelijk gehad met Alex, en waarschijnlijk had zij nu ook visite. Verdomme.

Julian leunde over de tafel, een ondoorgrondelijke uitdrukking op zijn gezicht. 'Verpest de lunch nou niet, Clara.'

Op maandag waren de kinderen door hun klasgenootjes op school op de hoogte gebracht van het artikel.

'We zijn kennelijk uitvreters, super-uitvreters en klaplopers,' zei de altijd alerte Alex. 'O, en mijn persoonlijke favoriet is het woord "parasieten".'

'Allemaal tegelijk? Mijn hemel.'

Peg leunde met haar hoofd tegen Clara's heup. Rita zei dat ze alles opschreef in haar boek.

'Je boek?'

'Een boek met scheldwoorden.'

'Dat klinkt verdomd afgrijselijk, Rita.'

Daar moest iedereen heel hard om lachen.

26

Peters houding verslechterde. Clara vroeg zich af of het kwam door de aankondiging van haar verloving met Julian. Dat was voor iedereen een schok geweest. Het maakte niet uit hoe vaak ze hun verzekerd had dat er de komende tijd niets zou veranderen, ze leken zich allemaal zorgen te maken. Peg had diezelfde avond zelfs in bed geplast. Terry had bij vlagen hoofdpijn en iemand – het moest Peter wel geweest zijn met zijn sigaretten, hoewel hij het ontkende – had een gat gebrand in het vloerkleed in de salon.

Het was een vergissing geweest om het zo vroeg aan te kondigen. Alsof je al 'we gaan naar buiten' zei tegen Schurk als dat nog een tijdje duurde – ook dat had ze door schade en schande geleerd.

'Misschien wordt Peter geteisterd door zijn verleden?' zei juffrouw Bridges.

Dat zou heel goed kunnen. Ze hadden allemaal een moeilijk verleden, maar Peter had bij uitstek de leeftijd om erin te blijven hangen. Clara besloot nog meer haar best te doen voor hem. Ze wilde niet dat hij hetzelfde pad zou bewandelen als die arme Maureen, die ze hartstochtelijk miste. Ze had eerder nooit veel moeite hoeven doen voor Peter. Hij was altijd rustig en beleefd. Maar nu was hij rustig en kokend van woede. Hij wilde niet eens naar beneden komen om met haar een sigaretje te roken in de tuin.

'Maar Peter, ik heb Lucky Strikes.'

Hij draaide zich om in zijn bed. 'Ga weg.'

'Hé, dat is niet aardig.'

'Ga alstublieft weg.'

Het was grappig om te bedenken dat Clara bij hun eerste ontmoeting had gedacht dat ze van alle kinderen het meest op Peter leek. *Stille wateren, diepe gronden.* Maar nu zag ze dat niet meer. Hij leek gewoon zo'n knorrepot: Stille wateren, koud en niet bepaald uitnodigend.

Anita had een idee voor de twee goudvissen – Billy en Barry 2, zoals ze door de kinderen gedoopt waren. Dokter Cardew had kennelijk een tijdje overwogen om een aquarium in de wachtkamer te zetten. Wie vindt het nou niet leuk om naar vissen te kijken terwijl je wachtte om je likdoorn te laten verwijderen?

Toen de kinderen op school zaten, bracht Clara de vissen naar de praktijk. Vanuit de kom werden ze verplaatst naar een rechthoekige bak waar planten en stenen in zaten. Terwijl ze de glazen wanden poetste, zodat Billy en Barry 2 goed naar buiten konden kijken, zei Anita: 'Dokter Cardew heeft een hobby nodig,' en daar moesten ze allebei om lachen.

Ze konden het tegenwoordig beter met elkaar vinden. Clara begreep nog steeds niet hoe ze het in haar hoofd had gehaald om Anita indertijd te bekritiseren, maar gelukkig had Anita het haar vergeven. Misschien geloofde ze echt dat je wat het ene betreft gelijk kon hebben, en wat het andere betreft niet, zoals ze toen in de bibliotheek had gezegd.

En er was ook iets positiefs uit gerold, Clara had gemerkt dat Anita inderdáád nu wat voorzichtiger was met de kinderen. Misschien had het gewoon wat tijd nodig gehad.

Drie dagen lang had Rita niet door dat de vissen weg waren, maar toen ze het eenmaal had opgemerkt, ging ze huilend naar bed. Clara probeerde haar te troosten met een poederdoos én wat sieraden van Judy, en dat vrolijkte Rita al snel op.

'Ik Wil nog steeds een kat,' snotterde ze. 'Maar een cavia is ook goed. Of een rat.'

De gedachte aan ratten joeg een rilling over Clara's rug. Ze herinnerde zich nachten in het metrostation van Aldwych, toen kleine jongens elkaar verhalen vertelden over levend opgegeten worden door ratten.

De andere kinderen leken de vissen te zijn vergeten. Clara was blij dat ze het er niet meer over hoefde te hebben.

~

Meestal zaten de groenten verpakt in kranten, maar af en toe ook in bladzijden van stripboeken. De tuinbonen, 'harige bonen' noemde Terry ze, zaten verpakt in de strip *Beano*. Toen Clara ze uit het papier haalde, dacht ze dat de strip Peter misschien zou opvrolijken. De strip van Charles Schultz was altijd een van haar favorieten geweest.

'Ik vind dit een leuk stripfiguur. En kijk die hond.' Peter wierp er nauwelijks een blik op, maar Clara zag een zweem van een lachje en een zweem van een lachje van hem had dezelfde waarde als een schaterlach van een ander.

Zaterdagochtend trof Clara Peter buiten in de tuin, in de schaduw van de iep zat hij de strip te bestuderen.

'Zullen we een sigaretje roken?'

'Is goed.'

Ze wilde hem vragen: *waarom ben je de hele tijd zo ongelukkig, Peter, zeg het me!* Maar ze wist van eerdere pogingen dat hij zich alleen maar van haar zou afwenden.

'Vond je de strip leuk?'

Hij gromde.

'Dat dacht ik al.'

Later die week ging Clara naar een kiosk bij het station, waar ze veel te veel geld uitgaf aan nieuwe strips. Het zou niet lang meer duren, vermoedde ze, dat ze zich niet meer zo veel zorgen zou hoeven maken over geld. Het was fijn om iets te kopen voor Peter. Hij vroeg nooit ergens om.

'Alsjeblieft.' Ze legde ze trots op zijn bed. 'En waarom probeer je zelf niet eens wat te tekenen, Peter? Je kunt het heel goed. Ik kan de striphokjes wel voor je tekenen.' Hij keek haar uitdrukkingsloos aan.

Ooit was deze kamer van Ivor geweest – dat bed onder het raam was het zijne geweest – en moest je kijken hoe goed hij terechtgekomen was, terwijl er maar één persoon in hem geloofde, zuster Kate. Dat kon zij ook, zonder de hulp van Ivor. Nog gehurkt op de vloer bladerde Peter door het tijdschrift.

O, maar het was al vijf uur. Het geluid van een claxon buiten. Zijn oom. Peter stond op, onzeker over wat te doen.

'Wegwezen jij.' Clara glimlachte naar hem. 'Ze zijn er morgen ook nog, geen zorgen.'

En weg was Peter, schoorvoetend eigenlijk, alsof hij door dikke stroop waadde.

De volgende dag vroeg Peter om tekenpapier.

'Wil je dat ik de hokjes al voor je teken?'

Dat wilde Peter wel, en Clara begreep het. Die structuur hielp. Vrijheid ligt in de begrenzing. Zij hield ook van rijen en kolommen. Met behulp van haar liniaal tekende ze keurige vierkanten en rechthoeken voor hem. Een manier om orde in chaos te scheppen.

'Ik zou dolgraag zien wat je tekent.'

Hij schudde zijn hoofd. 'Je hoeft het me natuurlijk niet te laten zien,' zei ze er vlug achteraan, bang dat ze het had verpest. 'Daar is kunst niet voor bedoeld.' Dit klonk onoprecht. 'Je begrijpt wel wat ik bedoel, Peter. Veel plezier ermee.'

Beste Marilyn,

Sorry, het is al zo lang geleden dat ik voor het laatst schreef. Ik hoop dat het goed met je gaat en dat je gezin gezond is. Ik ben naar Suffolk verhuisd, en ben nu huismoeder in een kindertehuis. Dit lijkt misschien een niet zo passende keuze – dat dacht ik zelf tenminste – maar soms is het goed om zulke keuzes te maken: dan kom je erachter wat wél past. Je weet dat Michael voor altijd in mijn hart zit. Voor altijd. Door hem was ik het gelukkigste meisje van de wereld. Het is vier jaar geleden nu en ik denk dat het niet verkeerd is dat ik dat soort geluk weer wil vinden. Ik heb iemand ontmoet. Het is nog pril – of misschien ook niet, maar hij heeft me ten huwelijk gevraagd en ik heb ja gezegd. Hij lijkt misschien niet echt bij me te passen, maar het is een goede man. Zijn naam is Julian White. Hij is advocaat.
Ik weet niet of je wilt dat we blijven schrijven. Ik vond het altijd heerlijk, onze gesprekken, verhalen over Michael.
Heb je ik al eens verteld dat Michael een keer zo laag over Harris & Sons vloog dat we hem konden zien zwaaien, of dat beeldden we ons in ieder geval in? Ik kon het niet geloven. Ik was bijna plat op de grond gaan liggen van angst! En een andere keer zei hij dat hij de velden van Lavenham zag liggen en dat hij heel even dacht dat hij op weg was naar huis, naar jou.
Ik wil dat je weet dat ik graag blijf schrijven, ik heb altijd erg genoten van je brieven. Ik laat het aan jou.

Lieve groeten,
Clara

27

Het was ochtend, Clara liep de keuken binnen en zag daar Billy aan de keukentafel zitten. Barry was bij het fornuis pap aan het koken. Het was nog donker buiten.

'Wat doen jullie hier nou?'

'We zijn terug!' Billy hield een snee brood omhoog. 'Is er geen margarine meer?'

O mijn hemel. Nu zou Clara juffrouw Bridges moeten bellen. Dit zou het hoofd van de dienst Kinder- en Jeugdzaken ter ore komen en misschien wel de top van de gemeente. *Wat hadden ze in godsnaam gedaan?*

'Geen paniek, we hebben een brief achtergelaten waarin we het uitleggen,' zei Barry opgewekt. *O, nou, geregeld dan!* 'Melk?'

De gedachte aan de Petersons die een of ander flodderig afscheidsbriefje zouden vinden deed haar de tranen in de ogen springen. 'Hoe zijn jullie hier gekomen?'

'Liftend. We werden in Chelmsford meegenomen, daarna bij het RAF Cockfield vliegveld, vandaar zijn we komen lopen.'

'Grote God,' zei ze, en tegelijkertijd dacht ze: *dit mag niemand ooit te weten komen. Juffrouw Bridges zou ontploffen van woede, vooral omdat het zo snel na dat krantenartikel is.*

'Maar waarom?'

'We hebben al een week lang geen aangebrand eten gehad.'

'We misten het.'

'Haha, nee, vertel even. Wat is er echt gebeurd?'

'Op school noemden de kinderen ons boeren.'

'Boeren?' *Is dat nou zo erg?*

'Dus gaven we ze een klap voor de kop.'

Billy viel aan op zijn pap alsof hij dagen niet gegeten had. 'De onderwijzers waren verschrikkelijk.'

'Erger dan hier?' vroeg Clara, ze probeerde het ongeloof uit haar stem te bannen.

'Veel erger! En we mochten we niet buiten spelen van de Petersons.'

Dat snapte ze beter. Billy en Barry waren dol op buiten ronddwalen. Het zou een schop tegen het zere been zijn om ze te dwingen thuis te blijven.

'Maar…'
'Het zijn goede mensen, de Petersons, maar ze willen ons niet. Ze hebben behoefte aan kleine kinderen.'
Barry knikte driftig. 'We zijn te oud voor ze.'
'Ze zong slaapliedjes voor ons over de graaf van York.'
'Dat is toch heel lief?'
'Wat kan mij die oude graaf van York nou schelen!' riep Billy. De toast was aan het aanbranden.
'Hij was eigenlijk best interessant,' wees Clara hem terecht, terwijl ze toekeek hoe de twee deden alsof ze nooit weg waren geweest.
'Ze behandelden ons alsof we vier waren.'
'Drie.'
Clara dacht na. 'Maar ze wilden echt een tweeling.'
'Zeg maar dat Rita en Peg een tweeling zijn,' zei Billy, hij schraapte zijn kom leeg.
'En we misten de vissen,' zei Barry. 'Ze zijn toch niet dood?'
'O, die vissen, ja…'

Kort na negenen zette Clara zich schrap voor het telefoontje. Ze zou zich niet gaan uitputten in excuses. Het was de taak van de gemeente om voor de jongens te zorgen. Als er bij hen ook maar enige twijfel bestond over de plaatsing bij de Petersons, dan zou de fout qua zorgvuldigheid bij hén liggen. Ze had al door de paperassen gebladerd, in het gedeelte: *Als om wat voor reden dan ook een adoptie mislukt…*
Gelukkig was juffrouw Bridges al op de hoogte. Ze klonk verrassend luchtig, gezien de klap die aan de statistieken was toegediend.
'Ik begrijp dat het van beide kanten als mislukt beschouwd werd. De Petersons zijn al naar de gemeente Norfolk gegaan en zijn daar bezig met een nieuwe aanvraag. Ze komen nog om de opzegformulieren te tekenen – Billy en Barry moeten daar ook hun handtekening op zetten. Maak een afspraak en breng ze zo snel mogelijk hiernaartoe.'
'Dus de jongens zitten niet in de problemen?'
'Nou ja, dat hangt van jou af, Clara.'
Clara grinnikte vanbinnen. Het was heerlijk om de tweeling terug te hebben. De kinderen begonnen te gillen toen ze hen zagen. Het gaf een gevoel van compleetheid. (Als nu ook Maureen nog terug zou komen, dan had ze iedereen weer bij elkaar.) Ze voelde zich een moederkloek. Of een moederkat met haar kittens. Ze wou dat ze iets had om het te vieren, ze bakte de aardappelen in ieder geval maar in de oven in plaats

van ze te koken – daar was Billy dol op – en ze brak een doos marsepein aan die Anita gegeven had, in plaats van hem pas op iemands verjaardag open te maken. Dit was tenslotte wel een speciale gelegenheid.

Ze vertelde de jongens over haar verloving met Julian en ze omhelsden haar, als mannen, want dat waren ze ook aan het worden, en ze verzekerde ze dat ze niet weg zou gaan, nog een hele tijd niet in ieder geval, en dat ze er persoonlijk zorg voor zou dragen dat haar vervanger vriendelijk zou zijn, goed kon koken en een hekel had aan slaapliedjes. Ze zei dat ze ook maar een paar huizen verderop zou gaan wonen, en dat ze altijd langs mochten komen.

Billy lachte en vroeg of ze nu naar haar 'rest van haar leven-huis' ging verhuizen. 'Zoiets,' zei ze, maar ze werd er wel een beetje emotioneel van, dus ze zei nog maar een keer: 'Voorlopig ben ik nog een hele tijd hier.'

Toen vroeg Barry: 'Wat betekent verloving eigenlijk?' en Billy zei: 'Het betekent dat ze gaat trouwen, dommie,' en Barry zag er gechoqueerd uit.

Wat had hij dan gedacht dat het betekende? vroeg Clara zich af.

Clara wilde net de speciale lunch opdienen, toen er op de voordeur gebonkt werd. Hard en onbehouwen. Iemand had een slecht humeur.

Haar eerste gedachte was dat het met Billy en Barry te maken had. Haar tweede: Ivor?

Julian stond op de stoep, hij hield iemand bij de nek vast. Hij keek niet naar Clara, maar schreeuwde iets in het gezicht van die iemand. 'Jij verachtelijk wezen!'

Peter. Het was Peter. Julian hield hem vast bij zijn kraag, met beide handen, en schudde hem heen en weer.

'Als ik hem niet kende, dan zou ik regelrecht naar de politie zijn gegaan. Jij kleine dief! Waag het niet nog eens in de buurt van mijn kantoor te komen.'

Clara verstijfde van afschuw, maar terwijl ze daar stond herinnerde ze zich een vraag in het sollicitatiegesprek: *Zou je het gevecht aangaan?* Ja, had ze gezegd. Ja, dat zou ze doen.

'Julian? Peter? WAT IS ER AAN DE HAND?'

Julian smeet Peter op de grond. Peters gezicht was knalrood, net zoals dat van Julian, alleen trilde Julian van woede. Ze had hem nog nooit in deze staat gezien. Ze keek naar de overkant, naar de werkplaats. Maar goed dat Ivor er niet was. Als hij dit gezien had, dan zou hij Julian meteen een klap verkocht hebben.

'Het spijt me, Clara, maar we wisten allemaal dat het op een dag zou gebeuren. Je hebt er eentje die ergens rondzwerft en met weet ik veel wie allemaal ligt te rotzooien, en dan heb je deze dief nog. Ik wed dat het ook niet de eerste keer was. Houd ze een beetje in het gareel, die monsters. Of anders doe ik het.'

Terwijl hij uitbrak in een woedende tirade, zoals Clara later aan Anita zou beschrijven, kwamen toevallig meneer en mevrouw Garrard voorbijlopen, op hun wandelingetje met Bertie. Ze konden hun vreugde nauwelijks bedwingen.

'Meneer White, u vindt dat toch ook?' riep mevrouw Garrard. 'Ze horen hier niet. In Clacton of Ipswich passen ze veel beter.'

'Het is niet persoonlijk bedoeld,' viel haar piepstem-echtgenoot haar bij. 'Het is gewoon een feit: Lavenham en weeshuizen passen niet bij elkaar.'

Zelfs Bertie bleef maar happen.

Nadat Clara Peter had losgeweekt van de nog steeds ziedende Julian, stuurde ze de anderen de keuken uit en zette hem neer aan de keukentafel. 'Blijven zitten en luisteren,' beet ze hem toe, hoewel ze nog niet wist wat ze ging zeggen. De drang om Judy te bellen, Ivor, de gemeente of wie ook maar om advies in te winnen was overweldigend. *Heb compassie*, dacht ze. Peter had een moeilijk verleden.

'Peter,' begon ze. 'Waarom vroeg je mij niet gewoon om nog wat papier?'

'Weet ik niet,' mompelde Peter.

Nou, wie weet het wel dan, Peter, kun je dat zeggen? Als jíj het al niet weet.

Hij schoof heen en weer op zijn stoel en trilde. Zijn gezicht, de uitdrukking op dat lieve gezicht met sproeten straalde zo veel nederigheid en schaamte uit, dat hij haar herinnerde aan een gedicht over een viooltje, waar ze dol op was:

> *Een viooltje, klein en bescheiden*
> *midden in een bed van groen.*
> *Het kopje gebogen stond het te kwijnen*
> *Als om zich van ieders blik te ontdoen*

'Ik schaam me kapot, Peter.'

Maar het gaat helemaal niet om dat ik me schaam, of dat zou in ieder geval niet moeten, zei ze tegen zichzelf. Toch was dat waar ze in vastzat. Ze had hem vertrouwd. En dit was wat hij haar gaf. Iedereen in het dorp dacht dat de kinderen wilden waren, en ze had ze steeds verdedigd en verexcuseerd.

En nu dit. Hij had verdorie het gelijk van al die snobs bewezen. En wat Julian betreft...

Ze zou zich moeten concentreren op Peter, niet op Julian en niet op de Garrards, maar makkelijk was het niet. Ze moest tot op de bodem uitzoeken waarom Peter het had gedaan, alleen kon ze dat niet. Het was om wanhopig van te worden.

'Kan je niet gewoon vertellen waaróm je het deed?'

Hij schudde zijn hoofd.

Rita rende de kamer binnen. 'Ik wil alleen maar een kat,' zei ze boos. 'Of een konijn. Waarom mag dat niet?' Billy en Barry kwamen na haar binnen. 'Wanneer gaan we lunchen?'

'Zo meteen,' blafte ze. 'In vredesnaam, allemaal weg jullie!'

Ze haastten zich weg, en sloegen de deur hard achter zich dicht. *Dat was nou nog eens echt een hartelijk welkom.* Clara wendde zich weer tot Peter.

'We zullen onze verontschuldigingen aan moeten bieden aan meneer White.'

Peter haalde zijn schouders op. Dat schouderophalen veroorzaakte een nieuwe golf van onbeheersbare woede. Dacht hij soms dat zij wel even uit zijn naam een excuusbrief zou willen schrijven naar haar verloofde? Dacht hij dat ze niks beters te doen had?

'Stelen!' Ze kon het niet helpen dat ze het ongelovig nog een keer herhaalde. 'Stelen! Onder mijn neus. Van mijn... vriend. Ik snap niet waarom je dat nodig vond.'

De aardappelen waren verbrand. De feestelijke lunch was verpest. Rita begon te huilen zodra haar bord voor haar werd neergezet. Billy en Barry mompelden iets over dat het eten bij de Petersons beter was, en Clara hief een dreigende lepel tegen hen op. Vandaag kon ze dit niet hebben. Peg en Alex sneden plichtmachtig de verkoolde stukjes van hun eten. Terry vluchtte snel naar de tuin. Clara zag hoe ze bezig was in haar groentetuintje, waarschijnlijk bad ze dat haar groenten een ander lot zouden treffen dan de groenten bij Clara.

Later vond ze in Peters kamer, onder zijn kussen, nog twee andere dingen. Julian had gelijk, het was niet de eerste keer geweest vandaag. Zelfs de Zippo aansteker van juffrouw Bridges lag er. Peter was een dief. Een ordinaire dief. Het was nog veel erger dan ze verwacht had.

Wat had hij nog meer? En waarom?

Ze wou dat ze er met Ivor over kon praten. Maar Ivor had duidelijk gemaakt dat hij niet langer haar klankbord wilde zijn. Ze wist alleen maar dat ze Peter straf moest geven. Niet door hem te slaan. Dat waren ouderwetse verachtelijke methoden. Daar stond ze boven. Nee, ze moest iets van hem afnemen waar hij van hield.

'Deze donderdag verbied ik je naar je oom te gaan.'

Hij keek op en lachte, recht in haar gezicht.

Beste meneer White,

Mijn oprechte excuses dat ik eerder vandaag binnendrong. Ik sluit hierbij een shilling in om de onkosten voor het materiaal te dekken, en voor de schok die ik veroorzaakt heb. Als ik nog iets voor u kan doen, laat me dat dan alstublieft weten. Ik sta bij u in het krijt.

Uw nederige dienaar,

Peter

28

Het enige wat ze zaterdagavond hoefde te doen was op komen dagen en er schitterend uitzien. Julian had de regie over het verlovingsfeest.

Hij is een goed iemand, bleef Clara zich maar inprenten. Echt een uomo universalis (als Leonardo da Vinci zich ook had beziggehouden met waar de kaasstengels neergezet moesten worden).

Julian had zich verontschuldigd dat hij zijn zelfbeheersing was kwijtgeraakt, en zij had zich verontschuldigd dat ze Peter niet onder controle had. Daar lieten ze het bij, niet alleen omdat er verder weinig aan toe te voegen viel, maar ook omdat ze het er nog steeds niet over eens waren, hoewel Clara niet precies kon zeggen waarover ze het dan niet eens waren. Hoe dan ook, zij en Julian hadden wel vaker hun 'dingetjes' (zijn woorden) maar het eindigde meestal in kussen, gefrunnik en de rest. Julian overrulede haar meestal, maar op het gebied van socializen en entertainen had hij meestal wel gelijk, daar was hij beter in, dus ze liet hem meestal maar zijn gang gaan. Waarom niet? Wat wist zij nou van het verzorgen van grote evenementen? En trouwens, ze stond haar mannetje als het nodig was. Ze had voorgesteld om juffrouw Bridges en juffrouw Cooper van de gemeente uit te nodigen (mevrouw Harrington niet), maar hij had gelachen en zei: 'Ik dacht dat je een grap maakte. Je wilt de toezichthouders, die jou inspecteren, uitnodigen op ons verlovingsfeest?'

Later zou ze zichzelf verwijten dat ze niet doorgezet had – ze had moeten zeggen: *ze zijn meer dan dat, ze zijn vriendinnen en vertrouwelingen*, maar het was al te laat, de grens van tachtig mensen, de limiet die ze hadden afgesproken, was al bereikt.

Tachtig? Ze had in haar hele leven niet eens tachtig mensen ontmóét!

Julian wilde dat ze een nieuwe jurk kocht, maar ze had niet genoeg bonnen om iets chics te kopen, en er was ook niet genoeg tijd, dus koos ze de jurk die ze ook met oud en nieuw had gedragen. Het was een oude favoriet (Michael was er dol op geweest) en hij zat lekker. Ze had graag iemand gevraagd – of nou ja, ze had het Ivor graag gevraagd – om hem een beetje aan te passen, maar ze kon het hem onmogelijk vragen. Het was duidelijk wat hij van de verloving vond.

Ze wilde in ieder geval wel naar de kapper op de dag zelf. Julian zou haar vermoorden als ze dat niet deed. En ze had ook nog haar mooie ring. Het gaf haar het gevoel alsof haar leven zich in een stijgende lijn omhoog bevond.

~

Het was lunchtijd, vrijdag, en Alex' handen trilden toen hij Clara de envelop overhandigde die hij op school gekregen had.

'Ik denk dat het de uitslag is.'

Clara kon nauwelijks geloven dat hij hem zelf niet geopend had. Wat een brave jongen! Ze wist al wat ze zou zeggen als hij niet geslaagd was. Ze had niet durven hopen dat hij zou slagen.

Aan de betreffende persoon,

We zouden Alex graag een plek aanbieden aan het Ipswich Gemeentelijk Lyceum.
Alex heeft 484 punten behaald van de mogelijke 500 voor zijn test. Hij heeft de hoogst mogelijke score behaald voor wiskunde, en de op drie na hoogste voor Engels. Zijn verbale capaciteiten waren ook uitstekend.
Aanstaande zaterdag houden we een examenceremonie voor de huidige studenten. Een klein aantal toekomstige studenten die gezien worden als 'mogelijke hoogvliegers' zijn uitgenodigd om aanwezig te zijn. Omdat Alex van zijn cohort de hoogste score had, zouden we hem graag willen uitnodigen. We zullen spoedig een lijstje sturen met betrekking tot het te dragen uniform.

Hartelijk gefeliciteerd
Dr B. Harvey (Ba, Ma, PhD)

Clara drukte de brief tegen haar hart. Hier was het bewijs dat onder haar leiding niet alles in de soep liep. Ze gaf het papier aan Alex.

'Hoe voel je je?' vroeg ze.

Zijn wangen waren rood, maar hij kauwde zenuwachtig op zijn lip. 'Blij, maar...'

Clara keek hem verrast aan.

'Maar wat?'

'Ik wil niet dat Terry zich naar voelt.'

Clara omhelsde hem en plantte een kus op zijn wang. Zo'n gevoelige professor. Hij veegde het weg, beschaamd.

'Maak je maar geen zorgen om Terry. Het is prima zo. Voor haar ook. Je hebt hard gewerkt voor je examen.'

'Dan ben ik dolblij!' Zijn stem sloeg over en hij stompte met zijn vuisten in de lucht. Hij deed het grappige dansje dat hij vaak met zijn beste vriend Bernard deed, waardoor ze er altijd nog eigenaardiger uitzagen dan ze al deden. Als hij dat op de plaatselijke middelbare school had gedaan, dan zou hij in elkaar gestampt worden, maar op het lyceum in Ipswich zou het misschien meer geaccepteerd worden. Misschien zou Alex daar zelfs wel populair zijn!

Ivor was buiten de ramen van zijn werkplaats aan het lappen. Sinds ze hem had verteld dat ze met Julian ging trouwen, hadden ze zich op hun oude vijandelijke stellingen teruggetrokken, loerden naar elkaar over de weg als vijanden, ieder aan een kant van de Maginotlinie.

Toch liep Clara naar hem toe om te vertellen over de uitslag van Alex. Als iemand opgetogen zou zijn voor hem, dan was het Ivor wel. Misschien zouden ze hierdoor de strijdbijl wel weer kunnen begraven? Het was nog maar sinds een paar weken dat ze niet meer met elkaar praatten, hoewel het voelde als een eeuwigheid.

'JAAAAAAAA!' Ivor kneep het vuile water uit zijn spons, en toen hij naar haar lachte, met een open blik, wist ze dat ze er goed aan had gedaan. Het was heerlijk om het met iemand te delen.

'Het is wonderbaarlijk, hè?'

'Het is dankzij jou, Clara.'

Haar hart maakte een huppeltje. 'Nou ja, Alex heeft het gedaan.' Het was belangrijk dat Ivor wist dat ze zich nederig opstelde.

'Dus ga je hem meenemen naar die examenuitreiking voor "mogelijke hoogvliegers"?' Ivor moest lachen om die zin. 'Ik kan wel op de anderen letten als je wilt.'

'Nou ja, ik kan niet, hè. Het is dit weekend...'

Ivor was gechoqueerd. 'Dus? Je kunt Alex toch niet teleurstellen?'

'We wisten dat hij het zou redden, het is niet echt een verrassing.' Clara lachte, maar stopte toen abrupt omdat Ivor haar misprijzend aankeek. Dit had ze niet verwacht. 'En het is niet verplicht.' Ze zwaaide met de brief. 'Lees maar, hier staat...'

'Maar...'

'Zaterdag is mijn verlovingsfeest, Ivor,' zei Clara vastberaden. Ze kon bijna niet geloven dat hij dat vergeten was.

'O.' Hij zweeg. 'Natuurlijk… dus Alex is daar ook, denk ik?'

'Nou ja, nee, eigenlijk niet.'

'Waarom niet?'

'Omdat Julian en ik besloten hebben dat er alleen volwassenen komen.'

'Waarom?'

'Hoezo waarom?'

'Waarom nodig je niet ook de kinderen uit? Je weet hoe graag ze deel willen zijn van jouw feest. Ze zijn er gek op om zich op te dirken. Zingen en dansen. Vooral Rita en Peg.'

'Omdat dit iets is tussen Julian en mij. Ik kan ze niet overál bij betrekken. En natuurlijk zal ik Alex' succes vieren, maar niet op deze specifieke zaterdagavond. Ik zal het vieren als ik tijd heb. Alex is altijd heel meegaand.'

Ivor mompelde wat.

'Wat zei je?'

Met zijn tanden op elkaar geklemd beet Ivor haar toe: 'En dat is dus precíés waarom je die moeite voor hem moet doen. Alex vraagt zo weinig – hij krijgt ook zo weinig. Hij eist nooit wat, en daardoor wordt hij over het hoofd gezien.'

'Maar ik dóé die moeite, Ivor. Alleen niet op die ene avond. Eén keer iets voor mezelf. En ik weet hoe ik met Alex moet omgaan, dankjewel.'

Hoezo bepaalde Ivor hoe dingen hier gingen? Hij gedroeg zich als een of ander engeltje op haar schouder dat altijd even inbrak als ze een stap zette die hij niet zag als de heilige richting.

29

Op de ochtend van het verlovingsfeest, nam Clara de kleintjes mee naar de bibliotheek om nog wat Rupert de Beer-boeken uit te zoeken en om de tuinboeken terug te brengen die Terry niet gelezen had. Daarna nam ze Billy en Barry mee naar de vissen Billy en Barry 2 in de doktersprak-tijk. Ze leefden nog – dokter Cardew was niet alleen een goede dokter voor mensen. De jongens drukten hun gezicht tegen het glas van het aquarium en fluisterden tegen de vissen. Zelfs Clara voelde warmte voor de dieren. Misschien was het wel goed om een geheugen van niks te hebben, peinsde ze. Ze zagen er helemaal niet ongelukkig uit, levend in het nu.

Maar ze haastte zich terug met de tweeling, want Judy zou 's middags komen en ze zouden allebei hun haar laten doen bij Beryls' Brushes, de beste (en enige) kapper in Lavenham.

Toen Judy tegen enen nog steeds niet aangekomen was, begon Clara zich zorgen te maken. Om half twee liep ze naar de telefooncel. Ze had verwacht dat de telefoon niet opgenomen zou worden, of dat Arthur zou opnemen, maar het was Judy zelf die opnam: 'Het gaat me niet lukken, Clara.'

Clara probeerde haar teleurstelling te verbergen – *niet kinderachtig doen* – maar het was moeilijk.

'Wat is er aan de hand?'

Zij had Judy geholpen met haar huwelijksfeest: de jurk, gemaakt van parachutestof, het boeket, de cake met de versieringen erop. Allemaal ondanks haar eigen gebroken hart.

'Migraine,' fluisterde Judy, maar Clara's voelsprieten stonden op scherp.

'Echt? Was het niet... Arthur?'

Judy's stem leek van heel ver te komen. 'Sssst, ik heb je toch gezegd dat het prima gaat.'

'Heb je vaak last van migraine de laatste tijd?' Het klonk kortaf. En zo was het ook bedoeld. Clara geloofde Judy niet meer. Hoe groot was de kans dat ze uitgerekend vandaag migraine had? Wat had hij haar deze keer aangedaan?

'Af en toe, het spijt me, Clara.'

Clara zwichtte. Judy klonk zo verdrietig. En misschien was het wel waar. Als Judy zei dat Arthur was veranderd, misschien was dat dan wel zo. Judy was geen leugenaar.

'Ik had je er zo graag bij willen hebben, Judy.'

Een herinnering aan een andere verloving. Zij, Judy, Michael en zijn squadron. November 1944. Ze klommen in lantaarnpalen, ze jonasten elkaar, ze waren uitgelaten en vrij, de vrijheidsstrijders uit den vreemde. Ze wilden in de Thames springen, maar Clara en Judy smeekten ze dat niet te doen. Ze vonden in plaats daarvan een paar boten in de vorm van eenden, en peddelden wat rond op een meertje. Ze hadden zo veel lol...

'Ik houd van je, vergeet dat nooit, wat er ook gebeurt.'

Had Michael dat echt gezegd, *wat er ook gebeurt*? Alsof hij het al geweten had.

Concentreer je, concentreer je op Julian. Op dat je mevrouw White gaat worden en hoeveel makkelijker het leven dan wordt.

'Het gaat prachtig worden.' Judy sprak met verstikte stem.

In een opwelling vroeg Clara aan Anita Cardew om in plaats van Judy met haar mee te gaan naar de kapper. Maar zodra Anita had ingestemd, vroeg Clara zich af of het geen vergissing was geweest. Ze waren wel vriendinnen, maar ze waren niet echt heel vertrouwde vrienden, nog niet, niet zoals Clara en Judy. Zij wisten altijd al wat de ander ging zeggen voordat die het gezegd had, en ze hadden hun eigen manier van dingen zeggen die tranen van het lachen veroorzaakte.

Tegen tweeën zaten Anita en Clara naast elkaar bij de kapper, bladerend door modetijdschriften. Clara was vastbesloten om zich van haar beste kant aan Anita te laten zien. Nu ze samen hier waren, buitenshuis, realiseerde ze zich dat ze elkaar eigenlijk nauwelijks kenden.

Anita keek afkeurend naar de tekeningen van kapsels in de tijdschriften.

'Je zou het zo kunnen laten doen?' Ze wees naar een bijzonder afgrijselijk model.

'Ik ben erover aan het dubben.' Clara stelde zich Julians uitdrukking voor als ze op het feest zou verschijnen met gebleekt haar in Hollywoodstijl. Hij werd al kribbig als ze alleen haar broche al aan de verkeerde kant van haar jas deed.

'Je zou er net zo uitzien als die vreselijke mevrouw Garrard.' Anita gniffelde. Ze hadden het nog nooit over die vreselijke mevrouw Garrard gehad, dus Clara was blij dat ze daar in ieder geval hetzelfde over dachten.

Er hing een sigaret uit de mondhoek van Beryl, de kapster, en ze had ook een onaangestoken sigaret achter haar oor. Haar haar was ook geen reclame voor de zaak – het leek een eigen leven te leiden – maar ze konden niet al te kieskeurig zijn, vooral niet wat betreft kapsalons op het platteland, dat was een ding dat zeker was.

'Je hebt me nooit over je tijd in de oorlog verteld, Clara,' mijmerde Anita, terwijl Beryl haar borstels pakte en ondertussen as morste op het tapijt.

'Er valt weinig te vertellen.' Clara had geen idee wat Anita had doorgemaakt in dat kamp in Europa, maar ze had genoeg beelden in de bioscoop gezien, nieuws dat voor de hoofdfilm vertoond werd, om te weten dat het woord 'hel' niet overdreven was. 'Ik werkte het grootste deel van de tijd bij Harris & Sons in Londen en… dat is alles.' Als ze over Michael zou beginnen, zou ze beginnen te huilen, en dit was haar verlovingsdag.

'De hele Blitzkrieg?'

'Ja.'

'Was je moeder ook in Londen?'

De kinderen vroegen soms naar haar moeder, maar volwassenen deden dat zelden. De meeste mensen waren niet zo open na de oorlog, en begrepen dat anderen dat ook niet waren. Niks vragen, niks vertellen.

'Nee. Mijn ouders waren zendelingen. In Afrika,' zei Clara mat.

'Ging je niet met ze mee?'

'Nee.'

'Ze lieten je hier achter?'

'Ja.'

Anita was niet zo stijf afstandelijk. Als ze iets wilde weten, lichtte ze gewoon het deksel van de put.

'Lieten ze je achter?'

'Nee. Of, nou ja, een soort van denk ik.'

Clara had plots het gevoel alsof alle adem uit haar geperst werd. Ze moest het zeggen. Het moest eruit. Beryl kwam op ze af met een blad voor de krullers. 'Het was zíjn idee om te gaan. En toen werd mijn arme moeder ziek, en stierf daar. Langzaam en met veel pijn, hoorde ik.'

Anita legt haar hand op die van haar. 'Wat een leed.'

De catering werd gedaan door mevrouw Wesley. De tafel stond propvol eten. Er was kaas, ham van het been, bolle worstenbroodjes, broodpudding en perzikcrumble. Een klein beetje geld deed wonderen. Het was jaren geleden dat Clara zo'n uitbundig vertoon van etenswaren had gezien, maar ze was te zenuwachtig om te eten en ze wilde de uitstalling ook niet verpesten. Haar groene jurk zag er te glimmerig uit, te 'Londenachtig', dus ze was blij dat ze niks nieuws gekocht had. Haar kapsel was onnatuurlijk stijf – dit was de laatste keer dat ze naar Beryl's Brushes was gegaan. Haar oorlelletjes voelden nog rood, hoewel Terry haar verzekerd had dat ze niet roder waren dan normaal.

Robinson en Browne waren er. Hun vrouwen waren er ook – Clara had onmiddellijk te doen met de vrouw van Browne – en het kind van de Robinsons was er ook, een twaalfjarig jongetje met een vlinderdas dat rondliep met een dienblad vol sandwiches. Iedereen glimlachte vertederd naar hem. Clara voelde zich schuldig. Als híj hier was, dan zouden haar kinderen hier toch eigenlijk ook moeten zijn?

Alleen wist ze dat Julian zou zeggen dat het niet háár kinderen waren.

Er waren een aantal van Julians cliënten die hij luidkeels aan iedereen aankondigde: de Lords en parlementsleden, de ingenieurs en de zakenlui. En die gasten over wie hij altijd roddelde met Clara: de kunsthandelaar, de gokker, de homoseksuelen, de acteurs. Al rondwandelend door de ruimte hoorde ze mensen praten over de jacht, of wie z'n bedrijf aan het verkopen was, of wie nog steeds niet over het gebeurde heen was – de oorlog, bedoelden ze daarmee. Ze hadden het er in bedekte termen over: een veelgebruikte uitdrukking was 'het was een buitengewone tijd'.

De kinderen, Judy, juffrouw Bridges of Ivor waren er dan wel niet, maar Anita was er wel, en ze zag er fantastisch uit, ondanks dat Beryl ernstig haar best had gedaan. Ook dokter Cardew en de aardige mevrouw van het postkantoor, wier naam ze tot haar schaamte steeds maar niet onthield, waren gekomen. Er waren niet alleen maar mensen voor Julian.

'Ken je me nog?' vroeg een tengere man, en zijn gezicht lichtte op toen Clara bevestigend antwoordde. Lester Burns! Ze wou dat ze wat langer met hem kon blijven praten – ze was gecharmeerd van zijn breekbaarheid, op een of andere manier deed het haar aan Peter denken – maar Julian voerde haar weg om haar voor te stellen aan een paar andere vrienden van hem.

'Hier is ze dan, de toekomstige mevrouw White.'

'Perfect figuur om kinderen te krijgen,' zei een van de mannen goedkeurend. Het leek alsof ze dachten dat ze hen niet kon horen. Of nee, het kon hen niet schelen dat ze het hoorde, zo onbeduidend was ze voor hen.

Ze pakte nog een drankje van het buffet. 'Ik meng me even in het gezelschap.' Ze knipoogde naar Julian.

Toen ze bij het buffet stond, bedacht Clara zich hoe weinig mensen hier haar kenden en hoe weinig zij er kende. Er waren wat stellen aan het dansen, en een elegant uitziende vrouw probeerde Julian ervan te overtuigen met haar de rumba te dansen. Hij wou niet. Dat moest je hem nageven, hij liet zich niet van de wijs brengen door een leuk gezicht of een decolleté. Mevrouw Garrard fronste haar wenkbrauwen naar Clara, en fluisterde toen iets in het oor van haar man, aan wie ze vastgeplakt leek. Haar haar was zo blond dat het bijna wit was. Clara vroeg zich af of zij ook naar Beryl's Brushes ging. Meneer Garrard zocht een sigaar uit een doos die rondging. Het leek wel of het hun feestje was, niet dat van haar.

Clara miste de kinderen. Wat was er met haar gebeurd, ze hield toch altijd zo van een heerlijk avondje uit? Maar tegenwoordig genoot ze van hun simpele avondrituelen, als de kinderen naar bed gingen. Vochtige kussen, instoppen, sokken in een rijtje op de radiators, eendjes in bad, haar in een halo op het kussen. Ze mocht dan niks weten van de jacht of onroerend goed, maar ze kon woord voor woord 'You Are My Sunshine' meezingen.

Sir Munnings kuste haar op de wang en riep dat ze er verpletterend uitzag. Als ze een paard was geweest, dan had hij haar vereeuwigd. Clara moest lachen.

'Je houdt niet zo van moderne kunst, geloof ik, hè?'

'Ik weet helemaal niks van wat voor kunst dan ook.'

'Was ik maar vijftig jaar jonger, dan zou ik je alles leren wat er te leren was over paarden en kunst.'

'Ik weet niet zeker of dat nou speciaal de onderwerpen zijn waar ik het meest van zou moeten weten.'

Met een stem zo luid dat iedereen hem kon horen, riep Sir Munnings boven de muziek uit: 'Hij verdient je niet!'

Dit was niet het soort gesprek om op een verlovingsfeest te voeren. Maar het leek Sir Munnings niet echt te deren. *Was hij dronken?*

Clara verstijfde. 'Julian is een goede man. We mogen dan heel verschillend zijn, ik denk dat we samen een geweldig team vormen.'

'Julian geeft geen zier om iemand anders dan zichzelf,' zei Sir Munnings. 'En nu ga ik naar huis om nog een paar veulens te schetsen.'

'Ik moet terug,' zei Clara tegen Julian, toen hij haar daarna opzocht. Ze had zuster Grace beloofd dat ze om elf uur terug zou zijn, maar ze voelde een hoofdpijn opkomen, niet alleen van de drukte maar ook door wat Sir Munnings had gezegd. Het was onaardig en het was ook niet waar.

'Ze redden het best.' Clara was zich er niet van bewust geweest dat Julian zo veel gedronken had. Hij greep haar bij haar middel. Hij zwierde haar rond, en ze liet het toe, want de mensen keken naar ze – vooral de Garrards hadden hun blik strak op hen gericht.

'Je bent net die oude vrouw die woonde in een schoen, en die zo veel kinderen had dat ze niet wist wat ermee te doen...' Dit had hij eerder gezegd. Clara knikte. *Laat hem maar gewoon.* 'Het is ons feest!' drong hij aan.

'Dat weet ik.'

Maar het was niet waar, het was Julians feest. Ze was gewoon een accessoire, en niet eens zo'n heel decoratieve accessoire.

'Je gaat met me trouwen, schat. Je hoeft je geen zorgen meer om ze te maken.'

'We hebben een afspraak, Julian, begin nu niet zo.'

'Die Peter...'

'Ik weet dat je hem niet mag.'

'Daar valt toch weinig aan te mogen? Het zijn wilden, het zijn snotneuzen, verschrikkelijk klein grut.'

Clara lachte, maar toen realiseerde ze zich dat hij het meende. 'Dat zijn ze niet, Julian. Het zijn heerlijke kleine kinderen, en ze hebben het moeilijk gehad. Allemaal. Vreselijk moeilijk. Daar kan je je geen voorstelling van maken.'

Ze dacht aan de lappendeken van verhalen in haar verslagen, de sterfgevallen, de ontbrekende ouders, het geweld, het rommelige leven. Het was nog steeds erg nu ze iemand hadden die er een kusje op kon geven. Maar veel erger dan wanneer die er niet was.

'Waarom ben je toch zo aan ze gehecht?'

'Dat zou iedereen zijn die een tijdje met ze omgaat.'

'Nou, ik niet. Smerige bengels. Ze zouden ze uit hun lijden moeten verlossen. Niemand zou ze missen.' Julian deed alsof hij een geweer richtte. Hij concentreerde zich op zijn doel en haalde de trekker over. 'Ik wil het wel voor je doen, als je wilt.'

30

De volgende dag bood Julian zijn excuses aan met een bosje primula's. Zijn excuses gingen altijd vergezeld van een bosje bloemen. Hij zei dat hij zich vanaf negen uur helemaal niks meer herinnerde van de avond. Kwam vast door iets wat hij gegeten had. Na middernacht had hij voortdurend overgegeven.

Mooi, dacht Clara, *je verdiende loon.*

'Deed ik echt zo afschuwelijk?'

'Ja, Julian, dat deed je echt.'

Het was middag en ze zaten buiten bij de Railway Arms, in de zon. Clara tilde de zoom van haar jurk op, zodat de zon op haar benen viel. Schurk leunde zachtjes tegen haar dij. Vandaag verkoos ze Schurk boven Julian, en Julian wist het.

Julian greep haar hand alsof hij voelde dat ze zich terugtrok. Hij draaide aan de verlovingsring aan haar vinger en bleef hem maar heen en weer draaien. Clara wist niet of hij nou berouw toonde of net deed alsof. Wat het ook was, deze nieuwe berouwvolle Julian beviel haar wel. Deze keer voelde zij zich eens de machtigste.

'Ik drink te veel.'

Hij dronk nu ook whisky, maar het zou onbeleefd zijn om dat te zeggen.

'Denk je dat dat het is?'

'Ik ga minderen. Hoe klinkt dat?'

Clara vroeg zich af of Julian minder bot zou zijn als hij niet meer dronk. Ze betwijfelde het. Hij wist het niet meer, maar helaas wist zíj nog alles wat er die vorige avond gebeurd was. Het gesprek met Sir Munnings: '*Julian geeft geen zier om iemand anders*,' en de krankzinnige blik in Julians ogen toen hij het over Peter had. Haar vader zou gezegd hebben dat hij 'door de duivel bezeten' was.

'En dan nog wat: de gemeente eist te veel van je. Het is te zwaar voor één vrouw.'

Julian schilderde haar af als een martelaar, hij dacht kennelijk dat ze helemaal geen huismoeder wilde zijn. Hij was zich er niet bewust van dat ze veranderd was na die eerste keer dat ze elkaar ontmoet hadden, die dag in de tuin, toen ze op was van de zenuwen en van angst. Ze was anders nu. Ze was sterker geworden. En haar werk wás helemaal niet te zwaar. Het was wel het minste wat ze kon doen.

'Het is een goed idee om wat minder te gaan drinken, Julian,' zei ze. 'Maar je hebt een paar erg gemene dingen gezegd. Zou je het ook gezegd hebben als je nuchter was geweest?'

'Absoluut,' zei hij.

'Waaaat?'

'Absoluut *niet*.' Hij gniffelde. 'Clara, je kent me toch. Ik probeer een goed iemand te zijn, maar het lukt me niet altijd.' Hij streelde haar vingers, maar raakte de ring niet aan. 'Met jou aan mijn zijde, zal ik een beter iemand worden. Ik kan veranderen.'

'Ik nodig juffrouw Bridges, juffrouw Cooper, zuster Grace en misschien ook mevrouw Harrington uit voor de bruiloft,' zei Clara. Het was een test. *Waarom niet?* 'En alle kinderen, natuurlijk, zelfs degenen die dan misschien al weg zijn. En ik stop niet met werken. Niet tot ik daar klaar ben, dat moet je accepteren. Ik ga niet van gedachten veranderen.'

'Afgesproken!' Julian klonk opgelucht. 'Dus je verbreekt de relatie niet?'

'Mijn hemel, nee.'

'Kunnen we...' Julian klonk bijna als een bang kind. 'Kunnen we zeggen dat het december wordt, dan? Ik wil gewoon dat je mijn vrouw bent, lieveling.'

'December van dit jaar?'

Hij knikte, zenuwachtig als een kleine jongen.

'Ik zou niet weten waarom niet.'

Lik op stuk. Clara wist hoe ze hem moest bespelen. Alsof ze de relatie hierom zou verbreken. En liever eerder dan later kwam haar ook wel uit. Ze had het vermoeden dat anders van uitstel misschien wel afstel zou komen.

'Hoe ging het gisteravond met Alex?' vroeg ze aan Peter, die de vloer aan het dweilen was.

'Prima.'

'Vond hij het niet erg dat hij niet naar de uitreiking van de school ging?'

'Hij las ons voor uit zijn encyclopedie. Over de Tyrannosaurus rex.'

'O, jeetje! Bofkonten!'

Ze moesten allebei lachen. Peter kon geweldig gezelschap zijn als hij wilde. Hij was zo'n heerlijke jongen, diep vanbinnen. Hij draaide achtjes met de mop, als iemand die een countrydansje deed.

'En toen?'

'Ze speelden verstoppertje.' Hij gniffelde. 'Billy en Barry waren hopeloos. Ze verborgen zich onder de tafel, je kon hun benen van een kilometer afstand zien. Maar Peg had zich achter het dressoir verstopt...'

Clara was dol op zulke verhalen. Waarom hadden Peter en zij niet vaker dit soort gesprekjes? Misschien was Peter ook wel aan het veranderen, na dat incident met Julian, werd hij wat volwassener? Misschien moest hij gewoon begrijpen dat overal consequenties aan verbonden zaten.

'Paste ze daar nog tussen?' Peg kon verbazingwekkend goed verdwijnen. Als ze verstoppertje speelden of blikkie trap was ze altijd onvindbaar. Clara vond het angstaanjagend.

'Net aan... het duurde eindeloos om haar te vinden, Rita was aan het huilen – ze dacht dat ze haar nooit meer terug zou zien.'

'Ik kan het me voorstellen. En jij? Deed jij ook mee, Peter?'

Daarop liet Peter zijn hoofd hangen. Hij sleepte zijn mop naar de emmer. Het leek net of de vloer nog net zo vies was als toen hij begonnen was met dweilen.

'Je zou zo veel meer plezier hebben als je meedeed.'

Dokter Cardew zei dat het Anita heel erg geholpen had om mee te doen met andere mensen. Maar Peter liet zijn hoofd nog wat meer hangen, en ging er toen vandoor, met de emmer die tegen zijn benen aan botste.

Toch niet echt een moment van een grote doorbraak.

Maar misschien hadden Clara's woorden deze ene keer toch effect, want de volgende dag na school was Peter met de anderen in de tuin, en deed mee met een spelletje cricket. Cricket was nieuw voor de kinderen, maar ze hadden het snel onder de knie gekregen en het veld zag er in ieder geval uit alsof ze er al jaren op speelden.

Peter lachte. Hij lachte bijna nooit als zij in de buurt was. En ook als Ivor of juffrouw Bridges er waren, was hij zo gesloten als een oester.

Hij was aan slag nu. Ze gebruikten een tennisbal als slagbal en de wicket bestond uit drie lange stokjes en een kort twijgje horizontaal daarbovenop. Schurk had zich door het hek gewrongen en had er twee keer tegenaan gepiest, tot ieders vreugde. Bernard, Alex' beste vriend, wierp. Terry was achtervanger. Billy, Barry en hun schoolvrienden, een paar broers die in de buurt van de bakkerij woonden, en de dochter van de vrouw van het postkantoor, wachtten op hun beurt of stonden in het veld om de bal te vangen. Rita en Peg speelden niet mee. Ze waren kennelijk in het schuurtje.

Alex, die er trots op was dat hij net zo slecht was in sport als in kunst en muziek, liep naar Clara. Hij wees naar Peter, die net een bal enorm hoog de lucht in had geslagen.

'Hij is goed, hè?'

'Zeker. Jij zou ook mee moeten doen, Alex.'

'Maar ik dóé ook mee,' zei hij. 'Ik heb een heel belangrijke positie!'

Ze hadden hem achter in het veld gezet, waar hij niemand tot last was met zijn dagdromerij.

Het spel ging door. Bernard was een goede werper, maar Peters slagtechniek was formidabel. Hij sloeg de bal in een prachtige boog naar ze toe. Een betere veldspeler dan Alex had hem misschien gevangen, maar op een of andere manier zeilde de bal langs hem heen en raakte Clara recht op haar sleutelbeen. Het was vooral de schok.

'Oooow!'

En toen zag ze de uitdrukking op Peters gezicht. Pure afschuw. Clara greep naar haar nek, tranen brandden in haar ogen, deels van de schok, deels van de pijn, deels omdat ze zich schaamde dat ze zo uit haar doen was onder de ogen van al deze kinderen.

Billy en Barry renden op haar af. 'Peter, eikel!' schreeuwde Billy.

Alex keek haar onderzoekend aan. 'Juffrouw Newton, hebt u medische bijstand nodig?'

'PETER!'

'Het is niet de fout van Peter,' snikte Clara. 'Het is mijn eigen schuld, omdat ik zo'n stuntelaar ben.'

'Moet ik even naar dokter Cardew rennen?' zei Alex. 'Hij hielp heel goed bij mijn obstipatie.'

'Nee, het is goed.' *Laat ze er alsjeblieft niet te veel heisa van maken.*

Peter was bewegingloos blijven staan. Hij staarde haar aan, toen schudde hij zijn hoofd alsof hij vreselijke gedachten wilde afschudden. Hij rende weg, het hek uit, de straat op. 'Alsjeblieft, Peter,' riep Clara hem achterna. 'Echt, er is niks met me aan de hand. Ik heb helemaal niks.'

Maar hij kwam niet terug.

Na een tijdje speelden de kinderen door. Clara deed ook mee, maar ze had haar gedachten er niet meer bij. Waar was Peter? Ze zou nu toch niet twee kinderen moeten missen?

Hij kwam uiteindelijk terug, maar pas tegen lunchtijd, en de rest van de dag wilde hij niets meer tegen haar zeggen. Niet tijdens de lunch, niet tijdens het avondeten. *Het is toch niet zo dat ik iets naar hém gooide. Hij gooide iets naar míj,* dacht ze bij zichzelf. *En trouwens, ik weet dat het niet expres was.*

Toen ze hem vroeg het zout te geven, deed hij alsof hij haar niet hoorde, totdat Barry in zijn oor riep: 'Ze wil het zout, stommeling.'

En het had zomaar gekund dat hij ook dát naar haar toe gesmeten zou hebben.

~

'Peter was altijd al een beetje eigenaardig.' Juffrouw Bridges, die het hele weekend aan het bakken was geweest, wipte wat gemberkoekjes op een bord. 'Restjes.'

'Is dat zo? Het is grappig, hij is de enige die contact heeft met iemand uit zijn familie, dus je zou denken dat dat hem wat zou opvrolijken.'

'Soms is dat kleine beetje contact juist extra pijnlijk. Het herinnert ze ergens aan, toch? Aan alles wat je kwijt bent geraakt. Alles wat je niet hebt.'

Juffrouw Bridges doopte haar koekje in de thee, en Clara volgde haar voorbeeld. Julian zou dit weerzinwekkend vinden, dacht ze ondeugend. *Je hoort koekjes niet in de thee te dopen, Clara!*

'Maar goed, vertel eens wat over het feest. Ik hoorde dat jij en Julian tot laat in de avond aan het dansen en drinken waren. Het was net of we opnieuw bevrijd werden na de oorlog.'

'Van wie hoorde u dat?'

'Van iedereen.'

'Iedereen' was meneer Horton, de inspecteur, en meneer Sommersby het hoofd van de dienst Kinder- en Jeugdzaken. Clara kon zich nauwelijks herinneren ze gezien te hebben, maar er waren ook wel heel veel mannen in grijze pakken geweest op het feest.

'Het was leuk.' Clara zou heel graag willen dat ze nooit meer een woord over de avond zou hoeven zeggen.

~

Clara gaf het niet op met Peter. Ze wilde dat het weer goed kwam met hem, wat ze daar ook maar voor moest doen, het liefst nog voor het huwelijksfeest en als dat niet lukte dan in ieder geval voor volgend jaar. Op zijn zestiende was hij op zichzelf aangewezen en stond hij alleen in de grote wijde wereld – ze had nog maar kort de tijd.

Hij bleef meestal in de slaapzaal van de jongens, waar hij god weet wat aan het doen was. Ze bracht hem wat rollen tekenpapier, in de hoop dat het hem zou inspireren om te gaan tekenen. De uitdrukking op zijn gezicht was kil.

'Peter, je hoeft je echt nooit zorgen te maken over of je me pijn doet. Ik ben...' wat voor woord zou ze voor zichzelf gebruiken? Onverwoestbaar? Er kroop het begin van een glimlach rond zijn mondhoeken. 'Onaantastbaar. Hoe dan ook, het hoort er allemaal bij. Het was cricket, hé!' Razendsnel ging zijn grijns over in een voorhoofd dat zich fronste.

Hij pakte het tekenpapier aan.

'Dank je,' zei ze.

Hij dacht na, knikte toen, en ze kon niet de moed opbrengen om te zeggen dat het niet haar bedoeling was om hem te bedanken, maar dat ze hem onhandig aanmoedigde om háár te bedanken.

31

Alex wilde al een tijdje naar het Natural History Museum in Londen en omdat hij de diploma-uitreiking van zijn school had gemist, was Clara hem dit wel verschuldigd. De andere kinderen zouden het ook wel leuk gevonden hebben, maar Clara vond dat de tijd was aangebroken – al heel lang eigenlijk – dat Alex iets voor zichzelf zou hebben.

Kandidaat adoptieouders leken nooit zo geïnteresseerd in Alex, maar Clara had uiteindelijk ontdekt waar dat aan lag. Een wees adopteren was al heel wat, maar een kind adopteren wiens dronken vader ineens kon komen opdagen was nog weer wat anders.

Judy zei dat het sportdag was op haar school, en omdat ze niet echt dol was op sportdag, vroeg ze of ze mee mocht met Alex en Clara – als zij dat goed vonden.

'Natuurlijk vinden we dat goed!'

Ze spraken af om elkaar voor het metrostation in South Kensington te ontmoeten, waar een man accordeon zat te spelen en Alex zijn eerste geroosterde kastanjes at.

Zijn oordeel: 'De geur is beter dan de smaak.'

'Dat geldt voor veel dingen.' Judy verscheen achter hen, met een brede lach.

Ondanks de felle lippenstift zag ze er vermoeider uit dan anders, en ze had allemaal plekjes op haar wangen. Of misschien kwam het door de katoenen hoofddoek, die strak onder haar kin vastzat, dat ze eruitzag als een huisvrouw die serieus onder de plak zat. Maar ze omhelsde hen beiden en zei: 'Ik ben zo blij om jullie te zien! Ik heb de minuten afgeteld.'

'Tot hoeveel minuten kwam u?' vroeg Alex.

'Achttienduizend vierhonderenzevenenzestig,' kaatste Judy terug. Ze nam hem bij de arm alsof hij een volwassene was en schudde verwonderd haar hoofd naar Clara.

Als Judy zei dat het allemaal beter ging, dan was dat misschien wel zo. Ze moest niet blijven graven naar problemen, zei Clara tegen zichzelf. Ze had er al genoeg.

Vier olifanten domineerden de grote hal van het Natural History Museum. Arme lieve wezens, die hier stonden waar mensen ze voor eeuwig aanstaarden en aan ze zaten. Clara voelde plots de tranen opkomen. 'Zijn ze echt?' vroeg ze, maar ze had meteen spijt dat ze het gezegd had.

Judy en Alex wierpen tegelijkertijd hun blik ten hemel, ze waren net een komisch duo.

Ze bekeken de botten van dinosaurussen (echt) en de vulkanen (die zijn niet echt, maar modellen, zie je wel Clara?) en de insecten in glazen kastjes (echt). Judy legde Alex tijdens hun tour dingen uit, en stelde daarna vragen om te kijken of hij het begrepen had. *Ze is hier zo goed in*, dacht Clara. *Waar heeft ze die encyclopedische kennis opgedaan?*

Judy tikte op een doosje en het kleine informatieplaatje daaronder. 'Hier staat het allemaal,' zei ze, maar zij vertelde meer: ze verpakte het allemaal in een perfect verhaal voor Alex, en daarbij was het ook nog interessant voor Clara.

Judy zei dat alles wat tentoongesteld stond voor de oorlog uit Londen weggehaald was, voor de veiligheid, en over het land verspreid was ondergebracht.

'Ik wist dat we dat met kinderen deden, maar ik had geen idee dat het ook met objecten gebeurde.'

'In huizen op het platteland, en zelfs in een mijn in Zuid-Wales, sommigen hadden beter onderdak dan anderen.'

'Mijn evacuatieadres beviel me best,' zei Alex.

'Weet je dat nog?' Alex moest drie of vier geweest zijn. Clara dacht dat hij het zich onmogelijk kon herinneren, maar waarom zou hij het zeggen als het niet zo was?

'Deze jongen weet waar hij het over heeft,' zei Judy tegen Clara toen ze aan het eind van de Vlinderafdeling waren beland.

'Het is een echte Willy Wortel,' zei Clara trots.

~

Alex wilde een kijkje nemen in de tijdelijke spinnententoonstelling. Hij wilde álles zien, maar na drie uur had Clara genoeg van het veel te warme gebouw, de wezens met hun dode, starende ogen of klauwpoten en de intensiteit van het geheel. Haar hoofd zat vol. Ze stelde voor dat zij en Judy buiten hun brood op zouden eten; Alex kon dan verder dwalen en zijn lunch bewaren voor de treinreis naar huis. Clara zag enige twijfel op Judy's gezicht.

'Kom op, Judy,' drong Clara aan, 'het is ook voor ons een dagje uit.'

'Ga maar!' Alex was opgewonden door het vooruitzicht in zijn eentje de zoektocht voort te zetten.

'Kom maar naar ons toe als je klaar bent,' riep Judy, maar Alex was al naar de trap gehold, naar de grote foto van een tarantula waarop stond 'ARACHNIDEN'.

Het beneemt je wel echt de eetlust, bedacht ze toen naar haar broodje keek. Met Julian had ze altijd veel meer eetlust. Maar ze had wel een cakeje als dessert om naar uit te kijken.

'Hoe gaat het met de migraine?' Ze had zichzelf voorgehouden dat ze er niet naar zou vragen, maar ze kon het niet laten: om die reden had Judy tenslotte haar verlovingsfeest gemist!

'Prima.'

'Je zou er eens naar moeten laten kijken.'

De manier waarop Judy knikte maakte voor Clara duidelijk dat ze er absoluut niet naar zou laten kijken.

'Alles goed met Arthur?' Het had met hem te maken, ze wist het zeker.

Judy klonk geïrriteerd, alsof het de zoveelste keer was dat Clara ernaar vroeg. 'Het gaat goed met hem.' Voordat Clara nog iets kon vragen, zei ze: 'En hoe gaat het met je verloofde?'

'Perfect.'

In de trein terug naar huis bleef Alex maar doorratelen over al die prachtige dingen: de salamanders, spinnen en dinosaurussen. Clara had het voor Alex gedaan, maar diep vanbinnen wist ze dat ze het ook gedaan had om Ivor iets duidelijk te maken. Was dat fout? Ze voelde zich trots toen Alex, volkomen voorspelbaar, erop stond om meteen naar de werkplaats van Ivor te rennen, popelend om hem alles te vertellen.

'Juffrouw Newton nam me mee naar Londen om me dinosaurussen te laten zien!' riep hij toen hij binnenstormde.

Daar zat Ivor, gordijnen of iets anders te naaien. Zijn donkere ogen geconcentreerd. Hij had spelden in zijn mond, die hij er haastig uithaalde. Er liep een rilling over haar rug toen ze hem zo zag. Ze stelde zich plots voor dat ze hem een kus gaf, en ze voelde een steek van pijn. Ze raakte haar lippen aan.

'Heeft ze dat echt gedaan? Clara zorgt wel heel goed voor jullie.'

Ivor keek naar Clara, wenkbrauwen gefronst. Het was niet de verontschuldiging waarop ze gehoopt had, het was helemaal geen verontschuldiging, maar het was een compliment, een erkenning, en ze was reusachtig opgelucht dat ze nog steeds vrienden waren – opgeluchter dan waar de situatie aanleiding toe gaf.

32

Toen Clara de volgende dag na het ophangen van de was de keuken binnenkwam, hadden de kinderen zich met z'n allen om Rita geschaard, er lag een serieuze uitdrukking op hun gezichtjes. Zelfs Peter was erbij. Peg legde haar hand op die van Clara en sloeg haar blik ten hemel.

'Rita snapte het niet,' zei Alex.

Clara moest er nog achter komen wat Rita niet snapte. *Mijn hemel. Wat had ze nu weer gemist?*

'De rol van Meikoningin,' hielp Alex haar. 'Ze hebben het vandaag besloten op school.'

O, Meikoningin! Rita was er al een tijdje zenuwachtig mee bezig. Ze had verschillende kapsels geprobeerd. *Als ik Meikoningin ben*, had ze gezegd, *dan ben ik de baas over iedereen en zorg ik dat iedereen zijn tandenborstel op de goeie plek zet, dat iedereen gele kleren draagt en dat we nooit meer kaas hoeven eten.*

Clara had zich er verder niet mee beziggehouden.

Ze knielde bij het huilende meisje.

'Het geeft niet, schat. We kunnen niet altijd de hoofdprijs winnen.' *Om eerlijk te zijn lijkt het er meer op dat de kinderen van Shilling Grange die hoofdprijs altijd misliepen.*

'Ze heeft ook geen andere rol gekregen.'

Clara richtte zich op. 'Wat voor andere rollen waren er dan?'

Alex zat er meer bovenop dan de anderen, zoals gewoonlijk.

'Er waren allerlei rollen die ze had kunnen krijgen: de onderprinses, of de vrouw die stond te wachten.'

'Ik ben meisje in de menigte.' Rita kauwde op haar vlecht. Clara dacht aan hoe Rita zorgvuldig haar haar gedaan had vanochtend, omdat ze er zo 'mooier uitzag dan de andere meisjes'. 'Niet op kauwen,' wilde ze zeggen, maar ze hield zich in. Het lukte haar ook om niet hardop 'Welkom in de echte wereld' te zeggen.

'O, juffrouw Newton, ik wilde dit echt zo graag. Waarom heb ik altijd pech?'

'Dus wie is nu de Meikoningin?'

'Betsy Hanshawe!' Rita spuugde haar naam bijna uit.

‘Betsy Hanshawe, hebben haar ouders die kruidenierswinkel naast het station?’

‘Ja.’

‘En zeiden ze ook wie de onderprinses was?’

‘Milly Little.’

‘De dochter van de slager?’

‘Ik haat ze allemaal!’ barstte Rita uit.

De rest van de avond zat Rita te huilen. Ze huilde bijna net zo lang als op die desastreuze dag van ‘Molly de Muis’, maar dit keer was Maureen er niet om haar te kalmeren. Tijdens het eten had Clara gezegd dat ze hier samen, als familie, doorheen zouden komen. Rita overstemde haar bijna met haar gesnik.

‘En weten jullie wat samen betekent?’

‘Ja, Manchester United speelt ook samen,’ zei Billy, ‘maar het is wel mooi waardeloos!’

‘Het betekent dat we het met z’n allen doen. We werken samen en zorgen voor elkaar.’

Clara zei dat het een verschrikkelijk ‘donker moment’ was voor Rita, en ze vertelde dat Churchill zo het begin van de Tweede Wereldoorlog had omschreven. Dat vonden ze wel goed klinken. Barry deed een briljante imitatie van Churchill. Alex pakte zijn encyclopedie erbij. Zelfs Terry had medelijden met Rita. Ze liep de tuin in en kwam terug met een paar pruimen. Clara was trots op hun veerkracht, en dat zei ze ook.

‘Veerkracht?’ vroeg Barry.

‘Dat betekent dat mensen je naar beneden blijven halen maar dat jij telkens weer boven komt drijven,’ legde Alex uit.

‘Zou het niet beter zijn als mensen je niet meer naar beneden halen?’ vroeg Terry.

‘Ja, zeker,’ gaf Clara toe. ‘Dat lijkt me wel.’

Rita bleef huilen. Als het er bij de Meikoningin om ging wie het best kon huilen, dan had ze met ruime voorsprong gewonnen. ‘Ik wilde een speciale jurk dragen.’

‘Dat weet ik.’

Toen het bedtijd was ging Clara naast Rita liggen, maar het lukte haar niet echt haar te troosten. De lakens waren een rommeltje en de deken kriebelde. Clara miste haar eigen bed met de knusse rode patchwork deken.

‘Kan ik iets voor je doen?’ vroeg ze aan Rita.

‘Een konijn zou wel helpen. Een echt konijn,’ voegde ze er dreigend aan toe. ‘Of een hond. U hebt de vissen weggegeven.’

Dit was aanleiding voor weer een nieuwe huilbui.

Clara zei maar niet dat het Rita drie dagen lang niet was opgevallen dat de vissen weg waren. Dat zou niet helpen.

Rita klemde zich aan haar vast. 'Ik dacht dat ze een foto in de krant zouden zetten als ik de Meikoningin zou spelen. Dan zou mama erover horen en dan zou ze me vinden.'

'Ach, schatje!' *Denkt ze nog steeds dat dat kan?* Clara wiegde haar in haar armen. Het was zo'n klein meisje, dat zulke zware lasten te dragen had. Ze zou het op een dag toch moeten accepteren.

'Volgend jaar lukt het misschien wel,' begon Clara, maar daarop begon Rita nog harder te huilen. Als je tien bent klinkt 'volgend jaar' hetzelfde als 'over honderd jaar' – dat had Clara moeten weten.

De speelplaats van de school puilde uit van de kinderen die allemaal kriskras door elkaar liepen, vrij en blij. Ze schaamde zich om naar de school te gaan, maar Clara wist niet wat ze anders kon doen. De vrouw bij de receptie stuurde haar zonder een woord te zeggen door. Clara zocht haar weg door de gangen, bij elke stap raakte ze haar vertrouwen meer kwijt, maar toen vond ze Rita's klas. Ze had Rita's juf nog niet ontmoet, juffrouw Fisher, maar op het eerste gezicht vond ze haar niet onsympathiek.

De klas zag er gewoontjes uit, somber bijna. IK ZAL NAAR MIJN JUF LUISTEREN. MIJN JUF IS DE BAAS stond er op het bord geschreven. Het voelde ouderwets, zonder veel hoop, maar schijn bedroog misschien.

Juffrouw Fisher droeg een ovalen bril en een witte blouse in victoriaanse stijl, misschien wel een origineel exemplaar – ze had er de leeftijd voor. Ze schrok kennelijk nogal toen ze Clara in de deuropening zag staan, want ze ging even op haar tenen staan, hielen van de grond. Ze vouwde haar armen over elkaar.

'Hebt u een afspraak?'

Clara schudde haar hoofd. 'De kinderen van Shilling Grange hebben veel tegenslag gehad in hun leven,' begon Clara nadat ze zich voorgesteld had, en nadat ze uitgelegd had dat ze maar vijf minuten van juffrouw Fishers tijd wilde. Dat *mijn juf is de baas* was nogal ontmoedigend, en waarschijnlijk ook zo bedoeld.

Juffrouw Fisher kneep haar ogen tot spleetjes. Er hing een klein zilveren kruisje om haar hals.

'Vraagt u nou speciale gunsten voor bepaalde kinderen? Als dat zo is, dan is dat onacceptabel.'

Clara kreeg een kleur, maar de gedachte van Rita die in bed lag te huilen omdat ze de rol niet had gekregen, gaf haar moed.

'Ik vraag niet om uitzonderingen, maar ik ben benieuwd – kon er nou geen enkel kind van de Grange een rol krijgen op het feest?'

Juffrouw Fisher pakte de raamstok en begon de lange smalle ramen dicht te doen. Ze was sterker dan ze eruitzag. Met juffrouw Fisher bezig met de ramen, was het voor Clara moeilijker om haar zaak te bepleiten. Ze kon die stok zomaar op Clara's hoofd smijten, bijvoorbeeld. Of haar in haar buik steken. Clara kon zich wel een voorstelling maken van wat er zou gebeuren als Billy en Barry zo'n stok in handen kregen.

'De Meikoningin en haar hofhouding zijn vurig begeerde posities,' zei juffrouw Fisher, toen de ramen eenmaal dicht waren en het vrolijke geschreeuw van de kinderen buiten niet meer te horen was. 'U zult begrijpen dat leerlingen hun plaatsje moeten verdienen. Dat krijgen ze niet zomaar. En geen van de Grange kinderen heeft het verdiend.'

'Hoe verdienen ze dan een plaats?'

'Begrijpt u dat niet?' Juffrouw Fisher begon schriften op een stapel te leggen. Clara voelde een sterke neiging om de stapel om te gooien.

'Nee, niet echt.'

'De kinderen die een rol hebben gekregen, komen allemaal uit families die ons op een of andere manier hebben gesteund.'

De dochter van de kruidenier. De dochter van de slager... Clara keek haar verbijsterd aan.

'Gesteund?'

'Dat klopt.'

'Het idee is dat... wij bijdragen?'

'Dat heb ik niet gezegd.' Toen juffrouw Fisher haar wenkbrauwen fronste, gleed haar bril van haar neus.

'Wat bedoelt u dan met steunen?'

'Vlees? Boeken? Suiker? Het zijn...' Juffrouw Fisher pakte de veger en veegde de letters van het bord af in geoefende soepele halen, 'voor iedereen zware tijden.'

Ah, dus zo zat het in elkaar. Arme Rita. Clara's hersenen werkten op topsnelheid. Ivor. Ivor zou de oplossing kunnen bieden. Ze dacht aan het kerstcadeau dat ze gekregen had.

'Ik zou een... kussen... of een quilt kunnen leveren?'

'Volgend jaar misschien,' zei juffrouw Fisher vriendelijk, alsof ze Clara toch eigenlijk wel mocht. 'Ik houd van groen en blauw. Geen patronen of ruiten alstublieft.'

Clara was nog steeds verbijsterd toen ze Ivor bij een kopje thee in zijn werkplaats vertelde over het gesprek. Hij had haar uitgenodigd en Clara had de uitnodiging aangenomen, opgelucht dat ze weer in wat kalmer vaarwater terecht waren gekomen. Rita en Peg waren in het schuurtje met Anita. Terry rommelde in haar tuintje: de rabarber en de asperge kon nu elk moment opkomen. Billy en Barry waren ergens buiten aan het spelen, Peter lummelde rond in zijn kamer en Alex was bezig met zijn meest recente passie: onderzoek naar de neanderthaler.

'Dus om de Meikoningin te worden of onderdeel te worden van de hofhouding moet je de juf omkopen. Heb je ooit zoiets gehoord?'

'Ik vrees dat het wel vaker gebeurt in kleine stadjes... Pak maar een plakje cake, Clara, en neem de rest mee voor de kinderen. Het is veel te veel voor mij alleen.'

Het was een grote, smeuïge chocoladecake, met een chocoladelaagje dat alle rantsoenregels tartte en haar het water in de mond deed lopen.

'Waar heb je díé nou vandaan?'

Hij fronste zijn wenkbrauwen. 'Van mevrouw Harrington.'

Dus mevrouw Harrington, die ontslag had genomen bij de dienst Kinder- en Jeugdzaken vanwege haar man, had nog steeds contact met Ivor?

'Wat onverwacht.'

Ivors gezicht vertoonde geen enkele uitdrukking.

'Je vindt het toch niet erg? Dat ik mijn kussens aanbood in ruil voor de rol van de Meikoningin?'

'Helemaal niet.' Hij aarzelde. 'En Rita vindt het niet erg om nog een jaar te moeten wachten?'

'Ja. Nee. Misschien.' Afwezig plukte Clara aan haar plakje cake. Opeens had ze een idee. 'Ze zal wel moeten. Maar, Ivor, denk je dat je nog iets voor haar zou kunnen maken, van een oude jurk van mij? Een nieuwe jurk vrolijkt haar misschien wel op.'

'Goed idee.'

Clara wilde net weer naar de overkant lopen, met een grote schaal cake, toen Ivor haar naam zei. 'Clara.' Het klonk anders dan anders.

'Jaha?'

'Het spijt me dat het een beetje ongemakkelijk liep allemaal, tussen ons.'

Een half excuus van Ivor telde als een heel excuus van iemand anders.'Ik heb het nooit echt goed kunnen vinden met Julian.'

'Dat dacht ik al.' Clara glimlachte. Het zou allemaal goedkomen.

'Ik zou je graag het beste willen wensen.'

'Je hoeft nie...'

'Maar dat doe ik niet. Ik wil het niet. Ik denk niet dat hij de juiste persoon is voor jou, Clara.'

'Met wie zou je me dan liever zien trouwen, Ivor?'

Hij zweeg. Hij had haar beledigd en het had niet geholpen. Alsof ze van gedachten zou veranderen omdat hij dat zei! Hij stond op, zette ongemakkelijk de deksel op de lege cakeschaal van mevrouw Harrington en liep door de achterdeur naar buiten.

Goed, de lucht was dus nog niet geklaard.

VERSLAG 8
Peg Church

Geboortedatum
De verjaardag van Peg wordt op 1 april gevierd, op die dag werd ze achtergelaten bij de deur van een kerk in Boston, Lincolnshire, met alleen maar een zeeschelp. Meer weten we niet.

Ze denken dat ze toen zes maanden oud was, in 1942, dus is ze ongeveer zeven of acht jaar nu.

Achtergrond familie
In de schelp had iemand geschreven: 'Zorg alstublieft goed voor mijn geliefde Peg.'

Gezondheid/voorkomen
Ze heeft zacht donzig haar en bruine ogen. Ze draagt graag vlechten. Haar melktanden zijn eruit, maar ze heeft nog geen voortanden. De zon hoeft maar even te schijnen en Peg wordt meteen bruin, en haar haar wordt veel lichter.

Peg praat niet. Nooit. We denken niet dat het iets fysieks is – het moet iets psychisch zijn.

Eten
Ze eet niet veel. Ze knabbelt als een muisje maar ze is dol op jam. Jam op brood. Een jamkoekje. Wat ook maar met jam. Heeft een hekel aan marmite.

Hobbys'/interesses
Dansen, huppelen, naar Rita luisteren als ze piano speelt, haasje over, elastieken.

Verder
Ze houdt graag andermans hand vast, houdt van wandelen op het platteland, hutten bouwen en ze houdt van haar zeeschelp.

33

Het was een prachtige zomerdag. De zon stond hoog aan de hemel en boorde zijn stralen door boomkruinen, zelfs door de allerdikste bladerdaken. Clara en Peg maakten een wandeling over een nieuwe route, langs een modderspoor dat langs een paar velden liep. Peg verzamelde mooie stenen, klauterde over hekken en lachte lief bij alles wat Clara zei. Ze was heerlijk gezelschap. Clara zat nog met haar hoofd bij het gesprek dat ze de vorige dag met Ivor had gevoerd. *Rare gek*, dacht ze. Wat wilde hij nou dat ze zei over Julian, haar toekomstige man? Hij moest toch weten waar haar loyaliteit lag? Maar ergens dacht ze ook: *o, Ivor…* en ze dacht aan die rare drang die ze soms had als ze bij hem was, om gewoon zonder iets te zeggen hem te omhelzen en…

Ze waren al een tijdje op pad toen Peg aan Clara's arm trok en wees. Meneer Garrard en zijn hond liepen in de verte. Clara kreunde. Peg giechelde. Meneer Garrard bleef staan en wachtte ze op. Clara ging langzamer lopen, maar hij bleef staan wachten.

'Wat wil hij toch?' mompelde ze tegen Peg. Ze hadden gewoon de route moeten nemen die ze anders altijd namen. Wie wilde hem nou tegenkomen?

'Hallo daar, dames,' zei hij, toen ze hem waren genaderd. Hij zette zijn hoed af, alsof hij en zijn vrouw de afgelopen maanden niet enorm neerbuigend tegen haar hadden gedaan. Hij droeg kleding die totaal niet paste bij een zomerse wandeling, en de zon viel op het zakhorloge dat aan een ketting hing en dat Clara even heel kort verblindde. 'Wat aardig om jullie tegen te komen op jullie wandelingetje.'

'Goedendag, meneer Garrard,' zei Clara opgewekt. Ze wist wat hij nu ging zeggen, ze had er een weddenschap op durven afsluiten. 'En jij, kleine meid, zeg jij geen gedag?'

'Dit is Peg,' zei Clara, terwijl Pegs hand zich steviger in de hare klemde.

'Hallo Peg.'

Haar blik gericht op de bomen een eindje verderop, zag Peg eruit alsof ze er het liefst in zou verdwijnen.

'Heb je de kalveren gezien?' kraaide meneer Garrard. 'Heel erg mooi, vind je niet?'

Clara, die koeien niet speciaal heel mooi vond, zei dat ze ze waarschijnlijk over het hoofd gezien hadden. Meneer Garrard keek neer op Peg alsof hij wilde benadrukken hoe klein ze was.

'En jij? Ben jij je tong verloren?'

'Peg praat vandaag niet.' Clara had geen zin om het aan hem uit te leggen. Waarom zou ze? Waarom zou ze wat dan ook aan iemand hoeven uitleggen?

Bertie sprong opgewonden op en neer. Ze liepen verder, met z'n drieën naast elkaar, Clara was aan het bedenken hoe ze van hem af konden komen.

'Misschien zouden de mensen wat meer sympathie krijgen voor de kinderen van de Grange als ze betere manieren hadden.'

'Peg heeft heel goede manieren.' Clara vroeg zich af of ze over het rare gedrag van zijn hond zou beginnen. Ergens in haar achterhoofd verscheen ineens de gedachte over kalveren en honden, dat dat niet zo'n goeie combinatie was. Maar meneer Garrard woonde hier. Hij zou wel weten hoe zijn hond reageerde op de kalveren.

'Het is maar een idee.'

'Ze heeft nu gewoon niks te melden.' Clara voegde 'nu' toe, om het te laten lijken alsof Peg elk moment kon uitbarsten in een monoloog van Shakespeare.

Maar het gekke was dat precies op dat moment Peg geluid maakte, voor de eerste keer, een geluid dat Clara nooit eerder gehoord had. Het was een krijs of een gehuil. Het was afgrijselijk.

'Peg?'

Peg had een doodsbange uitdrukking op haar gezicht. Haar mond ging open en weer dicht, een, twee, drie keer en toen kwam het eruit: 'Koeien!'

O jee.

Een paar seconden later kwamen de koeien op hen af gerend. Bertie moest ze opgejaagd hebben. Het gestamp van hun poten klonk alsof het onweerde, het gedonder van onweer. De woeste blik van die koeien! Het was een hele kudde en ze waren boos. Clara schatte de afstand in tot het volgende hek. Ze konden het redden. Ze wist zeker dat zij en meneer Garrard dat haalden. Maar Peg misschien niet, met haar kleine beentjes.

'Rennen!' Clara greep Peg. Het meisje was normaal gesproken licht als een veertje, maar vandaag woog ze meer door al die mooie stenen. Ze vielen onder het hardlopen uit haar zakken terwijl Clara met Peg op haar rug naar het hek rende. Zij en Peg zouden niet vertrapt worden onder de hoeven van de koeien. De grond trilde onder het hoefgeweld. Clara zette Peg over het hek heen. Bertie was daar al, ze blafte als een waanzinnige. Vervloekte hond. Clara had meneer Garrard meteen achter zich verwacht, maar een seconde later realiseerde ze zich dat hij nog steeds op dezelfde plek stond. In het veld, zijn armen gespreid, zijn hoed van zijn hoofd gewaaid, zijn haar wapperde onflatteus in de wind. Hij had een vogelverschrikker kunnen zijn geweest, alleen joeg hij niemand angst aan.

'Meneer Garrard!' riep Clara. 'Uw hond is hier, kom, kom!'

Ze rende terug naar hem. Een instinctief besluit. Wat kon ze anders doen? Nu bewoog ze kalm en behoedzaam. Ze pakte zijn mouw en trok hem met zich mee terug, met haar gezicht naar de koeien, en toen, met een blik op de afstand die ze nog moesten overbruggen, droeg ze hem op te gaan rennen.

Die enorme koppen. De vliegen. Het gestamp van hun hoeven in de modder. Ze schoten naar het hek en brachten zich daarna buiten adem al klauterend in veiligheid. Misschien had ze hem zelfs wel tegen zijn achterwerk aan geduwd om hem sneller over het hek te krijgen – maar daar zouden ze het nooit meer over hebben.

Clara was nog steeds overweldigd door Peg.

'Peg, je zei iets! Je zei koeien.'

Peg schudde haar hoofd. Ze was half aan het giechelen, half aan het huilen.

'Dat deed je echt, toch? Jij slim meisje! Je waarschuwde ons.'

Peg legde haar hoofd in de holte van Clara's hals, jammerde zachtjes.

'We zijn gered.' Clara klopte haar op haar rug. Het was afschuwelijk, maar tegelijkertijd nogal opwindend.

Meneer Garrard zat op de grond, zijn benen uitgestrekt in een v-vorm voor zich, als een kleuter. Hij schudde ongelovig zijn hoofd, overal op zijn gilet zaten takjes.

'Mijn horloge.' Hij klopte onhandig op zijn buik. Zijn horloge moest zijn gevallen en lag daar ergens in de modder, en zijn hoed ook.

'Godzijdank was u hier!' Hij zuchtte en steunde. Zijn gezicht was net zo rood als zijn zakdoek.

'Blij dat ik niet in Ipswich of Clacton was, denk ik?' Clara kon het niet laten.

Meneer Garrard lachte, daarna hoestte hij en moest hij weer diep ademhalen. 'Heel erg blij.'

34

Alex legde aan Clara uit dat er een meiboom, en misschien wat volksdansen maar geen draaimolen of, nog belangrijker, geen goudvissenkraampje zou zijn bij het Meifeest op de lagere school.

'Het is alleen voor kinderen,' zei hij. Hij klonk soms als een vijftigjarige. En daarover gesproken, Clara had haar eigen vijftigjarige gevraagd mee te gaan, en hij had ingestemd. Helaas kreeg hij op het laatste moment een uitnodiging voor een jachtpartij in Norfolk. Julian kon de kans om een vos te schieten nooit voorbij laten gaan.

'Vind je het niet erg? Ik zal het goedmaken, lieverd.' Het volgende weekend zouden ze naar een hotel gaan, bracht hij haar in herinnering. Maar Clara vond het wel erg – of beter, ze vond het een beetje erg. Julian zou het hele festijn waarschijnlijk toch niks aan vinden en hij zou het waarschijnlijk verpesten met grappende maar wrede observaties, maar ze wilde meer tijd met hem doorbrengen – ze móést meer tijd met hem doorbrengen – anders zouden van elkaar en van hun geplande toekomst wegdrijven. En ja, ze was zich ervan bewust, scherp bewust zelfs, dat Julian maar op vijf minuten afstand woonde. Ze waren ook in staat om elkaar vaker te zien – maar het was een eigen keus, geen overmacht, dat ze dat niet deden.

Het Meifeest was een grote gebeurtenis op de sociale kalender van Lavenham. De meeste kinderen waren op hun paasbest gekleed en sommige ouders ook. Zoals Alex al had gezegd was er een meiboom, maar er waren ook kraampjes waar versnaperingen werden verkocht zoals Bakewell taartjes en sinaasappel- en citroenlimonade, wat fijn was want Clara had niet ontbeten. Ook waren er stalletjes waar je ezeltje-prik kon spelen, of spelletjes met hamers en ballen. Gelukkig waren er geen levende wezens die je onopvallend mee naar huis kon nemen – en hopelijk ook geen Maurice 'roddelpers' Selby die ergens in de bosjes met zijn camera lag te loeren.

Ivor had een geweldige prestatie geleverd met Rita's jurk – hij was geel met een patroon van bloemen, en had een prachtige strik aan de achterkant. Rita was er opgetogen over. Zodra ze aankwamen, ging ze ervandoor, maar af en toe ving Clara een glimp geel op hier en daar, als de eerste narcissen in de lente. Clara liep naast Alex – 'Wist u dat *m'aidez* in het Frans betekent wilt u me helpen?' – toen ze meneer en mevrouw Garrard in zicht kreeg bij het kraampje waar je kon raden hoeveel snoepjes er in een pot zaten. Een onplezierig treffen. Meneer Garrard staarde liever naar zijn schoenen dan dat zijn blik die van Clara zou kruisen, maar mevrouw Garrard, die Clara meestal enthousiast negeerde, gebaarde dat ze bij hen moest komen. Als Clara al gehoopt had dat meneer Garrard zijn vrouw had verteld over hun ontsnapping van de koeien, dan werd het nu al snel duidelijk dat hij dat niet gedaan had. Mevrouw Garrard was vijandig als altijd.

'Wij verzorgen de bloemen op uw bruiloft, juffrouw Newton.'

'Blijkbaar.' Clara probeerde het beeld van het achterwerk van meneer Garrard, halverwege het hek, uit haar hoofd te krijgen.

'Je denkt dat je een hele piet bent in je nieuwe baan, is het niet?'

Een hele piet?

Mevrouw Garrard gaf haar man een por, hij haalde zijn schouders op. 'Ja, lieverd,' mompelde hij naar zijn vrouw.

'Vertel haar dan.'

Meneer Garrard was in elk geval minder enthousiast dan anders. (Wat hij wel zou moeten zijn, gezien het feit dat ze zijn LEVEN zo ongeveer gered had.) 'We, eh, weet je, denken eigenlijk dat Ipswich...'

'Of Clacton een betere plek zou zijn voor een kindertehuis. Ik WEET het,' snauwde Clara. *Hoe durfde hij!*

Ze zag dat mevrouw Harrington verderop bij een dartkraampje stond – waarschijnlijk aan het oefenen om liefdespijlen naar Ivor te gooien – en dook weg. Vandaag kon ze haar niet hebben. Daarna zag ze dat Alex ruzie had met de man die lootjes verkocht.

'Maar als ze moeten eindigen op een vijf of een nul dan is dat niet eerlijk.'

Peg huppelde door de menigte. Clara zag Terry met een schuin oog kijken naar de snoepkraam. Ze zwaaide, maar Terry zwaaide niet terug.

Vlak daarna zag Clara Ivor en ze wilde naar hem toe lopen, maar mevrouw Harrington was haar voor. Ivor leek minder blij te zijn met de ontmoeting dan mevrouw Harrington. 'Ik moet u die cakeschaal nog teruggeven,' hoorde ze hem zeggen, tegen mevrouw Harrington.

'Heb je het allemaal opgegeten, Ivor? Ik heb nog meer hoor.'

Het leek wel of er geen eind kwam aan de rij mensen die ze niet wilde tegenkomen. Clara was alle kinderen kwijt – maar het was toch niet erg om ze hier kwijt te raken, op het terrein van de school?

Er was gedoe bij de feesttent. Een groep mensen en gegil. Clara zag Billy en Barry wegrennen, met rode gezichten, lachend. Snel liep ze naar hen toe, ze had het gevoel dat ze er iets mee te maken hadden, wat ook zo was. Ze greep Billy bij zijn arm. 'Wat hebben jullie gedaan?' beet ze hem toe.

'Niets!'

'Hun eigen schuld,' zei Barry.

'Wat? De eigen schuld van wie?'

Ze konden bijna niet praten van het lachen. Maar toen lukte het Billy om een beetje te kalmeren. 'De Meikoningin en twee van de prinsessen gingen in een chocoladecake zitten.'

'Wat? Nee! Hoe dan?'

'Ze hadden overal glazuur. En ze huilden omdat hun jurken helemaal verpest waren.'

'Hoe kwam die cake daar terecht dan? Waar kwam die in hemelsnaam vandaan?'

De jongens keken elkaar aan, ze hieven hun handen in onschuld. 'Geen idee.'

Dit was niet grappig, maar Billy verviel weer eens in een Churchill imitatie: 'We bevechten ze op de speelplaats. We bevechten ze op straat. We zijn sámen een familie, juffrouw Newton.'

Hij dacht dat Clara onder de indruk zou zijn.

'Dat heeft niets te maken met samen een familie zijn! Jullie, jullie... hebben een paar kleine meisjes vernederd op een dag die speciaal was voor hen.'

Clara had hun net zo goed kunnen vertellen dat er weer een oorlog was uitgebroken. Zo verbaasd zagen ze eruit.

'Dat hebben we niet gedaan!' protesteerde Barry, met zijn mond wijd open.

'Die Betsy doet al jaren heel stom tegen onze Rita!'

'Betsy Hanshawe is een kreng en ik ben blij dat ze van streek is.'

De hoofdmeesteres kwam op haar af met de kille vrouw van de receptie.

'Jongens. En u. Ja, u, mevrouw van Shilling Grange.'

O, o, daar gaan we. Clara's maag kneep zich samen. Ze wist niet hoe ze moest reageren. Wat zou Judy gezegd hebben? Julian zou zeggen: *zie je wel, ik zei het toch.* Juffrouw Bridges zou beginnen te schelden. Ivor zou waarschijnlijk eerst luisteren.

Clara volgde ze gedwee het schoolgebouw in, en daarna naar het kantoor van de hoofdonderwijzeres. De jongens moesten buiten wachten. De hoofdonderwijzeres wond er geen doekjes om.

'Wist u hiervan?'

'Natuurlijk niet, ik hoorde het net.'

'Was dit een geplande aanval?'

'Een geplande aanval?' Clara besloot in een oogwenk aan wiens kant ze stond. 'Goeie hemel, nee.'

Boven in de deur zat een raam, op ongeveer anderhalve meter hoogte. Billy moest op Barry's schouders zijn gaan zitten, want opeens zag Clara een glimp van zijn brutale koppie tegen het glas. Zijn neus platgedrukt, en met zijn lippen plakte hij een vette zoen op het raampje. Clara onderdrukte een grijns. Toen opeens zakte het gezicht naar beneden, steeds lager, tot er een bonk klonk, dat moest Billy zijn die op de grond viel.

Nu kon Clara haar lachen niet meer houden.

'Juffrouw Newton?'

Clara had plotseling het gevoel alsof ook zij van buiten naar binnen keek door de deur. Hoog, hoger nog dan waar Billy's gezicht was geweest, ze hing tegen het plafond en keek neer op het tafereel, en het was de stem van Michael die ze hoorde, en hij lachte: 'Toe maar, lieverd, zeg het ze maar.'

'Die meisjes hebben Rita het hele jaar lang zitten pesten. Ik vind het sneu van die jurken, maar ik heb geen idee wat er gebeurd is. Als ik erachter kom, zal ik het u laten weten. Goed, ik moet mijn kinderen nu bij elkaar gaan zoeken. Goedendag.'

Buiten dansten Peg en Terry rond de meiboom. Alex en Bernard deden mee met een countrydansje. De vader van Bernard klapte vrolijk mee. Clara vroeg zich even af waarom ze Bernards moeder nooit zag. Maar waar was Rita?

Een onderwijzer, volkomen onwetend van wat zich allemaal had afgespeeld, riep Clara, en wees naar de feesttent.

'Rita is zo'n verrukkelijke Meikoningin, vindt u niet, juffrouw Newton?'

En daar was ze: Rita had zich op de troon genesteld, in haar prachtige door Ivor gemaakte gele jurk, de kroon boven op haar prachtige vlechten, zo blij als een kind.

35

'Niemand draagt een bril,' raasde Terry een paar dagen later, voordat ze zichzelf verbeterde, 'niemand die een beetje normaal is tenminste.'

Clara was naar dokter Cardew gegaan met Terry, die telkens haar ogen tot spleetjes kneep. De dokter zei dat ze zo snel mogelijk naar een opticien in Bury moest gaan.

Clara dacht na over welke 'beetje normale' mensen een bril droegen. Op school zat een jongetje met bril, Henry Meekins, maar hij zat de hele tijd in zijn neus te peuteren en viel niet onder Terry's definitie van wat 'een beetje normaal' was. Juffrouw Bridges had een leesbril, net zoals juf Fisher op school. Niet echt inspirerende voorbeelden voor een klein meisje dat het moeilijk had. Juffrouw Bridges had al de fatale stommiteit begaan om te zeggen: 'Je ziet er slim mee uit.' Terry wílde er helemaal niet slim uitzien. Misschien wilde ze er wel uitzien als een uitstekende tuinierster of een vaardige harker, maar niet slim.

Maar ze bleef geduldig zitten toen de opticien de een na de andere bril op haar neus zette, haar een spiegel voorhield en vroeg wat ze ervan vond. Terry was een gehoorzaam meisje. Ze vond het niks, maar uiteindelijk koos ze er een uit, schildpadmontuur met kleine vleugeltjes aan elke kant. Clara zou hem niet gekozen hebben, maar het was ook weer niet zo erg.

Toen ze van het station naar huis liepen, sloot Julian net de deur van zijn kantoor. Clara was verheugd hem te zien, en opgelucht door zijn warme ontvangst. Hij ontving haar met open armen en kuste haar op beide wangen. Altijd als ze hem een tijdje niet gezien had – en ze had hem nu een week niet gezien – vroeg ze zich af of hij haar misschien vergeten was. Misschien wel omdat ze hém soms bijna vergat. Maar dat was alleen maar omdat ze in zulke verschillende werelden leefden, zei ze tegen zichzelf. Terry schraapte met haar schoen over de grond terwijl Julian Clara in het oor fluisterde dat hij wou dat het al zondag was.

'Hoe vind je de nieuwe bril van Terry?' vroeg Clara.

'Mooi.' Maar aan zijn gefronste wenkbrauwen te zien vond hij het eigenlijk maar niks.

Terry smeekte of ze naar Ivor mocht voordat ze naar huis gingen. Eigenlijk wilde Clara dat niet – niet zoals de zaken er nu tussen hen voorstonden – maar als er iemand was die Terry kon opvrolijken, dan was het Ivor wel.

'Toe maar. Ik wacht buiten.'

Terry stormde naar binnen, en kwam daarna met een grijns weer naar buiten: 'Ivor vraagt of je binnenkomt.'

O God.

Oké, ze zouden dus weer een poging doen om in aanwezigheid van de kinderen te doen of ze vrienden waren. Dat kon ze best, ze was niet helemaal gek.

Haar gezicht naar Ivor gericht, wees Terry naar de bril. 'Verschrikkelijk hè, vind je niet?'

'Laat eens even kijken… dus nu kun je de wereld op twee manieren bekijken, en ik kan het maar op één manier, klopt dat?'

'Wat?' Terry veegde haar neus af aan haar mouw. Clara zuchtte. *Zakdoek.*

'Wat bedoel je?'

Zachtjes duwde Ivor de bril over de brug van haar neus omhoog tegen haar voorhoofd. 'Wat zie je nu?'

'Het is wazig,' gaf Terry toe.

'Precies.' Daarna zette hij de bril weer op haar neus zodat ze erdoorheen kon kijken. 'En nu?'

'Nu is het scherp.'

'Zie je wel – twee manieren om de wereld te bekijken. Dat is een cadeautje.'

Er brandden opeens tranen in Clara's ogen, stom, en ze wist niet waarom. 'Dank je, Ivor. Je maakt de dingen altijd beter.'

Hun blikken kruisten boven het hoofd van Terry, en hij leek nog wat anders te willen zeggen, maar haar blik was te wazig om dat goed te begrijpen.

'Graag gedaan, Clara.'

Haar hart bonkte als een razende. Ze wist opeens wat het was. Aantrekkingskracht: dat had ze bij Michael gevoeld en ze het had niet bij Julian gevoeld. Het was simpelweg een belachelijke aantrekkingskracht. In tijdschriften werd het 'lust' genoemd, en Ingrid Bergman en Carole Lombard konden het uitstekend verbeelden in films. Maar in het echte leven was het belachelijk. Het hield nooit lang stand. En je kon er de huur ook niet mee betalen. Er zou altijd, echt altijd, iets fout gaan. Of er stierf iemand.

Ze zou wat minder vaak naar Ivor moeten gaan nu ze officieel verloofd was. Maar toch. 'Je hebt mij bijna overtuigd om ook een bril te kopen!' zei ze opgewekt.

'Het zou je heel goed staan, Clara.'

Ze legde haar hand tegen haar wang. Hij gloeide.

'Tijd om op te stappen, Terry.'

36

Een paar dagen later ging Clara de jongenskamer opruimen. Was dit een excuus om wat rond te neuzen?

Misschien wel een beetje.

Peter was de laatste tijd zo onhandelbaar. Het voelde iedere dag weer alsof ze twee stappen vooruit zette, en daarna drie stappen achteruit. Het was moeilijk te geloven dat hij ooit haar favoriete kind was geweest.

Hij had geweigerd mee te gaan naar het Meifeest en toen ze thuiskwamen lag hij nog in bed, precies zoals ze hem achtergelaten hadden. Het maakte haar woedend, dat hij daar zo lag te verpieteren, als ze dacht aan al die jongens die gesneuveld waren in de oorlog. Zij kregen niet meer de kans om hun dagen maar een beetje te verlummelen – waarom zou hij dat wel doen?

Ze was uit haar slof geschoten. 'Kom op, opstaan, ga wat doen,' en hij was opgestaan en was weggegaan. Ze wist niet waarnaartoe, en eerst kon haar dat ook niet schelen. Maar toen werd ze ongerust. Hij glipte net voor bedtijd weer naar binnen. Hij had het avondeten gemist. Ze had op hem gewacht om haar excuses aan te bieden (in de hoop dat ook hij zijn excuses aan zou bieden) en zo was het gegaan (maar dan zonder zijn excuses).

Vanaf dat moment had hij nauwelijks meer een woord met haar gewisseld.

Elk bed had een klein nachtkastje, met een enkele la. Het was een van de weinige dingen die echt alleen van hen waren. Aarzelend deed ze Peters lade open.

Strips. Helemaal vol. Maar niet uit de winkel, deze had hij zelf gemaakt. *Hij is een kunstenaar*, dacht ze blij. Het maakte bijna de stank van de sokken en het zweet goed. De ramen zaten dicht, er was geen frisse lucht in de kamer. Het bed van Billy en Barry was niet opgemaakt. Alleen dat van Alex was keurig netjes. Het zei zo veel over hun persoonlijkheid. Het bed van Peter was een warboel.

Hij had haar deze strips niet laten zien. Maar hij was getalenteerd, geen twijfel. Ze rommelde door de stapel papier. Ze wilde de laatste bladzijden zien, want ze had het gevoel dat die het interessantst zouden zijn. Ze pakte een strip uit de la.

Ze schrok van de eerste regels. De tekening – een jongen die op Peter leek, wanhopig van angst. Naast hem in een tekstwolkje: *Stop. Je doet me pijn. Nee. Ik wil dit niet. Nee.*

En opeens daagde het Clara, in één keer kwam het besef. Ze wist wat er met Peter was. Het waren zijn bezoekjes op donderdagvond. Ze las door.

Een familielid dat nog leeft. Peter werd elke week aan zijn oom overgedragen. Ze hadden hem net zo goed op een dienblaadje kunnen aanbieden. Ze wrong haar handen in wanhoop. Wat moest ze doen?

En waar was Peter nu? Een allesdoordringende angst vulde haar. Nog niet zo lang geleden had ze hem de deur gewezen. Stel je voor dat hij vandaag was weggelopen?

Hij was niet in de keuken, in de badkamer of in de tuin.

Ze vond hem in de salon, hij lag op de bank met zijn ogen dicht. Sliep hij of deed hij net alsof?

'Peter.'

Hij verborg zijn gezicht in een kussen. Opeens was hij zo klein, bleek en onbereikbaar. Hoe kon het dat ze het niet gezien had? Al die maanden, ze had hem vrolijk daarnaartoe gestuurd, naar zijn oom. Al die maanden had hij niks gezegd. En zíj had niets gevraagd. Al die maanden had ze gedacht dat het 'best wel goed' ging, en ze had zich afgevraagd: 'Is zijn oom er klaar voor om hem in huis te nemen?'

'Peter, zeg eens wat.'

Hij wilde niet en negeerde haar.

'Peter, Peter.' Alsof het iets zou oplossen als ze zijn naam zei. 'Ik weet wat er met je aan de hand is.'

Er veranderde iets in de lucht. Elektrische lading. Het hoopje jongen op de bank dat Peter was bewoog niet, maar dat leek op zich boekdelen te spreken. Stilte. Ze kon de kinderen buiten in de tuin horen. Zaterdagochtend. Zo meteen zouden ze haar roepen voor een potje cricket. Of een spelletje met de bal.

'Ik las je… strip.'

'Ik wil er niet over praten!' snauwde hij.

'Ik wil niet dat je erover praat,' loog Clara. Natuurlijk wilde ze dat wel. Ze wilde alles weten. Ze wilde weten wat er precies aan de hand was. Hoe erg was het? Ze durfde hem niet aan te raken nu. Zijn lijden brandde levendig in haar hoofd. De echte Peter had ze eerder niet gezien, hij was 'een van de kinderen' geweest. Nu hij hier zo lag, was hij iemand die nadrukkelijk onrecht aangedaan was.

Onder haar toezicht.

'Knik maar ja of nee. Dat is het enige wat je hoeft te doen.'

Diep ademhalen.

'Is het je oom? Doet hij je pijn?'

Niets. En toen na ongeveer twintig seconden, bewoog die warrige haardos onder het kussen op en neer. Heel lichtjes maar het was genoeg. Clara wilde het uitschreeuwen. *Haar jongen. Haar jongen was pijn gedaan.*

'Vertel het aan niemand,' siste hij. 'Nooit. Beloof het.'

Er ging een rilling door haar heen die ze nog nooit zo gevoeld had. Ze had wel eerder met vervelende zaken te maken gehad maar altijd open en bloot. Maar dit, dit was in diepe duisternis.

Rustig blijven, rustig blijven.

Gelukkig nam juffrouw Cooper op bij de gemeente, en niet juffrouw Bridges, die doorgevraagd zou hebben. Misschien was juffrouw Cooper niet zo wereldwijs als ze zelf dacht.

'Peter heeft zijn schooltas bij zijn oom laten staan. Ik zal er even langs gaan om hem op te halen.' Clara zweeg. Ze stond er verbaasd van hoe makkelijk de leugen over haar lippen kwam. 'De school geeft ze straf als ze niet alle spullen bij zich hebben.'

Zo'n klein extra detail maakte het nog overtuigender.

Clara hoorde hoe juffrouw Cooper laden open deed en door paperassen zocht. Clara's hart sloeg op hol. Die verdomde paperassen altijd. 'Ah, hier is het, ja – Woodfield Road 24. Hebt u dat? Goed, juffrouw Newton. Ik hoop dat Peter niet in de problemen komt.'

Het was moeilijk om onder woorden te brengen wat er in Clara's hoofd omging toen ze ernaartoe ging. Het waren geen duidelijk omlijnde gedachten. Ze dacht terug aan hoe ze hier in Lavenham terecht was gekomen: een kleine advertentie in de *Evening Standard*. Een aanbod voor onderdak. Een aardig salaris. Een baan waardoor ze weg kon bij haar vader. Een sollicitatiegesprek om te oefenen.

Vandaar al die twijfel, Ivor

Het gaat om kinderen hier, kinderlevens.

Peters oom was niet thuis. Nadien was Clara opgelucht dat hij er niet geweest was – wat zou ze in hemelsnaam gezegd of gedaan hebben als hij er wel was? – maar tegelijkertijd kookte ze van woede.

~

Clara werd overweldigd door de pijnlijke beschermingsdrang en het gevoel gefaald te hebben. Ze kon nergens anders meer aan denken. Peter was geen baby, maar een jonge man op de rand van volwassenheid. Ze hield heel veel van hen allemaal. Maar Peter. Ach, Peter. Ze wist niet wat het was – herinnerde hij haar aan zichzelf op die leeftijd, dat aarzelende, zijn kalme bescheiden vriendelijkheid? Of leek hij misschien een beetje op Michael toen die een tiener was – een iets te lange puber met rood haar. Ze wilde een beschermende mantel om zijn smalle schouders slaan. Er was iets aan zijn gelaatstrekken, zijn tengere gestel, dat hem anders maakte dan de anderen – en ze had hem in de steek gelaten.

Wat verafschuwde ze zichzelf. Elke week maar weer Peter uitzwaaien. Met af en toe een flirterig praatje met zijn oom, als hij zijn elleboog uit het raampje van het autoportier stak. O! Clara werd vuurrood als ze eraan dacht. Hij had haar een keer gevraagd hoe ze het toch voor elkaar kreeg om voor acht kinderen te zorgen, waarop ze giechelend had geantwoord: 'Je moet streng zijn, dat is alles.' Als Peter terugkwam had ze soms opgezien tegen het sombere geklos van zijn laarzen in de keuken. 'Het kan geen kwaad om wat vrolijker te kijken,' zei ze dan. Of erger nog: 'Kom op, er is niks ergs gebeurd.'

Ze kon wel door de grond zakken van schaamte. Waar had ze gezeten met haar hoofd? En dat noemt zichzelf een huismoeder! Ze was medeplichtig – niet met opzet, maar wel uit domheid.

Ze moest iemand van de gemeente spreken. Nog een telefoontje. Juffrouw Cooper was op pad met kandidaat adoptieouders. Juffrouw Bridges was bezig op de begraafplaats. Sommige mensen bleven eindeloos zitten op hun plekje naast een graf, en zij was erheen gegaan om daar wat aan te doen.

Clara werd doorverbonden tot ze uiteindelijk meneer Sommersby aan de lijn kreeg, het hoofd van de dienst Kinder- en Jeugdzaken Ze slikte.

'Is dit Shilling Grange? Hallo juffrouw Newton. Hoe gaat het met meneer White? Heeft hij verteld dat we samen in de Home Guard gezeten hebben?'

'Ja, dat heeft hij verteld.' Ze zweeg even. 'Dank u, het gaat prima.'

'Wat kan ik voor u doen?' vervolgde hij joviaal.

'Ik... Ik heb een kind dat niet meer naar een familielid wil dat nog leeft. En ik denk dat we zijn beslissing moeten respecteren, hij is bijna vijftien.'

Meneer Sommersby zuchtte. 'Wij zijn de volwassenen, juffrouw Newton, wij nemen de beslissingen.'

'Het ligt ingewikkeld, maar ik heb het gevoel dat het een juiste beslissing is.'

Ik ga niet huilen. Dat doe ik niet. Alsjeblieft, niet aardig gaan doen.

Gelukkig was meneer Sommersby niet buitengewoon aardig.

'Kom volgende week maar met hem langs, vul de papieren in. Onderteken een instemmingsformulier.'

'Moet ik met hem langskomen?' Clara betwijfelde of Peter daarmee in zou stemmen.

'Ja, hij moet hier komen.'

'Goed.'

'Zo zijn de regels. Het kan in een paar minuten geregeld zijn.'

'Echt?' Dat was een opluchting. En volkomen onverwacht. 'Is het geen... ongebruikelijk... verzoek?'

'Het is ongebruikelijk, maar het komt weleens voor.'

'Heel goed.' Ze dacht aan toen ze met Billy en Barry naar de gemeentelijke dienst was gegaan nadat ze waren weggelopen. Dat was in orde gekomen, maar dit voelde anders.

'Kijkt u al uit naar december?'

'December?'

'Uw huwelijk?'

Clara reageerde op de correcte manier en hing toen op. Er was veel voor te zeggen om je aan de kant van de machtigen te bevinden. Het was in ieder geval beter dan onderdeel uit te maken van het kamp van de zwakken.

37

De voorbereidingen voor het huwelijk waren in volle gang, als een tank vermorzelde het alles op zijn pad. De bruiloft zou pas plaatsvinden in december, maar er moest zo veel geregeld worden. Julian bemoeide zich met de kleinste details. Clara had het kunnen weten, na al het gedoe met het verlovingsfeest, maar het was evengoed verbazingwekkend. Hij was zeker niet zo'n type dat alles overliet aan de bruid. (Michael wel! Michael was zo iemand die zei 'wat jij wilt, schat, dan vind ik het goed.')

Maar Julian nam soms wel eigenaardige besluiten.

'Mevrouw Garrard verzorgt de bloemen. Ik weet dat je haar niet mag, maar ze is heel erg kundig.'

'Het is niet dat ik háár niet mag, het is meer dat ze míj niet mag.'

Julian gniffelde. 'Nou, mij mag ze in ieder geval wel.'

'Hoe bedoel je?'

'Hemeltje, Clara. Je bent echt prikkelbaar vandaag.'

Ze was inderdaad nogal prikkelbaar. Vanaf het moment van de ontdekking over Peter leek het of over alles een grauwsluier lag.

En ze maakte zich niet alleen zorgen om Peter. Ze maakte zich nu zorgen over elk afzonderlijk kind. Wat had ze nog meer gemist? Sommige zorgen had ze allang, ze was eraan gewend: Peg die niet meer gesproken had sinds het koeienincident, Terry die zo van korte broeken hield, Rita die voortdurend om haar mama riep. Deze zorgen droeg Clara altijd met zich mee. En dan waren er de nieuwe zorgen: de tweeling die geen vooruitgang boekte, waar ze het nieuwe schooluniform van Alex van moest betalen. Als een probleem wat minder urgent was, dan kwam er wel weer een nieuw probleem in beeld. De binnenkant van haar hoofd voelde soms als een bijenkorf.

Julian probeerde haar interesse te wekken voor een paar menu's voor het huwelijksdiner – *mevrouw Wesley suggereert eend, maar dat kan nogal vet zijn* – maar voordat ze aangekomen waren bij het dessert gaf hij het al op.

'Het gaat binnenkort wel weer beter,' verzekerde Clara hem. 'Ik wil gewoon dat het gedoe van Peter die naar de gemeente moet achter de rug is, daarna ben ik er weer helemaal voor jou.'

‘Ik vraag me af of Shilling Grange óóit achter de rug zal zijn.’

Clara had hetzelfde gevoel. Twee mislukkingen al (ze was Maureen natuurlijk nog niet vergeten). En waarschijnlijk lagen er nog wel een paar meer op de loer. Een paar maanden geleden had ze geweten dat ze niet tegen de taak opgewassen was. Maar toen had ze, stom genoeg, gedacht dat ze het verschil kon maken. Nou, ze kon inderdaad een verschil maken, maar niet noodzakelijkerwijs ten goede.

O, Peter.

Clara begon er spijt van te krijgen dat ze ingestemd had met december. Het was dichterbij dan ze zich had voorgesteld, 21 december, de kortste dag van het jaar – of zoals Julian graag zei met één opgetrokken wenkbrauw: ‘De langste nacht.’ Ze had vast moeten blijven houden aan de zomer of herfst van 1950 – maar toen ze zei dat ze misschien liever een juni-bruid was, zei Julian dat ze zich niet druk moest maken, dat hij alles zou regelen en dat Clara er in alle seizoenen even goddelijk uitzag.

Het probleem was dat Clara niet wist wat ze na de bruiloft ging doen. De gemeente zou er wel van uitgaan dat ze ontslag zou nemen. Getrouwde vrouwen bleven zelden doorwerken. Julian ontkende het, maar waarschijnlijk verwachtte hij dat ook wel van haar. In het ideale geval zou ze een paar maanden gewoon doorwerken, of misschien zou er nog een tweede huismoeder aangesteld worden, hoewel ze geen idee had of dat wel tot de mogelijkheden behoorde. Alle verwachtingen leken ervan uit te gaan dat ze de kinderen achter zich zou laten, maar Clara was ervan overtuigd dat er wel een manier was om daar onderuit te komen en dat ze die zou vinden.

Julian vroeg haar of ze de week na de bruiloft vrij had gevraagd, voor hun huwelijksreis naar Bath. (Julian was ervan overtuigd dat ze dol zou zijn op de architectuur van die badplaats, in Regency-stijl – hij was zo attent.)

Dat had ze nog niet gedaan.

‘Voor iemand die het liefst alles administreert, ben je hier nogal laks mee, Clara!’

‘Alles op zijn tijd,’ zei ze, maar het idee om nú een verzoek voor een week vrij in te dienen deed haar duizelen. Wat zou Peter wel niet denken, vroeg ze zichzelf af. Ze kon hem nu niet in de steek laten.

Het huwelijk zou plaatsvinden in de Allerheiligen Kerk. Julian had haar verzekerd dat de priester daar heel sympatiek was en zonder veel poeha. Clara was een beetje sceptisch, want Julians idee over wel of geen poeha was anders dan van anderen. Maar uiteindelijk bleek de priester echt innemend en warm, en wat vooral belangrijk was, hij verweet Clara niet dat de kinderen niet of nauwelijks naar de kerk gingen.

En ja, de kerk was prachtig en nee, ze voelde zich geen buitenstaander.

De dienst zou gevolgd worden door een receptie in de Kledinghal in Lavenham, Julians favoriete plek. Clara hoefde zich geen zorgen te maken over de rantsoenering ('we hebben zo onze adresjes') en mevrouw Wesley was de taart al aan het ontwerpen – drie verdiepingen, glazuur, de hele mikmak. Clara hoefde alleen maar te zorgen dat ze er was. En dat ze er...

'Prachtig zal uitzien, ja, Julian. Ik heb het begrepen.'

'Schrijf het op dan.' Hij knipoogde.

Clara had enige invloed gehad op de muziek: een vijfmans swingband uit Norfolk. En ook had ze een klein beetje invloed gehad op de keuze van de fotograaf...

'Wie wil je?'

'Zo lang het maar niet die kerel is van de *Suffolk Times* – Maurice Selby heette hij toch? – vind ik alles goed.'

'Ah.'

'Julian?'

'Hij is een vriend van me.'

'Dat meen je niet!'

'Wat moest ik...? Je was zo razend, je zou geen woord gehoord hebben van wat ik zei.'

En hoe meer Clara de gedachten aan het huwelijk dat ze ooit met Michael gepland had probeerde te verdringen, des te meer ze zich opdrongen. Dit was echt een heel andere bruiloft – nou ja, natuurlijk. Niet alleen was Julian een andere man, zij was ook een andere vrouw dan ze toentertijd was.

'Mag ik dit keer wel de gastenlijst zien?'

'De lijst zit hier,' Julian tikte tegen zijn hoofd, tot haar grote razernij.

'Ik wil gewoon een geschreven lijst.'

'Wat maakt het uit?'

Maakte het wat uit dat ze de helft van de gasten zelfs niet eens kende?

Maar Sir Munnings kwam in ieder geval. '*Ik zou de trouwerij van mijn favoriete persoon niet willen missen*,' schreef hij bij zijn RSVP – dat dacht ze tenminste, want zijn handschrift was nog onleesbaarder dan dat van Alex. (Julian was ervan overtuigd dat hij met 'mijn favoriete persoon' hem bedoelde.)

'Ik heb uit betrouwbare bron vernomen dat het cadeau van Sir Munnings een schilderij zal zijn,' zei Julian.

‘Van een paard?’

‘Waarvan anders?’

Clara wilde iets zeggen over een gegeven paard niet in de bek kijken, maar Julian was alweer naar het volgende onderwerp overgestapt: de trouwauto’s.

Judy kwam ook. ‘Ik zou het voor geen goud willen missen,’ zei ze, maar Clara vertrouwde haar niet, omdat ze er bij de verloving niet bij was geweest. ‘Zal Alex er ook zijn?’ vroeg Judy.

Alle kinderen kwamen. Clara zou niet twee keer dezelfde fout maken. En ze wilde hen ook allemaal afzonderlijk een rol toebedelen, al wist ze nog niet precies wat voor rol. Alles was nog mogelijk. Ze kon het nog niet plannen – Clara had het gevoel dat ze nu niet in staat was over wat dan ook maar een beslissing te nemen.

Misschien konden de meisjes bloemenmeisjes zijn? Terry zou dat afschuwelijk vinden – misschien kon zij als bruidsjonker fungeren? *Maar wat doet een bruidsjonker eigenlijk?* Maureen zou een prachtige leidster van de bruidsmeisjes zijn geweest. Misschien zou dat haar kunnen overhalen terug te komen – alleen was dat haar met geen mogelijkheid over te brengen, want er was geen spoor van haar vernomen sinds haar verdwijning. Een paar kinderen zouden heel graag iets ten gehore brengen – vooral Rita, en de tweeling – maar er waren er ook die een hekel hadden aan publiek. En wat moest ze met de zwijgende Peg?

Ze zou Peter graag vragen om haar weg te geven voor het altaar. Ja, dat zou ze doen. Dan had de jongen iets om zijn aandacht op te concentreren.

Die griezel van een meneer Browne zou Julians getuige zijn. Clara zei dat ze zijn toespraak vreesde.

‘Hoe denk je dat ik me eronder voel?’ kaatste Julian terug.

Dat wist Clara niet. Er was heel veel wat ze niet wist van Julian, maar dat vond ze wel prettig. Waarom zou je van tevoren al alles over iemand moeten weten? Dat was toch hetzelfde als eerst het eind van een boek lezen. Alle mysterie meteen verdwenen. Geen enkel avontuur.

Hoe dan ook, ze wist voldoende: hij hield van haar.

En het werkte beide kanten op. Hij wist niet dat zij en Michael verloofd waren geweest of dat ze van plan was geweest naar Amerika te gaan. Hij wist niet dat haar ouders haar hadden verlaten. Hij wist het niet omdat hij het niet gevraagd had. Op een dag zou ze het allemaal vertellen. Het is goed dat je elkaar kunt verrassen.

Ze was al bij een kleermaker geweest in Dedham, voor haar jurk. Het was heerlijk dat ze zich daarbij niet druk hoefde te maken over bonnen.

Ze bewonderde de vrouwen die in de oorlog hun trouwjurken uit oude jurken maakten – voor het huwelijk van Judy hadden haar moeder en een vriendin van haar moeder bonnen opgespaard. De jurk was fantastisch geworden en ze wist nog dat Arthur had gehuild.

Alles zou geweldig zijn.

'Het is meer dan ik verdien.'

Julian schoot in de lach. 'Niemand krijgt in dit leven wat hij verdient.'

'Is dat zo?'

Ze zouden iets gaan drinken rond lunchtijd, maar Julian zei dat er iets belangrijks tussengekomen was. Eventjes was Clara achterdochtig. Julian had haar nooit eerder aanleiding gegeven voor twijfel, maar hier hing iets schimmigs omheen. Ze trok een geïrriteerd gezicht.

'Gewoon werk, schat, eerlijk.'

'Als jij het zegt.'

Er wás iets, maar ze vermoedde dat het wel weer iets te maken zou hebben met de bruiloft. Hij hield ervan haar te verrassen, dus dat was het waarschijnlijk.

'Ik heb een probleem,' zei Clara tegen Ivor, toen ze zenuwachtig bij hem langs ging in de werkplaats op weg naar huis. (Ze wist tegenwoordig nooit precies hoe zijn pet stond.) 'Peter moet met mij naar de gemeente, om een paar formulieren te ondertekenen, maar hij wil niet.'

Ivor keek op, een verwarde blik.

'Het is niets belangrijks.' Clara kuchte, zich bewust van de situatie. 'Het is alleen dat hij niet meer naar zijn oom wil, en dat moet hij duidelijk maken.'

'Als het zo onbelangrijk is, waarom wil hij het dan niet?'

Clara kon het niet vertellen. Ze probeerde het met haar gezichtsuitdrukking duidelijk te maken.

Ivor kauwde op zijn lip. Hij begreep het niet, maar zo was Ivor dan ook weer: hij was nog steeds bereid zijn best ervoor te doen.

'Dus... oké... wil je dat ik met hem ga praten?'

Zijn pet stond goed vanaag, gelukkig. 'Graag.'

Later stond Clara bij het keukenraam te kijken naar Terry, die madeliefjeskettingen aan het maken was in de tuin. Peg speelde met een bal onder de keukentafel, Rita bestudeerde haar gezicht in de spiegel, Alex bekeek minutieus het menselijke skelet in zijn boek en de tweeling was aan het stoeien.

Peter zat in de salon met Ivor.

Clara had verwacht dat het onderhoud maar kort zou duren – Peter was meestal niet bepaald communicatief – maar hij bleef wel een uur weg. Clara zat vol vragen, maar besloot ze niet te stellen. Er was er maar één van belang.

'Gaat hij mee?'

Ivor haalde zijn schouders op. 'Hij gaat erover nadenken.'

'O, dat is in ieder geval beter dan niets.'

'Ik heb het met hem gehad over hoe ik hieraan kom.' Met een rood hoofd klopte Ivor op zijn armstompje.

'Ah.' Ook Clara kreeg een kleur. Dat gebeurde automatisch als het over de arm ging. De vraag hoe het zo gekomen was speelde altijd in haar hoofd. De twintig mannen die hij gered had in Duinkerke. De onderscheidingen. Ze besefte dat hij er haar nooit iets over verteld had, geen enkele keer.

'Ik zei dat ik ook mee zou gaan, voor morele ondersteuning, als dat goed is?'

'Dat is niet nodig,' wilde Clara zeggen. 'Het is alleen maar wat papierwerk.' Maar het aanbod beviel haar wel. Het zou beter zijn als Ivor erbij was.

'Graag, dank je.'

'Peter zal hier écht wel weer overheen komen.' Ivors wangen werden weer rood. 'Wat het ook is. Hij zal eroverheen komen en weer verder gaan. Hij weet heel goed wie hij is. Op de lange termijn, zal hij er zijn voordeel mee doen.'

Clara voelde een brok in haar keel. *O, Ivor. Hij begrijpt het.*

'En op de korte termijn?'

'Op de korte termijn zal het pijn doen. Maar hij redt het wel. Hij heeft veel mensen om zich heen die van hem houden: de andere kinderen, jij, ik. Wij staan allemaal aan zijn kant.'

Wij. Zo'n klein woordje voor zoiets krachtigs.

Clara kon zich bijna niet inhoudenn om hem een kus te geven. *Doe niet zo stom*, dacht ze er meteen achteraan. Ze was gewoon in de war van al dat gedoe. Ivor was niet haar man. Ze ging in de winter trouwen met meneer White, advocaat, volgens plan. 1950 zou haar beste jaar tot nu toe worden. In dat jaar zou ze de oorlog, het verdriet en alle gedoe van de afgelopen jaren achter zich laten. Ze werd mevrouw White en dat was een absoluut geprivilegieerde positie – als je zag hoe meneer Sommersby tegen haar had gedaan aan de telefoon! Het idee dat ze dat allemaal op het spel zou zetten, alleen maar voor een kus om hem te bedanken, dat was belachelijk. Stel je eens voor wat Anita Cardew zou zeggen. Je kon heel makkelijk dankbaarheid en aantrekkelijkheid door elkaar te halen. Maar het waren twee heel verschillende dingen.

Later die avond glipte Peter de keuken in en pikte een cracker van een schaal. Zonder Clara aan te kijken. Toen ze hem vroeg hoe het met hem ging, bleef hij naar de vloer kijken.

'Ik had u gevraagd om het niemand te vertellen.'

Clara wilde hem vertellen dat ze dat niet gedaan had – ze had Ivor niks specifieks gezegd, ze had hem niet verraden... Nooit. Maar het moest een enorme inspanning voor hem geweest zijn om zelfs dit al tegen haar te zeggen.

'Ik heb hem heel weinig verteld en ik ga dat ook niet doen. Maar je gaat wel mee naar de gemeente om de papieren te ondertekenen, toch Peter? Beloof je dat? Het is echt...'

'Niet ingewikkeld,' vulde hij aan. 'Dat zeggen ze, ja. Goed, ik zal wel meegaan.'

38

Peter, Ivor en Clara zouden om half elf vertrekken. Juffrouw Bridges had aangeboden ze op te halen met haar auto. Clara had nooit eerder bij juffrouw Bridges in de auto gezeten – of bij een vrouw, om precies te zijn – en ze keek er op een bepaalde manier wel naar uit.

Vlak voor tienen hoorde ze gerammel, toen voetstappen in de tuin en vervolgens een klop op de achterdeur. Ze zwaaide hem open, in de verwachting dat juffrouw Bridges daar zou staan, al was het nog wat vroeg en kwam ze meestal door de voordeur binnen. Tot haar verbazing was het niet juffrouw Bridges, maar een jonge man die op zijn hurken zat, met een pet over zijn voorhoofd getrokken. Clara herkende zijn gezicht min of meer, maar ze wist niet precies waar ze hem van kende.

'Kan ik u helpen?'

'Juffrouw.' Zijn stem was verrassend schor, alsof er grind in zijn keel zat. 'Het gaat over Maureen.'

'Maureen?' Nu wist ze wie hij was. Ze had hem gezien toen hij de trap af rende en hij haar een luchtkus toeblies, toen ze hem uit de meisjesslaapkamer gegooid had. 'Waar is ze?'

Hij wees naar een groepje bomen. 'Daar. Kan ik haar binnen brengen?'

'O, mijn god. Maureen!'

Het meisje was in een verschrikkelijke staat. Ze kronkelde, dubbelgeklapt, en hield haar hand tegen haar buik geklemd. Haar haar zat door de war. Haar ogen stonden angstig. Ze strompelde door de tuin, en greep toen Clara vast.

'O, juffrouw Newton!' zei ze huilend.

Ze bloedde ook. Clara zag rode vlekken op haar jurk.

'Ach, lieverd, je moet naar het ziekenhuis.'

'Ik wil naar huis,' huilde Maureen.

Clara leidde Maureen naar boven, naar haar kamer en haar eigen bed. Ze rende paniekerig rond op zoek naar een deken, maandverband, een kan water en aspirine.

Vlak daarna hoorde Clara een klop op de deur, en de voordeur die open ging. Stemmen. Peter moest juffrouw Bridges binnengelaten hebben.

'Niemand zeggen dat ik hier ben,' fluisterde Maureen. 'Alstublieft, juffrouw Newton. Niemand mag het weten. Alstublieft. Dat levert zo veel problemen op.'

'Het is alleen maar die vrouw van..'

'NEE.'

'Ze wil je helpen, Maureen. We willen je allemaal helpen.'

'Ik loop weer weg als u het aan iemand vertelt. Niemand mag het weten.'

Clara veegde haar zweterige gezicht droog. 'Maar ik moet wel dokter Cardew bellen.'

'Nee,' hield Maureen aan, nog steeds kronkelend van de pijn. 'Niemand mag het weten, anders gaan we weg.'

De jongen stond achter haar, al zijn bravoure was verdwenen. Hij deed zijn pet af en kneep hem stilletjes fijn in zijn handen.

Juffrouw Bridges zat aan de keukentafel met Peter te kletsen. Ze keken allebei vol verwachting op toen Clara binnenkwam. Ivor was er ook, hij zag er anders dan anders uit in zijn pak, een galante en professionele verschijning. Clara wist dat hij er een hekel aan had om zulke kleding te dragen en dat hij al die moeite had gedaan deed haar hart smelten. Hij schonk iedereen een bemoedigende lach.

'Iedereen klaar?'

'Ik ben bang dat er...' mompelde Clara. *Ja, hoe zou ze het eens noemen?* 'Een tegenvaller is.'

'Wat? Wat is er aan de hand?'

'Niets. Ik moet alleen iets heel belangrijks doen hier.'

Even was Ivor sprakeloos. Ze zag hoe hij slikte, nadacht, en wat hij toen zei klonk als een vloek: 'Moet je nog wat administratie doen, Clara?'

'Geen administratie, alleen... ik moet hier blijven.'

'Is dit een grap?'

'Nee, ga jij maar met juffrouw Bridges, ik stap zodra ik kan in een taxi.'

Die arme Peter was onder zijn sproeten pijnlijk rood geworden.

Verbeten bewoog Ivor zijn onderkaak alsof hij kauwde.

'Het is dertig minuten rijden. We moeten nu gaan.' Hij ging bij de deur staan en spoorde ze aan op te staan. 'Kom op, iedereen. Clara!'

'Ik kan niet.'

'Natuurlijk kan je wel.'

Hij probeerde te verbergen dat hij ziedend was, maar het was overduidelijk.

'Ik kom zo snel mogelijk. Je moet me vertrouwen, Ivor. Het gaat alleen maar om een handtekening op die formulieren, dat is alles. Een wederzijdse overeenkomst.'

'Dit is de tweede keer dat je me laat vallen. Ik wist het. Ik wist dat je nooit zou begrijpen hoe dat voelt.'

Peter hield zijn handen over zijn oren. Juffrouw Bridges zocht heel geconcentreerd iets in haar handtas en deed net of ze niet meeluisterde.

Twee keer? Telde hij die gebeurtenis met Alex nog steeds mee? Of bedoelde hij Maureen? En was dat veel, twee keer? Wat wist hij er nou van dat iedere dag iedereen maar een beroep op haar deed, elk moment van haar leven? Hij hoefde zich alleen maar druk te maken om stomme voorwerpen – zijn gordijnen en kussens. Zij was degene die uitgeput met de kinderen rondsjouwde. En nu moest ze terug naar boven.

'Je bent onredelijk.'

'Ík ben onredelijk?'

Hij stormde de achterdeur uit en sloeg de deur zo hard dicht dat de kopjes aan de muur natrilden. Juffrouw Bridges en Peter schonken Clara een zwak lachje, en daarna volgden ze hem naar buiten.

Toen Clara de auto had horen vertrekken ging ze niet naar boven, maar rende de straat op naar de dokterspraktijk. Met elke stap ging het rond in haar hoofd: *ik kan dit niet aan, ik kan het niet.*

Clara was opgelucht toen dokter Cardew opendeed. Ze wilde niet met Anita geconfronteerd worden, niet vandaag.

'Het gaat om Maureen. Ze is... ze is er slecht aan toe. Een miskraam, denk ik.'

'Is ze alleen?'

'Een of andere jongen is bij haar, in mijn kamer. Kunt u komen?'

'Ga maar. Ik kom met de auto.'

Ze kwamen tegelijk bij de Grange aan. Dokter Cardew holde naar binnen met zijn dokterstas. Hij wist waar hij moest zijn, hij was hier al vaak genoeg geweest.

Maureen rolde heen en weer in Clara's bed, huilend. De jongen aaide haar met een machteloos gebaar over haar haar. 'Alles gaat mis bij mij. Ik ben waardeloos,' riep ze.

Dokter Cardew wierp één blik op haar en zei tegen Clara: 'Ze moet naar het ziekenhuis. Kom op Maureen,' zei hij tegen het meisje. 'Ik neem je mee.'

Maar Maureen wilde niet weg. Ze wilde blijven waar ze was. Ze ging nog liever dood dan dat ze wegging, zei ze. Dokter Cardew nam het heft in handen, godzijdank. Hij hurkte naast haar op de vloer, de stethoscoop bungelend tussen zijn knieën. Als ze niet meeging, zei hij, dan was de kans op overlijden groot en dat zou dan voor altijd op het geweten van juffrouw Newton en hem drukken. Ze zouden zelfs een gevangenisstraf riskeren omdat ze haar niet geholpen hadden.

Clara vond het niet overtuigend, en Maureen ook niet. *Godzijdank was er ook nog de jongen.*

'Het komt goed, Mo,' zei hij. 'Luister naar ze. Je kunt het best naar het ziekenhuis gaan.'

'Jij moet mee,' huilde Maureen.

'Nee,' zei dokter Cardew, alsof het allemaal al beklonken was. 'Hij komt morgen, is dat goed, knul?'

De jongen stemde in. Hij kuste Maureen op haar voorhoofd en liep de kamer uit. Clara vermoedde dat hij misschien wel blij was om weg te kunnen. Maureen lag te snikken.

Clara had dokter Cardew wel kunnen omhelzen, maar nadat ze Maureen op de achterbank in de auto hadden gesjord, keek hij haar koeltjes aan. 'U had eerder moeten komen.'

'Ik kwam zo snel als ik kon.'

Ik kan nu naar het kantoor van de gemeente gaan, en dan zie ik ze later in het ziekenhuis, dacht ze.

'Ik moet naar een belangrijke bijeenkomst,' zei ze. Ze wilde niet dat hij slecht over haar dacht. 'U zorgt nu verder voor haar, toch?'

Dokter Cardew keek haar verbaasd aan. 'U moet mee.' Eerder had ze zijn onverzettelijkheid bewonderd, maar nu was ze er minder blij mee.

'Ik... duurt het lang?'

Hij antwoordde niet, maar stapte in de auto en ging achter het stuur zitten.

Clara stapte achter in de auto, waar Maureen haar hand vastgreep en niet meer los wilde laten. Clara gaf haar een zakdoek, en dat zette de sluizen weer open.

'Ik heb het niet expres gedaan,' jammerde ze. Ze zag in de achteruitkijkspiegel dat dokter Cardew zijn wenkbrauwen fronste. Eerst wist Clara niet wat Maureen bedoelde, maar toen snikte ze: 'Uw fotolijstjes, ze vielen van het bureau af en eentje viel stuk op de vloer.'

'En het dossier?'

'Het dossier?' Daar had Maureen geen spijt van. Met een iets fermere stem zei ze: 'U had het me moeten laten zien, juffrouw Newton. Het is mijn verleden, niet dat van u. Ik heb er recht op.'

Maureen kneep nu zo hard dat Clara het gevoel had dat haar botten verbrijzelden. Het was haar verdiende loon.

'Ik weet het,' fluisterde ze. 'Het spijt me, Maureen.'

In het ziekenhuis legden ze Maureen op een brancard en ze rolden haar de gangen door. 'Ik ben zo snel mogelijk terug,' riep Clara haar na. Eventjes was er rust en kalmte, maar toen rende Clara naar buiten.

Het is gewoon maar een kleinigheid, bracht ze zichzelf in herinnering.

Tegen de tijd dat ze een lege taxi had gevonden en de arme chauffeur aankwam bij Bury St Edmunds, nadat hij gestopt was voor alle rode stoplichten en vast was komen te zitten achter een lompenkar, was het te laat. Natuurlijk. Geen spoor van juffrouw Bridges, maar Peter en Ivor kwamen net naar buiten lopen door de grote statige deuren van het gemeentelijk hoofdkantoor. Ze zag onmiddellijk aan hun strakke gezichten dat er iets was.

Peter zag spierwit. Zelfs zijn sproeten leken verdwenen. Hij ging op zijn hurken zitten op de rand van de stoep. Het leek alsof hij ging flauwvallen. Een man met een bolhoed liep voorbij en keek met zo veel verachting naar de jongen dat haar hart brak. Clara wilde naar Peter toe rennen en hem op zijn gemak stellen.

Geen van beiden sloeg acht op haar.

'Administratie op orde?' snauwde Ivor.

Ze negeerde hem.

'Wat is er gebeurd? Ivor? Peter?'

Ivors mond was een strakke streep. 'Ze willen Peter dwingen om naar zijn oom te gaan.'

'Nee!'

'Zijn oom had zelfs een advocaat meegenomen om de zaak te bepleiten.'

Peter kreunde. Hij had zich opgerold tot een kleine bal op de stoep.

'En weet je wie die advocaat was?' vervolgde Ivor.

Clara had het gevoel dat ze neerstortte. Nee, het gevoel dat ze een duw kreeg. Ze wist het voordat hij het zei.

'Meneer White, Clara. Julian vertegenwoordigt Peters oom. En dat is nog niet alles. Ze willen een aanvraag doen voor adoptie.'

Op dat moment gaf Peter over in de goot.

39

Mijn lieve Clara,

Dank je voor je openheid, ik begrijp helemaal hoe moeilijk het moet zijn.
Je bent een prachtige jonge vrouw, je hebt de wereld zo veel te bieden.
Natuurlijk moet je verdergaan. Natuurlijk. Dat is logisch. Ik wil niet dat je vast blijft zitten aan het verleden, zoals zovelen van ons. Maar ik zou heel graag contact blijven houden – als ik je daar niet mee ontrief.
Als ik een envelop zie met jouw handschrift erop dan gaat mijn hart open, echt!
Die Julian White – wat een eigenaardige naam! – is werkelijk een gelukkig man. Zeg maar dat ik dat gezegd heb! Ik hoop dat hij goed voor je is, dat verdien je.
Ik ben er trots op dat ik je heel even mijn 'dochter' mocht noemen.
Ik weet dat je 'onze Michael' nooit zult vergeten. Hij leeft voort in ons.

Marilyn Adams

40

Maureen bleef drie dagen in het ziekenhuis en ze weigerde alle drie dagen Clara toe te laten om haar te bezoeken. Clara begreep het niet. *Ze kwam naar mij toe, dus waarom wil ze me nu dan niet zien?* Ze probeerde het op de vierde dag, vrijdag, maar toen was Maureen al vertrokken. Dokter Cardew was de enige die wist dat Maureen weer opgedoken was, maar toen ze hem smeekte haar te vertellen waar ze naartoe was gegaan, zei hij: 'Dat mag ik niet vertellen, Clara. Patiëntengegevens zijn vertrouwelijk, dat weet je toch.'

Dokter Cardew zei het niet zo openlijk, maar hij leek van mening te zijn dat het Maureens eigen schuld was. Meisjes werden hard veroordeeld in deze wereld, realiseerde Clara zich, vooral weesmeisjes.

'Ze komt uiteindelijk wel weer terug,' zei dokter Cardew. 'En in de tussentijd wil ze niet dat u weet waar ze is. En dat recht op privacy heeft ze.'

'Ik wil alleen maar weten of ze veilig is.'

Dokter Cardew haalde zijn schouders op.

'En de jongen? Ze heeft hem binnengelaten, toch?'

Dokter Cardew verraste haar met zijn antwoord. 'Joe Parker lijkt een vriendelijke jonge man. Ze had het slechter kunnen treffen.'

~

Ivor was nog steeds woedend. Clara dacht dat hij haar vermeed, en dat was niet erg – *laat hem maar even afkoelen* – maar op een ochtend troffen ze elkaar op straat, en was hij een spraakwaterval.

'Ik snap niet waarom je er niet kon zijn voor Peter.' Het was alsof hij die zin al eindeloos vaak geoefend had in zijn hoofd. 'Waarom deed je dat nou, Clara?'

Clara voelde zich boos worden. Ze was omringd door betweters. Iedereen dacht dat ze het beter wisten dan zij.

'Je moet erop vertrouwen dat ik deed wat ik dacht dat het beste was op dat moment. Kan je dat, Ivor?'

Hij schudde zijn hoofd.

En Peter, arme Peter, hij ging gewoon door. Hij ging naar school, kwam daarna thuis, maakte de oven schoon, dekte rustig de tafel en zat net zo lang in bad tot het water ijskoud was. Iets was er anders aan hem nu, rauw en kwetsbaar. Clara probeerde uit alle macht te bedenken hoe ze hem in ieder geval kon laten merken dat ze met hem meeleefde, dat ze hem bewonderde, en dat ze van hem hield, want meer kon ze niet echt voor hem doen.

Uiteindelijk ruilde ze de bonnen die ze aan het sparen was voor een paar sandalen, in voor potloden en schetsboeken, en tekende alvast de blokjes voor stripverhalen – want hij leek moeite te hebben met de kadrering – en legde die toen op een stapeltje naast zijn bed

Clara was ook razend op Julian, maar tegelijkertijd was ze vreselijk zenuwachtig om hem weer te zien. Zou hij zich eruit proberen te praten? Hij kon altijd rechtpraten wat krom was, zijn lachje zo overtuigend. Ze werd écht onweerstaanbaar naar hem toe getrokken: niet alleen naar hem, maar ook naar hun trouwplannen, zijn levensstijl, zijn hond. Hun dromen voor de toekomst. Alles aan hem was zo stabiel en weinig dramatisch. Zo eeuwigdurend.

Maar deze keer was het wél dramatisch, hoewel ze wist dat hij zou beweren dat dat niet zo was.

En zelfs als hij niet echt aardig was, dan was ze nog steeds graag bij hem. Bij hem zijn was aangenaam in een niet zo aangename wereld, ze was die blije papieren aankleedpop als ze in mooie restaurants was en in theesalons – en ze verachtte zichzelf daarom.

Misschien zou hij zeggen dat hij dronken was toen hij ingestemd had de zaak aan te nemen. Of misschien zou hij aankomen met een ander slap excuus. Misschien had ze hem moeten omkopen om de zaak niet aan te nemen, met kussens en theedoeken, misschien werden zaken hier zo geregeld.

Julian kon zich ook buitengewoon aimabel tonen: de eerste druk van de dichtbundel van Jane Taylor, het spontane bezoek aan de begraafplaats, de bossen bloemen – zo veel kleine dingen. Was het niet waarschijnlijker dat hij een heel gewoon iemand was met gewone menselijke zwakheden?

Maar waarom deed hij dit Peter dan aan, en hen?

Ze zouden elkaar op zondagmiddag zien, maar Clara was vastbesloten om het daarvoor al te bespreken. Dus als een militair strateeg, ging ze voor een verrassingstactiek.

Zaterdagochtend vroeg sloop ze stilletjes de straat over naar zijn huis. Het was nog mistig, de dauw lag nog op het gras en de heggen. Het was Terry's favoriete soort ochtend, en ze was al aan het werk in de tuin terwijl de andere kinderen nog diep in slaap waren. Ze zwaaide naar Clara, die betrapt terugzwaaide.

Julian deed de deur open, gekleed in een korte broek en een huisjasje met een wild patroon dat ze niet eerder gezien had – misschien trok hij het alleen aan als ze er niet was. Eventjes kon Clara niet geloven dat ze ooit van hem onder de indruk was geweest. Maar toen rende Schurk op haar af en heette haar hevig kwispelend welkom, zo hartelijk en lief. Clara's hart smolt altijd weer. En Julian was zo goed voor zijn hond, hij aaide hem en liet hem aan zijn vingers likken. Een man die van een hond houdt is onweerstaanbaar.

Bijna.

'Je ziet er bespottelijk uit.' Knokige knieën en witte scheenbenen. 'Wat heb je in vredesnaam aan?'

'Ik kan er voor jou ook wel een kopen, als je wilt. Dan hebben we unisex. Nee maar, dit is een verrassing, lieverd. Waaraan heb ik dit genoegen te danken?'

Hij rook naar de whisky van de avond ervoor en naar sigaren. Naar mannenclubs en gokhallen in Londen. Of gelegenheden waar vrouwen dansten voor mannen. Misschien was hij wel het type dat daarvan hield en kon hij dat gewoon beter verbergen dan de meeste andere mannen.

Hij had in ieder geval niet door hoe kwaad ze was. Hij trok haar de gang in en mompelde: 'Kom lekker mee naar bed, juffrouw Newton, je weet...'

'Blijf van me af.'

Peters afgepeigerde gezichtje, de tranen in zijn verdrietige ogen, zijn trillende vingers. Van een jongen die bijna volwassen was, was hij veranderd in een klein bang wezen. *Mijn god.* Hij had op haar vertrouwd en zij had hem verraden. Maar Julian was nog erger.

Ze vroeg zich af of ze dezelfde woede voelde die nog maar een paar jaar geleden de opstellers van de Curtis Act ertoe had aangezet actie te ondernemen ter verbetering van het welzijn van kinderen. Een gevoel van oprechte woede overweldigde haar, ze spuwde vuur.

'Hoe kan je dit die jongen aandoen?'

'Wat?'

Hij speelde de vermoorde onschuld, zoals ze al verwacht had. 'Om je ermee te bemoeien. Het gedoe met Peter. Met zijn oom.'

'Maar je bent toch niet naar de politie gegaan, Clara?'

Clara hield zich in.

'Het was geen zaak voor de politie, daarom deed ik dat niet.'

'Dat zou je wel gedaan moeten hebben. Want voor zover ik weet' – Julian grijnsde alsof dit een van hun lik-op-stuk-spelletjes was – 'ben je er eenzijdig toe overgegaan om het enige familielid dat hij nog heeft van hem af te pakken. Zonder opgave van reden. Het was niet de beste zet om te doen. Juridisch gezien.'

'Hij is een bullebak en een...' Clara keek achter zich, naar de straat. Er was niemand, maar toch fluisterde ze, een woord dat ze nooit eerder had uitgesproken. Peter zou haar dit moeten vergeven. 'Verkrachter.'

Daarop barste Julian uit in een luid gelach. 'O, Clara, je kunt wel zien dat jíj nooit op een privéschool hebt gezeten.'

'Wat?' Ze voelde gal omhoog komen. 'Wat heeft dat nou verdomme weer te betekenen?'

Julian moest iets van dreiging gehoord hebben in haar stem, want hij veranderde van toon, en vervolgde met: 'Je ziet toch wel hoe het overkomt, Clara? Je zei dat Peter niet meer bij hem op bezoek kon gaan – maar je had het recht niet om dat tegen een levend familielid te zeggen!'

Dit was zijn 'laten-we-vooral-redelijk-blijven' toon. Die kende ze goed.

Schurk begon te blaffen. Hij kon net zo slecht tegen ruzie als Clara. Julian greep hem bij zijn band en duwde hem de keuken in. Toen hij terugkwam grijnsde hij. Hij vond niets zo heerlijk als een discussie winnen. Dat had hij haar vaak verteld, en als ze aan zijn kant stond was dat niet zo erg geweest.

'Nou, hij kan niet meer bij hem op bezoek gaan.'

'Dat kan wel.'

'Ik snap gewoon niet waarom je je hier zo mee bemoeit. Het is mijn werk, het zijn mijn kinderen en... waarom ben je zo tegen ons?'

'Ik ben helemaal tegen niemand!' Julian hief zijn handen, alsof hij geschrokken was. 'En zeker niet tegen jou. Luister, dit is aan de hand. Peters oom – meneer Courtney – en ik kennen elkaar al heel lang. We horen bij dezelfde club.'

'Wat?'

'Ik mag de man niet speciaal heel graag, maar het recht moet zegevieren. Het kan niet zo zijn dat... hoe noem je jezelf ook alweer, dat "huismoeders" zomaar besluiten wie kinderen al dan niet kunnen zien. Het zou een gevaarlijk precedent scheppen.'

'Godallemachtig, Julian!'

Eindelijk leek Julian verrast te zijn over haar felheid. Dat was ook niet gek: ze was altijd heel rustig geweest in zijn aanwezigheid. Hij begon terug te krabbelen.

'Dat is niet helemáál de reden dat ik erbij betrokken ben. Die jongen blijft gewoon niet overeind als getuige. Je zei zelf tegen me dat hij "problemen" veroorzaakte. Jouw woorden, Clara. Hij heeft van mij gestolen. Jij zei het – hij spijbelt soms van school, hij is onbetrouwbaar. Hij heeft *slecht bloed*.'

'Ik heb het woord slecht bloed nooit gebruikt. Die smerige uitdrukking heb ik nooit in de mond genomen.'

'Maar de rest wel.'

'Hij misbruikt hem, Julian. Hoe kun je dat negeren?'

Julian lachte. Hij was in zo'n stralend humeur. 'Maar hoe wéét je dat, Clara? Dat weet je niet, toch?'

'O, dit gaan we aanvechten. Let op mijn woorden, hij zal nooit meer naar zijn oom gaan.'

'Luister, je zult nog – hoeveel maanden? Zes of zo, op de Grange zijn, een jaar op zijn langst. Laat het gaan. Ik kan je een aangenaam leven bieden, dat beloof ik je. Je hoeft niet meer om te gaan met dat gespuis.'

De verlovingsring zat zo los dat ze hem zo af kon doen. Het gemak waarmee dat ging sprak boekdelen.

Julian leek in shock te zijn. Hij was werkelijk een man die gewend was altijd zijn zin te krijgen.

'Doe weer om.'

'Nee!'

'Ik sta niet toe dat zo'n miezerig schooiertje het verpest tussen ons.'

'Jíj bent dat miezerige schooiertje, Julian. Ik wou dat ik je nooit ontmoet had.'

'Dat kan je niet menen.'

'Dat doe ik wel.'

'Je moet daar weg, uit dat tehuis. Als je daar eenmaal weg bent kom je wel weer bij zinnen.'

'Nee, ik laat ze niet in de steek. Dat doe ik niet. Dat gaat niet gebeuren.'

Julian zweeg, en sloeg daarna met de mouw van zijn huisjasje tegen zijn voorhoofd. 'Je vader schreef me een brief,' zei hij kil. 'Nadat ik hem een brief had geschreven. Hij zei dat ik wel iets beters zou kunnen krijgen dan een meisje als jij. Ik! Hij had me nog nooit ontmoet, maar dat was wat hij zei: "Je kunt wel iets beters krijgen." Jouw vader, Clara, zijn woorden.'

Dit kon Clara niet over haar kant laten gaan. 'Je weet helemaal níéts over mijn vader, dus doe niet...'

'Hij vindt je maar een zeurderig klein meisje dat graag de martelaar speelt en dat niets weet van het echte leven. Hij zei dat je me zou teleurstellen – dat je uiteindelijk iedereen teleurstelde. Ik had naar hem moeten luisteren, toch?'

'Mijn vader liet me in de steek, hij sleepte mijn moeder mee naar Afrika terwijl ze dat niet wilde en hij zorgde er niet voor dat ze de medische zorg kreeg die ze nodig had. Dus nu wil jij me vertellen dat ik hém teleurstelde? Wat interesseert mij dat nou?'

En daarmee draaide Clara zich om en liet hem met zijn magere witte beentjes en zijn huisjasje achter bij de deur. Dit was geen menselijke zwakheid meer, dit was pure slechtheid. Dit hoofdstuk van haar leven was voorbij, en daar was ze blij om. Hoe had ze het ooit zover kunnen laten komen?

41

‘Pamela Lewis tuiniert, en daarom dacht ik meteen aan Terry,’ zei juffrouw Cooper. ‘Haar man is boekhouder. Een rustig type. Ze zijn wat ouder, begin veertig. De oorlog meegemaakt, je weet wel.’

Ondanks het enthousiasme van juffrouw Cooper was Clara cynisch. Terry’s oma en Billy en Barry’s uitstapje naar een ‘nieuw thuis’ waren niet bepaald een succes geweest. En wat Peter betreft – die ramp was waarschijnlijk een direct gevolg van de regel dat kinderen hoe dan ook beter af zijn bij iemand uit hun eigen familie.

Ze verbaasde zich soms over het rotsvaste vertrouwen dat mensen als juffrouw Cooper of zelfs Dame Myra, van het Curtis Report, hadden in hun eigen besluitvorming. Was de Kinderwet een stap in de goede richting, of was het bemoeizucht en geknoei en geldverspilling, zoals Ivor altijd zei?

Clara geloofde nog steeds in haar werk, in hun werk, maar ze zag ook de schaduwkanten. En die schaduwkanten bestonden eruit dat er geen middelen, mensen of geld waren om het verschil te maken waar ze naar streefden. En als die er niet waren, dan waren al hun ambitieuze plannen tevergeefs.

‘Wat denk je?’

‘Wil je ze hier op bezoek laten komen?’ vroeg Clara mat. Juffrouw Cooper klapte in haar handen. Clara verwonderde zich erover hoe enthousiast ze maar steeds bleef over haar werk.

‘Dat heb ik al geregeld. Drie uur, vrijdagmiddag. Kun je ervoor zorgen dat Terry…’

‘… er schoon en braaf uitziet.’ Clara zuchtte. ‘Ja, we kennen het klappen van de zweep.’

~

Pamela en Harry Lewis dronken een kopje thee in de tuin en kregen een plakje van juffrouw Bridges’ krentencake. Ze had het niet verwacht, maar Clara had onmiddellijk een goed gevoel bij ze. Pamela was een knokige vrouw die duidelijk veel moeite had gedaan voor haar kleding, maar zich er niet echt gemakkelijk in voelde. Ze frummelde aan de mouwen van haar blouse en trok aan de parels om haar hals. Net een klein kind dat zich opgedirkt had. Clara had de indruk dat ze zich veel ontspannener zou voelen in een broek en rubber laarzen. Harry zag er buitenlands uit en er liepen zilveren lijnen door zijn snor. Hij was halverwege de veertig. Clara las de meegenomen documenten en zag dat ze in de oorlog een zoon verloren hadden. Ze voelde medeleven. Maar ze zou zich niet weer door emoties laten meeslepen.

'Het is nogal wat, ineens weer een jong kind,' zei Clara.

'Ja, ik weet het,' zei Pamela kort. Dat was alles wat ze zei. Maar meer was ook niet nodig. *Ze weet het. Ik hoef het er niet in te hameren*, dacht Clara.

Toen de kinderen uit school kwamen, onderschepte Clara Terry en zei dat de mensen over wie ze het de vorige dag gehad hadden, er waren om haar te ontmoeten.

'Mensen die mij misschien willen hebben?' De glans van hoop in Terry's ogen was pijnlijk om te zien.

'Precies.'

Tegen de tijd dat Terry zich opgeknapt had, zat Pamela al op haar knieën in een bloemenperkje, terwijl Harry verdiept was in een krant en een pijp rookte. Toen ze Clara en Terry naar buiten zagen komen, sprongen ze allebei op .

Pamela veegde haar handen af aan haar rok. 'O, sorry, ik kan me gewoon niet beheersen om in de aarde te wroeten. Ik zag wat onkruid daar en dat moest eruit.'

Terry bekeek haar van top tot teen. 'Ik kan mijn tuingereedschap wel even halen, als u wilt.'

Ze holde naar het schuurtje en kwam terug met haar kruiwagen en tuingereedschap.

'Wat een mooie spullen,' zei Pamela. Ze deed niet alsof, ze leek oprecht onder de indruk. 'Kan je me je tuin laten zien?' vroeg ze, tot Terry's grote vreugde.

Het was heerlijk, en misschien nog wel heerlijker omdat ze het niet verwacht hadden. Terry vertelde Pamela over haar bril.

'Ik heb ook zo'n bril om te lezen,' zei Pamela. 'Ik zal hem je laten zien een keer... als je wilt tenminste.'

'Als we hem dan allebei tegelijk dragen, lijken we net een tweeling,' zei Terry.

Harry glimlachte toegeeflijk naar de twee. Hij keek naar Clara, die daar stond met het theeblad, onzeker wat te doen. Ze maakte geen deel uit van het prachtige duo dat voor haar ogen ontstond. Het was alsof ze de metamorfose van rups tot vlinder zag. Harry pakte het blad van haar aan en zette het op de tafel.

'Dank u.'

'O, u hoeft me niet te bedanken,' zei Clara. 'Ik heb niet...'

'Het is dankzij u,' zei hij. 'Neemt u alstublieft ook uw deel van onze dankbaarheid in ontvangst. Ik ben opgegroeid in een tuchthuis. Ik kwam daar aan met mijn moeder, en ik heb haar vervolgens nooit meer gezien. We kunnen u niet genoeg danken dat u de kinderen hier een veilig thuis biedt.'

Zijn warme handen knepen in de hare, en de tranen sprongen in haar ogen. Ze had het gevoel dat dat nou precies was wat ze níét had gedaan.

42

Als je haar een jaar geleden had verteld dat lachende kinderen haar zouden ontroeren, dan had Clara dat nooit geloofd. Maar haar hart maakte tegenwoordig een sprongetje als ze kinderen hoorde lachen. Dit keer was het Alex, die in de hal vrolijk in zichzelf zat te grinniken. Ze stak haar hoofd om de deur en zag hem in kleermakerszit op de vloer zitten, totaal in de ban van een pop-upboek over dinosauriërs.

'Hoe kom je dáár nou aan?' Het boek kwam niet uit de bibliotheek. Alex had de hele kinderafdeling gehad, en was nu bezig met de boeken voor volwassenen.

'Mevrouw Martin heeft het gestuurd,' zei hij. 'Jeetje, dit is grappig.'

Had Judy het gestuurd?

'Dat wist ik helemaal niet. Wanneer heb je het gekregen?'

'Vanochtend. Kijk...' Hij wees naar een afbeelding. 'Dit is een pterodactylus.'

'Wat... aardig.'

Wat raadselachtig! Misschien dacht Judy dat Alex jarig was of zo. Of misschien zou Judy het later in een telefoongesprek uitleggen.

~

Op donderdagmiddag kwam de auto van Peters oom voorrijden. Als Clara zich al bang voelde dan was dat nog maar een fractie van hoe Peter zich moest voelen, kijkend uit zijn raam. Clara stormde naar buiten. Ze moest zich sterk houden, al voelde ze zich dat niet bepaald. Peters oom was voor de verandering uit zijn auto gestapt en liep naar het huis, alsof er geen vuiltje aan de lucht was.

'Niet dichterbij komen,' riep Clara, ze vervloekte haar onvaste stem.

'Ik heb een bevel van de advocaat. Peter gaat met mij mee.'

Peter stond nu trillend naast haar. Clara wou dat ze hem bevolen had binnen te blijven. Het was zinloos dat hij getuige was van dit alles. Hij leek zo klein ineens nu, niet lang en sterk maar in zichzelf gekeerd als een wijze oude man. Hoe kon ze gedacht hebben dat dit gewoon eigen was aan Peter? Pubergedrag? Ze had een hekel aan zichzelf. Als Peters oom een monster was, wat was zij dan, dat ze dit allemaal niet had gezien?

'Als hij niet meekomt, dan richt ik dit tehuis te gronde.' Peters oom blaakte van zelfvertrouwen. Hij wees naar haar. 'En ik zorg dat jij eraan gaat, geen twijfel over.'

Clara stikte bijna. Zijn vinger bleef op haar gericht, intimiderend.

'Ik ga wel mee,' fluisterde Peter. Zijn haar viel voor zijn ogen, maar het verborg niet zijn angst.

'Nee.'

'Ik... ik moet.'

Peters oom had er wel plezier in. 'Ik zorg dat ze je hier niet meer willen en dat jullie allemaal weg moeten.'

'Je gaat niet,' zei Clara streng tegen Peter. 'Ik laat het niet toe.'

Maar Peter liep al naar zijn oom. Het leek alsof hij gehypnotiseerd was, of naar hem toe getrokken werd met onzichtbare draden.

'Opschieten,' riep de oom, zeker van zijn overwinning. Hij lachte naar Clara. 'Je kunt er niks aan doen.'

'Oi!'

De stem van Ivor. Ivor. Ivor was uit zijn werkplaats tevoorschijn gekomen, in zijn hand een stoelpoot, als een wapen. Een woedende uitdrukking op zijn gezicht. Ze had nooit eerder de soldaat in hem gezien, ze had nooit een gedachte gewijd aan het label 'held' waar hij niet echt van hield. Hij bewoog zich als een jager nu, zo geruisloos, zo steels, dat de lucht om hem heen stil leek te staan.

Clara kon haar blik niet van hem afwenden: de kreukels in zijn overhemd, de bretels, de vouw in zijn grijze broek. Hij betoverde haar. Met hem daar voelde ze zich honderd keer veiliger. Het was nog niet helemaal verloren. Julian deed niet meer ter zake, Peters oom zou het onmogelijk kunnen winnen zolang ze Ivor aan haar kant had. Ivor had twintig mannen gered. En nu zou hij er nog eentje redden.

Peters blik ging van de een naar de ander. Zijn handen waren tot vuisten gebald en hingen langs zijn lichaam.

Ivor kwam op Peters oom af. Hij had niet meer de aarzelende gang die hij anders had.

Maar de oom van Peter lachte alleen maar. 'Kijk eens wie we hier hebben. O, ik ben niet bang voor zo'n *arm-zalige* kerel.' Hij keek om zich heen alsof hij bijval zocht voor zijn stekelige opmerkingen. 'Het antwoord van Suffolk op de grote held in de lucht, Douglas Bader.'

'Je kunt beter weer vertrekken.'

'Waar is het vrouwtje dan? Over de grote oceaan naar Amerika, toch? Ze kon het bij jou niet krijgen? Dat zeggen ze toch?'

'Ga nou maar gewoon weg,' zei Clara vol afgrijzen. *Arme Ivor*. 'Alsjeblieft.'

'Hij is míjn neef. Hij gaat met mij mee.'

'Over mijn lijk.' Ivor bevond zich nu vlak bij het gezicht van Peters oom, de stoelpoot ter hoogte van zijn schouder, klaar om toe te slaan.

Het leek uren te duren, maar het duurde waarschijnlijk maar seconden voor Peters oom stuntelig achteruit deinsde en zijn auto in stapte. De deur sloeg dicht, hij gaf een dot gas, en de auto zoefde weg over Lavenham High Road, zwarte rookwolken uitbrakend. Schaamteloos. Clara had medelijden met iedereen die zich die middag op de weg bevond.

Clara wilde haar arm om Peter leggen, maar dat stond hij niet toe. Hij duwde haar weg. Hij haatte aanraking.

'Wat gaan we doen?' Ze hoorde dat hij klappertandde.

'We gaan gewoon verder met waar we gebleven waren vandaag,' zei ze. 'Ga maar naar binnen.'

Een paar seconden later hoorde ze de kraan van het bad lopen.

Ivor was alweer op weg terug naar zijn werkplaats. Clara riep hem, wanhopig: 'Heel veel dank, Ivor. Ik sta bij je in het krijt.'

'Zet maar in je volgende verslag.'

Hij keek haar niet eens aan.

Oké, hij was dus nog steeds kwaad op haar.

43

Judy zei dat ze eerst in een pub zouden gaan lunchen, en dat ze daarna mee zou gaan naar de Grange om de kinderen te zien. Clara was verrast maar ook dankbaar – dit was misschien wel een teken dat Arthur minder strikt haar gangen bepaalde. Ze zou Judy ook naar het boek van Alex kunnen vragen. 'Ik hoop dat je het niet erg vindt, maar ik heb deze plek uitgekozen omdat-ie zo beroemd is,' zei Judy toen ze bij de ingangsdeuren met melkglas van het Swan Hotel stonden. 'Hier schreven de leden van de Amerikaanse strijdkrachten die op de RAF-basis van Lavenham gestationeerd waren hun naam op de muur voordat ze wegvlogen.'

Judy had er in de krant over gelezen. 'In de bar voor het personeel van de luchtmacht,' zei ze. 'En dan deden ze ook een drinkspelletje waarbij ze uitgedaagd werden om drieënhalve pint ale zo snel mogelijk op te drinken.'

Clara schrok ervan – dit had ze helemaal niet verwacht en opnieuw had ze het idee dat ze achter de feiten aanliep, net zoals op de Amerikaanse begraafplaats.

'We hoeven niet naar binnen,' zei Judy, terwijl ze haar nauwkeurig observeerde, 'maar ik dacht dat het misschien heilzaam zou zijn voor je... rouwproces.'

Clara aarzelde, maar toen zei ze opgewekt: 'Een uitdaging, dat klinkt echt als Michael.'

Het was nog vroeg en het café was pas net open. Er stonden wel al een paar mensen bij de bar. Clara ging in de rij staan. Judy liep naar de muur, ging er met haar vingers overheen terwijl Clara drankjes bestelde. Judy zag er goed uit, dacht Clara goedkeurend. Misschien had Arthur zich uiteindelijk toch aan zijn woord gehouden – hoewel ze dat waagde te betwijfelen.

Opeens riep Judy, 'Captain Michael Adams?'

'Ja?'

'Hier staat het, Clara, zijn naam staat hier.'

Eventjes stokte Clara's adem. De barkeeper zette de drankjes voor haar neer, met een menukaart erbij. Zijn gezicht stond meelevend. Ze nam de glazen mee naar Judy, probeerde haar evenwicht niet te verliezen. Ze zag voor zich hoe ze zich op de vloer liet vallen en iedereen in rep en roer zou zijn.

'Hier, kijk...'

CAPTAIN MICHAEL ADAMS

In hoofdletters, groot en direct – net zoals hijzelf. Hij was hier geweest. Niets over haar, natuurlijk niet, dwaas om dat te hopen. Dit was zíjn belangrijke moment. Hij werd eropuit gestuurd en bevond zich waarschijnlijk in een staat van opperste concentratie, net zoals vrouwen bij een bevalling, zoals ze weleens gehoord had.

'O, lieverd,' zei Judy zacht, toen een snik Clara ontsnapte. 'Is het te veel? Ik wilde alleen maar helpen.'

Arme Michael, zo vol leven. Ze kon zich soms niet voorstellen dat hij niet meer leefde. Er lagen allerlei schriftelijke notities in haar dossiers in haar kamer. Grappige kleine schetsjes van vliegtuigen en parachutes. Echte liefdesbrieven. Hoewel het te pijnlijk was om ze te lezen, zou ze ze nooit wegdoen.

Hoe had hij hier gezeten – waar zij nu zat, in de wetenschap dat hij de luchtoperatie wellicht niet zou overleven?

Judy had alles voorbereid. Ze pakte wat dun papier en een potlood uit haar tas, en hielp Clara met het overbrengen van zijn naam op het papier. Tranen gleden langs haar neus.

'Ik zal er eentje naar Marilyn sturen,' zei Clara, maar de gedachte aan die eenzame vrouw aan de andere kant van de oceaan die dat dunne velletje papier met de laatste letters van haar zoon bekeek, bracht haar aan het huilen.

Ze huilde nog steeds toen ze met Judy op de rode fluwelen bank ging zitten. En onder het huilen bedacht ze dat Judy er altijd bij was geweest, Judy had altijd die schouder geboden waarop Clara kon uithuilen, en daarvan begon ze nog harder te huilen. Judy was zo'n goede vriendin.

'Michael zou willen dat je verderging,' zei Judy nu, haar hand op Clara's schouder. En hoewel die zin over 'wat Michael gewild zou hebben' meestal verkeerd viel, was het anders als Judy hem uitsprak. Judy had Michael gekend; en het was trouwens ook waar. Hij had het haar zelf zelfs een keer verteld. Ze liepen naar huis en kibbelden zoals gewoonlijk over of het nou 'naar de film' of 'naar de bioscoop' was, toen hij zei: 'Als er iets met me gebeurt...' Het gesprek had haar zo tegengestaan dat ze alleen maar had gezegd: 'Maar dat gaat niet gebeuren.'

Verdergaan.

'Maar niet noodzakelijkerwijs met Julian.'

Ze barstten in lachen uit en de barkeeper keek verbaasd hun kant op. Clara vertelde Judy niet dat Ivor Delaney steeds vaker in haar hoofd zat, in plaats van Julian. En ze zei ook niet hoe snel Julian uit beeld verdwenen was. Maar Judy had het waarschijnlijk al geraden: Julian was niet de juiste man voor haar.

'Niet huilen, Clara. Je bent er eerder ook bovenop gekomen, dat ga je nu weer doen.'

'Ik huil omdat ik Schurk ga missen.'

Ze moesten nog harder lachen. Clara dacht aan die keer dat zij en Judy naar buiten waren gegaan na een afgrijselijke nacht in de schuilkelder. Lopend door Londen, door straten die net gebombardeerd waren. Ze hadden een beentje gevonden dat uit een berg troep stak. Judy droeg altijd een fluitje, en ze had zo hard ze kon gefloten. Het was afschuwelijk. De ambulance was gekomen en de ziekenbroeders hadden het beentje opgegraven. Het bleek van een pop te zijn, een speelgoedpop. Wekenlang konden ze er niet over uit.

Clara bekeek de kaart. Schots ei, ham, ei en friet, of varkenslapjes. Op hoop van zegen, dacht ze, dat het maar goed gebakken zou zijn. Ze was verwend door al die goede restaurants van de laatste tijd. Julian zou de lapjes gekozen hebben.

'Ik moet je iets vertellen,' zei Judy ineens. 'Ik... o, Clara, ik heb me zo miserabel gevoeld.'

En toen kwam het er allemaal uit. Judy en Arthur hadden geprobeerd een baby te krijgen, en het was niet gelukt. Helemaal niks, niet eens een mislukte zwangerschap. Nu al drie jaar lang, vanaf het moment dat ze getrouwd waren.

De vrees die elke maand weer bezit nam van Judy was ondraaglijk. Het was zoals de vrees wanneer het luchtalarm afging, zei ze, maar het was ook zo vernietigend eenzaam.

En ze was net gisteren weer ongesteld geworden. Ze had nog nooit zo'n hekel aan haar lichaam gehad als nu. Het maakte haar kapot.

'Waarom heb je me dat niet verteld?' Clara's eerste reactie bestond uit schaamte. Ze wist dat het onterecht was maar het was wel zo. Ze had al die jaren op Judy gesteund. Het deed haar pijn dat zij haar vriendin geen schouder had geboden om op uit te huilen. Alle vertrouwelijke gesprekken, al de steun was één kant opgegaan – en dat vertelde Clara dat ze geen vriendinnen waren, niet zoals ze dacht dat ze waren.

'Jawel, we zijn wel gelijkwaardig,' benadrukte Judy. 'Je weet dat ik het gewoon niet prettig vind om op iemand te steunen.'

'Zelfs niet op mij?' Clara had het gevoel dat haar keel werd dichtgeknepen.

'Op níémand. Niet op jou, niet op mam of pap, niet op Arthur.' Nog meer tranen. 'En het is een zwakte van mij. Ik benijd jou, want het lukt jou wel om hulp te vragen.'

Clara snoof. 'Ik moet wel om hulp vragen want ik zit voortdurend in de penarie.'

'Nee, je vraagt om hulp omdat je sterk bent. Dat heb je altijd gekund, en ik heb je er altijd om bewonderd. Als je ergens niet goed in bent, dan ga je gewoon met iets anders verder of je vraagt iemand anders het te doen. Maar ik? Ik probeer overal goed in te zijn en het is funest voor me, Clara, echt. Ik probeer alles perfect te doen, ik probeer perfect te lijken en ik kan het niet... Ik ben nutteloos.'

Judy die denkt dat ze nutteloos is!

'Je bent niet nutteloos, Judy, dat moet je niet zeggen.'

'Ik kan niet eens een baby krijgen met mijn eigen man. Na al die jaren dat we geprobeerd hebben.'

'O, Judy, ik had geen idee.'

'Na alles wat hij heeft doorgemaakt kan ik hem dat niet geven. Dat ene dat onze wonden kan helpen genezen.'

O, Judy.

'Een kind krijgen... Dat klinkt alsof het vanzelf gaat. En ik dacht ook dat het simpel was, maar dat is niet zo. Ik ben een haatdragend mens, want ik ben zo jaloers, ik ben zo kwaad op al die mensen, al die ouders die het allemaal zo makkelijk af gaat, en dan laten ze ze soms ook heel makkelijk achter. Zoals... zoals sommige ouders van kinderen in de Grange hebben gedaan.'

'Je bent de allerliefste persoon die ik ken, haat jezelf niet omdat je een paar slechte gedachten hebt. Die hebben we allemaal.'

En ik kan het weten.

'Het is afschuwelijk. Elke maand weer hoop en bid ik, tevergeefs. Hoe kan mijn lichaam me zo in de steek laten?'

'En wat zeggen de dokteren?'

'"Blijf proberen". Het is nu bijna vier jaar, Clara. Hoelang kan ik nog blijven proberen?'

Ze legde haar armen om Clara, haar lichaam trilde van de emotie. Clara rook de geur van shampoo in haar haar. Haar beste vriendin leed en ze had er niks van geweten. Deze reis hadden ze niet samen gemaakt. Geen wonder dat hun vriendschap eronder geleden had.

'Het is alsof ik na al die jaren oorlog nog eens een keertje mijn eigen privé-oorlog moet uitvechten. En ik weet niet wat erger is. Ik kijk terug op die oorlog als op de goeie oude tijd, en ik voel me er vreselijk over omdat er zo veel mensen zijn omgekomen.'

'Judy, aan die gevoelens kun je niks doen.'

'Maar het is fout. Het is geen oorlog, het is mijn stomme stomme baarmoeder.'

'Ik vind het zo erg. Als ik je kan helpen, met wat dan ook, laat me weten.'

Clara zou dat moment nooit meer vergeten, de zonnestralen die door het venster op Judy's blonde haar vielen, als op een schilderij van een Hollandse meester. Toen kwam de barkeeper naar ze toe en zei: 'Voor wie is het Schotse ei?' en stak Clara haar vinger op, alsof ze in de klas zat.

Nadat ze hun bewondering hadden uitgesproken over hoe mooi het eten eruitzag, rolde Judy het bestek uit het servet en zei op serieuze toon: 'Eigenlijk is er wel iets wat je zou kunnen doen, Clara.'

'Wat dan ook, Judy, dat weet je.'

'Het betreft Alex. Ik vind hem geweldig.'

Clara sneed door de laag oranje broodkruimels die om het ei zat, en glimlachte. De kok had hier echt zijn best op gedaan. Dit was een geweldige plek – geen wonder dat Michael hier altijd naartoe ging.

'Dat is hij zeker. Dat zijn ze allemaal, maar hij is bijzonder.'

'Zou je ons in overweging willen nemen om hem te adopteren? Zou je ons willen aanbevelen?'

Clara's hart zonk haar in de schoenen. *Arthur. Arthur en Alex?*

'Ik ben er al een tijdje over aan het nadenken,' vervolgde Judy. 'Nou ja, eigenlijk al vanaf het moment dat ik hem ontmoette. Nee, misschien al daarvoor! Sinds het moment dat je over hem vertelde. Het was liefde vóór het eerste gezicht, ik wist gewoon dat hij voor mij bestemd was.'

Judy legde haar mes en vork weer neer. Clara was onthutst. Ze slikte. De dooier op haar bord staarde haar aan.

'Hij gaat naar het lyceum in Ipswich, Judy. Hij is net aangenomen en hij staat te popelen om te beginnen, dat weet je toch.'

Clara deed haar uiterste best. Ze wist dat Judy dol was op Alex, maar dit? Dit had ze in geen miljoen jaar verwacht.

Judy's ogen glansden hoopvol en ze zag er opgewekt en levenslustig uit, levenslustiger dan Clara haar in lange tijd gezien had. Ze zag eruit zoals vóór haar trouwen. Hoopvol en opgewonden.

'Dat is het nou juist. Er is vlak bij ons een lyceum, weet je. De King John School is geweldig, hij staat heel goed bekend. Met de resultaten die hij heeft zou hij makkelijk overgeplaatst kunnen worden. Ik heb het er al met ze over gehad. En we zouden hem kunnen helpen – zijn wetenschappelijke kennis, zijn interesse in de wereld, je weet hoe nieuwsgierig hij is. Het zou een nieuwe start betekenen, voor hem en voor ons.'

'O, Judy.'

Judy had het er met de school over gehad?

Clara probeerde haar gedachten op een rijtje te krijgen. Ze herinnerde zich weer een avond toen zij en Judy naar een schuilkelder gerend waren, maar daar was geen ruimte geweest. Het regende bommen. De consternatie was enorm, maar Judy had toen een plekje geweten, Judy wist altijd wel een plekje waar ze nog naartoe konden om te schuilen.

Judy praatte door. 'Ik weet dat het gek klinkt, maar ik heb het gevoel dat het voorbestemd is, híj is voorbestemd voor ons. Weet je nog dat de tweede naam van mijn broer Howard was en die van Alex ook? Ik weet dat je niet bijgelovig bent, maar weet je, het betekent iets. Het is weer zo'n teken. En je weet hoe geïnteresseerd ik ben in dinosaurussen – ik besteed er altijd een half semester aan. Weet je nog, dat papier maché beest dat ik maakte? Ik ben er net zo gek op als hij. Denk je eens in wat ik allemaal voor hem zou kunnen doen.'

'Ik weet het,' zei Clara kalm.

Er kwamen meer mensen de pub binnen nu. Geen toeristen, zoals zij, maar mensen uit de buurt die de barkeeper bij naam kenden: Matthew. Een lieve naam, paste bij hem. Ze legde haar vingers in de richels van het tafelblad waar ooit Michael aan had gezeten. Ze greep ze vast, zoals ze altijd zijn hand vastgreep.

'Dus, wat vind je?'

'Ik weet het niet.'

'Nou, dat geeft niet. Denk er gewoon een paar dagen over na, en laat het me dan weten.'

Clara keek naar het opgetogen gezicht van haar vriendin. Ze dacht aan haar ogen – allebei de ogen. De blauwe plekken die de kleur hadden van een zonsondergang. Haar enkel. *Jij dom gansje, het stelt niets voor.* De migraines waarvoor ze niet naar de dokter wilde gaan. De leugens die ze haar man moest vertellen als ze haar vriendin wilde opzoeken.

'Ik denk niet dat ik dat kan doen.' Clara zei het voorzichtig.

'Wat?'

'Je voordragen voor adoptie. Ik denk niet dat het iets is wat ik zou kunnen doen.'

Judy's gezichtsuitdrukking veranderde in één klap, ze sloeg dicht. Er ging een rilling door Clara heen.

'Waarom niet?'

'Je weet waarom, Judy,' fluisterde Clara. 'Je wéét het.'

'Arthur zou nooit een *kind* slaan.' Judy siste de woorden.

'Judy...'

'Dat zou hij niet doen. Ik ken hem. Ik vertrouw hem.'

'Maar hij zou het kúnnen doen,' zei Clara mat. Het was belachelijk om gewoon te blijven dooreten. Ze duwde haar bord van zich af. 'Hij zou... jullie zouden niet voldoen aan de vereisten.'

'Ik wou dat ik het je niet verteld had. Ik wou dat ik je niets verteld had.'

Clara wou ook dat ze niets verteld had. Zes maanden geleden was ze heerlijk onwetend geweest. Maar toen was het hem zelfs met haar in directe nabijheid gelukt om Judy pijn te doen. Dat was brutaal, toch? Dat was fout. En toch twijfelde Clara ook. Misschien was het wel normaal gedrag na de oorlog. Misschien was ze weer eens een dwaze idealist. De persoon die ze dan meestal om raad vroeg over zulke dingen was Judy...

'Dus andere mensen kunnen gewoon een baby krijgen zonder dat ze "aan de vereisten voldoen", maar Arthur en ik niet. Gaat het daarom?'

Clara beet op haar lip. 'Ik kan de regels niet veranderen voor jullie.'

'Ik weet hoe het systeem functioneert. Het functioneert namelijk niet. Niemand geeft een donder om die kinderen. Jij weet het en ik weet het.'

'Maar ik bepaal het niet,' zei Clara. 'Ik zou hem niet eens naar je toe kunnen sturen als ik het zou willen.'

Terwijl ze het zei, bad ze in haar hoofd: *alsjeblieft, begin er niet over, alsjeblieft niet.*

Maar natuurlijk deed Judy dat wel. Ze gaf niet op. 'Maar je wilt het helemaal niet, toch? Na al die jaren wíl je het niet. Ze verkopen baby's in de krant, weet je dat? Ze sturen ze gewoon op naar weet ik veel waarnaartoe, naar wie dan ook. Dat gebeurt aan de lopende band. En nu ga jij even heel correct en precies doen met mij.'

Ze stonden elkaar nader dan zussen. Judy's ouders waren als een moeder en vader voor haar geweest. Thee na het werk op vrijdag, kleren die gewassen werden, eten. Ze hadden haar geréd. Niet haar leven, maar haar geest. Een warm thuis nadat haar eigen ouders haar hadden achtergelaten.

En nu kon ze Judy niet redden. Of dat wilde ze niet.

Maar ze kon niet een kind uit het tehuis naar hém sturen. Dat kon ze gewoon niet. Ze wilde dat niet doen. Misschien had ze ongelijk – maar zelfs als dat zo was, dan kon ze het niet. De barkeeper, Matthew, kwam naar de tafel, enigszins in de war door de volle borden waarvan nauwelijks gegeten was. 'Is er iets?'

'Niet met het eten,' snauwde Judy.

'Het is heerlijk.' Clara keek hem aan en probeerde geruststellend te glimlachen. 'We hebben gewoon niet zo'n honger meer.'

'Zal ik het nog even laten staan?'

Kan hij ons niet even met rust laten? Clara legde haar hand plat op de tafel, handpalm op het hout. Het was alsof ze Michael voelde. Door haar ademend. Michael. *Wat zou hij gezegd hebben?*

'Graag.' Ze perste er een lachje uit, en hij liep weg.

Judy keek haar aan.'Ze zouden het helemaal niet vragen, Clara. En er valt trouwens ook weinig te vertellen. Het is allemaal achter de rug nu.'

'Ik zou het ze wel móéten vertellen.'

'Nee, dat zou je helemaal niet hoeven doen. Waarom zou je zo wreed willen zijn? Na alles wat ik voor jou heb gedaan. Wil je geld? Is dat het?'

Het hele gesprek was volledig uit de lucht komen vallen, maar deze opmerking was wel helemaal onverwacht.

'Nooit!'

'O, ik wed dat dat het is. Je wilt altijd dingen voor het huis, ik wed dat dat is wat je wilt.'

'Dat is het niet, Judy, waarom zeg je dat? Je weet dat het geen geldkwestie is.'

'Ik zou een kind kunnen krijgen, waar ook maar vandaan, maar we willen Alex en ik kan hem een goed thuis gegeven, het best mogelijke thuis. En dat weet jij ook.'

Clara kon niet antwoorden.

'We zouden je kunnen betalen.'

'Nee.'

'Dan gaan we ergens anders naartoe. Hij is bijzonder en ik weet dat het goed zou passen, maar hij is niet de enige jongen op aarde. En jij bent niet mijn enige vriendin.'

Judy stond op. In één snelle beweging pakte ze haar tas en haar jas en stormde naar de uitgang. Door het melkglas zag Clara silhouetten bewegen. Ze stond op en liep achter haar vriendin aan. Ze had fatsoenlijk afscheid willen nemen van de woorden van Michael, maar dit was belangrijker.

'Alsjeblieft, Judy, wees redelijk.'

Judy stond nog te trillen – van woede of van ongeloof, dat was niet duidelijk.

'Ik kan gewoon niet geloven dat je je werk boven mij stelt.'

'Het is geen gewoon werk, Judy, het is veel meer dan dat.'

'Vergeet niet wie je aan deze baan geholpen heeft. Ik. Ik heb dat gedaan. Je bent zo kort van geheugen.'

'Nee, Judy. Jíj bent kort van geheugen.' En terwijl ze het zei, wist Clara dat ze er haar leven lang spijt van zou houden: 'En kijk uit dat je niet tegen een of andere deur loopt als je naar buiten gaat.'

44

De kinderen waren teleurgesteld dat Judy niet kwam.

'Ik dacht...' begon Billy, maar Clara maakte een gebaar alsof ze haar lippen dichtritste, en hij taaide af.

Toen Clara ietsje later die middag met een paar kinderen een wandeling maakte, bleef het gesprek maar ronddraaien in haar hoofd. En elke keer wist ze zeker dat ze de goede beslissing had genomen. Ze herinnerde zich het Curtis Report, dat het gebrek aan goed toezicht op kindertehuizen en adoptie laakte. Kinderen moesten allereerst beschermd worden, boven al het andere. Alex kletste over de schoolreisjes die de school aanbood, 'alle musea, juffrouw Newton!', een onderwerp waar Clara de rillingen van kreeg, en vandaag nog meer dan anders. Peg rende vooruit, dansend. Rita plukte boterbloemen en vroeg aan iedereen of ze van boter hielden. Terry sloeg met een stok op de ijzeren vangrail langs de weg. Meneer Garrard liep hun voorbij, en mompelde tijdens het passeren: 'Hallo juffrouw Newton, dag kinderen.' Dat was een vooruitgang, vermoedde Clara. Een paar meter achter hem, met Bertie de hond dicht tegen zich aangedrukt alsof ze hem zouden willen aanvallen, kwam mevrouw Garrard die haar ogen afwendde.

Toen ze voorbij Ivors werkplaats liepen, gilden de kinderen een groet en Ivor riep terug, maar hij noemde Clara's naam niet, zoals hij gewoonlijk wel deed. Het was een rustige avond met wat restjes groentetaart. De groente was al klaargemaakt voor de lunch morgen. Zij en Terry brachten snel de boel aan kant. Rita oefende tafels, wat ze hardop deed, en Peg schreef het op. Peter ging weer in bad. Billy en Barry oefenden het maken van scheetgeluiden tussen hun ellebogen. Rita vroeg of ze Clara's make-up mocht gebruiken en Clara was te moe om nee te zeggen. Daarna gingen Billy en Barry naar hun kamer en begonnen daar een bal tegen de muur te gooien. Voor de miljoenste keer verbood ze hun dat. De frisgewassen Peter kwam naar de salon en ging daar zitten tekenen, of zitten dromen van een mooiere wereld.

Alex was verdiept in zijn nieuwe dinosaurusboek. Om de zoveel tijd kwam hij even naar Clara om haar dringend iets te laten zien: 'Dit is echt verbazingwekkend, moet u kijken hoe groot die diplodocus is, maar zijn hersens hebben het formaat van een erwt,' en elke keer dat hij dat deed voelde Clara zich beroerder. Arme diplodocus.

Clara bladerde door haar verslagen, maar ze merkte dat ze zich niet kon concentreren. Telkens moest ze weer denken aan Judy, de vriendin die haar gered had. Clara was niet echt wees geweest, maar zo had ze zich wel gevoeld. Ze was achtergelaten – dat zag ze nu wel, terugkijkend – maar toen was ze alleen maar verbijsterd geweest. De andere meiden bij Harris & Sons waren niet onaardig geweest of zo, maar ze hadden het allemaal te druk, waren te uitgeput, of gingen te veel op in hun eigen leven om haar op te merken. Judy was anders: ze onthield Clara's naam – 'Is het Newt of Newton?' – bedankte haar als ze thee had gemaakt en vroeg haar uiteindelijk een keer mee uit te gaan. Meneer Harris senior zei altijd: 'Werk en privé moet je gescheiden houden', maar de oorlog had alles veranderd – de mannen waren weg nu, en de vrouwen zochten elkaar op.

Hun vriendschap werd hechter toen ze Michael ontmoette. Ze gingen uit dansen, Judy nam dan een date mee, wat meestal niets werd, maar het was toch leuk. En toen stierf Michael. Er was een dag waarop ze serieus had overwogen zich voor een tram te gooien. Iedereen kende wel iemand die zoiets gedaan had, een gebroken vader of een door schuld verteerde moeder. Iedereen kende wel iemand die het niet meer volhield. Maar daar was Judy: een hand, een schouder, een vriendin: 'Je komt er weer overheen, Clara, dat weet ik zeker.'

En wat had Clara in ruil daarvoor gedaan?

Clara besloot haar te bellen. Ze wist niet wat ze moest zeggen, zelfs niet toen ze de hoorn in haar hand had, maar ze wist dat ze het moest goedmaken. De telefoon ging heel lang over, tot het na een tijdje stopte.

Judy, alsjeblieft.

Ze dacht aan hoe Judy haar geholpen had bij de voorbereiding van haar sollicitatiegesprek: 'En als ze je nou vragen wat kinderen het meest van alles nodig hebben?'

'Dan zal ik zeggen: "Een gelukkig thuis waar ze zich veilig en geaccepteerd zullen voelen."'

Ze hadden het haar niet gevraagd.

Midden in de nacht werd Clara wakker met zo'n idee dat in rook opgaat als je het niet onmiddellijk grijpt en er iets mee doet. Dus zittend aan haar bureau, bij kaarslicht, pakte ze haar mooiste schrijfpapier en haar favoriete penn: dit idee zou ze zich niet laten ontglippen. Ze kon dit niet via de telefoon delen en Clara was achteraf blij dat ze Judy niet eerder had bereikt. Clara schreef het zo tactisch mogelijk op. Het moest leesbaar zijn, het moest zuiver zijn, maar vooral moest het in precies de juiste woorden geschreven zijn. Daarna blies ze over de met inkt geschreven letters, meer als bezwering dan om de inkt droog te blazen, vouwde de brief dicht en stak hem in de envelop om morgen in de brievenbus te gooien. Ze wist het adres uit haar hoofd.

Mijn allerliefste Judy,

Ik weet dat het veel moed vergde om me te vertellen wat er aan de hand was. Ik weet dat je een gesloten persoon bent, dat respecteer ik.
Ik weet hoe dol je bent op Alex. Je zou hem nooit kwaad doen. Maar ik kan hem niet naar jullie toe sturen. Alex kom uit een gewelddadig gezin. Ik wil niet dat hij daar weer in terechtkomt.
Ik blijf bij mijn mening. Ik weet dat je boos op me bent. Meer dan boos.
Je vindt Arthur geweldig, maar niemand zou jou mogen aandoen wat hij je heeft aangedaan. Nooit. Ik herinner me nog je gezicht toen je opendeed, zo beschaamd, zo uitgeput. En je enkel, en die migraines?
Ik heb spijt van wat ik zei. Ik was gechoqueerd en boos en in de war. Maar nu zie ik het weer helder. Wát als je van hem zou scheiden, Judy? Mensen scheiden tegenwoordig heel vaak en je hebt zeker reden genoeg. Daarna zouden we verder kunnen kijken. Overweeg alsjeblieft deze optie. Misschien zou dit een goede aanleiding kunnen zijn om bij hem weg te gaan?
Ik houd van je en ik zal al het mogelijke doen om dit te laten lukken.

Clara xx

Toen ze de volgende dag voor de brievenbus stond, aarzelde Clara voordat ze de envelop erin stopte, heel even. Was het goed wat ze deed? Midden in de nacht was ze er zo zeker van geweest, maar nu voelde ze zich onzeker door diezelfde zekerheid. Zeker van iets zijn was haar niet aangeboren. Maar soms moest je je twijfels gewoon inslikken, net zoals vieze medicijnen. Of misschien moest je net zo doen als Churchill – een stinkende sigaar opsteken en gewoon maar doorgaan. Dus liet ze haar idee in de brievenbus vallen, haar brief als vredesduif. Misschien werkte het niet, maar ze had het dan in ieder geval geprobeerd.

Het was aan Judy om te besluiten wat ze nu ging doen.

Clara stuurde ook het afschrift van Michaels woorden naar Mevrouw Marilyn Adams, zijn moeder. Ze hoopte dat het haar wat troost zou bieden.

45

Gemeente Suffolk
9 augustus 1949

Beste juffrouw Newton,

Het spijt ons u te moeten informeren dat we gegronde zorgen hebben over uw vermogen om aan te blijven als huismoeder in het kindertehuis Shilling Grange in Lavenham.
Wij verzoeken u aanwezig te zijn bij een rechtszaak op 28 augustus, om 10.30 uur, in het gemeentehuis van Bury, waar we de zaak verder zullen bespreken. Brengt u alstublieft alle materiaal mee waarvan u denkt dat het uw competentie bewijst, en uw vermogen om aan te blijven als medewerker.
De gemeente zal bewijs tonen dat ten grondslag ligt aan hun zorgen.

Vriendelijke groet,

P.P. Sommersby

'Gegronde zorgen.' Clara las de woorden nog een paar keer en ze voelden elke keer als een mes in haar hart. 'Vermogen om aan te blijven.' Dit was een dúídelijke afwijzing, een totale Blitzkrieg tegen de dingen die haar na aan het hart lagen. Ze had haar ziel en zaligheid in Shilling Grange gelegd – en nu bleek haar ziel en zaligheid niet goed genoeg te zijn.

Juffrouw Bridges had meringues meegenomen om de klap wat te verzachten.

'Willen ze van me af?'

'Ik denk niet dat ze dat echt wíllen.' Juffrouw Bridges deed het raam open en wuifde zich koelte toe. Hitte of schaamte, het maakte Clara niet uit. Laat juffrouw Bridges ook maar een beetje lijden.

'Ben ik mijn baan kwijt?'

'Onwaarschijnlijk.' Maar haar stem en de uitdrukking op haar gezicht zeiden iets anders.

'Maar het zou kunnen?'

'Nou, ja,' gaf juffrouw Bridges toe. 'Maar ik heb het maar één keer meegemaakt...' Ze zweeg, 'of twee keer. En die waren echt slecht,' voegde ze eraan toen. 'Ze waren bijzonder ruw tegen de kinderen, of ze gaven geen eten bijvoorbeeld. Dat soort dingen.'

'Ik snap niet wat ik fout gedaan heb.'

Of eigenlijk wist ze het wel. Ze wilde alleen dat juffrouw Bridges het zou zeggen.

'Het gaat om dat gedoe met Peter. Het bevalt ze niet hoe je dat afgehandeld hebt. Een kind weghouden bij zijn nog levende familieleden, om wat voor reden dan ook, hoort niet. Je weet hoe tuk ze zijn op adoptie binnen de familie. Dat is het belangrijkste.'

'Boven op die kwestie met Maureen, en Billy en Barry en Terry?'

'Ja, precies.'

Juffrouw Bridges tuurde weer naar de brief. 'Kan jij op die dag?'

Wat zou ze zeggen als Clara nee zou zeggen?

'Ik denk het wel.'

Het kon niet zó dringend zijn als het pas over drie weken plaatsvond.

'De kinderen zijn dan weg op vakantie. Goede timing.'

Er was niks goeds aan.

'Dus, kun je die laatste weken hier blijven dan?'

'En als ze me niet meer willen?'

Juffrouw Bridges raakte soms haar geduld kwijt, en ze was nog wel zo'n vriendelijke mentor geweest.

'Nou ja, als het niet lukt heb je toch wel een plek waar je naartoe kunt? Die lieve vriendin over wie je het altijd hebt, bijvoorbeeld? Judy? Daar kun je toch wel blijven? Kop op, juffrouw Newton.'

De kinderen gingen op vakantie naar Lyme Regis. Ze zouden daar overnachten in een landhuis vol wezen uit het hele land. Ze hadden geen eigen koffertjes, en Clara was er niet in geslaagd daarvoor tijdig een aanvraag te doen bij de gemeente. Ivor had waarschijnlijk kunnen helpen, maar ze waren nog steeds niet on speaking terms. Maar toen kwam ze Sir Munnings tegen op straat en hij zei dat hij haar er wel een paar kon lenen. Dat was wel het minste wat hij kon doen, zei hij.

'Hoorde dat je wat problemen had, mop.'

Wie had hem dat verteld? Julian misschien?

'Houd je taai. Die kinderen lopen elke dag langs mijn huis met hun stralende gezichtjes, schreeuwend als zeemeeuwen. Het doet mijn hart goed. Het was vroeger altijd alsof ze in een begrafenisstoet liepen, met van die smerige zwarte capes, heel somber. Jij hebt daar verandering in gebracht.'

'Ik hoop dat de gemeente het ook zo ziet.'

'Het is me wat, die gemeente.' Sir Munnings snoof. 'Het is net zoals bij paarden: je moet ze laten zien wie er de baas is.'

~

De avond voor de kinderen vertrokken, kookte Clara stoofpot met hamlappen, Pegs favoriete gerecht. Het ging erin als koek. Anita Cardew had er wat met kaneel gekruide stukjes appel over gedaan, en ze bracht mintsnoepjes van haar familie in Amerika mee. Het zou weleens hun laatste avondmaal samen kunnen zijn, maar Clara wilde dat de kinderen niet laten weten. Ze deed wel kaarsen aan en de kinderen hadden wel door dat het een speciale gelegenheid was. Voor één keer sloop Peter niet zo snel mogelijk weg, en Billy en Barry stopten met armpje drukken toen Clara dat vroeg.

De koffers waren gepakt. Na veel heen en weer gedoe bleef Molly de Muis thuis, waar ze veilig was. Net zoals Pegs geliefde schelp en Terry's plant Jockey, die er nogal sprieterig uitzag. Ze lieten Clara op de Bijbel zweren (zoals ze in de film hadden gezien) om voor al de achterblijvers te zorgen. De tweeling had de vissen gedag gezegd en dokter Cardew had ze verzekerd dat ze het fantastisch maakten. Vooral Billy 2, zei hij, was dol op klassieke muziek.

'Wat gaan jullie daar doen, in Lyme Regis?' vroeg Clara.

'Graven,' zei Terry. Clara stelde zich de tunnels voor, de slotgrachten en de kuilen die Terry opgetogen zou maken in het zand. Dit zou Terry's laatste vakantie met de kinderen zijn als de adoptie door de Lewises doorging. Even wou Clara dat ze met alle kinderen op vakantie kon, maar dat was nooit aan de orde geweest. Ze schaamde zich dat ze nergens heen kon – en niemand had met wie ze weg kon gaan.

'Er is ook meestal een danswedstrijd,' zei Rita. 'Peg vindt dat leuk, toch?' Peg knikte heftig. 'Misschien wint ze wel bij de kinderen die nog geen acht zijn.'

Hierop huppelde Peg door de kamer terwijl ze de zoom van haar rok ophield. 'Niet je verstoppen,' waarschuwde Clara. Een van haar grote angsten was dat Peg zoek zou raken. 'Beloof het me.'

Peg giechelde.

'Ik hou van fossielen zoeken,' zei Alex. 'Weet u dat Dorset een van de belangrijkste archeologische vindplaatsen in het land is? Ik wil iets spectaculairs vinden.'

'Ik denk niet dat je fossielen zomaar mee mag nemen, toch?'

Alex keek wat zorgelijk. 'Ik ga het verder onderzoeken.'

'We gaan heel veel spelletjes doen. Cricket. En softbal. En British Bulldog.' Billy sloeg zichzelf op de borst, als een aap. 'En ik win altijd.'

De volgende morgen lag Peter in zijn bed als een fossiel dat erop wachtte om opgegraven te worden.

'Je moet nu gaan, Peter. Je kunt hier niet blijven.'

Hij zweeg, zijn gezicht vertoonde geen enkele uitdrukking. Clara legde zijn potloden en papieren onder in zijn tas.

'Ik wil een strip, Peter, een hele mooie.'

Uiteindelijk stond hij op, traag begon hij slordig zijn kleren boven op zijn tekenspullen te leggen.

'Het komt allemaal goed.'

Het voelde alsof ze hem voorbereidde op zijn executie. Ze bracht de kinderen naar de trein. Mevrouw Garrard stond voor haar winkel, Bertie onder haar arm, de afkeuring droop ervanaf.

'Bent u er nog als we terugkomen?' vroeg Billy ineens toen ze voor het kaartjesloket stonden. Het verbaasde Clara. Ze dacht dat ze niks had laten merken over de rechtszaak.

'Waarom vraag je dat?'

'Ik weet niet of ik u het al eens verteld heb,' fluisterde Billy. Zijn knokkels waren wit, zo stijf hield hij het handvat van zijn koffer vast. 'Maar ze waren echt gemeen. De nonnen bedoel ik. Ze sloegen ons altijd en ze gaven ons soms geen eten. Zuster Eunice was vooral gemeen tegen Barry. En Peg. Ik weet niet waarom ze Peg de hele tijd moest hebben. Peg deed zo haar best. Ik snapte het niet. Je wist nooit wie de volgende zou zijn, maar het waren meestal zij twee. Een keer sloeg ze Barry zo hard en ze ging maar door, zelfs toen hij overgaf, ze had zijn hoofd vast, ze stopte niet. Ik dacht dat hij doodging, maar ze wilde hem niet naar de dokter brengen. Ik heb de hele nacht zitten bidden.'

Clara wist niet wat ze moest zeggen. Ze had altijd al vermoed dat het op de Grange nog veel erger was geweest dan ze wist, maar om zo'n grimmig verhaal te horen, van die vrolijke Billy nog wel, was wel even wat anders.

'Met u is het veel beter,' eindigde hij. 'Echt waar.'

Clara probeerde hem te omhelzen, want als ze iets zou zeggen zou ze gaan huilen, maar hij trok zich los.

'Ik wilde dat u dat weet.' Hij rende over het perron en sprong op Barry's rug. Ze stortten samen neer op de grond.

Clara klemde de andere kinderen tegen zich aan in een omhelzing, behalve Peter, die apart stond alsof hij er niet bij hoorde. Ze aaide ze over hun haar, snoot neuzen en gaf haar zakdoek. Ze had niet kunnen dromen dat ze zo veel van alle kinderen zou gaan houden.

~

De plek van de kinderen in huis werd ingenomen door schaamte. Een holle galm in plaats van hun geluiden. Clara had zich erop voorbereid dat het rustiger zou zijn in huis, natuurlijk, maar ze had niet verwacht dat het ook zo anders zou ruiken zonder de kinderen.

Het was afschuwelijk dat ze niet wist of ze al dan niet zou blijven. Het was zoals toen het land ten strijde trok, maar de oorlog nog niet echt was uitgebroken, en je dus helemaal niet wist wat er allemaal gebeurde. Of zoals dat woord waar haar ouders haar altijd de stuipen mee op het lijf joegen – het vagevuur, dat afgrijselijke stadium tussen het een en het ander.

Wat had ze een hekel aan die zelfingenomenheid van haar zendelingouders, hun toewijding aan het verbeteren van de 'levens van de inboorlingen'. Het was opdringerig, ze waren bemoeizuchtige, drukke, bazige weldoeners die alleen maar het beste met zichzelf voorhadden. De ironie was, zo realiseerde ze zich nu, dat ze precies zo geworden was als haar ouders; alleen was ze waarschijnlijk nog erger dan zij, omdat haar ouders geslaagd waren en zij gefaald had. Ze had haar kinderen in de steek gelaten.

En ook de vriendschap met Judy was over. En waarom? Misschien had ze het wel bij het verkeerde eind. Misschien was Arthur inderdaad veranderd.

Had ze niet eerst nogal onverschillig gestaan tegenover de kinderen – en was ze toen niet van elk kind afzonderlijk gaan houden? Misschien had ze zich niet gerealiseerd dat anderen net zo goed als zij in staat waren te veranderen.

Arthur had misschien zo zijn eigen weg afgelegd. Judy had haar dat verzekerd. Hij was wellicht vol wrok uit de oorlog gekomen, waarna hij het geweld opzij gelegd had en geleerd had gewoon weer opnieuw te beginnen. Misschien had hij wat zelfbeheersing aangeleerd, of respect.

Maar het punt was dat Clara het niet wist. Ze kon er niet zeker van zijn dat ze te voorzichtig was geweest. En dat was de juiste benadering. Maar het had haar wel een kostbare vriendschap gekost, haar belangrijkste relatie in de wereld.

Ze hoorde niets van Judy. Elke ochtend weer. Judy moest Clara's letter nu wel ontvangen hebben en had ervoor gekozen niet te antwoorden.

46

Clara ging zo op in haar problemen dat ze vergat dat ze beloofd had naar de Jane Taylor bijeenkomst in de bibliotheek te gaan. Anita verscheen aan haar deur, en ze stond erop te wachten terwijl Clara andere kleren aantrok. Hoe ze ook genoot van de bijeenkomsten, ze was niet in de stemming en als Anita er niet was geweest, die in haar mooiste kleding ongeduldig met haar nagels op de keukentafel zat te tikken, dan zou Clara thuisgebleven zijn.

In de bibliotheek keek Clara heimelijk om zich heen. *Gelukkig. Ivor is er in ieder geval niet.*

'Hij zei dat hij het druk had,' zei Anita, die een irritant vaardige gedachtelezer was. *Of ontwijkt hij me?*

'Waarom ga je niet bij hem langs, Clara?'

'Hij weet waar ik woon.'

Aanvankelijk had Anita het moeilijk gevonden om te accepteren dat Clara's verloving met Julian verbroken was, maar nu ze het aanvaard had maakte ze altijd een klein sissend geluid als zijn naam ter sprake kwam. Het was erg bevredigend. Julian was van een begerenswaardige vrijgezel van het een op het andere moment veranderd in de duivel. Maar nu vermoedde Clara, hoe bespottelijk ook, dat Anita haar probeerde te koppelen aan Ivor. Niet omdat ze dacht dat ze een goed stel vormden samen, dacht Clara, maar omdat Anita niet wilde dat Clara wegging uit Lavenham. Ze wilde dat ze extra redenen had om te blijven.

'Hij zou wel wat aanmoediging kunnen gebruiken,' zei Anita, ze keek haar zogenaamd onschuldig aan.

'Sssst.' Clara deed alsof ze zich probeerde te concentreren.

~

Vandaag had meneer Dowsett, de bibliothecaris, het over het gedicht 'Twinkle Twinkle Little Star', dat vooral zo'n succes geworden was omdat het op muziek gezet was. Het werd in de negentiende eeuw heel populair in speeldoosjes. 'De geboorte van een wiegeliedje,' zei hij. 'Sommige mensen zeiden dat Mozart de melodie had geschreven.'

Clara dacht aan het mooie speeldoosje dat ze met Kerstmis aan Rita gegeven had. Ze stak haar hand op.

'En heeft Jane Taylor geweten hoe populair het was?'

'Waarschijnlijk niet. Het was niet populair toen ze nog leefde.'

'Had Jane Taylor kinderen?' vroeg iemand anders.

'We denken dat ze wel een gezin had gewild, heel graag, maar er was waarschijnlijk sprake van verraad of een relatie die stukliep. Ze was in ieder geval een toegewijde tante voor haar vele neven en nichten.'

Clara dacht weer aan Judy. Ze moest haar bellen, ze moest te weten komen of ze de brief had ontvangen. Die raakten weleens zoek – vooral belangrijke. Judy had nu wel tijd gehad om erover na te denken.

De spreker sprak verder over dat Jane Taylors werk tijdens haar leven geen erkenning had gekregen en daarna eigenlijk ook niet echt. Maar een paar mensen wisten dat ze de schrijver was van dit gedicht, zei hij, en helaas overleed ze aan borstkanker toen ze pas veertig was, verdrietig over al die verhalen die ze niet meer kon schrijven.

'Het is zo tragisch,' zei Clara na de voordracht.

'Nee,' zei Anita, 'kijk eens wat ze ons gegeven heeft, en we hebben het nog steeds over haar' – ze maakte sneller dan Clara zou kunnen een som in haar hoofd – 'honderddertig jaar later.'

'Maar niemand weet dat zij het geschreven heeft, behalve de mensen hier dan,' zei Clara.

'Maar toch, wat een cadeau om na te laten.'

'Wat heeft het voor waarde als je iets goeds doet waarvan niemand weet dat jij het gedaan hebt?' overpeinsde Clara toen ze weggingen. Ze dacht hardop en verwachtte geen antwoord, maar Anita glimlachte naar haar.

'Maar natuurlijk. De zon gaat elke ochtend op – en dat is prachtig, of je het nou ziet of niet, toch? Je doet niet dingen voor erkenning, je doet het omdat het het juiste is om te doen.'

Anita Cardew stak haar arm door die van Clara en samen liepen ze terug naar de Grange voor een kopje thee.

47

De kinderen waren al een week in Lyme Regis en er was nog geen kaart of brief aangekomen. Weg van huis werden de kinderen aangemoedigd het thuisfront helemaal achter zich te laten. Contact zou heimwee kunnen veroorzaken, kennelijk. Clara begreep de gedachte, maar ze voelde zich er evengoed een beetje somber onder toen Ivor aanbelde.

Hij zag er geweldig uit. Met zijn hoed, zijn overhemd keurig in zijn broek, en geen naalden tussen zijn lippen. Hij overhandigde haar een fles van haar favoriete gin.

Clara's knieën knikten, tot haar ergernis. Ze had bij Julian moeten blijven, dacht ze, ze had hem kunnen veranderen. Julian bezorgde haar nooit knikkende knieën.

'Heeft Anita je gezegd dat je langs moest komen?'

Hij grinnikte. 'Anita is een overtuigende vrouw.'

Clara was vastbesloten om niet terug te glimlachen. 'Ik dacht dat je niet meer met me wilde praten.'

'Dat klopt.' Hij sloeg zijn ogen neer. 'Maar toen zei ik tegen mezelf dat je wel een goeie reden gehad moest hebben om er die dag niet te zijn voor Peter.'

'Dat had ik inderdaad,' zei ze verbolgen. Zo makkelijk zou ze Ivor niet vergeven. 'Een heel goede reden.'

'Dan spijt het me. Ik had je moeten vertrouwen.' Hij was die zeldzame man die het niet erg vond om sorry te zeggen, en hij zei het ook niet alsof hij iets heel vies moest doorslikken. Hij bleef een beetje hangen in de deuropening. Ze was nog steeds vastbesloten hem niet binnen te vragen.

'Ik wilde je vertellen dat ik het Curtis Report heb gelezen.'

'Echt waar?'

Clara was vergeten dat hij het had.

'Dat kind, wat er gebeurde met Dennis O'Neill, is dat echt waar?'

Dennis was als pleegkind opgenomen, was misbruikt en stierf uiteindelijk van de honger – en niemand had iets gedaan om hem te redden.

'Het is allemaal waar, Ivor.'

'Het is verschrikkelijk.'

Daarna moest ze hem wel binnen vragen.

Ze zaten aan de keukentafel thee te drinken.

'Maak je geen zorgen, juffrouw Bridges heeft ze gemaakt,' zei Clara toen ze hem een koekje aanbood. Ze was blij dat Ivor erom moest lachen.

'Ik zou er sowieso een genomen hebben, en dan was ik later wel op de blaren gaan zitten.' Toen werd hij serieuzer. 'Ik kan gewoon niet geloven hoe rottig het was voor zo veel kinderen.'

'Afschuwelijk voor sommigen. Voor heel velen. En we willen dat dat nooit meer gaat gebeuren.'

'We?' Hij kneep zijn ogen tot spleetjes en keek haar strak aan.

'Ja, we. Weet je, we hebben het over wat de nazi's gedaan hebben, en wat de Japanners deden, en dat zijn misdaden tegen de menselijkheid – weerzinwekkend en slecht, maar tegelijkertijd zijn hier ook, stilletjes en ongemerkt, vreselijke dingen uitgespookt, met kinderen in onze eigen omgeving.'

Ivor knikte.

'We sluiten overeenkomsten en maken internationale wetten om voor ieder van ons de dingen beter te maken – en dat is hoe het zou moeten en volgens mij had het allang eerder gemoeten – maar wat te denken van al die kinderen die lijden? We moesten iets doen. En wat we tot stand gebracht hebben is niet perfect, natuurlijk niet. En soms zullen we fouten maken en sommige kinderen zullen nog steeds lijden, maar we moeten het evengoed proberen.'

Ivor brak een koekje in tweeën. Kruimeltjes vielen op het schoteltje.

'Het is beter, Clara. Ik zie dat nu ook. Het feit dat het systeem overbelast is, of dat er fouten gemaakt worden, betekent nog niet dat het fout is om toch een poging te wagen.'

'Dank je. Het is niet geweldig. Maar ik zie het toch als vooruitgang, ondanks alles wat niet goed gaat, de bureaucratie en de traagheid.'

'Het is een verbetering.'

'Zo is dat. En sommige medewerkers in de kinderzorg zijn niet goed en sommige huismoeders zijn niet zo goed als ze zouden moeten zijn,' ik bijvoorbeeld, dacht ze, 'of zo goed als de kinderen eigenlijk verdienen. Maar uiteindelijk komen we er wel.'

Ivor hield zijn thee omhoog, en even wist ze niet waarom. Hij boog zijn gezicht naar het hare, zonnestralen vielen door het raam. Op dat moment vertrouwde ze het gezicht daar voor haar meer dan welk ander gezicht ook op aarde.

'Op alle kinderen.'

'En op Dennis.'

Hij tikte zijn kopje tegen het hare.

Ivor vroeg niet aan Clara hoe het ging, zo zonder kinderen. Het was waarschijnlijk wel duidelijk. Ze had alles gewassen, hun bedden opgemaakt, ze had op hun bedden gelégen, en eindeloos alles geveegd. Shilling Grange was nog nooit zo schoon geweest. Ze was nog nooit zo ijverig geweest. Het zag eruit als een hotel, smetteloos voor iedereen die er in september weer zou zijn. Clara's instinct zei haar dat zij dat niet zou zijn, maar ze wilde niet dat haar vervanger zou kunnen zeggen dat zij een luilak was, of iets anders. Ze wilde niet dat ze zeiden dat ze niks om die kinderen gaf.

Ivor wilde net weggaan toen ze zei: 'Heb je later misschien tijd?'

Die eigenaardige zwaai met die ene arm. Ze had het kunnen voorspellen.

'Ja... heb je iets nodig?'

'Ik vroeg me gewoon af... zullen we een glaasje gin drinken bij een spelletje Monopoly?'

Judy had haar een Monopolyspel gegeven. Clara wist nog dat ze het in Judy's gezin gespeeld hadden. Haar vader, haar moeder, haar broers, die ene die Howard heette. Het vrolijke familiegekibbel. Ze had nooit geweten dat gekibbel ook vriendschappelijk kon zijn. Ze hoefden niet te eindigen met diepe stilte en een dichtgeslagen deur. *Zal Judy ooit weer met me willen praten?*

Judy moest toch weten dat Clara gelijk had. Ze zouden het wel oplossen. Zo deden vriendinnen dat.

'Voordat ik ja zeg, wil ik je wel even waarschuwen,' zei Ivor.

'Ja?'

'Ik ben bloedfanatiek met bordspelen.'

'Allemaal praatjes, niks meer.'

Het is geen date, prentte Clara zich in, of een 'rendez-vous' zoals met Julian. Maar Ivor kwam meestal gewoon even langs als hij een boodschap moest doen of als hij iets voor de kinderen had. Of zij kwam naar hem met een tas sokken of broeken. Dit voelde toch anders.

Clara probeerde niet te blijven zwijmelen over die avond met de telescoop, want dat was zo intiem, zo... privé. Dat gevoel van hem zo dichtbij in het donker. Ze was niet in staat geweest zich te bewegen. Zijn geur. Soms dacht ze ook aan hem die keer op de markt. Ze had gevoeld dat hij soms naar haar keek, ze beeldde het zich niet in. Maar dat beeld verdween bij de herinnering aan die oude man die over Ruby begon. – '*Ze was een uniek persoon.*'

Zat ze nog steeds in zijn hoofd?

Na die twee gelegenheden waren ze zelden met z'n tweeën geweest. Er was altijd wel iets: een kind met buikpijn, of een knikker die kwijt was, of buikpijn én een knikker die kwijt was.

Clara was zich aan het klaarmaken. Ze trok een mooie blouse aan en een getailleerde rok met onderrok, uit haar tijd bij Harris & Sons. Ze had het idee dat ze een beetje verslonsde. Meestal maakte dat niet uit, maar vandaag ineens wel.

Vergeet niet dat hij getrouwd is, zei ze tegen zichzelf. Ze gebruikte een beetje van Rita en Terry's eigengemaakt parfum. Rita was de fles vergeten mee te nemen. (Hopelijk zou Clara er geen uitslag van krijgen.)

Ivor kwam op tijd en ze wilde er niets achter zoeken, maar ze zag wel dat ook hij zijn best had gedaan. Fris geschoren en aantrekkelijk, Ivor zag er goed uit. Hij zag eruit als een man die net weer ontdekt had dat hij aantrekkelijk hij was.

Zij was de oude schoen, hij de racewagen. Vanaf de eerste dobbelsteenworp bleven ze lachen en kletsen. Ivor hield van bouwen: hij kocht elektriciteit en waterleidingen. Toen zij de goedkope straten aan zich voorbij liet gaan en in plaats daarvan alleen maar dure straten kocht – Mayfair, Park Lane – zei hij: 'Clara, ik had geen idee dat jij zo meedogenloos was!'

Clara was misschien een beetje aangeschoten geraakt, maar dat leek hij niet erg te vinden. Hij leek haar echt leuk te vinden. Dat voelde ze. De vraag was: hóé leuk? En wat betekende het? Rond negen uur moest Ivor weer terug naar zijn werkplaats. Clara's hart zonk haar in de schoenen: *zo snel al?* Maar het was alleen maar om nog wat van die cider te halen die hij vorig voorjaar gemaakt had.

Clara snelde naar de spiegel toen hij weg was. Haar gezicht was rood, haar ogen schitterden opgewonden, ze herkende nauwelijks haar eigen gezicht. Waar kwam dat nou vandaan? Ze prentte zichzelf in dat ze niet op hem viel, maar dat was natuurlijk wel zo, dat wist ze best. Het was al maanden aan de gang, en het werd steeds erger. Ze deed lippenstift op, bracht rouge aan en kamde haar haar. Had ze het maar blond geverfd… Had ze er maar wat aantrekkelijker uitgezien.

Zijn ogen waren zo mooi bruin. Haar favoriete kleur.

Ze wilde dat hij iets zou zeggen van: *Ik ben blij dat je niet met Julian trouwt*, of: *ik moet de hele tijd aan je denken*, maar er was nog geen enkele verklaring over zijn lippen gekomen. Ze vroeg zich af of hij wachtte op een signaal van haar. Maar ze kon niets bedenken dat niet al te duidelijk een signaal uitzond.

Wat zou Anita Cardew doen? dacht ze, voordat er een giechel in haar opborrelde en ze besloot dat zij juist precies het omgekeerde zou doen van wat Anita zou doen.

Het werd steeds later en steeds donkerder. Ivor keek om zich heen om te zien hoe laat het was, en schrok. 'Wat? Is het echt zo laat?' Het was bijna middernacht. 'Ik dacht dat ik je op dit tijdstip wel verslagen zou hebben.' Hij grinnikte. 'Ik moet ervandoor. Ik heb morgenvroeg een paar afspraken.'

Ze vond het jammer, maar hoewel ze ergens wilde dat hij gewoon zou blijven – 'laat de anderen maar denken wat ze willen' – beviel het haar ook wel dat hij zijn afspraken wilde nakomen. Zo was Ivor.

Toen hij zijn hoed pakte voelde ze de drang om iets geks te doen; om hem op haar eigen hoofd te zetten, om hem te verstoppen in de kast en aan te dringen dat hij ernaar op zoek ging, of met 'Boe!' op hem af te springen.

Mijn hemel, ze was echt aangeschoten.

Hij had het te warm om zijn jas aan te trekken, en legde hem over zijn arm. 'Het was een heerlijke avond, Clara.'

Zelfs hoe hij haar naam uitsprak was als in een droom. Ze kon er eindeloos naar luisteren: *Clara, Clara*. Hij sprak het precies zo uit als het bedoeld was. Ze had nooit zo nagedacht over haar eigen naam, maar nu het uit zijn mond kwam, was het voor haar het meest muzikale, exotische woord dat ze ooit had gehoord.

'Vond ik ook.'

'Zullen we morgen weer?' Hij keek haar niet aan terwijl hij het vroeg.

'Ik hoop wel dat ik morgen minder tijd in de gevangenis doorbreng.'

Hoewel Clara met een licht hoofd en vlinders in haar buik naar bed ging, de zoete momenten en de verlegen blikken tolden nog rond in haar hoofd, was het een afschuwelijke nacht. Misschien kwam het door de zelfgemaakte cider van Ivor, of te veel gin. Wat het ook was, ze had afschuwelijke nachtmerries, zo erg was het lang niet geweest.

Ze zag een kind in een put vallen, en een ander raakte verzeild in een messengevecht met fatale afloop, ze zag kinderen die meegesleurd werden door een snelstromende rivier of die van de trap vielen. Ze hoorde stemmen om hun moeder roepen, en anderen riepen om een ambulance. Barry en Peg die tot een bloedige brij geslagen werden. En Peters oom, zelfingenomen, met zijn elleboog uit het raampje van zijn auto. 'Je moet streng zijn,' en daarna Ivor die zich naar haar overboog, in de droom, zijn arm paars en misvormd, zijn mond vol naalden, en Judy was er ook. '*Vertrouw me toch, waarom vertrouw je me niet?*' riep ze.

De volgende ochtend had Clara net de ketel op het vuur gezet, ze staarde naar buiten, naar de straat en naar het trouwe licht van Ivors werkplaats, toen er een telegram bezorgd werd. De bezorgjongen parkeerde zijn fiets tegen de muur van de tuin, zette ferm zijn pet recht, trok zijn jasje strak, zette een serieus gezicht op, en liep toen naar de deur van de Grange.

Clara,

Ik schrijf je in plaats van je te bellen, want ik kan je nummer niet vinden. Misschien maar beter dat ik je stem niet hoor. Met veel verdriet deel ik je hierbij mee dat onze geliefde Judy van ons weggenomen is maandag. Arthur is gearresteerd. Informatie over de begrafenis volgt. Ik ben onbeschrijfelijk verdrietig.

Kitty Kislingbury

48

Clara wist niet meer hoelang ze daar aan die keukentafel was blijven zitten, met het telegram voor zich. Rond drie uur kwam Ivor om de strijd van schoen tegen racewagen voort te zetten. Ze kon zich niet meer herinneren dat hij de trommel neerzette die hij had meegenomen en haar in zijn armen had genomen. Ze wist nog wel dat ze hem omhelsde: de geur van zijn hals, zijn schouders, de stoppels op zijn kin en de zachte kracht die hij bezat en dat het niks uitmaakte dat hij maar één arm had, helemaal niks. Het was niet monsterlijk, er zaten geen naalden tussen zijn lippen, dat was maar een droom geweest. Maar het echte leven had zo zijn eigen monsterlijkheden en haar eigen naalden. Meer kon ze zich niet herinneren. Het moment dat hij zich van haar had losgemaakt om thee te zetten, zelfs dat had als een eeuwigheid gevoeld. Hij had tranen in zijn ogen. Hij keek toe hoe ze de zoete thee dronk, alsof ze een zuigeling was en hij bang was dat ze niet wist hoe ze moest drinken.

Hij hield haar weer stevig vast, aaide haar over haar rug, haar schouders, het stukje tussen de schouderbladen, de bovenkant van haar armen, en ze drukte zich tegen hem aan. Ze verlangde ernaar nog dichter bij hem te komen, zijn geur op te snuiven, zijn lichaam, het was overweldigend – ze wilde dit al een hele tijd en ze voelde dat er misschien wel een kus zat aan te komen, eindelijk een kus, ze hoefde alleen haar hoofd maar op te tillen en dan zouden ze elkaar kussen. Het was als het wachten op een trein die uit de tunnel komt, een tram die bij de halte aankwam. Ze sloot haar ogen en wachtte, genoot van de verwachting, genoot van het moment van versmelting, geen millimeter meer tussen hen, ze duwde zich tegen hem aan, koortsachtig, heerlijk, de enige plek ter wereld waar ze wilde zijn. Ze hief haar gezicht, opende ietsje haar mond en noemde hem per ongeluk Michael.

Hij verdween en ze was weer alleen in de keuken, en ze voelde zich nog beroerder dan eerder.

Judy, arme Judy.

Ze dronk haar thee, huilde en veegde haar neus af aan de mouw van haar blouse.

'Binnen een paar jaar is hij hoofdonderwijzer.' Jij grote bullebak, Arthur. Jij verachtelijke klootzak.

Anita en dokter Cardew kwamen door de achterdeur binnen, normaal namen ze altijd de voordeur. Ze waren er ineens, alsof ze tevoorschijn sprongen uit een hoed en Clara wist nog dat ze heel ongepast lachte omdat ze zo verrast was. Hoe kwamen zij hier? Hoe wisten ze het? En wat grappig om ze samen te zien. *Samen*, mompelde ze. Ze draaiden op enige afstand om haar heen, geroezemoes over vlugzout, wellicht valium. Ze hoorde Anita met haar iets te luide stem zeggen: *ze heeft geen familie,* en het echode zo hard dat ze dacht dat het eindeloos in haar oren zou blijven klinken. Zij had wel familie gehad. Judy had familie, iedereen die haar kende hield van Judy – en Judy was er niet meer. Clara zou degene moeten zijn die was gestorven, het zou niemand zelfs maar opgevallen zijn.

Toen werd ze in bed gestopt, een theekopje op haar nachtkastje naast haar, een kus op haar voorhoofd van Anita, een belofte dat ze de volgende dag weer langs zou komen.

~

In de kerk van St Mary in Battersea, waar Judy en Arthur vier jaar geleden waren getrouwd, klemde Judy's lieve moeder zich vast aan Clara, en Judy's onthutste vader schudde haar de hand en zei: 'Dank je dat je gekomen bent.' Hij herhaalde het twee keer, hij was zo in de war.

Wisten ze dat Judy en zij de meest afschuwelijke ruzie hadden gehad? Zo afschuwelijk dat het woord 'ruzie' nog te zacht leek uitgedrukt. Het was eerder een rampzalige breuk.

Clara probeerde het te beredeneren: wanneer zouden zij Judy voor het laatst gezien hebben? Dat was niet duidelijk, en het maakte ook niet uit, of het nou een rampzalige breuk was of niet. Als ze het wisten, dan kon het ze niet schelen. Hun dochter was dood.

Judy's grootmoeder kwam wankel binnenlopen, leunend op haar wandelstok, een groep jonge mannen om haar heen. Ze moest minstens vijfennegentig jaar oud zijn. Judy en Clara maakten altijd grapjes over Judy's goede genen. Haar gezicht droeg een uitdrukking van shock, alsof iemand er lijnen op had aangebracht.

Iemand die op de bank voor Clara zat en die haar binnen zag komen schuifelen zei: 'Dit is de doodsklap voor haar.' Ze had de jaren zestig van de negentiende eeuw overleefd, vervolgden ze, en de Spaanse griep, haar broer was gesneuveld in de grote oorlog van El Alamein. Clara wilde ze corrigeren: het was niet El Alamein, het was de Dardanellen – maar waarom zou ze ze willen verbeteren? Het ging om het gevoel.

Hoe kon iemand hier ooit vrede mee hebben?

Arthur heeft het gedaan. Arthur, die klootzak.

Clara wist niet hoe hij haar had vermoord. Haar fantasie sloeg op hol. Ze werd verscheurd tussen een verlangen om de details te weten – het zou niet zo erg kunnen zijn als in haar fantasie, toch? – en er nooit achter komen hoe haar laatste angstige uren eruit hadden gezien. Was hij ooit gestopt met haar mishandelen, of was hij er de hele tijd mee doorgegaan? En wat maakte dat eigenlijk uit?

Clara had het geweten. Ze wist wat voor iemand hij was, en ze had niets gedaan. Ze keek de kerk rond. Was zij de enige die het had geweten? De enige die Judy niet te hulp was geschoten? Of waren er meer en zat ze tussen een groep verraders?

Anita had aangeboden mee te gaan naar de begrafenis, maar vanaf het moment dat ze het telegram had gelezen had Clara geweten dat ze in haar eentje zou gaan.

Anita was een dierbare vriendin. Altijd als Clara haar bedankte, en dat deed ze vaak, suste Anita haar: 'Jij zou hetzelfde doen voor mij.' Clara hoopte dat dat waar was, maar ze voelde zich zo verloren. Wat was ze een slechte vriendin geweest, ze wist niet meer wat ze moest doen. Ze was het vertrouwen in zichzelf totaal kwijt. Had Judy Arthur verteld wat Clara gezegd had over het adopteren van Alex en dat ze die niet bij hen kon plaatsen? Was hij daardoor in woede ontstoken? Was dat de druppel geweest?

Als Clara toegegeven had wat betreft Alex, zou Judy dan nog leven?

Zo'n smalle kist. Paste Judy daarin? Hij zag er vederlicht uit, onbeduidend, toen ze hem door de kerk droegen. Een foto bij het altaar, van Judy die niet echt op Judy leek. Opgekamd haar en een serieus gezicht. Was het moeilijk geweest om een recente foto van haar te vinden waar hij niet op stond? De trouwfoto's vielen allemaal af. Een klein koor bestaand uit kinderen zong, 'He's Got the Whole World in His Hands', maar in het laatste couplet veranderden ze 'His' in 'Her'. 'She's got the whole world in her hands.' Clara vroeg zich af of de priester er bezwaar tegen had – ze wist een beetje wat voor types het waren, degenen die bevriend waren met haar vader althans – maar als dat zo was dan kon hij dat goed verbergen. Hij had een serene uitdrukking op zijn gezicht. De mensen in de kerk lachten, het was zo onverwacht, en tegelijkertijd huilden ze, en dat was op een of andere manier zo mooi dat het leek of er een soort Judy-regenboog ontstond in de ruimte.

Er zaten vast veel onderwijzers tussen de bezoekers, collega's van Judy – en van Arthur. Sommigen veegden ook hun tranen weg. Clara kende er een paar bij naam, maar niet van gezicht, maar ze kon goed raden wie wie was: dat moest mevrouw Lewis zijn, die een keer de klas uit rende omdat de kinderen zo brutaal deden, en dat moest juffrouw Ballard zijn, die zangeres wilde worden, en die misschien wel verliefd was op hem, meneer Young, de onderwijzer die heel goed kon schilderen en van wie Judy dacht dat hij homoseksueel was.

Na de dienst waren er auto's – niet naar het huis van Judy en Arthur, niet naar de plaats delict, nee, nee, terug naar het huis van haar ouders. Daar was iedereen het erover eens dat het een prachtige dienst was geweest, passend, precies goed. Hoe Judy het gewild had.

Toen Judy's moeder Clara vroeg om mee naar boven te komen, voelde ze irritatie opkomen. *Daar zal je het hebben*, dacht ze. *Ze weet dat ik haar dochter in de steek gelaten heb, ze zal gaan gillen, tegen me uitvaren, ze zal me zeggen dat ik helemaal geen echte vriendin was.* Maar boven aangekomen concentreerde Judy's moeder zich op spullen van Judy. Gehaast pakte ze ze in. Er lagen stapels oude kleren op het bed en op de vloer.

'Ik heb ze uit het huis gehaald.' Judy's moeder rommelde erdoorheen tot ze datgene vond waar ze naar op zoek was geweest.

'De bontstola. Je had hem geleend voor dat sollicitatiegesprek toch?'

'Ik had hem uiteindelijk niet omgedaan.' Opnieuw vroeg Clara zich af waarom ze altijd zo belachelijk eerlijk en precies was. Maar ze moest eerlijk zijn tegen Judy's moeder. Als ze zou vragen of ze het geweten had, van Arthur en zijn gewelddadigheid, dan zou ze ook daar de waarheid over moeten vertellen. *Ging ze het vragen?*

'Zou je hem willen hebben? Ik zou graag willen dat je hem aanneemt.'

'Dank u.'

'En de schoenen.'

'Die heb ik wel gedragen,' haastte Clara zich. 'En de handschoenen.'

'Dat vertelde ze me. Ze was trots op je. Ik weet dat ze dit gewild zou hebben.'

Clara's lippen trilden.

'Hoe gaat het op de Grange?'

'Ik...' Maar Clara ontdekte nu dat ze de waarheid niet kon vertellen

– dat het bijna voorbij was en dat er gegronde zorgen waren over de mogelijkheid dat ze daar kon blijven. 'Het is een hele ervaring.'

Judy's moeder had dezelfde lach als Judy. 'Toen ik hoorde dat je de baan had gekregen, wist ik dat je er geknipt voor was. Jij weet beter dan wie ook hoe het voelt om in de steek gelaten te worden. Ik wist dat je het kon. Judy zei dat het je op het lijf geschreven was.'

Ik heb Judy in de steek gelaten, dacht Clara. *Op het eind, toen ze me nodig had, liet ik haar in de steek.*

Ze wilde alles opbiechten, maar ze kon het niet. Het zou niet eerlijk zijn om Judy's moeder daarmee te belasten. En toen schreeuwde Judy's moeder plotseling, ze blies Clara bijna omver.

'Hoe heeft Arthur zoiets kunnen doen, Clara? Hoe kon hij?'

In elke kamer op de benedenverdieping stonden overal condoleancekaarten. Op dressoirs, raamkozijnen, de schoorsteenmantel. Een onderwijzer, met net zo'n goed hart als Judy, had haar kinderen hier vast bij geholpen. De kaarten waren het bewijs van hoe ontzettend geliefd Judy was, dacht Clara toen ze door de kamer liep en er hier en daar een oppakte en weer neerzette.

Mijn favoriete juf. U was de allerbeste. Ik houd van u, mevrouw Martin.

Lieve foto's. Zonneschijn. Sterren. Bomen. Zandkastelen. Blije gezichten. Kinderen die ijs eten. En perfecte huizen met groene gazons en blauwe lucht en een lachende familie ervoor. Alles waar Judy naar verlangd had.

49

De volgende dag zag Clara Ivor niet, en de dag daarna ook niet. Anita had wat scherp gekruide goulash gebracht, die ze de volgende paar dagen opat. Het was onvermijdelijk dat ze moest denken aan de periode na de dood van Michael, wat weer zijn eigen zwaarte meebracht omdat Judy bij alles wat ze zich van die tijd herinnerde een centrale rol speelde, Judy de eindeloze bron van liefde.

Toen Ivor langskwam gedroeg hij zich ongewoon formeel, bleef bij de deur staan alsof hij in de grond verankerd was. Clara wist nog dat verdriet er soms voor zorgde dat mensen nerveus werden. Alsof je je in een andere tijdszone bevond en alles tegenovergesteld leek. Of alsof ze verwachtten dat je nooit meer blij zou kunnen zijn. Ze had niet gedacht dat Ivor zo zou doen. Niet nadat ze elkaar zo lang hadden vastgehouden. Hoewel de gedachte aan die omhelzing en hun kus nu absurd leek.

Hij kwam gewoon even kijken, zei hij verontschuldigend, hij was druk. En daarna zei hij dat hij de volgende nacht weg zou zijn, maar dat ze zich geen zorgen hoefde maken. Waarom zou ze zich zorgen maken? Hij was onderweg naar Sir Munnings. Iets met een auto en een chauffeur. Ze wilde tegen hem zeggen hoeveel het haar speet dat ze hem Michael had genoemd, maar dat leek ongepast, slecht getimed, dus maakte ze zichzelf wijs dat hij het vergeten was of dat hij het niet gehoord had, hoewel ze wist dat dat niet zo was.

De roze rozen die juffrouw Bridges had gestuurd vrolijkten de keuken op, maar er kwam niemand langs om ze te bewonderen en omdat ze nog steeds geen telefoonaansluiting hadden, konden mensen haar ook niet bellen. Clara zweefde verloren rond. De Grange leek wel twee keer zo groot zonder kinderen, en ze had zelf het gevoel dat ze gekrompen was. In de tuin was het nog erger. Ze voelde zich als een soort luchtballon. De kinderen hadden haar nog met beide benen op de grond gehouden – nu was ze verworden tot een zeppelin, de *Hindenburg*, die voorbijdreef alvorens op te gaan in vlammen.

~

Het was de dag van de rechtszaak en Clara had er al vanaf het opstaan een slecht gevoel over. Dat ze het restje goulash als ontbijt had opgegeten was geen goede beslissing geweest: haar mond was droog en haar maag borrelde. Een borrelende maag bij de gemeente, het was wel het laatste wat ze wilde.

Ze zou niet meer op Shilling Grange zijn als de kinderen terugkwamen en ze had er spijt van dat ze voor hun vertrek niet echt afscheid van ze genomen had. Toen zuster Eunice was vertrokken, zomaar ineens, had ze dat wreed gevonden. Haar vertrek zou nog wreder zijn.

En ze had geen idee waar ze naartoe moest. Ze zou weer dakloos zijn, alleen kon ze dit keer niet naar haar geboortehuis of naar het huis van Judy. Ze kon nergens naartoe.

Ze moest 'terug naar start'.

Maar dat was niet haar grootste zorg, want dat waren dit keer de kinderen. *Nou ja, je kan altijd nog een brief schrijven,* zei Clara tegen zichzelf, en ze dacht na over wat ze zou schrijven. Ze vermoedde dat Peg en Rita haar waarschijnlijk aanvankelijk het meest zouden missen – maar ze zouden er misschien ook eerder overheen zijn. *Hoe jonger ze zijn, des te sneller ze vergeten.* Ook weer zo'n uitspraak van juffrouw Bridges: 'Kinderen zijn veerkrachtig.'

Hopelijk ging Terry spoedig naar haar adoptieouders. Dat was heel goed, niet alleen voor Shilling Grange en voor de statistieken van de gemeente Suffolk; Terry zou een liefdevolle familie krijgen die die lieve schat verdiende. Clara zou een vage herinnering worden. En Peter had bijna de leeftijd om weg te gaan, volgend jaar. Billy en Barry hadden elkaar. Ze hadden bijna niemand anders nodig, dacht ze, al wist ze diep vanbinnen wel dat dat waarschijnlijk niet waar was. En Alex zou het wel redden. Hij had niet veel andere keus. En hij was uit het juiste hout gesneden: met zijn intelligentie, ambitie en manieren, die uitstaken boven die van de meesten. Als hij er maar nooit achter zou komen wat voor rol hij gespeeld had in het drama van Judy. Hoe zou ze ooit ook maar íéts in een brief kunnen uitleggen, laat staan álles?

Clara deed hetzelfde aan als wat ze aan had gehad tijdens het sollicitatiegesprek, bijna een jaar eerder. Niet omdat het gelukskleren waren, ze had gewoon niks anders passends. Maar dit keer completeerde ze het geheel met Judy's minkstola en Judy's instappers. De geur van Judy was aangenaam. Ze zag er mooi uit, wat tegen haar zou kunnen werken, maar ze had het gevoel dat zo ongeveer alles in haar nadeel werkte. Ze zat in een neerwaartse spiraal.

Juffrouw Bridges kwam haar ophalen. Dat was aardig, ze had het niet hoeven doen. Ook zij was chiquer gekleed dan anders, hoewel ze dat ontkende toen Clara er een opmerking over maakte. Ze droeg een tweed jasje en had een parelketting omgedaan. 'Als je nog vragen hebt, zeg het maar,' zei ze. 'Zulke commissies kunnen soms nogal technisch zijn.' Ze wapperde met haar handen. Ze had het altijd warm, zoals meer vrouwen van haar leeftijd.

'Onthou Clara, wat er ook gebeurt, we willen gewoon het beste voor de kinderen.'

Het leek Clara dat juffrouw Bridges vooruitliep op een ongunstige uitkomst voor haar, en haar erop voorbereidde dat te accepteren.

Ik ga de kinderen nooit meer terugzien, dacht Clara, en met dat vooruitzicht wilde ze het liefst de auto uit stappen en terugrennen naar huis.

Het was niet de commissie met wie ze het sollicitatiegesprek gevoerd had. Er was geen vrouw met een vriendelijke blik en stijf haar. Clara herkende maar een van hen: meneer Sommersby, hoofd van de dienst Kinder- en Jeugdzaken, en ze wist niet wie mevrouw McCarthy en meneer Goodge waren. Misschien had ze opgelucht moeten zijn dat er maar drie personen waren, maar ze waren elk afzonderlijk tamelijk intimiderend. Er was duidelijk grof geschut in stelling gebracht.

Er stond een glas water voor haar op tafel. Ze vroeg zich af waarvoor Ivor de auto nodig had gehad. Ze was blij met Judy's minkstola. Juffrouw Bridges had het dan wel warm, maar het was koud in de ruimte.

Meneer Sommersby zat in het midden. 'Ik zit voor,' zei hij, en Clara dacht aan hoe de kinderen daarom zouden lachen: *hij zit voor? Waarvoor?*

'We hebben de documentatie die u ons heeft gestuurd doorgenomen. Dank u, het is heel gedegen.'

Gedegen. Iets voor op haar grafsteen.

'Dus, het gaat over uw geschiktheid om aan te blijven op Shilling Grange. En aanleiding hiervoor is, zo u wilt...'

Clara wilde helemaal niet.

'... de kwestie betreffende Master James Peter Downey en zijn oom, de heer James Courtney, en uw besluit om het kind weg te houden bij zijn enige...'

'Nog levende familielid, klopt.'

'Die nu hoopt een aanvraag voor adoptie te kunnen doen.'

'Ik... Inderdaad.'

'Helaas zijn er ook nog een paar andere kwesties.' Mevrouw McCarthy rommelde door haar paperassen. Ze was rond de zestig, zag er scherp intelligent uit, droeg een geruite kokerrok en een roze blouse met een ruche. 'Er is een ware doos van Pandora opengegaan. Als het alleen maar... u bent hier voor het herhaaldelijk overtreden van de regels.'

Clara voelde zich slap worden. Ze wou dat ze had ingestemd het raam open te zetten bij aanvang. Juffrouw Bridges bestudeerde de parketvloer alsof haar leven ervan afhing. In de hoek van de kamer lag een klein hoopje stof dat iemand daar bij elkaar had geveegd en vergeten was weg te halen. Er ging een magnetische aantrekkingskracht van uit.

Ik hoor hier, dacht Clara. *Bij al die zinloze dingen. Dit is mijn plek.*

'Een verklaring van meneer White. Volgens hem hebt u de kinderen op meerdere tijdstippen alleen achtergelaten. U heeft de kinderen "wild" genoemd. U heeft de kinderen achtergelaten onder de hoede van een vrouw met een dubieuze achtergrond.'

Dit was niet eerlijk. 'Mevrouw Cardew heeft geen dubieuze achtergrond! Ze is een fantastische vrouw. Er is absoluut niets dubieus aan haar.'

'Ze heeft in Bergen-Belsen gezeten. Ze heeft daar haar ouders en haar zuster verloren.'

Clara haalde diep adem. Dat had ze niet geweten. Ze ging door met de verdediging van haar vriendin.

'Mevrouw Cardew gaat uitstekend om met de kinderen, meer dan uitstekend. Uw insinuaties stuiten me tegen de borst. Wat suggereert u hier nou eigenlijk?' voegde ze eraan doe, ze voelde zich krachtiger worden. Ze mochten haar dan beledigen, maar niet haar vriendin. En niet hiervoor.

'Als de plaatselijke advocaat een verklaring tegen je inbrengt, dan vrees ik dat u die gewoon ter kennisgeving aan moet nemen,' zei mevrouw McCarthy. Clara wist niet zeker of dat 'vrees ik' medelevend was bedoeld of niet. 'En wat betreft dat "wild", welke kinderen zijn dat soms niet?' vroeg ze, met een glimlach.

Clara knikte, op haar hoede.

'Ik denk niet dat de verklaring van advocaat White een bijzonder gewicht toegekend moet worden. Het lijkt er eerder op dat iemand een rekening wil vereffenen.'

Dat was duidelijker. Clara wierp mevrouw McCarthy een dankbare blik toe, maar dat zag ze niet want ze was nog steeds aan het zoeken tussen haar papieren.

Meneer Sommersby vervolgde. 'We hebben verder nog een verklaring van mevrouw Garrard. Ik citeer: "Vanaf het moment dat ze op straat 'Papier, een papieren jubileum' riep naar mijn man en mij, had ik de indruk dat ze geen goede invloed had."'

'Dat kan ze niet serieus menen.'

'"Ook moest ze lachen om Bertie, toen die in mijn handtasje zat."'

Meneer Sommersby keek op. 'Ik neem aan dat Bertie een hond is, niet de echtgenoot?'

Mevrouw McCarthy keek over haar leesbril. 'Dat klinkt tamelijk onaardig.'

'Hij zat niet graag in die handtas, en het zag er grappig uit,' zei Clara, niet heel overtuigend. 'Iedereen zou daarom hebben moeten lachen.'

'Hoe dan ook, dit lijkt me ook weer typisch een te vereffenen rekening,' zei mevrouw McCarthy, en Clara beaamde dat volmondig. 'Wat de vraag doet rijzen – hoe hebt u het voor elkaar gekregen, in de kleine tien maanden dat u hier bent, om zo veel mensen tegen u in het harnas te jagen?'

Op die vraag had Clara geen antwoord. Ze had het gevoel dat ze de wedstrijd aan het verliezen was. De klok tikte door en ze werd verscheurd tussen een verlangen naar meer tijd – om de zaken recht te kunnen zetten – of dat het gewoon allemaal voorbij was nu. Het was pijnlijk om zo'n fout beeld van zichzelf geschetst te krijgen. Haar vechtlust leed eronder.

Meneer Sommersby ging door. 'Zoals ik het begrijp, wilde u de positie op Shilling Grange niet. Ik zou zelfs willen zeggen dat u plannen maakte om er weg te gaan.'

Clara voelde dat juffrouw Bridges ongemakkelijk heen en weer schoof op haar stoel naast haar.

'In een aantal aan ons gerapporteerde gesprekken zei u: "Ik denk niet dat ik dit kan, ik hoor hier niet."'

'Aanvankelijk twijfelde ik aan mijn geschiktheid,' gaf Clara toe. 'Dat is waar. Maar het waren kleine dingen, de normale twijfel, zou ik zeggen.'

'U nam ontslag,' bracht mevrouw McCarthy naar voren.

'Ah.'

De wangen van juffrouw Bridges kleurden vuurrood.

In de tijd van Jane Taylor, dacht Clara, *zou ze zijn flauwgevallen*. Dan waren ze om haar heen gaan staan met kanten waaiers en vlugzout. Maar nu moest ze het gewoon rechtop blijven uitzitten.

Clara probeerde alles zo neutraal mogelijk te bekijken, maar ze kon wel zien dat het er niet best uitzag. Alles zag er slecht uit.

De mond van juffrouw Bridges bewoog, ze zei iets zonder geluid. 'Het spijt me zo.' Tranen vulden haar droevige ogen. Ze trok haar jasje uit, het was net of ze daarmee alles wat ze aangericht had van zich af wilde werpen.

'Ik weet niet of je dat normale twijfel kunt noemen, eerlijk gezegd...'

Clara onderbrak mevrouw McCarthy. 'Maar nu wil ik wel op Shilling Grange blijven en ik geloof dat ik de beste persoon ben om voor de kinderen te zorgen.'

Mevrouw McCarthy schreef iets op, en glimlachte toen naar haar. 'Waarom?'

'Waarom ik wil blijven? O...' Clara voelde ook ineens tranen opkomen. Haar stem trilde. Ze kon niet uitdrukken hoeveel liefde en vastberadenheid ze voelde voor ieder van haar kinderen. Iets binnen in haar kromp in elkaar. Ze ging door. 'Ik heb verslagen gemaakt... en wat niet meer.'

Meneer Sommersby schreef iets op. Mevrouw McCarthy fronste haar wenkbrauwen.

'En dan is er nog dat gebeuren met de krant. We proberen onze kinderen echt uit de kranten te houden, juffrouw Newton. We plaatsen niet hun foto's op voorpagina's met alle details – nog fout ook natuurlijk – van onze administratie. Dit is een vreselijke inbreuk op de anonimiteit. Stel dat een ouder het gezien had? We hebben geluk gehad dat het niet geescaleerd is.'

Clara wist dat het niets zou uithalen als ze zou zeggen dat het niet haar fout was, dus schudde ze enkel haar hoofd. De galg was bijna uitgetekend, nog een paar letters en ze hing.

'En de kinderen die wegliepen? Een zekere juffrouw Maureen Amy Keaton?'

'Ik heb er alles voor over om Maureen weer terug bij ons te krijgen. Ik... mis haar.'

Mevrouw McCarthy overhandigde haar een lichtblauwe zakdoek – Terry had alle zakdoeken van Clara meegenomen op vakantie – en Clara snoot luidruchtig haar neus.

'Laten we even kort pauzeren,' stelde mevrouw McCarthy voor. 'Over dertig minuten gaan we verder.'

Juffrouw Bridges bood aan met haar mee te lopen, maar Clara had even wat tijd voor zichzelf nodig. Of niet zozeer tijd voor zichzelf, maar tijd om te accepteren dat het voorbij was en juffrouw Bridges zou toch alleen maar, met de beste bedoeling, tegen haar aan gaan praten en haar in de war brengen. Clara wist dat ze op zoek zou moeten gaan naar iets anders. Iets zonder kinderen, geen sokken over de verwarmingsbuizen, geen

Meikoninginnen, geen zakdoeken, geen schoolrapporten en geen luizen. Iets zonder herinneringen.

Lange tijd had ze vermeden om vrijwillig naar de kerk te gaan, welke kerk ook maar, zelfs die waar ze met Julian zou trouwen. Maar ze was altijd dol geweest op mooie oude gebouwen, en deze kerk, zo'n 450 meter van het gemeentekantoor, zag er bijzonder oud en mooi uit. Dankzij de goulash van Anita had ze geen honger, dus liep ze naar binnen.

Ze voelde zich onmiddellijk verstijven. Alle woede die ze voelde voor haar vader leek volop aanwezig op deze plek. Zelfs in een kerk waar hij – bij haar weten – nog nooit geweest was. Of waar zij nog nooit geweest was. Ze roken allemaal naar hem, ze riepen hem op. Terwijl Clara op een houten bank zat, niet ver van de ingang, werd ze niet alleen overspoeld door woede maar ook door verdriet en spijt. Ze werd regelrecht terug in de tijd getransporteerd.

Clara herinnerde zich de wekelijkse brieven die ze had ontvangen van haar moeder. Altijd weer riep de postbesteller hardop: 'Newton, Afrika roept!' Dat de eerste brieven heel lang waren, vol vragen van haar moeder. En dat ze daarna, toen de ziekte voortschreed, steeds korter werden, zwakker en ongeruster. Alsof ze gevangen zat in het schrijfpapier.

Clara had haar moeder gesmeekt naar huis te komen, maar haar moeder schreef dat ze dat niet kon: 'Papa wil blijven. Bid voor me.'

Elke dag schreef Clara: 'Kom terug,' maar haar wens werd genegeerd.

Er zat steeds meer tijd tussen de brieven, maar ze kwamen tenminste nog, met de stempels, de exotische postzegels en het vervaagde handschrift: 'Het ligt in Gods handen.' Clara bewaarde alle brieven op een geheime plek en beantwoordde elke brief. Het was wat haar met haar moeder verbond – tot ze het op zeker dag, na zes of zeven maanden, opgaf. Ze stopte met schrijven – woedend dat haar moeder nog steeds niet naar huis gekomen was. Wat hadden al die brieven voor zin, al het gesmeek, al het gerationaliseer, alle medeleven?

Niets. Haar moeder bleef waar ze was.

Maar er bleven brieven komen voor haar: 'Newton, Afrika roept.'

Schrijf alsjeblieft, schat. Je moet begrijpen hoeveel pijn me dit doet.

Er kwamen steeds minder verhalen, minder gebeurtenissen, haar vader werd niet meer genoemd. Dit waren notities van een ziek iemand. Haar moeders leefwereld beperkte zich tot een of andere dorpshut, vier lege wanden, en ze had niet veel te melden, afgezien van: 'Het zal niet lang meer duren nu,' en 'Ik heb overal pijn,' en 'ik weet dat je boos bent, maar ik houd van je. Wij houden allebei van je.'

Toen kwam er uiteindelijk dat telegram van haar vader, waarin hij uitlegde dat het afgelopen was en dat haar moeder nu bij God was. Maar in datzelfde telegram uitte hij, haar vader, zijn woede jegens haar. Hij ging tegen haar tekeer dat ze haar moeder niet geschreven had, dat ze haar laatste weken niet 'wat aangenamer' had gemaakt.

Hoe waag je het om je moeder zo streng te straffen?

In dat ene razende moment had Clara alle brieven vernietigd die haar moeder haar ooit had geschreven. Ze kon ze niet lezen zonder wroeging te voelen. Ze kon er niet eens naar kijken zonder de vrees dat iemand er misschien wel achter zou komen dat ze haar moeder had verlaten, juist toen ze Clara het meest nodig had.

Wat ze zich niet gerealiseerd had op dat moment was dat ze niet alleen het bewijs van haar stommiteit vernietigde, maar ook het enige wat ze nog had van haar moeder.

Mama, dacht Clara in de kerk. *Mijn mama.*

En voor het eerst stond ze zichzelf toe om de intensiteit van het verlies te voelen.

Het was bijna tijd om weer terug te gaan. Clara stond op het punt naar de uitgang te lopen, toen ze van gedachten veranderde. Ze zonk op haar knieën en bad dat ze op Shilling Grange zou mogen blijven. Of ze nou tot God bad, tot Jezus, haar moeder, het universum, ze wist het niet. Ze wist alleen maar dat tijdens hun laatste afschuwelijke ontmoeting, Judy had gezegd dat Clara níét bang was om hulp te vragen – en dat dat iets goeds was.

Nou, ze vroeg nu om hulp.

Nooit had ze iets in haar leven zo hartstochtelijk gewild.

Toen Clara opstond had ze de vreemde en overweldigende zekerheid dat ze niet alleen was. Wat het precies was wist ze niet – ze was geen gelovig iemand – maar er overviel haar een golf van acceptatie. Alsof ze in feite onderdeel uitmaakte van iets veel groters dan zijzelf en dat niet alles verloren was, ondanks dat ze zich machteloos voelde.

Clara was als eerste terug in de zaal. Hopelijk zou Anita's goulash haar door het restant van de zitting helpen. Hoeveel langer wilden ze het nog laten duren? Konden ze haar niet gewoon de laan uit sturen en dat het dan afgelopen was?

De commissieleden kwamen terug en gingen zitten. Meneer Sommersby had kruimels in zijn baard en de ruimte rook naar cornedbeef.

'Goed, juffrouw Newton, ik vrees dat...'

Er klonk gerammel achter in de zaal. De deur ging open, en daar was Ivor. *Ivor?* Hij stond half in, half buiten de zaal, ongemakkelijk plukte hij aan zijn kraag.

'We zijn toch niet te laat? We zijn hier om het met de commissie over juffrouw Newton te hebben.'

Wie zijn 'we'? dacht Clara verschrikt. *Niet de kinderen. De kinderen zijn op vakantie.*

Maar toen ging de deur wijder open en liepen de kinderen de zaal binnen. Snel telde ze: acht – acht? Zelfs Peter was er, zelfs... *Maureen*? Die lieve, lieve Maureen, waar had hij haar gevonden? En Anita was er ook, achteraan, ze leidde ze naar voren, met die nerveuze glimlach van haar.

Eerst bleven de kinderen allemaal in het midden van de zaal staan, maar toen rende Rita naar Clara en greep haar vast om haar middel. Dit was het startsein voor de anderen om allemaal naar haar toe te komen.

'Maureen, ik heb je zo gemist,' fluisterde Clara tegen het meisje, dat verlegen glimlachte. Ze droeg een jurk, de rok ervan was haar veel te groot. Ze zag er oud en zorgelijk uit. Het brak Clara's hart als ze dacht aan haar gezichtje die keer dat ze dubbelgeklapt in de tuin stond, en hoe ze later in de auto zat.

'Ze zijn toch op vakantie?' zei Clara tegen Ivor.

'Ze wilden terugkomen.' Ivor droeg zijn pak – zijn laarzen waren gepoetst en maakten een metalig geluid bij het lopen toen hij naar haar toe kwam. 'Eén dag eerder, om jou bij te staan, Clara.'

Meneer Sommersby was er niet blij mee. 'U heeft deze kinderen weggehaald van hun vakantie, die ze maar één keer per jaar hebben – en daarvoor moesten ze de hele dag in de trein zitten en daarna hier in de rechtszaal?'

'Ja, zo belangrijk is het,' zei Ivor opgewekt. 'Maar we kwamen met de auto, niet met de trein. En we zijn hier om óns bewijs af te leveren.'

Clara dacht aan hoe angstaanjagend hij het vond om in het openbaar zijn zegje te doen. 'Het is erger dan achternagezeten worden door een kudde koeien,' had hij haar een keer verteld. Maar vandaag leek hij zijn draai wel gevonden te hebben.

'Dat is belachelijk. We kunnen geen bewijs aannemen van kinderen! Feiten zijn feiten en we hebben al beschrijvingen gehoord van meneer White en mevrouw Garrard,' zei meneer Sommersby.

De lunch had zijn prikkelbaarheid geen goed gedaan.

'Ja, maar de kinderen kennen Clara – juffrouw Newton – toch het best.'

'Kunt u allereerst vertellen wie ú bent?' Meneer Goodge keek op uit zijn papieren, als een vermoeide echtgenoot.

'Hij is onze favoriete buurman,' zei Alex.

'Hij is stoffeerder,' riep Billy.

'Onze favoriete stoffeerder,' zei Rita.

'Dat wil zeggen dat hij kussens opvult,' legde Barry uit. (Dat had hij nog nooit gezegd.)

'Hoewel het woord stoffeerder nog veel meer inhoudt,' drong Alex aan. 'Het is een complex begrip. Wat allemaal? Ik bedoel gewoon dat definities belangrijk zijn. Woorden' – de kleine professor keek om zich heen – 'hebben betekenis. Je kunt ze niet zomaar veranderen zoals het je uitkomt, lukraak.'

'Oi,' waarschuwde Barry, 'als het lukt raak ik je zo hoor.'

Anita deed een stap naar voren. Ze zag eruit als een mannequin, met haar strakke getailleerde marineblauwe jurk met plooitjes en een kralenketting, haar haar in een knot in haar nek. Alsof ze in Parijs thuishoorde, en niet in een saai gemeentekantoor in Suffolk.

'Ik ben mevrouw Cardew.' Haar stem klonk buitenlands in deze Engelse rechtszaal. 'De vrouw van dokter Cardew.'

Meneer Sommersby zei niets, maar zijn uitdrukking liet niets te raden over: *Wat nu weer?*

'Niemand heeft mijn man of mij gevraagd een verklaring te leveren aan deze commissie,' zei ze ferm. 'Hij kent de kinderen als zijn broekzak, en ik heb ze ook goed leren kennen. Dokter Cardew zal een aanbeveling schrijven voor Clara. Zoals ook onze andere vrienden. Sir Munnings, de paardenschilder, de mevrouw van het postkantoor, en meneer Dowsett, de bibliothecaris. Geen van ons is iets gevraagd, maar Clara heeft in Lavenham heel veel mensen die haar steunen.'

Clara's wangen brandden van beschaamde trots.

'Dit is nogal ongebruikelijk.'

'Het is misschien ongebruikelijk,' beaamde mevrouw McCarthy. 'Maar ik geloof dat er geen regels worden overtreden. Wat heeft u verder nog voor ons, eh, meneer...'

'Delaney. Nou, we hebben geen papieren documenten of eh... geschreven bewijs. Dat is meer iets voor juffrouw Newton.' Ivor had ongeveer dezelfde uitdrukking op zijn gezicht als toen ze met Monopoly op Station Oost kwam met haar pion, net nadat hij alle vier de stations gekocht had.

‘Maar heeft u informatie met betrekking tot Clara’s geschiktheid als huismoeder?’

‘We hebben een mondelinge bijdrage van een zekere meneer Garrard!’

Meneer Garrard liep de zaal binnen, hij zag er buitengewoon schichtig uit, alsof hij liever ergens anders had willen zijn.

‘Een paar weken geleden liet ik Bertie uit.’ Hij kijk om zich heen. ‘Mijn hond, een kleine schnautzer, heerlijk beestje. Hij was niet aan de lijn en ik riep hem. Hij bevond zich tussen de koeien. De koeien renden op ons af. Ik was verstijfd van angst en juffrouw Newton heeft me toen geholpen. Ze heeft mijn leven gered, en waarschijnlijk ook dat van Bertie.’

Iedereen staarde Clara aan. Ze haalde haar schouders op, bescheiden. *Stel je eens voor als ik dat niet had gedaan,* dacht ze. ‘Dat zou iedereen gedaan hebben,’ zei ze hardop.

Ivor deed een stap naar voren. ‘Nu willen de kinderen graag een paar dingen laten zien die Clara hun geleerd heeft.’

Clara had geen idee wat dit betekende, en de commissie ook niet.

‘Klaar?’ zei Ivor. ‘Terry, jij eerst.’

Terry stapte naar voren. Clara zag nu pas dat ze een speciale jurk droeg. En wat voor een. Hij zag eruit als het uniform van een victoriaans kamermeisje. Ze had ook een grote pleister op de brug van haar bril. Clara kreunde inwendig.

‘Ik wilde u graag mijn tuinierskunsten laten zien. Clara gaf me namelijk mijn eigen stukje grond. Maar we konden de groenten natuurlijk niet uit de aarde halen.’

‘Precies,’ zei mevrouw McCarthy. ‘Een tuinman kijkt naar de lange termijn. Dat is wat hij goed kan.’

‘Dus in plaats daarvan, hebt u misschien weleens gehoord van Jane Taylor.’

‘Ik niet,’ zei mevrouw McCarthy, ze keek naar de anderen. Meneer Sommersby haalde zijn schouders op. Meneer Goodge schudde zijn hoofd.

‘Dat is omdat jullie dom zijn,’ riep Rita.

Mijn hemel, dat kind had het hart op de tong.

‘Rita!’

Maar mevrouw McCarthy vertrok geen spier. ‘Dat zegt mijn kleinzoon ook altijd.’

‘Nou, ze woonde in deze stad,’ vervolgde Terry. Ze gluurde naar Rita, ‘en ik ga een gedicht van haar voordragen.’

Nu begreep Clara het.

Terry ging van start: 'In het donker sta je te schijnen / vaak dringen je stralen door mijn gordijnen / met een helder stralend licht / tot de zon zich weer opricht.'

Iedereen klapte toen het afgelopen was, zelfs meneer Goodge. Mevrouw McCarthy depte haar ogen. 'Dat was heel mooi,' begon ze, en daarna viel haar mond open van verbazing omdat Ivor, die naar buiten was gelopen tijdens de voordracht, een piano op wieltjes de zaal binnenreed.

'En nu, mijn hemel, gaat er iemand voor ons pianospelen?'

'Wacht, wacht, we hebben versnaperingen.'

Dat was Maureen. Met waterige oogjes en nukkig als altijd hield ze een schaal vast met daaroverheen een kanten kleedje dat ze er met een dramatisch gebaar af trok.

'Scones met en zonder fruit,' kondigde ze aan.

Ze liep naar de commissieleden, ze had duidelijk plezier in de aandacht die ze kreeg.

'Nu ga ik vertellen wat ik van Clara – sorry, van juffrouw Newton weet. Ze is een waardeloze kok. Dus ik kwam er al snel achter dat ik haar niet hoefde te vragen als ik iets lekkers wilde eten. Ze maakte een keer zulke vieze kippensoep, dat we niet proefden dat het van een kip was. Een andere keer wist ik niet zeker of ik nou een nachtmerrie had of niet.'

'Dank je, Maureen,' zei Clara.

'Nou ja, het is wel waar. Ik dacht dat alle huismoeders wel goed konden koken, dus het verbaasde me wel.' Maureen schudde theatraal haar hoofd.

Sarah Bernard heeft hier het nakijken, dacht Clara.

'Maar dat zij niet kan koken, gaf mij de ruimte om het te leren. En dat deed ik. Ik kan niet zeggen dat ik nou zo'n geweldige kok ben, maar ik hou van bakken. En dit,' Ivor gaf haar een andere schaal aan, 'zijn kokoskoekjes. Ik maakte ze heel vaak.'

'Dat vind ik helemaal niet erg!' Voor het eerste toonde meneer Goodge zich nogal enthousiast.

Toen ze eenmaal waren uitgedeeld, trippelde Maureen naar Clara en legde haar arm om haar heen, en Clara wist meteen dat ze iets ging vragen. 'Juffrouw Newton, denkt u dat ik weer thuis mag komen? Ik ben nog geen vijftien.'

Het klonk Clara als muziek in de oren, maar ze moest wel eerlijk zijn.

'Dat is niet aan mij, ik heb niet die autoriteit. Maar of je nou daar bent of ergens anders, en of ik er nou ben of niet,' fluisterde Clara, plotseling schoot er een brok in haar keel, ‘ik zal altijd mijn best voor je doen, Maureen.’

Maureen gaf haar een kus op haar wang.

Het was Rita die vervolgens wat ging spelen. Ze keek om zich heen en toen ze van mening was dat aller aandacht op haar gericht was, zei ze: ‘Ik denk dat ik het liefst een poesje zou willen hebben. Of een puppy.’

‘Rita, concentreer je.’ Ivor leidde haar streng naar de pianokruk. ‘Laat de commissie maar zien wat je ze wilde laten zien.’

‘Dat wilde ik niet.’

Ivor schraapte zijn keel. ‘Wat je zéí wat je ze wilde laten zien, weet je nog?’

‘Het is de bedoeling dat dit een disciplinair proces was…’ herinnerde meneer Sommersby het gezelschap.

‘Maar het ís ook een disciplinair proces,’ onderbrak mevrouw McCarthy. ‘Het welzijn van de kinderen staat voor ons toch centraal, weet u nog?’

Alex ging naast Clara staan.

‘Ga jij ook spelen, Alex?’ vroeg ze.

‘Ik kan nog steeds geen noot spelen,’ fluisterde hij terug.

‘Ik ook niet,’ biechtte Clara op.

‘Mevrouw Cardew zegt dat ze nog nooit iemand ontmoet heeft die zo totaal toondoof is,’ zei Alex trots.

‘Dat is misschien niet zo aardig om te zeggen…’

‘Maar het is waar. Maakt niet uit. Ik kan niet overal goed in zijn.’

Clara moest lachen, en legde haar arm om de kleine professor. Ongelofelijk genoeg kreeg ze bijna plezier in haar eigen rechtszitting.

Rita speelde ‘Für Elise’ van Beethoven, en ze speelde het prachtig. Clara was verbaasd over de vooruitgang die ze geboekt had. Als ze geen piano speelde kon ze best een beetje sloom zijn, maar hier was ze een tornado. Ze boog vijf, zes en nog meer keer, en daarna riep ze: ‘Nu is Peg aan de beurt!’ Net toen Ivor wat wou zeggen.

Clara vroeg zich even af of Peg weer iets zou gaan zeggen. Misschien had ze haar woorden opgespaard voor vandaag? De herinnering aan de ‘KOEIEN!’ deed haar glimlachen.

Maar Peg ging niets zeggen, ze was aan het huppelen. Zij en Rita sprongen touwtje, het touw sloeg ritmisch tegen de vloer.

‘Teddybeer, teddybeer, draai je om, teddybeer, teddybeer, raak de grond…’

Alleen Rita zei de woorden hardop, maar het gezichtje van Peg straalde. Clara kreeg bijna tranen in haar ogen. Die lieve Peg, uiteindelijk zou ze het redden, op haar eigen manier.

'O! Ik ben ook een soort aankondiger,' zei Rita. Clara had het gevoel dat de rechtszaak een soort Rita Show aan het worden was, maar niemand leek dat erg te vinden en Rita was een waardig performer.

'Dus nu presenteer ik jullie... Billy en Barry en hun magische kunsten!'

Billy en Barry waren allebei zo roze als twee pasgeboren varkentjes. Ze waren gekleed in schooluniform (een van de zeldzame keren dat die schoon waren), overhemd netjes in de broek, schoongeboend en keurig. Er zat zelfs Brylcream in hun haar. Billy toonde een hoge hoed, Barry een toverstaf. Zelfs meneer Goodge werd gevraagd ze te inspecteren. Meneer Sommersby leek eerst niet erg geïnteresseerd maar toen lachte hij, onverwacht, en zei dat zijn vader altijd goocheltrucs had gedaan in de Railway Arms pub.

Na veel gedoe kwam er een konijn uit de hoed. Een écht levend konijn. Iedereen klapte, mevrouw McCarthy slaakte een kreetje. Rita pakte het beestje, drukte het tegen haar wang.

'Ik herken dat konijn,' fluisterde Clara tegen Anita.

'Het moet natuurlijk wel iets doen voor de kost,' fluisterde Anita terug.

Clara genoot. Als ze zou verliezen, dan was het in ieder geval met opgeheven hoofd.

De beurt was aan Peter. Hij stond met zijn hoofd gebogen. Ook hij was tip-top gekleed, merkte Clara op. Ze wist niet waar hij de kleren vandaan had. Wacht, ja, toch wel – dat was de das van Ivor. En de rest was waarschijnlijk ook van Ivor. Hoe zou ze hem ooit kunnen bedanken? Voor alles.

Peter haalde een paar tekeningen tevoorschijn. 'Deze heb ik zelf gemaakt,' zei hij, met een rood gezicht. 'Voor juffrouw Newton.'

Peter? Peter had dit voor haar gedaan? Als iemand wist wat het hem kostte om daar te staan, dan was zij het wel. Ze sloeg haar handen voor haar ogen. Ze kon de tranen nu echt niet meer bedwingen.

Mevrouw McCarthy was totaal overdonderd. Ze stelde vragen. Meneer Goodge leek verveeld. Meneer Sommersby bladerde wat door de vellen met tekeningen. Het geritsel van papier was even het enige geluid. *Alsjeblieft, stuur hem niet weg,* dacht Clara, *niet Peter, niet nu.* Hij verdient zo veel beter.

'Wat moet dit bewijzen?' vroeg hij.

'Juffrouw Newton moedigt me aan,' zei Peter. Hij sprak kalm, maar met een zelfverzekerdheid die Clara niet eerder had gezien. 'Ze ontdekte dat ik van tekenen hield en ze hielp me. Ik vind strips leuk nu. Ze helpt me met ervaring opdoen met tekenen, volgend jaar word ik veertien.'

'Daar kun je niet van leven...'

'Eerlijk gezegd zou dat best kunnen,' onderbrak Clara.

'Mijn neef is kunstenaar,' zei mevrouw McCarthy. 'Ik zou niet zeggen dat hij rijk is, maar...'

'Maar je zou kunnen aanvoeren dat juffrouw Newton degene is die je heeft laten vallen, toch? Wat betreft je oom?' vervolgde meneer Sommersby. 'Ze wil niet meer dat je naar hem toe gaat. En ze houdt de mogelijkheid van adoptie door een nog levend familielid tegen.'

Peters gezicht werd nog roder. Hij keek naar zijn schoenen.

'Haar was de zorg voor jou toebedeeld maar...'

'Zij heeft niks fout gedaan.'

'O, waarom wil ze dan niet dat jij naar hem toe gaat?'

Peter bleef naar de vloer kijken. Clara wist hoezeer hij haatte om erover te praten, haar hart brak voor hem.

'Als je weigert iets te zeggen...'

'We moeten ervan uitgaan dat het allemaal... onzin is, als jij er niets over zegt,' zei mevrouw McCarty op iets vriendelijker toon.

'Het is géén onzin,' flapte Peter eruit. 'Mijn oom doet me pijn, dat doet hij echt.'

Ivor greep in. 'Ik begrijp niet waarom u hem dit weer aandoet. U weet dit toch?'

'Het is zijn woord tegen...' Meneer Sommersby raadpleegde zijn papieren. 'Dat van meneer Courtney.'

'Het welzijn van het kind staat centraal,' zei Ivor. 'Ik heb de Kinderwet bestudeerd – ze zouden nooit, maar dan ook nooit gewild hebben dat een kind dit moet doormaken.'

Hij keek naar Clara. Hun blikken kruisten. *Dank je.*

Terwijl Peter wegliep van de commissie, gaf hij Clara snel een stuk papier dat in vieren gevouwen was. Een tekening, een scène, *poef, zzzap, oef*. De held droeg een masker en een cape, maar aan het haar en de jurk zag Clara dat zij het was. Een man lag plat op de vloer. Linksboven in een rechthoekje stond geschreven: 'Ondertussen verzamelden de goede krachten zich in een huis in Lavenham.'

In het hokje linksonder stond in kleine, onopvallende letters: 'Dank u voor alles.'

Mevrouw McCarthy was opgestaan. 'Geef ons een paar minuten,' zei ze, maar Ivor haalde net een papier uit zijn jaszak.

'O, ik heb nog één bewijsstuk hier. Het is een geschreven verklaring.'

Hij wachtte tot het rustig was en begon toen te lezen.

'Wat ook maar je mening is over juffrouw Newton...'

Clara bekeek het tafereel verbaasd. Ivor leek een brok in zijn keel te hebben. Hij kon niet meer verder lezen. Zachtjes pakte juffrouw Bridges het blaadje uit zijn handen en las verder.

'... en haar idealisme of naïviteit, de kinderen staan bij haar altijd voorop.'

'Dat zegt een zekere mevrouw Judy Martin, onderwijzeres aan de Honeywell Primary School in Londen.'

Clara kon nu niet gaan zitten huilen, maar haar schouders schokten heftig in haar poging zich te beheersen. Ivors ogen vulden zich met tranen, maar hij keek haar zo meelevend aan... Ze wilde hem omhelzen, net zoals toen in de keuken, alleen zou ze nu niet de verkeerde naam zeggen, ze zou hem nooit meer bij de verkeerde naam noemen. Ze wilde zich tegen zijn brede borst en schouders nestelen. Maar in plaats daarvan probeerde ze al haar dankbaarheid in een glimlach te gieten. Zijn donkere ogen beantwoordden haar blik.

Rita was weer naar de commissie toe gelopen, Peg aan de hand meeslepend.

'We willen nog wat zeggen,' zei ze, haar neus fier de lucht in.

'Toe maar, Rita, zo heet je toch?' zei mevrouw McCarthy hartelijk. 'Wat wil je ons vertellen?'

'Juffrouw Newton zorgt voor ons, net zoals mama.' Toen stak ze haar duim in haar mond, om dat lieve zinnetje te onderstrepen met een dikke punt.

50

De adoptieaanvraag van de oom van Peter werd afgewezen en het werd hem verboden om nog contact met hem te hebben.

Juffrouw Newton mocht terug naar Shilling Grange. Ze kreeg een contract aangeboden voor onbepaalde tijd.

Alex verstond dat ze een contract kreeg voor opgeschaalde tijd en hij wist niet wat hij daarvan moest maken!

Juffrouw Newton werd opgedragen om wangedrag – een subtiel eufemisme, als dat al bestond – meteen aan de gemeente te melden. Geen 'als', of 'maar' of onder het tapijt schuiven meer.

Van het andere bewijs bleef niets overeind. Het was eerder verbijsterende zwartmakerij en het werd afgewezen.

Maureens kokoskoekjes vielen goed in de smaak bij mevrouw McCarthy. 'Mm, dit is mijn favoriet. Maureen, je moet me het recept geven.'

Met een rood gezicht knikte Maureen.

'En kan iemand ervoor zorgen dat die arme juffrouw Newton een telefoon krijgen? Het is bijna 1950! Het kan toch niet zo zijn dat ze in haar peignoir en op slippers de straat op moet, elke keer dat ze met de buitenwereld moet communiceren.'

Mevrouw McCarthy wendde zich met een glimlach tot Clara. 'Waarom ga je niet naar je lieve man om hem het goede nieuws te vertellen?'

'Hij is niet míjn lieve man.' Clara bloosde. Ze wist wie mevrouw McCarthy bedoelde, natuurlijk wist ze dat.

Mevrouw McCarthy moest lachen en plukte aan haar kokoskoek. 'Als ik zo vrij mag zijn – uw buurman, meneer Delaney, is geloof ik verliefd op u.'

Ze probeerde haar gezicht in de plooi te houden, maar Clara faalde daar jammerlijk in.

'Denkt u echt?' piepte ze.

'Ik weet het wel zéker.'

'Ik weet niet waar hij is...'

'Hij staat buiten,' onderbrak Maureen behulpzaam. 'Ga maar, juffrouw Newton. Ivor is dol op u.'

'Tot ziens dan. Ik ga deze kinderen eens wat beter leren kennen.' Mevrouw McCarthy at het laatste restje kokoskoek op en klapte vervolgens in haar handen, met de zelfverzekerdheid van een hoofdonderwijzeres. 'Kinderen, tijd om plezier te maken. Kent iemand *de Zevensprong*?'

Peg was de eerst die opsprong.

Clara snelde door de gang. Toen de liftdeur openging zag ze tot haar afschuw dat Julian daar stond. Hij gaf geen krimp toen ze erin stapte.

'Welke verdieping?'

'Begane grond, alsjeblieft.'

Clara wist niet wat ze tegen hem moest zeggen. Ze vroeg zich af of hij al gehoord had dat ze bleef. Nee, dat kon niet – hoewel Julian wel vaak dingen eerder wist dan anderen. Ze staarde naar de schoenen van Judy terwijl hij naar zijn glimmende veterschoenen keek. Het duurde eindeloos. Het waren de langste, meest ondraaglijke twee minuten in haar leven. Toen ze uitgekeken was op haar tenen, richtte ze haar aandacht op haar nagels, en bad dat de lift niet stuk zou gaan of, als hij dan toch stuk ging, dat ze dan beiden op slag dood zouden zijn. Beter verpletterd te worden, snel en wreed, dan hier uren te moeten staan en naar hem luisteren.

Ze kwamen aan op de begane grond en hij duwde het ijzeren lifthekje opzij. Toen hij dat gedaan had, versperde hij haar de weg.

'Ik moet je iets vertellen over je vader, Clara. Hij had die dingen over jou niet geschreven.'

'Dat weet ik.'

'Ik zou mijn verontschuldigingen moeten aanbieden. Ik was kwaad en ik wilde je pijn doen.'

Hij stak zijn hand uit.

'Vrienden?'

Dat was Clara niet van plan, met deze man die had gelogen en tegen haar had samengezworen zodat ze haar baan kwijt zou raken, en die weloverwogen had samengewerkt met een kindermisbruiker, maar dit was geen goed moment. Ze gaf hem een slap handje – op een manier waarvan ze wist dat hij die afkeurde. Op dit moment waren er belangrijker zaken. Véél belangrijker zaken.

De eerste keer dat ze Ivor had ontmoet, zong hij een liedje over schalen en garnalen voor Peg. Ze wist nog hoe het voelde toen ze tegen hem aanleunde en naar de sterren keek. Ze herinnerde zich nog de kus onder de mistletoe.

Hij had dan misschien ooit gedacht dat ze niet wist wat ze wilde, wel of niet blijven, maar dat wist ze nu mooi wel.

Je zou niet al die moeite doen als je niet van iemand hield, toch? Dat was gewoon onmogelijk. Mevrouw McCarthy had het goed gezien. Ze had gewoon gelijk.

Ze moest zich verontschuldigen dat ze Michael gezegd had, uitleggen dat dat gewoon een automatisme was, verder niets, en daarna moest ze hem vertellen wat ze voor hem voelde. Dat ze zich al heel lang zo voelde, idioot lang.

Daar was hij, háár lieve man. Ivor. Ze zag een glimp van zijn pikzwarte haar. Hij keek naar haar, over iemands hoofd heen, iemand die hij midden op straat omhelsde. Hij maakte zich los uit de omhelzing. Toen deed die ander ook een stap naar achter, ze voelde dat ze bekeken werden. Het was een vrouw, een jonge vrouw, knap en elegant. *Veel eleganter dan de meeste mensen uit deze streek. Eleganter zelfs dan mensen uit Londen.* Clara lette meestal niet op wat iemand droeg, maar de kleren van deze vrouw vielen haar onmiddellijk op. Ze droeg een groene wollen jas, met een gouden vlinderbroche, en een uitwaaierende rok met stippen. Hoge hakken en wit-zwarte nylons. Ze droeg het niet gewoon, ze leek wel een fotomodel. Het zag er gewaagd uit. Ze zag er schitterend uit. Zo modern. Met een geblondeerd Hollywood-kapsel.

Clara werd getroffen door de blik van ontreddering van Ivor. Was het afgrijzen? Of misschien was het angst. Of misschien ook niet. Misschien hoopte ze gewoon dat dat het was.

De vrouw zag Clara dichterbij komen, ze zag hoe ze geschrokken was en keek vragend naar haar en Ivor, alsof ze een code probeerde te ontcijferen. Uiteindelijk trok ze een tuitmondje alsof ze ging fluiten.

'Ivor.' Ze sprak zijn naam uit met de nadruk op *vor*. 'Ga je ons niet aan elkaar voorstellen, Ivor?'

Ivor haalde diep adem om tot zichzelf te komen. Hij maakte die veelzeggende beschermende beweging met zijn arm, wat hij altijd deed als hij zich ongemakkelijk voelde. Clara had gedacht dat ze hem goed kende, maar op dit moment had ze het idee dat ze helemaal niks wist.

'Ruby, dit is Clara… juffrouw Newton. Clara, dit is Ruby…' Hij aarzelde, slikte, en eindigde toen zijn zin met: 'Mijn vrouw.'

51

Clara had zich afgevraagd of Ivor die avond naar de Grange zou komen, maar hij kwam niet. Ze vermoedde dat ze veel in te halen hadden: Ivor en Ruby. Ruby en Ivor Delaney. *Jeugdliefdes.*

Ze probeerde zichzelf wijs te maken dat Ruby hier gewoon langskwam als vriendin, of om wat spullen op te halen die ze had achtergelaten, maar ze hield zichzelf voor de gek: het was duidelijk dat Ruby zou blijven. En het feit dat Ivor wegbleef, versterkte dat idee.

Er kwamen andere mensen langs om het te vieren. Dokter Cardew en Anita, die haar viool meebracht. Er kwamen ook een paar onderwijzers, en de hoofdmeester van het lyceum kwam, mevrouw Deacon van het postkantoor en meneer Dowsett de bibliothecaris. Juffrouw Bridges was er, natuurlijk, ze had schalen vol koekjes meegenomen, en juffrouw Cooper liet haar gezicht zien, met socialistisch propagandamateriaal waarvan juffrouw Bridges zei dat het niet toegestaan was, maar dit keer liet ze het toe.

De brutaliteit van mevrouw Garrard! Zij en haar man stonden een beetje onzeker bij de voordeur te dralen.

'Mogen we binnenkomen, juffrouw Newton? Gezien het feit dat u hier blijft.' Koeltjes en schaamteloos, zoals gewoonlijk. 'Er is toch een gezegde dat luidt: als je ze niet kunt verslaan, dan moet je maar vrienden met ze worden.'

In de salon vonden mevrouw Garrard en Maureen elkaar in hun grondige kennis van film.

'Ze kent al mijn idolen,' zei mevrouw Garrard tegen Clara, met enig respect in haar stem. 'Ik heb hier misschien wel een nieuwe filmvriendin gevonden. Larry is verschrikkelijk, hij kletst de hele film door. Én hij wil meteen nadat de film is afgelopen weg.'

Clara kon zich dat wel voorstellen, ze vond het altijd zinloos om nog te blijven hangen als de film was afgelopen.

'Je hebt het hier echt verbeterd. Zelfs ik zie dat de kinderen gelukkiger zijn. Ik weet dat ik een klager ben, maar ik moet nu toch eerlijk toegeven dat je heel veel hebt bereikt tot nu toe.'

De hele avond bleven Clara, de gasten en de kinderen met elkaar praten en lachen. Rita speelde piano en Peg danste met de dames in de tuin. De jongens verdwenen en kwamen toen weer af en toe tevoorschijn, Maureen bleef drankjes maken die Peter verlegen serveerde, en Alex vertelde iedereen over Samuel Pepys, een schrijver wiens totale voorraad opgeslagen Parmezaanse kaas, waar hij dol op was, was verbrand tijden de Grote Brand van Londen.

'Wat we niet allemaal over hebben voor de liefde,' zuchtte juffrouw Bridges, haar blik rustte op Clara. Tussen de hapjes kokoscake door had mevrouw McCarthy Clara gevraagd of ze er iets op tegen had om meer betrokken te worden bij het bepalen van beleid en regels om de zaken te verbeteren. Vooral wat betreft de kinderbescherming en alles wat ze daarover wist.

Daar had ze niets op tegen. Clara was enthousiast. Kinderen in combinatie met administratieve taken? Dat waren allebei haar favoriete bezigheden. Haar privéleven mocht dan in elkaar storten, de rest liep als een zonnetje. Misschien moest het gewoon zo zijn.

De volgende ochtend hing Clara de lakens in de tuin. Peg had in haar bed geplast die nacht. Van alle opwinding, vermoedde Clara, en zo laat nog thee drinken en wat niet meer. Maar het gebeurde steeds minder vaak. Billy zag een beetje bleek. Hij had vast iets verkeerds gegeten. Clara liet hem zijn vinger in zijn keel steken voordat hij er met Barry op uit trok om buiten te spelen. Alex was kazen aan het bestuderen. Rita was bang dat ze niet meer wist hoe ze moest gapen, Terry wist niet meer waar ze haar bril had neergelegd, natuurlijk, en Peter was aan het uitslapen. Hij had ver na middernacht de afwas nog gedaan. Maureen was niet gebleven en had niet willen zeggen waar ze naartoe ging, maar ze had beloofd dat ze zondag kwam eten. Ze zou ook helpen koken.

'En is het goed als ik Joe meeneem?'

Dat leek Clara wel in orde. Het was geen geweldige ochtend geweest, maar toch… toch… was het perfect. Clara had nog steeds haar baan. Ze had meer dan een baan, ze had een familie. En ze hadden het heerlijk gevierd.

Ze wist dat Ivor uiteindelijk wel langs zou komen, dat moest wel. En inderdaad, iets na tienen klopte hij op de achterdeur. Hij zag er zo ongemakkelijk uit, met een schaapachtige blik. Zijn haar zat door de war, een pet was geen overbodige luxe geweest. Hij had zich ook niet geschoren.

Rita zag hem als eerste en stond erop boven op hem te klimmen. 'Rolderdebolder,' riep ze, haar armen uitgestrekt. 'Goed, Meikoningin, nu wil ik even met juffrouw Newton hier praten,' zei hij, toen Rita genoeg had gerolderbolderd.

Rita stopte haar jurk in haar onderbroek, maakte een radslag en huppelde weg.

'Dus...'

'Dus...'

'Ze is dus teruggekomen?'

'Ik weet niet wat ik moet zeggen.'

'Je hoeft niets te zeggen, Ivor. Ik ben blij voor je,' loog Clara, en zijn gezicht kreeg een uitdrukking die ze nog niet eerder gezien had, wat het nog hartverscheurender maakte. Ze hadden nog zo veel te ontdekken van elkaar, maar dat ging niet gebeuren. Ze keek in zijn donkere ogen, haar favoriete kleur, en realiseerde zich dat hij wist dat ze van hem hield, dat hoefde ze niet te vertellen.

'Ik heb het gevoel...' begon hij.

'Sssst,' fluisterde ze. 'Niet zeggen.'

Je kunt op twee manieren naar de wereld kijken. In de ene situatie is alles vaag en wazig en zijn Ivor en Clara verliefd. In de andere, waar alles haarscherp te onderscheiden is, is Ivor Delaney getrouwd met Ruby en niet met Clara.

Ze stak haar hand uit en raakte zijn overhemd aan waar zijn arm verdwenen was.

Ivor glimlachte naar haar, en boog zich toen naar haar over. Clara hield haar adem in. Heel snel gaf hij haar een kus op haar wang en ze wist precies wat dit betekende: hij kuste haar vaarwel.

Een paar dagen later kwamen Pamela en Harry Lewis met juffrouw Bridges Terry ophalen. Toen Clara voorstelde om eerst even in de tuin te gaan zitten, sprong Pamela meteen op. Ze voelde zich buiten veel meer op haar gemak. Het was warm voor september. Het gazon zag er vreselijk uit vanwege alle spelletjes en het dansen, maar als je daar niet op lette was het heerlijk: de bomen zaten vol in het blad en de wilde bloemen hadden alle kleuren van de regenboog, en Terry's moestuin floreerde.

Het stel paste bij Terry, dat wist Clara zeker. Dat had niets te maken met statistieken. Clara dacht dat ze na het gebeuren van de afgelopen weken wellicht nooit meer zou durven vertrouwen op haar eigen oordeel, maar dat was toch niet zo. Elke case was weer een nieuwe. Stap voor stap.

Pamela en Harry waren allebei ondervraagd door een commissie en ze hadden de nodige papieren ingevuld. En Terry mocht ze ook graag. Als ze met ze praatte, keek ze soms even naar Clara met een uitdrukking van: 'Mag ik dit wel leuk vinden?' En Clara knikte dan, in de hoop dat uit haar uitdrukking sprak dat ze dat zeker mocht.

Terry's tas was gepakt en stond bij de deur, dus toen alles was getekend restte er weinig anders dan afscheid van elkaar te nemen.

'Ik ga niet huilen, echt niet,' mompelde Clara in Terry's oor, en Terry klopte haar op de rug. 'Het is goed, juffrouw Newton. Het is het beste zo.'

En toen was ze weg.

Juffrouw Bridges zette thee, 'hier dan,' mompelde ze, alsof ze met haar gedachten ergens anders was. Clara zweeg. Haar lieve Terry was weg. Deze jampot stond nu in een nieuwe kast. Dat zoete buitenmeisje was weg. Een paar minuten later kon juffrouw Bridges zich niet meer inhouden.

'Er komen drie nieuwe kinderen naar je toe.'

'Drie!' riep Clara. 'Wanneer?'

'Volgende maand. Het zou eigenlijk eerder, maar alles was onzeker met die… rechtszaak, weet je wel.'

'En u hebt alle papieren?'

Juffrouw Bridges kromp in elkaar. 'Nog niet. Ik geloof dat er twee meisjes zijn van tien.'

'Zusjes?' Clara hoopte het. Zussen konden zich aan elkaar vasthouden, al was de hele wereld tegen hen.

'Denk het niet. En een jongetje van acht.' Terwijl Clara het nieuws tot zich door liet dringen, trok juffrouw Bridges een vrolijk gezicht. 'En eindelijk krijg je ook een… tada! Telefoon!'

'Wanneer wordt die aangelegd dan?'

'Ik heb de aanvraag ingediend.'

Ze glimlachten naar elkaar. *Ik geloof het pas wanneer ik hem hoor overgaan*, dacht Clara. Juffrouw Bridges boog zich naar haar over en gaf een klopje op haar hand.

'O, en Clara, er is nog iets anders wat je zal interesseren…'

Een paar dagen later liep Clara over Lavenham High Road met een grote kartonnen doos in haar armen. Julian en Schurk liepen aan de andere kant van de weg maar gelukkig zag Julian haar niet – of hij deed alsof. Schurk blafte vriendschappelijk. Dokter Cardew en Anita zwaaiden, ze kwamen net uit de praktijk lopen, net als meneer Dowsett de bibliothecaris en mevrouw Garrard. *Haar vrienden in Lavenham.*

Eerst was de doos alleen maar een ongemakkelijk ding, maar het leek wel alsof-ie elke seconde zwaarder werd. Maar ze had er geen spijt van, integendeel, ze dacht dat ze uit elkaar zou ploffen als ze het nog langer geheim had moeten houden.

Voor de werkplaats van Ivor liet ze haar vermoeide armen even uitrusten.

De deuren stonden normaal gesproken wijd open, maar nu waren ze dicht en de gordijnen ook. Misschien zou dat in de toekomst veranderen? Clara hoopte het, maar ze zou zich niet meer op Ivor of wie dan ook verder verlaten. Ze kon het zelf voor elkaar boksen. Ze wás de wereld nu, voor de kinderen op Shilling Grange in ieder geval. Er lagen nieuwe avonturen in het verschiet. Nieuwe kinderen om zich op voor te bereiden. En kinderen die er al waren, die ze koesterde. En mevrouw McCarthy had besloten een uitzondering op de regels toe te staan voor haar kinderen, die zo veel hadden doorgemaakt. Terwijl Clara zat te wachten in de keuken, voelde ze voor het eerst sinds lange tijd dat ze op haar plek zat.

Alex kwam als eerste binnen, en Peg zag als eerste de wiebelende doos op de tafel. Maar het was Peter, met zijn lange benen, die er het eerst bij was. Hij pakte het kleine poesje en overhandigde het plechtig aan Rita, die sprakeloos was van ongeloof. Tassen en jassen werden ter plekke neergesmeten. Het poesje gaapte en sloeg met zijn pootjes in de lucht.

'Is het voor ons?' schreeuwde Billy.

'Mogen we hem houden?' gilde Barry.

'Ja, en JA!' Clara pakte haar zakdoek, want er biggelden tranen over Rita's wangen.

'Juffrouw Newton,' snikte ze, met het poesje tegen zich aangedrukt. 'Ik hou van haar.'

~

Het verhaal over het Shilling Grange kindertehuis zal voortgezet worden in het volgende boek van Lizzie Page.

Nawoord

Een brief van Terry

Lieve allemaal,

Ik ben nu twee maanden bij Pamela en Harry, en ik heb het hier geweldig. (Ik heb ze gezegd dat ik het niet zo fijn vind om ze mama en papa te noemen, en dat vonden ze niet erg.)
Ik ga naar een katholieke school, wat leuk is behalve dan dat we wel veel moeten bidden. Ik ben begonnen om voor mijn planten te bidden. Pamela zegt dat het geen kwaad kan.
Ik ben dol op de tuin en ik kweek een heleboel op mijn eigen stukje grond. Ik heb ook een kamer helemaal voor mezelf. Het bed is heel zacht. Dromen kunnen werkelijkheid worden. Vertel alsjeblieft tegen de anderen dat ze de kans pakken als ze geadopteerd kunnen worden door goede mensen. We zijn naar Kew Gardens geweest en gaan binnenkort naar Ambleside, in het Lake District.
Liefs voor iedereen, maar vooral voor Peg. Ik mis haar heel erg, en ik hoop dat ze op bezoek zal komen.

Heel veel liefs,

Terry

PS Juffrouw Newton, geef Ivor alstublieft een dikke zoen van mij.
PPS Er zijn al drie brillen stukgegaan. Harry noemt me een aansprakelijkheidsrisico.

Een brief van Lizzie

Hallo,

Ik hoop dat je genoten hebt van dit boek. Ik heb het met veel plezier geschreven en heb ervan genoten om ruim twee jaar ondergedompeld te zijn geweest in het leven van Clara en de kinderen. Als je op de hoogte wilt blijven van mijn meest recente uitgaven, meld je dan aan via onderstaande link. Ik beloof je dat je e-mailadres nooit voor andere doeleinden gebruikt zal worden, en je kunt je op elk gewenst moment weer uitschrijven.

www.bookouture.com/lizzie-page

Mijn vorige boeken gingen voornamelijk over vrouwen in tijden van oorlog. Dit keer wilde ik iets anders proberen, niet meer die oorlog. Maar het onderwerp is nog steeds wel vrouwen die opmerkelijke dingen doen – dat blijft toch mijn favoriete onderwerp.

Toen ik de Kinderwet uit 1948 ontdekte, wist ik dat dat de basis van mijn verhaal zou zijn: een verandering in politiek beleid, weeskinderen, een twijfelende huismoeder, een oorlogsheld, naoorlogse opbouw… Er was zo veel waar ik onderzoek naar kon doen.

Ik schrijf graag over kinderen. Dat heb ik in het verleden ook al gedaan – denk aan die hartverwarmende Pearl in *Ik hoor bij jou* en die lieve Hugo in *The Wartime Nanny* (niet vertaald in het Nederlands). Iets aan de botheid of directheid van kinderen doet me steevast glimlachen. Ik raak altijd geïnspireerd door kinderen en hun vriendjes. Lezers die mijn boeken kennen zullen weten dat ik echt bestaande bijzondere mensen een rol laat spelen in mijn boeken. In dit boek wordt Dame Myra Curtis genoemd – de opmerkelijke vrouw op wier rapport de Kinderwet gebaseerd is. Ook wordt de dichter Jane Taylor genoemd. Het raakt me altijd als ik zulke ongelofelijk maar bijna vergeten vrouwen ontdek, en ik koester hun verhalen en geef ze graag door.

Ik ben nu bezig met het volgende boek over Clara en de kinderen van Shilling Grange. Kijk maar uit naar nog meer kinderen die het moeilijk hebben gehad en meer volwassenen die ruziemaken. Ik ben mijn uitgever Boukouture ontzettend dankbaar dat ze me de kans geven met deze serie een nieuwe weg in te slaan. Ik hoop dat je het verhaal en de tijd waarin het zich afspeelt net zo fascinerend vind als ik.

Het is altijd geweldig om reacties van mijn lezers te krijgen – neem gerust contact op via mijn facebookpagina of Twitter, Instagram, Goodreads of mijn website. Als je er tijd voor hebt en als je genoten hebt van *Het weeshuis*, zou ik het leuk vinden als je een recensie schrijft. Ik hoor heel graag wat je ervan vond en een mooie recensie helpt het boek aan meer lezers. Ik schrijf zelf ook graag recensies – een paar van mijn favorieten staan op Goodreads. Neem maar eens een kijkje.

Nogmaals, dank dat je het boek gelezen hebt, dank je voor de tijd die je eraan besteedde.

Liefs,
Lizzie Page

lizzie.page.75

@LizziePagewrite

@lizziepagewriter

lizziepage

Een woord van de auteur

Juli 1945, net nadat de oorlog in Europa was afgelopen, kwam er een nieuwe regering aan de macht in het Verenigd Koninkrijk, die de hoop deed oplaaien voor een rigoureuze ommezwaai in de wetgeving.

In de oorlog hadden de evacuaties veel problematische kwesties aan het licht gebracht met betrekking tot kinderen – sociale achterstanden (armoede) en psychologische kwesties (emotionele verwaarlozing). Actievoerders zoals Marjorie Allen, die in *The Times* een aantal artikelen over het leed van de kinderen schreef, eisten hervormingen. En na de tragische dood van een mishandeld kind – Dennis O'Neill – dat als pleegkind geplaatst was zonder dat iemand naar hem omkeek, steeg de druk op de regering om de Kinder- en Jeugdzorg te verbeteren.

In 1946 bracht de regering een rapport uit over de Kinder- en Jeugdzorg, onder leiding van Dame Myra Curtis.

Toentertijd lag de zorg voor weeskinderen vooral in handen van liefdadigheids- en vrijwillige organisaties, en hoewel dat soms goed functioneerde, ging het ook vaak fout – het systeem voldeed niet, was versplinterd en werd slecht geleid. Er vielen kinderen door de gaten in het systeem.

Op 5 juli 1948, twee jaar na de publicatie van het Curtis Report, werd de Kinderwet aangenomen.

Het was een revolutionaire stap.

Eindelijk kreeg de staat de plicht voor zijn kinderen te zorgen. Het werk kon niet langer simpelweg overgelaten worden aan de Kerk en andere vrijwillige organisaties. De verantwoordelijkheid lag bij de staat. Door de Kinderwet was nu bij wet vastgelegd dat de geïnstitutionaliseerde en vaak hardvochtig geleide grote kindertehuizen vervangen werden door kleinere, gezinsachtige eenheden en dat er meer energie moest worden gestoken in adoptie en pleegzorg, indien mogelijk. Dit betekende een enorme verandering in het zorgsysteem – en vrouwen speelden daarbij een cruciale rol. Er zijn mensen die zeggen dat daardoor deze belangrijke ontwikkeling veel minder aandacht krijgt dan ze wellicht zou moeten krijgen.

Dankwoord

Dank aan de mensen die deze grote verandering in de zorg voor kwetsbare kinderen tot stand hebben gebracht – en aan degenen die heden ten dage zich onvermoeibaar blijven inzetten om de rechten van kinderen te beschermen: pleegouders, sociaal werkers, onderwijzers, medewerkers van liefdadigheidsorganisaties, politie en anderen. Het werk is niet echt glamoureus, en wordt vaak pas opgemerkt als er iets mis gaat. De zorg en bescherming van kwetsbare kinderen moet besproken worden, er moet over nagedacht worden en het moet meer waardering krijgen.

Dank aan alle fantastische kinderen die me geïnspireerd hebben. Andermans kinderen zijn fascinerend en ik heb genoten van het contact met de kinderen van mijn vrienden, ze te zien opgroeien geeft me vertrouwen in de toekomst – blijf zo doorgaan, lieverds.

Ik denk dat ik mijn eigen kinderen ook even moet noemen. Dank Reuben, Ernest en Miranda voor wie jullie zijn. Ik ben een bofkont met jullie in mijn leven. Blijf een gelukkig leven leiden (en werk ook hard). Ik dank jullie ook voor de schrijf- en marketingideeën. Ze zijn niet allemaal knettergek.

Dank aan mijn allerliefste man, Steve – we hebben gezamenlijk de lockdown doorstaan. Het moet wel echte liefde zijn.

Dank Lenny de hond dat je me dwingt het huis uit te gaan als ik daar eigenlijk geen zin in heb.

Dank aan mijn zus en mijn heerlijke nichtjes en neefjes die me zo blij maken.

Dank aan mijn geweldig steunende vrienden – ik heb genoten van onze ommetjes tijdens de lockdown en/of de zoomgesprekken.

Dank aan alle koffietentjes in Leigh-on-Sea en Westcliff. Al die kopjes koffie in Saltwater, Millys, Temple Café, Birdwood en Anke's zorgen voor een goed humeur en een goede gezondheid. Ik houd van jullie en jullie cappuccino met cacao erop.

Het maakt me gelukkig om onderdeel uit te maken van een schrijversgemeenschap. Ik heb zulke fijne vrienden gekregen door het schrijven, het is absoluut geweldig. Het was zo fantastisch om mensen te ontmoeten met wie ik op één lijn zit, die ik snap, mensen die me gelukkig maken en die ook nog eens goede ideeën hebben voor een plot.

Bookouture is zo'n fijne uitgever, en ik ben ze oneindig dankbaar voor alles. Ik ben bang dat ik iemand ga vergeten en dat mensen dat vervelend vinden, maar toch maar even:

Zoals altijd veel dank aan de briljante Katharyn Taussig, van wie het idee voor *Het weeshuis* afkomstig is. Ik geloof dat ze iets zei van 'je kunt heel goed over kinderen schrijven', wat super aardig was. Ze is een prachtige, fantasievolle redacteur – en een ook ervaren op-je-gemaksteller.

Het is moeilijk om haar op te volgen, maar Rhianna Louise heeft dat uitstekend gedaan – veel dank voor je hulp bij dit boek, Rhianna.

Dank aan alle persklaar makers, correctoren, ontwerpers en al degenen die achter de schermen aan *Het weeshuis* gewerkt hebben.

En natuurlijk enorm veel dank aan de dynamische marketingafdeling, promotoren en consulenten – Kim, Noelle en Sarah. Fijn om jullie te kennen en met jullie te werken.

Dank aan mijn briljante agente, Thérèse Coen – zonder haar zou ik dit niet schrijven. Ik heb echt geluk gehad met Thérèse en ik prijs me de gelukkigste mens op aarde om bij het toonaangevende literaire agentschap Hardman & Swainson te horen.92

Dank aan de bloggers en recensenten die de prachtigste foto's op Instagram zetten (ik heb geprobeerd net zulke mooie foto's te maken, maar dat is niet gelukt – het is moeilijker dan het lijkt), recensies schreven op Amazon, Goodreads, of over het boek twitterden. Het helpt allemaal en het geeft zo veel vertrouwen. Jullie maken zo'n verschil.

Geen dank aan social media, want die leiden me zo af. Mijn aandachtsspanne is nu korter dan die ooit geweest is. Snik.

Dank iedereen die mijn boek koopt of leent.

En uiteindelijk, dank aan jullie, lezers, overal op de wereld. Na al die jaren dat ik verhalen wilde schrijven, brengt het idee dat mensen mijn boeken ook echt lezen tranen in mijn ogen. Dank jullie wel, lezers, dank. Waar zouden we zonder jullie zijn?

Het tweede deel van Het weeshuis, *Een nieuw begin*, verschijnt najaar 2023

ISBN 9789046830338

1949, Shilling Grange weeshuis, Engeland. Huismoeder Clara heeft een aantal kinderen onder haar hoede die net als zij alles verloren tijdens de oorlog. Clara houdt van ze, en van haar baan, die nog zwaarder geworden is nu ze er alleen voor staat. Buurman Ivor, voormalig D-Day-held die Clara hielp met de kinderen, is namelijk verdwenen. En dan krijgt ze ook nog eens vreselijk nieuws: het weeshuis wordt verkocht en de kinderen worden naar andere tehuizen gestuurd, ver van elkaar vandaan. Clara moet snel een nieuw huis vinden. Kan ze de kinderen op tijd redden?

Meer over deze serie vind je op
oceaanboeken.nl/het-weeshuis

Lees ook de andere boeken van uitgeverij Oceaan

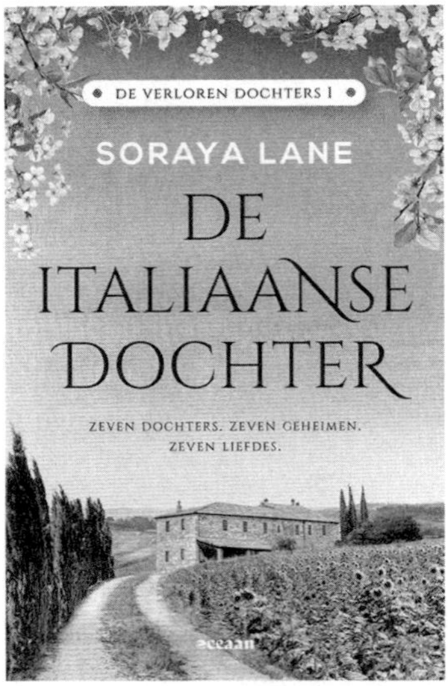

ISBN 9789046830536

Lily, een jonge Engelse wijnmaker, reist naar een wijngaard aan het Comomeer om van de legendarische familie Martinelli meer te leren over het maken van wijn. Ze voelt zich gelijk thuis, en dat ligt niet alleen aan de aantrekkingskracht die ze voelt voor de knappe oudste zoon Antonio. Lily gaat op zoek naar de waarheid over haar grootmoeder en overgrootmoeder en ze ontdekt het meeslepende en hartverscheurende verhaal van twee jonge geliefden die moeten kiezen tussen familie en liefde: Estee, een prima ballerina, en Felix, de jonge erfgenaam van zijn families bakkerij-imperium.

Meer over deze serie vind je op
oceaanboeken.nl/de-verloren-dochter

ISBN 9789046829516

Keulen, 1838. Anna Sophia houdt ervan om haar vader te helpen in de apotheek. En ze is trots op haar eigen recept: heerlijke keelsnoepjes. Wanneer de apothekersleerling August haar het hof maakt, lijkt ook haar toekomst rooskleurig. Maar dan krijgt haar vader een mysterieuze ziekte, en begint August zich steeds vreemder te gedragen. Heeft hij misschien iets met de toestand van haar vader te maken? Tegelijkertijd keert banketbakker Franz Stollwerck terug van zijn reis door Europa. Hij is al van kinds af aan verliefd op haar en doet haar nu een huwelijksaanzoek. Haar vader is tegen en dreigt haar te onterven. Anna Sophia zal een onmogelijke keuze moeten maken.

Meer over deze serie vind je op
oceaanboeken.nl/de-chocolade-dynastie